Seit Kindertagen hat Max die Fotografie des Hauses vor Augen, das seine Mutter 1928 verlassen mußte und das sie ihr Leben lang nicht vergessen konnte. Obwohl er in New York aufgewachsen ist, bindet es ihn an das Europa seiner jüdischen Vorfahren. Eines Tages gibt er seiner heimlichen Sehnsucht nach. In der alten Heimat trifft er zunächst nur auf Beamte, die unempfindlich gegenüber seiner jüdischen Familiengeschichte sind. Jahre später jedoch bemüht Max sich ernsthaft um die Rückgewinnung des enteigneten Hauses und begegnet Menschen, denen er sich bis zu einem gewissen Grad verbunden fühlt: Menschen wie Spitzer, der alte Vorsteher der kleinen jüdischen Gemeinde, oder die Frau, die ihn einst sehr geliebt hat. Und er stößt auf eine unsichtbare Stadt … »Das bisher reifste Buch der Autorin.« (Reinhold Tauber in den ›Oberösterreichischen Nachrichten‹)

Anna Mitgutsch, 1948 in Linz geboren, lehrte Germanistik und amerikanische Literatur an zahlreichen ausländischen Universitäten. Von 1979 bis 1985 unterrichtete sie in Boston deutsche Sprache und Literatur. Längere Aufenthalte in Israel, England und Korea. Heute lebt die mit mehreren Literaturpreisen ausgezeichnete Schriftstellerin in Linz.

Anna Mitgutsch

Haus der Kindheit

Roman

Deutscher Taschenbuch Verlag

Von Anna Mitgutsch
sind im Deutschen Taschenbuch Verlag erschienen:
Die Züchtigung (10798)
Das andere Gesicht (10975)
Ausgrenzung (12435)
In fremden Städten (12588)

Ungekürzte Ausgabe
Februar 2002
2. Auflage September 2002
Deutscher Taschenbuch Verlag GmbH & Co. KG,
München
www.dtv.de
© 2000 Anna Mitgutsch
Mit freundlicher Genehmigung des
Luchterhand Literaturverlags GmbH, München
Umschlagkonzept: Balk & Brumshagen
Umschlagbild: ›Türmchen Vorderansicht‹ (1988)
von Walter Pichler
Satz: KCS GmbH, Buchholz/Hamburg
Gesetzt aus der Garamond 10/11,75· (QuarkXPress)
Druck und Bindung: Druckerei C. H. Beck, Nördlingen
Gedruckt auf säurefreiem, chlorfrei gebleichtem Papier
Printed in Germany · ISBN 3-423-12952-2

I

Das Foto stand auf der Kommode, solange Max sich zurückerinnerte. Es machte jede neue Wohnung, in die sie einzogen, zu einem weiteren Ort des Exils. Im Unterschied zu allen anderen Gegenständen, die sie nach jeder Übersiedlung auspackten, reichte seine Bedeutung weit in die Vergangenheit, und wie ein Schwur verpflichtete es dazu, ein Versprechen einzulösen. Mitten in ihrem Leben verwies es auf die eine Gegenwart, die schmerzlich fehlte.

Das ist unser Haus, sagte seine Mutter und nahm das Foto andächtig in die Hand, in ein paar Jahren fahren wir vielleicht dorthin zurück.

Von seiner Mutter hatte Max gelernt, daß die Erinnerungen das einzige waren, was einem nicht verlorengehen konnte. Man durfte sie nur nicht ziehen lassen, wie die Schiffe, die sie als Kinder gebannt beobachteten, wenn sie über den fernen Rand des Atlantik kippten und verschwanden. In ihren ersten Jahren nach der Emigration gingen sie oft ans Meer, und Mira, ihre Mutter, wies mit dem Finger auf jene graue, manchmal unsichtbare Linie, die den Himmel vom Wasser trennte: Dort drüben liegt Europa.

Die Grenze war eine gerade Linie in einer Ferne, die nie näher rückte. Hätte er ein Bild für die Trauer seiner Mutter finden müssen, dann wäre es jenes unsichtbare Haus gewesen, das über den Horizont des Ozeans entschwunden war.

Doch drüben, in einer österreichischen Kleinstadt, stand das Haus und wartete. Und dessen auf die Größe eines Schwarzweißfotos geschrumpftes Ebenbild wartete auf Miras Kommode in der Delancy Street, später in Brooklyn, und als sie die Kommode verkaufen mußte, auf einem Küchenregal am Crotona Park. Dann verschwand es und lag lange, gerahmt, aber mit dem Gesicht nach unten am Grund des Wäschefaches. Erst nach ihrem Tod stellte Max es neben das Farbfoto, das er inzwischen, Jahre später, bei einem Besuch in H. aufgenommen hatte. Aber das neue Foto hielt der sepiafarbenen Melancholie des alten Bildes nicht stand. Es wirkte nackt, beinahe anstößig und so beliebig wie ein Urlaubsfoto. Er nahm es weg.

Das Haus, in dem er irgendwann in der Zukunft wohnen wollte, war nicht jenes heruntergekommene Gebäude aus den zwanziger Jahren, als dessen Besitzer er sich fühlte, sondern ein Kindheitstraum, gespeist aus der lebenslangen Sehnsucht seiner Mutter nach einem endgültigen Nachhausekommen.

Max hatte beschlossen, an ihrer Statt zurückzukehren, nicht gleich, auch nicht in absehbarer Zeit, sondern wenn das Leben in der Gegenwart sich verlangsamte, vielleicht zum Stillstand käme, in einer Zukunft, die mit dem Fortschreiten der Jahre jedoch nicht näher rückte.

Später, im Ruhestand, sagte er, das läuft mir nicht davon. Denn die Vergangenheit, die ihn sein ganzes Leben begleitet hatte, blieb gegenwärtig, sie würde eintreten, wenn er sie rief.

Ich bin ein Reisender, sagte er manchmal, wenn ihn jemand zu ausdauernd nach seinen Plänen fragte, es ist angenehm, so zu leben. Man muß sich nur für die eigenen Fehler verantworten, und man hat jederzeit die Freiheit zu gehen.

Das gab ihm in den Augen anderer den Anschein einer Leichtigkeit dem Leben gegenüber, einer ironischen Verachtung jedes Anspruchs auf Endgültigkeit, als sei es ihm gelungen, die Last vielfältiger Verpflichtungen auf Distanz zu halten.

Es waren ferne, bruchstückhafte Bilder, umgeben von der undurchdringlichen Dunkelheit des Vergessens, wie Gegenstände, die eine Welle sekundenlang ans Sonnenlicht hebt, aufblitzen läßt und in der Unendlichkeit des Atlantiks begräbt. Wie konnte er wissen, ob es die sehnsüchtigen Geschichten seiner Mutter waren, die Nachbilder seiner oder ihrer Träume, oder jene kostbaren Fundstücke, die das Bewußtsein eines Fünfjährigen für immer in seinem Gedächtnis bewahrt hatte? Da ragte ein weißes Haus wie eine Festung über einem Fluß. Kühle schwarze Eisenstäbe. Gehörten sie zu einem Zaun, zum Gartentor? Steinstufen zwischen dunkler, lockerer Erde, schwer zu erklimmen. Ein knirschender Kiesweg und ein vages Gefühl freudiger Erwartung, eine schemenhafte Erinnerung an Menschen, deren Erscheinen wie Gerüche im Gedächtnis geblieben waren, wie ein Geschmack von Süßem oder Bitterem. Die Endgültigkeit einer Haustür, die ins Schloß fiel. Eine Lichtpfütze, bunt und funkelnd am Fuß der Treppe, und die Regenbogenfarben der geschliffenen Glasfenster über dem Treppenabsatz. Ein heller großer Raum mit weißen Flügeltüren, ein bunter Teppich mit geschwänzten und gehörnten Tieren, der die Wärme speicherte, lange, nachdem die Sonne den Raum verlassen hatte. Ein dunkler Marmortisch, an dessen Kante er sich das Kinn aufgeschlagen hatte. Die Narbe war lange sichtbar gewesen, bis in die Pubertät, bis er begonnen hatte, sich zu rasieren. Er erinnerte sich an eine Tischlampe mit langen moosgrünen Fransen und an das Sofa mit den Löwenfüßen. Es mußte Winter gewesen sein, in seiner Erinnerung hingen helle Decken über der Lehne, die seine Tante Sophie sich um die kalten Beine wickelte. Auf der Balustrade der Terrasse saß ein venezianischer Löwe, der das Maul aufsperrte. Wenn er, der Dreijährige, Vierjährige, nach einem Regenguß die Hand hineinlegte, wurde sie feucht. Er hatte keine Vorstellung von sich als Vierjährigem, obwohl es Fotos gab. Erwachsene erschienen und verschwanden, körperlos, gesichtslos und dennoch deutlich zu erkennen. Sie trugen die Gesichter, die die wenigen Fotos aus jener Zeit ihnen gegeben hatten. Sie trugen sie wie Masken, die sie später gegen deutlich erinnerte Gesichter eintauschen oder in der unwandelbaren Jugend ihres frühen Todes als ihr einziges Gesicht aufbewahren würden.

Es gab ein Foto, auf dem sie alle auf den breiten Stufen vor der Eingangstür versammelt waren, fünf Erwachsene und drei kleine Kinder, drei Generationen. Am Beginn der zwanziger Jahre mußte es gewesen sein, denn die Frauen, Sophie und Mira, trugen Hüte wie umgestürzte Blumentöpfe und lose, um die Hüften geraffte Sommerkleider. Ihre Gesichter waren verschwommen, von tiefen geheimnisvollen Schatten halb gelöscht. Die Männer sehr aufrecht und steif in dunklen Anzügen mit ernsten Gesichtern. Nur Mira trug das triumphierende Lächeln, das Max von anderen Fotos aus ihrer Jugend kannte, ein Leuchten, als habe ihr Gesicht das ganze Licht des Bildes an sich gezogen. Daneben wirkte das schmale Gesicht ihrer älteren Schwester wie ein zarter Schatten. Auch auf dem Hochzeitsfoto, auf dessen Hintergrund sich die Kulissenwolken eines Fotostudios ballten, stand Mira in dieser stolzen Selbstgewißheit inmitten ihrer Familie, herausgehoben durch das Weiß einer langen Schleppe zu ihren Füßen und das Strahlen ihres Lächelns, die starken Zähne und einen breiten Mund mit vollen Lippen. Saul, ihr Bräutigam, hielt sich verlegen im Hintergrund, als sei er nur ein scheuer Gast auf dieser Hochzeit, und auch auf dem Foto vor dem Haus war sein Gesicht zur Seite gewandt, als strebte er weg, ein ungeduldiger Fremder mit einem anderen Ziel. In dem länglichen, bärtigen Gesicht seines Großvaters Hermann glaubte Max immer eine Ähnlichkeit mit den eigenen Zügen zu erkennen, wohl weil Mira ihm erzählt hatte, wie ähnlich er ihrem Vater wäre. Jedoch an den Dritten, den Ehemann Sophies, hatte Max keine Erinnerung, und es gab auch keine weiteren Fotos, er war ein Schemen, der unscheinbar, fast ohne Spur durch sein kurzes Leben gegangen war.

Es gab noch andere Fotos, die Max später, nach Miras Tod, mitsamt der marmorierten Schachtel, den vergilbten, verblaßten Briefen und Glückwunschkarten, an sich nahm. Von seinen beiden Brüdern Victor und Ben als Kinder vor dem Haus in H. auf einem Schlitten, Mira in einem breiten Fuchskragen, übermütig mit einem Schneeball in der Hand. Mira in einem hellen Badeanzug auf der Terrasse, die Kinder, nackt und voneinander nicht zu unterscheiden, um eine Badewanne im Freien. Aber Max war das Foto der versammelten Familie auf den Stufen des Hauses immer wie ein Dokument erschienen, weniger zufällig und privat als die anderen Fotos, so als markiere es ein Innehalten, eine stolze Selbstbesinnung in der Geschichte dieser drei Generationen.

Das Haus war damals neu, die Fassade von moderner Schlichtheit mit klaren, sparsamen Linien. Sein Großvater hatte es für seine beiden Töchter und Schwiegersöhne bauen lassen, auf einem großen Grundstück, einer Wiese, die so steil zum Fluß hin abfiel, daß der Bauer, dem die umliegenden Äcker gehörten, sie billig als Baugrund abstieß. Diese Wiese war in seiner Erinnerung eine summende Wildnis voll flirrenden Lichts und einem Duft, den er mitunter und immer unerwartet glaubte wiederzuerkennen, aber nie kam er ihm auf den Grund. Es war wohl diese Wiese, die in ihm den Eindruck hinterlassen hatte, in seiner frühen Kindheit auf dem Land gelebt zu haben, bevor ihn Manhattan als der Inbegriff der Stadt als Fünfjährigen überwältigte. Dagegen waren die wenigen Bilder seiner frühen Jahre die eines ländlichen Marktfleckens mit hellen Straßen, zweistöckigen Häusern und weiten, leeren Plätzen, einer Holzbrücke, die sich vor seinem kindlichen Auge in den Himmel wölbte wie eine Jakobsleiter ohne Sprossen. Dort auf der Brücke und an manchen föhnigen Tagen auf der Terrasse des Hauses füllte die Weite sich mit Unendlichkeit und machte das ferne Ziel der Eltern greifbar: Amerika. Der glitzernde Fluß, der die Stadt in großem Bogen teilte, und der farblose Himmel verschmolzen zu einem durchsichtigen Leuchten, und dieses Bild blieb Max im Gedächtnis haften als das Lebensgefühl seiner frühen Kindheit, nach dem er sein ganzes Leben strebte: Helligkeit, Weite, die festtägliche Stille eines nie zu Ende gehenden Sommernachmittags.

Die wichtigen Personen seiner frühen Jahre waren die Mutter und der Großvater. Mira war älter, als die Fotos vermuten ließen. Sie hatte einige Jahre Biologie studiert und dann geheiratet. Max war ihr jüngstes Kind, der dritte Sohn statt der ersehnten Tochter. Solange sie in H. lebten, blieb Mira die Lieblingstochter ihres Vaters, die sie seit dem frühen Tod ihrer Mutter gewesen war. Jedes auch noch so flüchtige Talent hatte er voll Überzeugung von ihrer Einzigartigkeit gefördert. Als sie sich in den mittellosen polnischen Medizinstudenten Saul Berman verliebte, finanzierte Hermann auch dessen Studium und richtete ihm später eine Arztpraxis in H. ein, um seine Kinder bei sich zu haben.

Tabor in Böhmen, der Geburtsort seiner Mutter, lag für Max in biblischer Ferne. Dort hatte sein Urgroßvater eine Weberei besessen. Hermann optierte nach dem Ersten Weltkrieg für Österreich und zog nach H., doch dem Textilhandel blieb er treu. In Miras Erzählungen war er überlebensgroß, gerecht und großzügig, von einer natürlichen Autorität, die selbst seine Widersacher respektieren mußten, kein Mann reichte in ihren Augen an ihn heran, auch

Saul nicht. Seine ganze Kindheit lang stand er vor Max als das Vorbild, dem er ähnlich sah und dessen er sich würdig erweisen sollte. Dein Großvater hätte nie ein Hemd mit schmutzigen Manschetten angezogen, sagte Mira, dein Großvater hatte schmale Hände wie du, aber sie waren immer sauber und gepflegt, oder sie erinnerte sich mit einem verträumten Lächeln: Für schöne Schuhe hatte mein Vater eine Schwäche. Ihr Vertrauen in ihn mußte grenzenlos gewesen sein, so groß, daß sie seiner politischen Hellhörigkeit nachgab und mit Saul und den Kindern emigrierte, obwohl es ihr in H. an nichts fehlte und sie geahnt haben mußte, daß sie die Geborgenheit, in der sie bisher gelebt hatte, mit ihrem Vater zurückließ. Sie war es gewohnt gewesen, bei jedem geringfügigen Problem nach ihm zu rufen.

Am Schabbatabend und an Feiertagen saß Hermann am Ende des weiß gedeckten Tisches und sang den Kiddusch, segnete den Wein, er war das Oberhaupt, gegen das Saul sich hinter seinem Rücken spöttelnd auflehnte. Aber er war auch der Großvater, der an diesen Abenden die Kinder zu Bett brachte und ihnen geduldig Wort für Wort die Gebete vorsagte. Er war nicht fromm, aber hielt streng an den Traditionen fest, und auf dem Platz vor der Synagoge war er ein geachtetes Vorstandsmitglied, von dessen Glanz ein Schimmer warmen Wohlwollens auf seine Enkel fiel.

Viele Jahre später fand Max den Namen seines Großvaters in den Lokalzeitungen der Stadt H. aus jener Zeit unter den Gründungsmitgliedern eines Vereins für mittellose Bräute und eines Hilfsfonds für Flüchtlinge aus Osteuropa nach dem Ersten Weltkrieg. Seine politischen Beziehungen schützten Miras Vater jedoch lediglich vor der ersten Welle der Deportation nach Hitlers Einmarsch. Einige Monate länger als die anderen Mitglieder der Gemeinde lebte er vereinsamt und verarmt in einer Stadt, in der es offiziell keine Juden mehr geben durfte. Er wollte nicht mehr auswandern. Er war vierundachtzig Jahre alt, als er in einem polnischen Getto verhungerte.

Das Bild des Vaters aus jener fernen Zeit vor der Emigration war ein seltsam verschwommenes, auf ein paar Fotos reduziert, als wäre Saul selber nicht anwesend gewesen oder als Fremder in seinem Haus ein und aus gegangen, als Miras Liebhaber, als Gast, unruhig, mit dem gehetzten Blick eines Entwurzelten. Nie hatte er von seiner Herkunft gesprochen, die Geschichten, die ihn verständlicher hätten machen können, fehlten. Es gab keine Großeltern, keine Verwandten auf seiner Seite. Er war wie aus dem Nichts erschienen, als einer, der sein Leben ganz und gar aus eigener Kraft entworfen hatte und keine Vergangenheit benötigte, keine Herkunft, die ihn erklärte. Vielleicht waren Frau und Kinder, die Arztpraxis, das Haus einmal ein Anfang gewesen, den er nach kurzer Zeit verwarf. So wenig wie er auf seine Kindheit in Przemyśl, die er mit siebzehn Jahren hinter sich ließ, zurückblickte, hing er Europa nach, kaum daß sie in New York an Land gegangen waren. Aber das Bild, das Max von seinem Vater hatte, war verzerrt durch die Bitterkeit der Mutter, deren spätere Verlassenheit er teilte, als wäre es seine eigene.

Gab es Abschiede, Aufbruchsstimmung, Räume, die sich leerten, Holzkisten, in denen vertraute Gegenstände verschwanden, letzte Besuche, Tränen und Wiedersehensschwüre? Es fehlte Max jede Erinnerung daran. Nur das inhaltsleere Wort Amerika war ihm geläufig, und jeder von ihnen füllte es mit anderen Erwartungen. Für den Vierjährigen war Amerika das mit glänzendem Geschenkpapier verpackte Geburtstagspaket, die große Überraschung. Sie gingen am 10. Juni 1928 in Bremerhaven an Bord. Eine Woche später verbrachte Max seinen fünften Geburtstag seekrank in seiner Koje, und das versprochene Land war nicht in Sicht.

Nichts aus den Wochen und Monaten nach der Ankunft blieb Max so deutlich im Gedächtnis haften wie die Verzweiflung seiner Mutter. Es war unmöglich, sich ihr zu nähern, vor allem Neuen, vielleicht Bedrohlichem bei ihr Schutz zu suchen, ihre Stimmung wechselte zwischen Trauer, zornigen Beschuldigungen gegen Saul und Selbstbezichtigungen. Von Anfang an habe sie es gewußt, von dem Augenblick an, als die norddeutsche Küste ihrem Blick entglitt, das Glück, die Jugend lägen nun endgültig hinter ihr, in der Geborgenheit der Kleinstadt, bei ihrem Vater, in den Räumen ihres Hauses, nach dem sie eine besessene Sehnsucht entwickelte, und im Verlust begann es sich allmählich bis zur Unkenntlichkeit zu verklären, sich in eine herrschaftliche Villa zu verwandeln, deren hohe stuckverzierte Räume sie lebhaft vor sich sah, auf dessen Terrasse sie an die Marmorbalustrade gelehnt über das Tal blickte, es war in ihren Träumen immer Sommer, ein kühler Sommermorgen, und sie war sorglos und geliebt, die Morgensonne lag wie vom Widerschein des Flusses schimmernd über den Fußböden und Möbeln, der Wind blähte die Spitzenvorhänge, es war das Versprechen eines heiteren Tages, lang wie ein Leben, das jäh zu Ende gegangen war. Und mit der Zeit verschmolzen die wenigen, verschwommenen Bilder, die Max aus eigener Erinnerung besaß, mit Miras Phantasien, und wenn sie abends an seinem Bett saß, reihten sie alles, Wünsche und Träume und verklärte Erinnerungen wie Bausteine aneinander, reichten sich gegenseitig Bilder zum Bestaunen und bauten daraus einen prunkvollen Palast mit einem marmornen Säulengang über dem weiten Bogen eines Flußtals in einer fernen hügeligen Landschaft, in deren Dunst eine Stadt lag, friedlich, in einem ewigen Dornröschenschlaf.

Als Max älter wurde und seine neue Umgebung sein Leben füllte, blieb sie allein mit ihrer Sehnsucht und ihrer Trauer, und niemand half ihr mehr dabei, den Traum von ihrem Haus aufrecht zu halten. Aber erst als die Nachrichten vom Tod ihrer engsten Familienmitglieder und Verwandten sie erreichten, hörte sie auf, davon zu reden und ihre hartnäckigen Hoffnungen darauf zu richten. Es gab nichts mehr für später zu bewahren. Sie fiel auf den harten Boden der Gegenwart, dankbar, daß die politische Wachsamkeit ihres Vaters und Sauls rastloses Drängen nach Veränderung zumindest ihren Kindern das Leben gerettet hatte.

Damals aber, in der schier unerträglich feuchten Hitze ihres ersten New Yorker Sommers, auf den sie nichts vorbereitet hatte, mußte es Mira scheinen, als sei die hinterhältige Grausamkeit, mit der das Unglück sie verfolgte, die Verschwörung einer höheren Macht, die alles daran setzte, sie zu quälen. Bei ihrer Ankunft wußte niemand etwas von den Kisten, in denen sie ihren Hausrat, die wenigen unentbehrlichen Gegenstände von zu Hause, vorausgeschickt hatte. Sie waren verschwunden und tauchten auch im Lauf der nächsten Monate nicht mehr auf. Und das war erst der Anfang einer Kette von unglücklichen Zufällen und Hindernissen, die diese wandelbare, gewalttätige und rücksichtslose Stadt für sie bereithielt. Viel später, als Max längst die gereizte Erbitterung und die bedingungslose Zuneigung all jener mit New York verband, die in dieser Stadt aufgewachsen waren, erkannte er, daß Mira der Stadt nie etwas hatte abgewinnen können, weil sie nie bereit gewesen war, sich wie sein Vater vom amerikanischen Traum mitreißen zu lassen. Sie war zeitlebens Europäerin geblieben, klassenbewußt, der Vergangenheit und einem gepflegten, mitunter dünkelhaften Lebensstil zugewandt, neben dem die neuen Umgangsformen krud und beleidigend erscheinen mußten. Es fiel ihr schwer, die englische Sprache zu erlernen, obwohl sie Französisch konnte und später, in Brooklyn, mit ihren Freundinnen jiddisch sprach. Die lebenslustige, gebildete Mira mit dem gewinnenden Lächeln und ihrem selbstgewissen Charme reagierte auf die fremde Stadt mit Panik und der verstörten Überzeugung, daß all die rohe Rücksichtslosigkeit, die Blindheit New Yorks für das Wohl des einzelnen, ausschließlich gegen sie gerichtete böse Absicht sei. Für wen zum Teufel hältst du dich, und was hast du hier zu suchen, schienen ihr die Leute zuzurufen, die an ihr vorbeihasteten, sie anrempelten, sie in den Geschäften zur Seite drängten. Sie fühlte sich allein und übergangen und zugleich angegriffen, sie wurde ignoriert oder angeherrscht, und die Methoden, mit denen sie gelernt hatte, sich zu wehren, gehörten in eine andere Welt.

Einige Wochen nach ihrer Ankunft auf Ellis Island bezogen sie ihre erste Wohnung in der Delancy Street, ein angemessener Übergang von einem geräumigen Haus in einer Kleinstadt, mit hohen, straßenseitigen Räumen im zweiten Stock eines Backsteinhauses aus der Zeit der Jahrhundertwende, als die Williamsburg-Brücke erbaut und die Delancy Street zu einem Boulevard verbreitert wurde. All diese Räume seiner Kindheit trugen ohne sein Zutun wohl zu seinem unfehlbar feinen Gespür für Proportionen, Licht und Schatten bei, die hohen Fenster mit ihren kleinen gußeisernen Balkonen, die wie Körbe über dem Gehsteig hingen, der Ausblick auf die Pfeiler und Stahlseile der großen Hängebrücke, der breite Boulevard, die dunkel getäfelten Wände der Herrenschneiderei im Erdgeschoß des Hauses mit ihrer düsteren Eleganz hinter schattigen Markisen. Die große Wohnung im zweiten Stock dagegen war hell und leer, offen für alle Möglichkeiten, ein großes Wohnzimmer oder eine Arztpraxis, sobald sein Vater seine Prüfungen geschafft hätte, für die er ungestörte Ruhe brauchte. Aber in Wirklichkeit ging eine vibrierende Unruhe von seinem Vater aus, New York schien ihn zu elektrisieren, ihn mit Plänen und Energie zu füllen, die Spannungen und Streit ins Haus brachten. Auch Max spürte die nervöse Rastlosigkeit, die seinen

Vater überkommen hatte, den Sog der Stadt, die ihn herausforderte, verlockte, täuschte, auch wenn er noch nicht begriffen hatte, daß sie seine Grenzen niederriß, alle Verbote und Regeln, nach denen er bisher gelebt hatte, in Frage stellte. New Yorks Versprechen grenzenloser Freiheit stieg Saul zu Kopf, er traf sich hinter dem Rücken seiner Familie mit russischen, polnisch-jüdischen Emigranten voll wahnwitziger Ideen, die nach einer durchwachten Nacht völlig vernünftig und folgerichtig erschienen. Zu Hause saß er im leeren Wohnzimmer, das einmal seine Praxis werden sollte, und starrte blicklos in die Bücher, hielt sich so Frau und Kinder vom Leib, während von unten, vom belebten Boulevard, New York mit seinen Verführungen in aufdringlich grellen Tönen und Farben hinaufdrang, bis er die Bücher weglegte und sich Manhattans heißen Atem ins Gesicht wehen ließ, schwindlig von neuerwachter Lebensfreude.

In einem optimistischen, vielleicht auch nur verzweifelten Versuch, seine Familie an seinem großen Abenteuer teilhaben zu lassen, unternahmen sie viel in jenem ersten Sommer, an den sich Max erinnerte als an eine ausgelassene, lange Vergnügungsfahrt. Meist fuhren sie mit der Subway zum Central Park, mieteten ein Ruderboot und paddelten unter hellen Weidenästen über den See vor der zartblauen Kulisse der Hochhäuser, die so fern erschien wie eine Bergkette bei Föhn. Sie wanderten durch den Central Park mit einer Ausdauer, die sie für die Umgebung von H. nie aufgebracht hatten, vom *Belvedere Castle* nach Süden zwischen Rhododendrenbüschen, wilden Kirschbäumen und dem betäubend süßen Geruch der Rinde von Sassafrasschößlingen durch künstlich angelegte Schluchten, wo sich an Wochenenden der Strom der Spaziergänger staute. Der Zoo war erst vor kurzem eröffnet worden, mit Fischottern und einem trägen Bärenpärchen namens Gus und Priscilla. Bevor sie den Park verließen, bekamen die Kinder an einem der zahlreichen Limonadenstände eine große Tüte der ihnen völlig neuen Köstlichkeit heißen Popcorns. An solchen Tagen tauchten sie alle einträchtig nach einer langen Fahrt Downtown an die dampfende Oberfläche der Lower East Side, von Eindrücken gesättigt und von der Hitze müde, und weder Sauls nervöse Rastlosigkeit noch Miras unterschwelliger Zorn trübte die Harmonie.

Das Fest, das sich mit Kaufhausbummel und sonntäglichen Vergnügungsfahrten zum Luna Park auf Coney Island oder ins klimatisierte Foyer des Roxy-Kinos mit seinem Feuerwerk aus bunten Lampen und Springbrunnen bis in den milden Spätherbst fortsetzte und mit neuen Schlittschuhen für die ganze Familie einen weiteren Höhepunkt im winterlichen Central Park versprach, begann bereits in der schneidenden Kälte des Winters an Glanz zu verlieren.

Streit lag in der Luft, Türen fielen mit einem harten, unversöhnlichen Knall ins Schloß, mitten in der Nacht blieb Mira weinend in der Küche sitzen. Am Morgen war der Vater immer noch nicht da, die Mutter fahrig und unbeherrscht. Nachts hörte Max die Eltern wieder streiten.

Alles passierte in diesem einen Herbst: Max kam in die Schule, und während der schier unendlichen Vormittage erlebte er zum erstenmal Verlassenheit und Angst vor dem Gespött der Gleichaltrigen. Er kannte ihre Spiele nicht, und in der Panik und Verwirrung sprach er deutsch. Ende Oktober wurde seinen Eltern klar, daß das mitgebrachte Vermögen verloren war und daß auch die Ersparnisse des Großvaters, der versuchte, ihnen beizustehen, sie nicht mehr vor der drohenden Armut retten konnten. Der Börsenkrach und die Trennung der Eltern verschmolzen in seinem Gedächtnis zu einer Katastrophe, die seine sorglose Kindheit beendete und sein Vertrauen in Ersparnisse und Besitz für immer erschütterte. Selbst dreißig Jahre später, als er selber zu Wohlstand gekommen war, schien ihm Geld zu horten als Dummheit und Vergeudung jeder Chance auf Glück.

Die Wirtschaftskrise entfesselte in Saul endgültig jenen revolutionären Funken, den er so lange der Familie zuliebe unterdrückt hatte, seine Wut auf alles Bürgerliche, das sich für ihn in Mira verkörperte, und seine Visionen von einer freien, besseren Welt. Saul wurde Zionist, er hatte endlich die Berufung gefunden, die er gesucht hatte, ohne zu wissen, daß er sich darauf vorbereitete: die Gründung eines jüdischen Staates in Palästina. In einer Zeit, in der es Mira und den Kindern an allem fehlte, woran sie gewöhnt gewesen waren, erinnerte sich Max später voll Bitterkeit, habe Saul seine Patienten behandelt, ohne zu fragen, ob sie bezahlen konnten. Um einen symbolischen Dollar pro Visite habe er sie behandelt, und Max hatte es ihm nie verziehen.

Im Winter 1930 verließen sie die helle Wohnung in der Delancy Street, weil sie die Miete nicht mehr aufbringen konnten. Saul half bei der Übersiedlung, aber bevor der Hausrat noch in den beiden kahlen Räumen in Brooklyn untergebracht war, nahm er seinen an der Tür abgestellten Koffer, um nach Manhattan zurückzufahren und fern von der Familie ein möbliertes Zimmer zu beziehen, das er in einem der heruntergekommenen Tenement-Houses der Lower East Side gefunden hatte.

In Brooklyn konnte Mira die Kinder nicht mehr vor der vulgären Umwelt behüten, die ihre Berührungsängste und ihren Widerwillen mit gleichgültiger, fast spielerischer Brutalität beantwortete. Max war auf sich gestellt und wuchs in eine Welt, die anders war als seine Welt bisher, und sie gefiel ihm. Verrußte, eng aneinandergebaute Sandsteinhäuser mit dunklen, immer ein wenig feuchten Seitengassen, in denen man nie genau wußte, woher der Gestank kam, rostige Feuerleitern, die den Fassaden ihre heruntergekommene Geometrie aufprägten, und kleine Lebensmittelläden, finstere Löcher im Souterrain, deren einzige Quelle von Tageslicht die stets offene Tür war. Noch war es eine vertraute Welt mit jüdischen Geschäften und vorwiegend ostjüdischen Einwanderern, eine Welt, die für Mira einen gewaltigen sozialen Abstieg bedeutete, einen Rückfall um Generationen, aber auch einen gewissen Schutz und ein Anknüpfen an alte, abgelegte Traditionen. Sie ging wieder wie früher, als sie noch die folgsame Tochter ihres Vaters war, jeden Freitagabend in die Synagoge, weniger aus einer neuerwachten Frömmigkeit, sondern um der Wärme vertrauter Rituale willen, die ihr in ihrer Einsamkeit Trost spendeten. Hier knüpfte sie in den nächsten beiden Jahren Freundschaften, die bis zu ihrem Tod nicht abrissen, eine Ersatzfamilie von Immigrantinnen, die mit ihr älter wurden, derentwegen sie jiddisch lernte, um ihnen näher zu sein, und die sie nie im Stich ließen, auch wenn ihre Hilfe nicht immer wirksam war.

Max, der als Jüngster der Mutter näherstand als seine Brüder, begleitete sie, wenn sie ihre Freundinnen besuchte. Da saßen sie dann in winzigen, muffigen Stuben, die mit dem bunten Kitsch aus Osteuropa und mit Familien- und Hochzeitsfotos überladen waren. Die nach außen zur Schau gestellte Verachtung für *The Old Country*, das ihnen das Lebensrecht entrissen hatte, schien in diesen Wohnzimmern und Küchen in nostalgische Sehnsucht umzuschlagen. Max wurde gefüttert und bewundert und saß schweigend dabei, wenn seine Mutter weinte und ihre Freundinnen ihr rieten, die Scheidung zu verweigern; wenn sie erzählte, daß er mit dieser Frau zusammenlebte und sie und seine Kinder verhungern ließe, während er seine Patienten umsonst behandelte, und immer hatte jemand ein neues Gerücht gehört, daß Saul bei dieser oder jener sozialistischen oder zionistischen Versammlung gesehen worden sei, und wie die neue Lebensgefährtin aussehe, was sie gesagt habe, daß sie stets an seiner Seite erscheine, als sei sie schon seine Ehefrau, und angeblich schrieb sie sogar seine Artikel um, damit sie englisch klängen. Hier, bei diesen Frauen, die älter waren als Mira und deren Rat sie suchte, wurde Max Zeuge der zornigen Fassungslosigkeit seiner Mutter, daß der Mann sie verlassen hatte, dem ihr Vater die geliebte Tochter und obendrein ein Vermögen anvertraut hatte. Er fing die Erschütterung ihrer Existenz mit seiner kindlichen Liebesfähigkeit auf, er hätte sie gern entschädigt und gerächt. Wenn er, um ungestört zu sein, mit seinen Aufgaben auf der Feuerleiter oberhalb des Küchenfensters saß und das Leben auf der Straße zu seinen Füßen beobachtete, träumte er von dem Tag, an dem er Zeuge sein würde, daß sie in ihr Haus zurückkehrte. Er würde erwachsen sein und ihr Geld nach Europa schicken, sie würde in dem Haus mit seinen hohen hellen Räumen wohnen, morgens auf der weißen Terrasse in einem Korbstuhl frühstücken und über den Fluß in die Ferne blicken und an ihn denken, dem sie dies alles verdankte.

Allmählich kehrte in ihrem Leben die schweigsame Ruhe der Niederlage ein, die Scheidung wurde ausgesprochen, und Mira wurde stiller und gefaßter. Max sah seinen Vater an Sonntagen, mitunter auch an Samstagnachmittagen, wenn er seine Söhne abholte, um ihnen angedeihen zu lassen, was er für wichtig hielt: frische Luft und Bildung. Max fühlte sich zu seinem Vater hingezogen, aber seine Feindschaft, die er im Namen seiner Mutter hegte, erlaubte ihm nicht, daß er seine Zuneigung zeigte, und so wandte der Vater sich Victor zu, der seine Bewunderung für Sauls neue politische Ziele nicht verhehlte. Oft paddelten sie zu viert über den *Conservatory Lake*, die frische Brise kräuselte das Wasser und ließ Lichtfunken tanzen, im jungen Grün der Lichtungen am Ufer picknickten Familien, und Max fühlte sich elend wie ein Verräter. Wenn er nach

Hause kam, konnte er seiner Mutter nicht in die Augen sehen. War es schön, fragte sie, aber er rannte an ihr vorbei zu seinem Versteck auf der Feuerleiter.

Dennoch wurden die Nachmittage, an denen Saul mit der puritanischen Strenge des europäischen Bildungsbürgers, der er gar nicht sein wollte, seine Söhne in Museen und Kunstausstellungen mitnahm, für Max prägender als für seine Brüder. Auch wenn die bereits Halbwüchsigen gelangweilt an den Wänden der Ausstellungsräume entlangtrotteten und die Besucher betrachteten, ließ Saul sich nicht entmutigen und nahm sie stur in jede Ausstellung mit, ins Metropolitan Museum, The Cloisters, aber vor allem ins neue skandalös avantgardistische, trotzig anti-europäische Whitney Museum. Damals interessierten Max die Bilder an den Wänden und die Gegenstände in den Vitrinen genausowenig wie seine Brüder, aber er nahm wahr, welche Stimmungen in großen Räumen herrschten, er sah, wie das Licht, das durch die Fenster fiel, Gegenstände verschwinden und verdämmern lassen konnte oder hervorhob, als schwebten sie im Raum. In diesen Sälen lernte er, auf die Wirkung des Lichts zu achten, wie es im Lauf der Stunden über Böden und Oberflächen glitt und sie verwandelte – Details hervorhob und sie fallenließ, Vorstellungen weckte und sie so unvermittelt zum Erlöschen brachte, wie sie erwacht waren. Er beobachtete, daß unvermittelt etwas Unheimliches in die Ecken kroch, um in ihnen zu nisten, und er fühlte, daß sich in Spiegeln eine fast unentrinnbare Einsamkeit verbarg. Er konnte sich daran ergötzen, wie unbeachtet von den Besuchern die Stuckverzierungen an den Decken ihr unabhängiges, ausschweifendes Eigenleben führten. Schon damals spürte Max jene Vertrautheit großer, leerer Räume und das Bedürfnis, ihnen eine unverwechselbare Atmosphäre zu geben. Er ahnte noch nicht, daß er seine Begabung entdeckt hatte, aber er wußte bereits, daß ein Raum viel mehr war als ein Ort zum Wohnen, eine bestimmte Weise, sich in der Welt zu orientieren, Ausdruck eines Lebensgefühls.

Zu Hause herrschten Armut und Mangel. Die Unterkünfte, die auf die Wohnung in der Delancy Street folgten, hatten alle etwas Provisorisches. Sie glichen mit ihren Pappkartons, die in den Ecken der Zimmer ineinandergestapelt waren, eher Notquartieren. Die Kartons und Koffer standen von Anfang an bereit für den nächsten Umzug, der nie lange auf sich warten ließ. Mira verachtete die billigen Möbel aus den Kaufhäusern, und die alten Möbel mußten Stück für Stück in Trödlerläden und Auktionshäusern zu Bargeld gemacht werden. Mit ihrem hartnäckigen Bestehen auf der Vorläufigkeit ihres gegenwärtigen Lebens verweigerte sie sich einem Los, das sie nicht als das ihr zugedachte angenommen hatte. Es mußte ein Irrtum des Schicksals sein, den sie nicht anerkannte.

Mit elf unternahm Max seinen ersten Gestaltungsversuch. Er litt darunter, daß er Mitschüler nie nach Hause mitbringen konnte, denn es gab nur die enge Küche und zwei Schlafzimmer. Von Erspartem und auch von gestohlenem Haushaltsgeld kaufte er ein gebrauchtes Sofa von einem samtenen Blau und einen gleichfarbenen Überwurf für das zweite Bett, stellte ein Messingtablett auf einen selbstgebastelten Zeitungsständer und hatte einen Nachmittag lang sein Wohnzimmer. Die Mutter ließ das Sofa abholen und stellte die alte Ordnung wieder her, aber die Träume von großzügig eingerichteten Räumen, von Licht, Weite und einer spröden Eleganz der Gegenstände konnte ihm niemand nehmen.

Sein Möblierungsversuch ihrer Zweizimmerwohnung in Brooklyn war die einzige Verstimmung zwischen Max und seiner Mutter gewesen, die ihm aus der Kindheit im Gedächtnis blieb. Max war »der Kleine«, das Kind, an dem sie mit der meisten Liebe hing und das sich ihrem Liebesbedürfnis am wenigsten entzog. Mit dem schmalen

Gesicht, dem rötlichbraunen, leicht gewellten Haar, der runden Stirn und den nachdenklichen graubraunen Augen sah er ihr auch ähnlicher als die beiden Brüder. Die Nähe zwischen ihnen bedurfte keiner Worte. Sie war in der schwärmerischen Verehrung für die in seinen Augen konkurrenzlos schöne Mutter verankert, in ihren gemeinsamen Träumen und Geschichten aus einer Vergangenheit, in der es nur glückliche Tage gegeben hatte, und in dem lebhaften Wunsch des Sohnes, ihr dieses Glück zurückzugeben. Aber es war wohl auch die Harmonie, zu der Menschen mit verwandten Seelen mühelos finden können, weil sie sich wohl fühlen in der Gegenwart des anderen.

Im Sommer, nachdem Saul sie verlassen hatte, ging Mira mit den Kindern zum erstenmal allein zur Feier des Unabhängigkeitstages am vierten Juli zum Battery Park, um das nächtliche Feuerwerk zu sehen. Sie standen dicht an der Mole mitten in der erwartungsvollen Menge, als ein Fremder Max eine rote Rose in die Hand drückte. Gib das der schönen Dame mit dem Hut, sagte er und deutete auf Mira, die sich gerade mit ihrer neuen Freundin Faye unterhielt. Da sah er seine Mutter zum erstenmal mit den Augen eines fremden Mannes: ihre stattliche, nicht mehr schlanke, aber sehr weibliche Figur mit der schmalen Taille und dem weiten Rock, das dunkle in der Mitte gescheitelte Haar mit dem spanischen Knoten auf dem Hinterkopf und dem etwas lächerlichen kecken Hütchen, das ihr aufs Ohr gerutscht war, den vollen rot geschminkten Mund und die leicht schrägen mandelförmigen Augen. Max war sehr stolz auf seine schöne Mutter, und er war es, zu dem sie sich hinunterbeugte, um ihn zu küssen, als er ihr die Rose überreichte, den fremden Mann streifte sie nur mit einem flüchtigen, unbeteiligten Blick. Seit Saul sie verlassen hatte, erschien Max ihre Schönheit zerbrechlicher und schutzlos, er war ihr Ritter, auf den sie zählen konnte. Spätnachts, halb im Schlaf hörte er ihre Nähma-

schine, mit der sie in schlechtbezahlter Heimarbeit Bade-
anzüge zusammennähte, um sich und die Kinder durch-
zubringen. Er brannte darauf, endlich erwachsen zu werden, für sie wollte er einmal reich sein, um ihr alles, was sie
sich nun versagen mußte, geben zu können.

Victor, sein ältester Bruder, war Max so fremd, als sei er
kein Mitglied der Familie, sondern ein entfernter Ver-
wandter, der bei ihnen wohnte, ein Eigenbrötler, der wenig mitteilsam seiner eigenen Wege ging, rechthaberisch
und detailversessen, und mit seinem Altersvorsprung von
sechs Jahren einschüchternd wie ein Erwachsener. Saul
war Victors Vorbild, die Vereinnahmungsversuche seiner
Mutter wehrte er kühl ab, und in der Zeit der Krisen und
Gefühlsausbrüche während der Scheidung stellte er sich
trotzig auf die Seite des Vaters, um den er warb, so weit es
ihm sein sprödes Naturell erlaubte. Er war ein mittelmä-
ßiger Schüler, trotz seines Ehrgeizes und seiner verbissenen Arbeitsdisziplin, er wolle nach dem College in die Politik gehen, erklärte er, so wie sein Vater. Victor war noch
keine achtzehn, als er auszog, um aufs College zu gehen.
Wenn seine Mutter wissen wollte, wie es ihm ging, mußte
sie Saul anrufen, er ließ sich nur mehr selten zu widerwil-
ligen Pflichtbesuchen bei ihr blicken.

Benjamin, zwei Jahre älter als Max, war der Spielgefähr-
te seiner Kindheit, mit dem er jedes Geheimnis teilte und
den er überallhin begleitete. Es war natürlich, zu Ben auf-
zublicken, er war das Genie der Familie, das jedes Jahr eine
Klasse übersprang, dessen Denkgeschwindigkeit sie alle
mit Stolz erfüllte, denn Intelligenz, davon war Max überzeugt, war eine Sache der Denkgeschwindigkeit. Er selber
war ein Grübler, und seine Gedanken kamen nie zu einem
Ende, sie verliefen sich im Ungefähren, wurden zu Möglichkeiten, die andere Möglichkeiten nach sich zogen, sich
verästelten, bis er aufgab. Ben dagegen hatte sie, diese Eleganz des Geistes, die sich wie transparente Flügel über die

Dinge legte und sie ordnete, und er war phantasiebegabt, ein Jongleur mit Träumen, an denen er Max teilhaben ließ. Doch nie verbiß er sich in seine Phantasiegespinste, er ließ sie ziehen wie bunte Luftballons, er wußte, daß sie sich in der Wirklichkeit nicht behaupten konnten, aber sie ließen die beiden Brüder die beengte, ärmliche Umgebung für Stunden, oft ganze Nachmittage, vergessen.

Keine der Wohnungen, die ihren Abstieg markierten, verließen sie freiwillig. Jedesmal zogen sie aus, weil die Miete erhöht worden und sie in Rückstand geraten waren, weil die Hausbesitzer zu jeder Tageszeit anriefen und mit der Delogierung drohten oder die Heizung abschalteten, so daß sie im Winter in ihren Mänteln schlafen mußten. Die Kälte in Winternächten war eine Grunderfahrung von Max' Jugend, eine Gegebenheit, die ihm bald als ein Normalzustand erschien. Die Hausbesitzer lebten in ihren Villen auf Long Island und spürten die Kälte nicht. Am frühen Morgen, gegen fünf, erwachte die Heizung zischend, klopfend und gurgelnd zum Leben. Dann konnten sie die Mäntel ausziehen und noch zwei angenehme Stunden lang schlafen. Um acht, halb neun, gerade wenn sie das Haus verließen, hatte die Hitze ihren tropischen Höhepunkt erreicht. Aber wenn sie am frühen Nachmittag von der Schule nach Hause kamen, war von der Hitze nur noch ein lauwarmer Rest zu spüren, und gegen neun Uhr abends zogen sie sich an wie für eine Expedition in die beißende Kälte der nächtlichen Stadt.

Mira gelang es in all diesen Jahren nie, Menschen zu finden, die genügend Macht besaßen, ihr wirksam zu helfen. Mit ihrem starken Akzent und ihrem zornigen Gestammel – in der Aufregung verließ sie jede Sicherheit in der fremden Sprache, die Wörter fielen ihr nicht mehr ein, die Sätze verdrehten sich – setzte sie sich verzweifelt zur Wehr, konnte nur an Gerechtigkeit und menschliches Mitgefühl appellieren, das man ihr vorenthielt. Manchmal setzten die Ehemänner ihrer Freundinnen sich für sie ein, manchmal gelang es ihr, einen Beamten zu rühren, einen Gläubiger zu erweichen, aber meist verlor sie und erwartete auch mit der Zeit nichts Besseres in ihrer Überzeugung, daß die Katastrophe längst angefangen hatte und nun unbeirrbar ihren Lauf nahm. Saul war ihr wenig Hilfe, auch er lebte ja in den ersten Jahren nach der Scheidung in Armut, und je stärker ihn die Politik in ihren Bann zog, desto mehr empfand er die kleinen Sorgen seiner früheren Familie als Belästigung. Die beiden jüngeren Söhne machte er sich endgültig zu Feinden, als er einem Lehrer, den Ben mit seinem Spott gereizt hatte, erlaubte, den Vierzehnjährigen zu züchtigen.

Von Brooklyn zog Mira mit den Kindern in die East Bronx, in eine Wohnung am Crotona Park, die einen Stock unter dem Niveau der Straße auf der anderen Seite des Gebäudes lag. Daß sie damit von der untersten Sprosse der sozialen Leiter auf dem harten Boden städtischer Verwilderung aufgeschlagen waren, wurde den beiden Brüdern kaum bewußt und wenn, dann nicht so schmerzlich und ohne Hoffnung wie ihrer Mutter. Max war damals zwölf und prügelte sich mit den jugendlichen Banden irischer Katholiken, schloß sich selber den Banden italienischer Einwandererkinder an und prahlte noch viele Jahre, nachdem er die Bronx verlassen hatte, mit den Schlägereien, aus denen er ohne gebrochene Nase hervorgegangen war. Zwei Straßen weiter fing das schwarze Getto an. Sich auf der Straße zu behaupten, war die einzige Möglichkeit zu existieren.

Meine Mutter hat uns mit Soja, Seetang und Körnern großgezogen, erzählte er, lange bevor das Zeug in Mode kam. Wir sollten groß und stark davon werden, Stadtwölfe, Bronx-Guerilla.

Sie wandte das Wissen ihres Biologiestudiums, mit dem sie sich nie einen Unterhalt hatte verdienen können, auf die Ernährung ihrer Kinder an und konnte doch nicht verhindern, daß es ihnen an allem mangelte.

Max mußte sich für zwei schlagen, denn Ben war kein Kämpfer, Ben war ein Denker, ein Intellektueller, ängstlich, wenn es um körperliche Auseinandersetzung ging: Selbst freundschaftlicher Berührung, wie sie unter Jugendlichen üblich war, ging er aus dem Weg. Seine Furcht zog Spott und Hänseleien an, die er mit einer Scharfzüngigkeit quittierte, auf die unweigerlich ein Angriff folgte. Bei jeder Rauferei blieb er als Opfer liegen.

Die glücklichsten Erinnerungen an Ben verband Max mit dem fauligen Graben hinter dem fünfstöckigen holzverschalten Haus in der Bronx, in dem sie wohnten. Es war der stinkende Hinterhof, auf den ihre Fenster gingen, wo unter einer Treppe aus morschen Brettern fette bleiche Unkrautranken wuchsen, Brennesseln und magere wilde Schößlinge, die nie zu Bäumen wurden. Dazwischen häuften sich Müll, Blechdosen, zerbrochenes Glas, kaputter Hausrat und manches Brauchbare, verrostete Fahrradteile, ausgeweidete Radios und Dinge, deren Wert sich nur Bens Phantasie erschloß. Es war der erste Spielplatz in der Natur, den die beiden seit ihrer Emigration erlebten, und Bens Erfindungsreichtum verlieh ihm Magie. Das gegenüberliegende Haus stand so dicht an ihrem Hinterhof, daß dieser Spielplatz nur eine schmale Schneise war und bis auf die Mittagsstunden im Schatten lag. Die Häuser ragten zu beiden Seiten über ihnen wie Festungen auf, und in den Wohnungen brannte auch tagsüber Licht, dort spielte sich schamlos und unschuldig das geheimnisvolle Leben eines Proletariats ab, mit dem Mira nichts zu schaffen haben wollte.

Jeden Freitagnachmittag machten sie sich auf den weiten Weg nach Brooklyn, übernachteten in Schlafsäcken auf dem Boden von Fayes kleiner Wohnküche und fuhren am Samstagabend in die Bronx zurück. In der Synagoge, in der sich Mira in ihrer verlassensten Zeit nach Sauls Auszug Trost geholt hatte, machte Max seine Bar Mizwa, weit weg von seinen gleichaltrigen jüdischen Klassenkameraden in der Bronx. Er kannte niemanden außer einigen alten Leuten, er mußte vor niemandem glänzen außer vor seiner Mutter. Wie so oft in seinem Leben setzte er seinen ganzen Ehrgeiz daran, sie glücklich zu machen. Zu jenem Zeitpunkt lebte Victor längst nicht mehr bei ihnen, und Saul hatte just an jenem Schabbat im Juni zu einer wichtigen Besprechung mit Chaim Weizmann nach Washington reisen müssen.

Wenige Jahre später blieben Max auch von Ben nur ein paar Fotos und die Erinnerung an die gemeinsame Kindheit. Das letzte Foto, das Max von seinem Bruder Benjamin besaß, war am Tag seiner *Graduation* vom City College aufgenommen worden. Er steht etwas schief, als müsse er sich gegen einen seitlichen Windstoß stemmen, vor dem *Liberal Arts*-Gebäude in der Sonne, sein schmales, sanftes Gesicht so weich, als hätten die Knochen noch nicht ihre endgültige Form gefunden. Nichts deutet darauf hin, daß ein Jahr später in der psychiatrischen Abteilung eines Brooklyner Hospitals die Diagnose Schizophrenie allen Erwartungen einer strahlenden Zukunft ein Ende setzen würde.

Der langsame Abstieg in die Hoffnungslosigkeit vollzog sich über viele Jahre in einer Zeit, als weder Schockbehandlung noch Psychotherapie Erleichterungen brachten, und die Psychopharmaka setzten allmählich Bens Gesundheit zu. Es gab Zeiten, in denen ein fast normales, wenn auch eingeschränktes Leben möglich schien, Zeiten voll hektischer Pläne und kurzlebiger Erfolge, eine Lehre bei einer Zeitung in Manhattan; aber nach ein paar Monaten kam er mitten am Tag nach Hause: Er hielt dem Termindruck nicht stand, hielt die Leistungsanforderungen nicht aus. Er brauchte seine ganze Kraft, um die Angst in

Schach zu halten, die Unruhe, den Tumult der Stimmen in seinem Kopf. Er ließ sich gehen, verwahrloste, wurde von der Polizei aufgegriffen, von Stadtstreichern verprügelt, endete früher oder später immer wieder in der geschlossenen Abteilung.

Selbst zu den Zeiten, die er zu Hause verbringen durfte, lebte Ben als Fremder mit seiner Familie unter einem Dach, reizbar und verschlossen. Da war nichts mehr von dem Bruder, mit dem Max im Graben hinter dem Haus gespielt hatte. Am schwersten war es, ihm zuzusehen, wie er litt, und keine Worte zu finden, die ihn erreichten. Die Psychopharmaka veränderten sein Aussehen, schwemmten ihn auf, sammelten ein weißliches Sekret um Mund- und Augenwinkel, beeinträchtigten seine Bewegungen. Er litt stumm und vorwurfsvoll, warf Max das Leben vor, das er später haben würde, er, nicht Ben, der Intelligentere, das Genie.

Eigentlich müßte ich dich hassen, sagte er, wenn du nicht mein kleiner Bruder wärst.

Mira und Max hielten ihren Schmerz voreinander geheim.

Eine Weile nahm einer von Bens ehemaligen Lehrern sich seiner an, holte ihn ein paarmal aus der Anstalt zu sich nach Mount Kisco, außerhalb der Stadt, wo es Pinienwälder gab und kleine flache Seen rund um das *Hudson Valley*. Dort bemalte Ben buchdeckelgroße Blätter aus weißer Pappe und war schließlich von seiner Berufung zum Künstler überzeugt. Auf Hunderten solcher Pappdeckel übte er sich in allen Techniken, mit Kohle, Aquarellfarben und Buntstiften. In seinen manischen Phasen lief er durch New York, drängte seine Pappdeckel Freunden und Bekannten auf, läutete an Wohnungstüren, erschreckte Unbekannte mit seinen ungebetenen Gaben, spürte ihre Angst und geriet in Panik, bat, flehte, ließ nicht locker, bevor er nicht ein paar signierte Zeichnungen losgeworden war. Zu Hause ließ er seiner Enttäuschung und seiner Panik freien Lauf. Am Ende war es Max, der hilflos und schuldbewußt nach dem Telefonhörer griff, weil er die erbarmungslose Selbstzerstörung seines geliebten Bruders nicht mehr ertrug.

An einem Novemberabend, nachdem sie Ben im Bellevue Hospital zurückgelassen hatten, saßen sie einander nach dem Essen am Küchentisch gegenüber. Mira gab vor, im *Forward* zu lesen, und Max füllte Sozialhilfeformulare für den Bruder aus. Als er aufblickte, schaute er direkt in ihre dunklen, bekümmerten Augen. Sie mußte ihn schon eine Weile so angesehen haben, und obwohl sie schwieg, wußte er, was sie dachte, und spürte die Zärtlichkeit ihrer Trauer. So deutlich, als sei er in ihr Bewußtsein geschlüpft, sah er sich selber und seine Brüder als kleine Kinder auf der sommerlichen Wiese vor der Veranda in H., sah sich und Ben als Halbwüchsige an diesem Tisch, an dem sie einander nun allein gegenübersaßen. Ihre Augen glitten über seine Hände, bevor sie lächelte und ihren Blick auf die Zeitung senkte. Auch er schaute auf seine Hände, die auf den Formularen lagen wie auf etwas, dem er noch nie Beachtung geschenkt hatte: die langen, kräftigen Finger, den im Licht der Tischlampe rötlich schimmernden Flaum. Nur sie konnte sich erinnern, wie klein diese Hände einmal gewesen waren. Er lächelte zurück, und seine Augen füllten sich mit Tränen. Nun hatte sie nur noch ihn, nun konnte nur noch er sie für alles, was sie gelitten hatte, entschädigen.

Im darauffolgenden Jahr trat Amerika in den Krieg ein. Mira und Saul unternahmen den zweiten Versuch, Sophie und Albert ein Affidavit und Schiffskarten nach New York zukommen zu lassen. Victor und Max wurden zum Militär eingezogen.

Als Max zum erstenmal seit seiner Emigration wieder
nach H. zurückkam, war er zweiundzwanzig und trug die
Uniform eines Corporal der US-Armee. Im Herbst 1945
war H. eine von Bomben zerstörte Stadt wie viele andere,
die er gesehen hatte. Die Kriegswunden, die Armut und
der feindselige Trotz der Besiegten bedrückten ihn. In den
Straßen gab es kaum zivile Autos, nur Militärfahrzeuge
und abgemagerte Gestalten auf Fahrrädern und mit Hand-
wagen. Er betrachtete ihre grauen, müden Gesichter mit
Neugier und auch mit Abneigung. Die Brücke war nicht
dieselbe wie in seiner frühen Kindheit, aber wie damals war
sie eine Grenze: diesmal die Zonengrenze zum russischen
Sektor. Er wohnte in einem von der amerikanischen Mili-
tärregierung requirierten Hotel im Stadtzentrum. Das
Haus daneben war zur Hälfte eingestürzt, man konnte die
Muster der zerfetzten Tapete sehen. Das Straßenpflaster
war aufgerissen. Aber selbst die unversehrt gebliebenen
Häuser und Straßen strahlten dieselbe graue Müdigkeit aus
wie die Gesichter der Passanten.

Es war ein diesiger Herbsttag, als er mit der Adresse seines Elternhauses in der Uniformtasche den Berg hinaufstieg. Die Häuserzeile unten am Hang, wo der Eingang
zum Luftschutzstollen gewesen war, schien unbewohnt:
vom Luftdruck geplatzte Fensterscheiben, die Dächer ab-
gebrannt, nur die verkohlten Dachstühle hockten noch
auf den Mauern. Die herabgefallenen Trümmer waren bereits von den Straßen fortgeräumt.

Oben auf dem Berg waren die Häuser unversehrt geblieben. Das Rascheln der braunen Herbstblätter auf dem
Kopfsteinpflaster vertiefte die Stille des Villenviertels. Alles schien so friedlich und unberührt, als hätte es hier keinen Krieg gegeben.

Das Haus erkannte er sofort: die niedrige efeuüberwachsene Mauer, die die Straßenböschung stützte, die hohen Steinstufen, die Erker, die wuchtige Haustür. Die Bäume, die rund um das Haus wuchsen, waren vor seiner Geburt, als das Haus noch im Bau stand, gepflanzt worden. Jetzt waren sie in die Höhe gewachsen und legten eine melancholische Düsternis um das Haus, breiteten feuchte Schatten über die bemoosten Steinplatten, und ihre dicken Äste berührten und verfingen sich ineinander im Kampf ums Sonnenlicht. Die Blätter des Ahorns und die feinen Lärchennadeln glühten in ihren Herbstfarben.

Das Pflanzen der jungen Bäume damals mußte eine hoffnungsvolle Zeremonie des jungen Paares gewesen sein. Es gab ein Foto: Mira und Saul, ein wenig älter als Max jetzt war, vielleicht Mitte Zwanzig, beide in sportlich heller Kleidung, halten einen dünnen Setzling über eine flache Grube, wie zur Demonstration, bevor sein Wurzelballen in die Grube versenkt und vergraben werden würde. Das Bäumchen besaß eine einzige Astgabelung und einen Stamm, dünner als Miras Handgelenk. Nun waren über zehn Meter hohe Bäume daraus geworden, und keiner der beiden hatte ihr Wachsen miterlebt. Nur Fremde freuten sich an ihren Herbstfarben.

Vor dem Haus standen ein alter Tretroller, ein Brett mit einer Lenkstange und zwei Gummirädern, rot angestrichen, und ein hellblauer Kinderwagen aus Holz mit den gleichen Rädern wie der Roller. Eine junge, füllige Frau bearbeitete mit einem Teppichklopfer einen Flickenteppich über einer Stange, die den Zugang zur Terrasse versperrte.

Ob sie hier wohne, fragte er und wußte, daß es eine ganz und gar überflüssige Frage war.

Sie schaute ihn feindselig an und schwieg. Er war in Uniform, ein amerikanischer Soldat, sein fehlerfreies

Deutsch rief nicht die geringste Spur freundlichen Erstaunens hervor.

Im Frühjahr 1938 hatte Sophie an ihre Schwester in New York geschrieben: Albert ist verhaftet worden. Wenn wir wegmüssen, hinterlege ich einen Reserveschlüssel bei den Nachbarn.

Die Kalischs haben hier gewohnt, sagte Max und schaute sie forschend, fragend an.

Sie machte ein beleidigtes Gesicht, ließ von ihrem Teppich ab und lief an ihm vorbei, schnell und geduckt, als werde sie verfolgt. Er hörte, wie sie den Schlüssel zweimal im Schloß umdrehte. Er klopfte, wartete lange und stellte sich vor, wie sie, nur durch das schwere Holz der Haustür von ihm getrennt, auf der anderen Seite vorsichtig und flach atmete. So standen sie sich lange Minuten unsichtbar gegenüber, in einer Nähe, die Feindseligkeit erzeugen mußte.

Dann ging Max um das Haus herum. Ein herbstlich verwilderter Garten verwischte den Übergang zum Hang mit seinem hohen rosa und lila blühenden Unkraut. Die Sonne bohrte Löcher in die zerfetzten Wolken, die rasch über den Himmel zogen, und holte aus dem Fluß im Talgrund ein freudloses, bleiernes Licht.

Er versuchte durch ein Fenster einen Blick in die Räume im Parterre zu werfen. Seiner Erinnerung nach mußte hier die Küche sein. Aber ein dicht geraffter Spitzenvorhang versperrte ihm die Sicht.

Er blieb noch eine Weile, schlich wie ein Dieb ums Haus, genoß es, sich die Furcht der jungen Frau im Innern vorzustellen, überlegte, wie er sich Zugang verschaffen konnte, und ließ es sein. Er wußte, daß er in ein, zwei Tagen wieder wegfahren mußte, er rechnete mit seiner baldigen Entlassung, er wollte nach New York zurückkehren und sein Leben wiederaufnehmen, das der Krieg unterbrochen hatte. Das Haus mußte warten, es war ihm gewiß, zuerst wollte er mit Mira reden, die Rechtslage prüfen. Er war jung, er hatte Zeit.

Aber als er nach seiner Rückkehr der Mutter von dem Haus erzählte, vom verwilderten Garten und den hohen Bäumen, zeigte sie keine Freude, keine Begeisterung, er spürte nur ihren stummen Widerwillen. Dreimal hatte sie ihrer Schwester ein Affidavit geschickt, zuerst im Sommer 1938 nach Wien, dann nach Prag. Aber Sophie hatte die Nerven verloren und war, als der Krieg sie einholte, nach Budapest zu Verwandten geflohen. Dort nützte ihr auch kein Affidavit mehr. Seit ein Überlebender, der die Familie gekannt hatte, Mira von Sophies Deportation erzählte, ahnte sie, daß auch die anderen, ihr Schwager Albert, ihr Vater, tot waren, daß keiner ihrer Verwandten mehr am Leben war. Zur Trauer kam der Schmerz angesichts der Vermeidbarkeit der Katastrophe und Miras Selbstbezichtigungen. Hatte Sophie ihr nicht zur Last fallen wollen? Hatte sie ihr so wenig vertraut? Hatte sie keines der Affidavits bekommen? Hatte sie, Mira, irgend etwas zu tun versäumt? Nie würde sie es wissen, nie sich die letzten Monate von Sophies Leben vorstellen können. Max schonte sie und schwieg. Als er davon sprach, das Haus wieder in ihren Besitz zu bringen, zeigte sie kein Interesse. Wozu? Nie würde sie ihren Fuß wieder auf den Boden der Stadt H. setzen, erklärte sie. Als jemand, der ihren Vater im Getto von Lódz gekannt hatte, sie aufsuchen wollte, weigerte sie sich, mit ihm zu reden. Er ist tot, sagte sie, was muß ich sonst noch erfahren, ist das nicht schon genug?

Nie wieder hörte Max sie das Haus in H. erwähnen oder von früher reden. Sie ließ sich durch keine Erinnerung mehr trösten – alles, was einmal Hoffnung und Trost gespendet hatte, verwandelte sich in Schmerz. Von einem Tag zum andern hörte sie auf, deutsch zu sprechen. Sie lebte, auch wenn es nichts mehr gab, was sie auf englisch nicht hätte sagen können, in einer unerreichbaren Sprachlosigkeit, in einer desorientierten Leere, trotz der paar alten Freundschaften, die sie noch pflegte.

Mira war wieder nach Brooklyn gezogen, in eine Wohnung ganz in der Nähe ihrer Synagoge und ihrer Freundin Faye. Saul hatte sie ihr vermittelt. Im Alter waren sie sich wieder nähergekommen, und es verband sie eine vorsichtige Freundschaft. Er rief sie regelmäßig an, erkundigte sich, ob sie etwas brauche, wie es ihr ginge. Macht euch um mich keine Sorgen, sagte sie, ich habe alles, was ich brauche, es geht mir gut. Aber Max schien es, als kämen die Erleichterungen in ihrem Leben zu spät, und die Verstörung sei nicht mehr rückgängig zu machen. Er war der einzige, der jeden Schabbat mit ihr verbrachte und zu den Feiertagen mit ihr in die Synagoge ging. Er sprach den Segen über Wein und Challa und aß gehorsam ihr Schabbes-Dinner, die unveränderliche Abfolge traditioneller Speisen: Hühnersuppe mit Mazzeknödeln, Fisch und Strudel. Sie hatte es gern, wenn er über Nacht blieb. Sein Bett im Kabinett war immer frisch bezogen. Er wußte, sie lag in ihrem Bett wach und lauschte glücklich seinen Geräuschen in der sonst so stillen Wohnung: den Spätabendnachrichten, dem Rücken des Fauteuils, der ihm im Weg stand, wenn er noch in die Küche ging, um im Kühlschrank nach etwas Leckerem zu suchen, das Plätschern des Wassers in der Dusche und das Surren des Rasierapparats. Dann blieb er einen Augenblick vor der Tür stehen. *Good night, Mom*, flüsterte er, und es klang noch immer unnatürlich in seinen Ohren, wenn sie durch die geschlossene Tür: *Night, night, sleep well*, antwortete. Er sehnte sich danach, daß sie wie früher in seiner Kindheit sagen würde: Schlaf gut, mein Schatz.

Er konnte nur noch in ihrem Akzent der verlorenen Intimität der Sprache, die nur ihnen gehört hatte, nachhorchen. Dieser vertraute Klang hatte ihn wohl auch an Eva verwirrt und angezogen. Als Siebzehnjähriger, vor dem

Krieg, war er oft in die Emigrantencafés in Manhattan gegangen, um das weiche, melodische Deutsch der Flüchtlinge zu hören und in der Illusion zu schwelgen, einer von ihnen zu sein. Im *Eclair* am Broadway hatte er eine Melange getrunken und sich nach Wien versetzt geglaubt. Es war das Wien aus den Erzählungen seiner Mutter, in das ihn seine Phantasie entrückte. Vor dieser Kulisse sah er sich als eleganten Dandy, als Flaneur.

Im *Eclair* lernte er Eva kennen, sie saß allein an einem Tisch und rauchte und ließ die Tür nicht aus den Augen. Sie hatte eine schulterlange Mähne dunklen Haars, die sie sich von Zeit zu Zeit mit einer unwilligen Kopfbewegung aus dem Gesicht schüttelte. Ihre Blicke trafen sich, und es erschien ihm ganz natürlich, zu ihr hinzugehen, er hätte schwören können, sie habe auf *ihn* gewartet. Er redete sie auf deutsch an, sie lächelte belustigt und antwortete mit dem Tonfall seiner Mutter, der aus jedem Satz eine leicht provokante Frage machte: Ich warte auf jemanden, aber setzen Sie sich ruhig.

Sie trafen sich jeden Tag, gleich nach der Schule rannte er zu ihr, wo immer sie ihn hinbestellte, es kam ihm vor, als habe alles, was nicht sie betraf, zu existieren aufgehört. Er war von der Liebe, die ihn wie ein Blitz getroffen hatte, so überwältigt, daß er glaubte, jeder, dem er begegnete, mußte ihm die Verwandlung ansehen. Ihr zuliebe ging er zu seinem Vater als Bittsteller, er möge ihren Eltern und ihrer jüngeren Schwester ein Affidavit besorgen.

Eva war zwei Jahre älter als Max und hatte etwas überlegen Erwachsenes an sich, eine verbissene Entschlossenheit, die sich alles verbat, was keinem Zweck diente. Sie ließ sich durch nichts beeindrucken und nahm seine Huldigungen mit der Hoheit einer Fürstin hin, jedoch für seine schwärmerische Bewunderung ihrer Wiener Herkunft hatte sie kein Verständnis. Du hast keine Ahnung, wies sie ihn zurecht, du hast nie dort leben müssen.

Sie wollte so schnell wie möglich Amerikanerin werden, die Sprache lernen, die Stadt und ihre Angst vor ihr besiegen. Es lag eine verzweifelte Verwegenheit in den Abenteuern, die sie ihm aufzwang. Heute gehen wir ins Café Luxembourg, bestimmte sie und überhörte seinen Einwand, das sei zu teuer, da gingen nur Reiche hin, Filmstars, Millionäre. Er folgte ihr widerstrebend, blickte betreten zu Boden, wartete auf den Hinauswurf, den Skandal. Aber Eva setzte sich an die Theke, sah herausfordernd um sich, taxierte die Gäste und die Kellner mit wie ihm schien unverschämt direktem Blick, rümpfte die Nase und stellte mit ihrem kehligen Akzent fest: *It is too vulgar, let's go.*

Draußen kicherte sie erleichtert, und Max gestand: Ich wäre beinah gestorben. Allein hätte ich mich da nie hineingetraut.

Ich auch nicht, sagte Eva, aber ich will nicht, daß es etwas gibt, was ich mich nicht getraue. Das ist der einzige Weg, um durchzukommen, verstehst du? Man muß es immer wieder üben.

Nach Hause nahm er Eva nur einmal mit. Es war ein Fehler. Das wurde ihm sofort klar, als er ihrem Blick folgte, der über die Möbel glitt, auf den gußeisernen Heizkörpern verweilte und am Fenster hängenblieb. Keine zwanzig Meter entfernt in der Wohnung gegenüber ohrfeigte eine dicke, mit einem rosa Trägerhemd bekleidete Frau einen kleinen Jungen.

Wohnen Sie schon lange hier? Max zuckte zusammen bei dem Ton, mit dem sie Mira diese Frage stellte, als leite sie ein Verhör.

Er spürte die verhaltene Empörung seiner Mutter. Warum, fragte sie zurück.

Das ist doch eine ziemlich deprimierende Umgebung, stellte Eva fest.

New York ist deprimierend, gab Mira zurück, als führte sie kein Gespräch, sondern ein Duell.

Ich finde New York aufregend, erklärte Eva mit der rechthaberischen Bestimmtheit, die ihm nun zum erstenmal auffiel und unnötig auftrumpfend vorkam.

Sie aßen schweigend. Mira hatte sich bemüht, aber Max sah Eva an, daß es ihr nicht schmeckte. Ich bin nicht nach New York gekommen, um Wiener Schnitzel zu essen, sagte sie, als er sie zur Subway begleitete.

Sie ist frech, sagte Mira zornig, sie schätzt dich nicht, sie wird sich schon noch die Hörner abstoßen.

Sie hat es schwer, wandte er ein, sie ist ganz allein. Man muß ihr lassen, daß sie mutig ist.

Sie wird dich benützen und wegwerfen, prophezeite Mira.

Am Ende behielt sie recht und zugleich unrecht, denn Eva war weder berechnend noch egoistisch, sie war nur grenzenlos ehrgeizig. Zuerst war Max es, aus dem sie einen Mann machen wollte, auf den sie stolz sein konnte. Er arbeitete in diesen letzten Ferien nach der High-School für eine Baufirma und richtete in seiner Phantasie jede Wohnung ein, die er mit Mörtel- und Farbkübel betrat. Eva bestand darauf, daß er sich um ein Stipendium bewarb, um Architektur zu studieren. Sie dächte nicht daran, einen Mann ohne akademischen Grad zu heiraten, erklärte sie.

Sie setzte ihren Ehrgeiz in sein Studium, stellte ihm Aufgaben, er mußte die neuen Bauten Manhattans zeichnen, das McGraw-Hill-Building, das Rockefeller Center, dann standen sie davor, verglichen die Skizzen mit der Wirklichkeit. Wie bei allem hatte sie auch hier einen scharfen, nüchternen Blick. Sie sah, daß seine Begabung nicht im Entwerfen von Konstruktionen lag, sondern daß es die Räume waren, die ihn inspirierten, die überwältigenden Dimensionen der Grand Central Station, das Licht, das sich in breiten Bahnen aus hohen ovalen Fenstern auf den Marmorboden ergoß. Sie wanderten vom Dämmer der

Kassenschalter in die Lichtpfützen, in denen er wie geblendet stehenblieb.

Kommt es dir auch so vor, als würdest du von diesen Sonnenschäften hinaufgesogen, bis du zu den Fenstern hinausschwebst, fragte er.

Sie nickte, es ist wie ein magischer Ort, an dem wir stehen.

Es ist wie eine Kathedrale.

Nein, widersprach sie, davon verstehst du nichts.

Trotz seiner Bewunderung, mit der er ihr ähnlich und ihrer würdig zu werden trachtete, war die Leidenschaft dieser ersten Liebe bald verbraucht. Es traf Max nicht ganz unvorbereitet, als Eva ihm gestand, daß sie sich in einen anderen verliebt habe. Ihre Heiratsanzeige kam an dem Tag, als Ben zum erstenmal in die Psychiatrie eingeliefert wurde. In der Betäubung, mit der er durch diese Tage ging, hinterließ ihre Hochzeit keinen Schmerz. Später erfuhr er, daß sie ein Kind erwartete. Und nach dem Krieg rief sie ihn an. Mein Mann ist ausgezogen, sagte sie sachlich, das ist das Beste, was mir passieren konnte. Sie blieben Freunde, sahen sich von Zeit zu Zeit, gingen zusammen essen. Ihre Liebesbeziehung ließ sich nicht wieder entfachen, aber Eva heiratete auch nicht mehr. Sie zog ihr Kind allein groß und konzentrierte ihre Energie und ihren Ehrgeiz von nun an ganz auf diese Tochter und auf sich selbst, studierte, machte sich einen Namen als Journalistin.

Max gab das Architekturstudium nach einigen Semestern auf. Er wollte Innenräume gestalten, Fassaden restaurieren, keine Häuser bauen. Er war ein Augenmensch, ein Ästhet, er liebte schöne Dinge, sein Wohlbefinden hing davon ab, was sich seinen Augen bot. Zwei Jahre arbeitete er bei einem Bildhauer in Vermont und lebte in einem abgeschiedenen Blockhaus mitten in den Wäldern. In Montreal lernte er mit Gips und Holz umgehen und fand nach seinem ersten Auftrag, den er durch Zufall bekommen hatte, daß seine Lehrzeit nun beendet sei. Der Auftrag führte ihn zurück nach Manhattan, wo er für einen Galeriebesitzer die Jugendstilfassade eines schmalbrüstigen Hauses an der Upper East Side restaurierte. An diesem Haus hing er mehr als an seinen späteren Projekten, auch noch nach vielen Jahren betrachtete er die Fassade, die er mit achtundzwanzig vollendet hatte, als sein Meisterwerk. Schlagartig veränderte sich sein Leben. Das Haus hatte ihm soviel Geld eingebracht, wie er früher in einem ganzen Jahr nicht verdient hatte. Es gab keinen Traum mehr, den er sich oder seiner Mutter nicht erfüllen konnte. Bis auf den einen: die Vergangenheit auszulöschen und ihr das Haus ihrer Jugend zurückzugeben.

Plötzlich verkehrte er mit Menschen, deren Lebensstil ihn immer eingeschüchtert hatte. Er schaute seinen Auftraggebern über die Schulter, wenn sie Schecks ausstellten über Summen, die er verwalten mußte, für Material, für Einrichtungsgegenstände, die Entlohnung der Handwerker, und es dauerte lange Zeit, bis er nicht mehr bis in seine Träume hinein von der Angst verfolgt wurde, daß das Geld verschwände und er dafür geradestehen müßte. Es gab Monate, in denen er ohne Schlaf, fast ohne Atempause, wie ein Besessener Gipsmodelle herstellte, Skizzen zeichnete und sie zu Dutzenden verwarf, Handwerker antrieb und selber Hand anlegte, allein, spätnachts auf einer Leiter mitten in einem leeren Saal, mit Lampen verschiedener Stärke in Licht- und Schattenspiele vertieft, die Wirkung der Stuckverzierungen studierte. Er wußte in solchen Zeiten nicht, wovon er sich ernährte, es war ihm gleichgültig, wo er schlief, manchmal an Ort und Stelle, in der Wohnung, die er restaurierte, auf dem Fußboden, in eine Decke gehüllt, zwischen Maurerkübeln. Aber wenn er dann die Besitzer durch die fertigen Räume führte und ihr Staunen und ihre Vorfreude genoß, kam er sich wie ein

Mäzen vor, der ihnen diese fürstlichen Zimmer zum Geschenk machte, nicht ohne Bedauern, nicht ganz ohne Neid.

Für sich selber restaurierte er ein Apartment in der Nähe des Central Parks. Vom Dach des Hauses überblickte er die Baumkronen und Rasenflächen, ein grünes Hügelland vor seiner Tür. Er überhäufte Mira mit Geschenken und eleganten Kleidern, die sie nie trug. Wann soll ich sie denn anziehen, fragte sie, wenn ich tanzen geh?

Er lernte Frauen kennen, er war ein begehrter Junggeselle, kultiviert, großzügig, am Anfang seiner Karriere. Frauen fühlten sich von ihm verstanden, sie vertrauten sich ihm an, sein forschender, teilnahmsvoller Blick zog Geheimnisse aus ihnen heraus, deren Intimität sie selber überraschte. Er ging durch jene Jahre wie durch einen Traum, von dem man weiß, noch während man ihn träumt, daß man erwachen wird. Was er verdiente, gab er mit vollen Händen aus, es hatte den Anschein, als läge ihm nichts an Reichtum, beinahe mußte es scheinen, als täte er alles, um ihn schnell loszuwerden. Wenn Freunde ihm zur Mäßigung rieten, ihm Ratschläge zu Investitionen gaben, lachte er verächtlich: Mein Vater hat 1929 beim Börsenkrach ein noch viel größeres Vermögen verloren, als ich erwirtschaften könnte. Die überraschte Freude im Gesicht einer beschenkten Frau bedeute ihm mehr.

Er glaubte damals, die Besessenheit, mit der er arbeitete und die ihn berauschte, würde sein ganzes Leben anhalten. Ich bin eine Kerze, die an zwei Enden brennt, sagte er zu Freunden, die Ideen drängen sich nur so in meinen Kopf. Er wagte sich an Aufträge, die Jahre in Anspruch nehmen würden, und seine Auftraggeber waren Staatsoberhäupter und Minister ehemaliger Kolonien, die in New York die Konsulate ihrer neuen Republiken einrichteten. Es gab keine Stilrichtung mehr in der Architektur des neunzehnten und beginnenden zwanzigsten Jahrhunderts, die er nicht nachempfinden und in seine Entwürfe einbeziehen konnte. Seine Liebe gehörte jedoch dem hellbraunen, sorgfältig behauenen Sandstein, der seinen Händen aus den Kindheitsjahren in Brooklyn vertraut war. Und noch immer zog es ihn zu den verzierten Balustraden, den verspielten Erkern und den eleganten Treppenhäusern, wo er seinem europäischen Traum nachhängen konnte. Den Glastürmen der Nachkriegszeit konnte er wenig abgewinnen.

Den Gedanken, eines Tages das Haus in H. zurückerstattet zu bekommen und später dort in zeitweiliger Zurückgezogenheit zu leben, gab er zwar nie auf, aber er rückte vor der atemlosen Gegenwart in weite Ferne. Er liebte sein Leben in New York, das ihn wie ein rasender Pulsschlag durch die Tage und Nächte jagte, er fühlte sich ihm gewachsen. Nur selten, während der langen, drückend heißen Sommer, angesichts der Verwahrlosung und des schrillen Zorns der Armut, des brutal zur Schau gestellten Überlebenskampfes, sehnte er sich für Stunden nach jenem fernen Ort der Ruhe. Es war, als hätte Miras Sehnsucht sich in seiner Phantasie eingenistet, eine leise, beharrliche Sehnsucht, die sich betäuben ließ, aber die nie verstummte. Es gab Zeiten, in denen er genug Geld besessen hätte, ein halbes oder ganzes Jahr in Europa zu verbringen, aber bevor er sich entscheiden konnte, kamen wieder neue verlockende Aufträge dazwischen oder eine Frau, oder eine Krise seines Bruders Ben, den er mit seiner Mutter dann nicht allein lassen wollte.

Max wurde Ed Pears vorgestellt. Jeder in New York kannte die großen Obst- und Gemüseautos mit seinem Namenszug. Er solle sich ein Apartment vorstellen, über dessen Schwelle er seine junge Braut tragen könne, erklärte Mr. Pears ihm seine Wünsche. Max war überzeugt, der

Millionär aus Boston richte seiner Mätresse ein Liebesnest in Manhattan ein, und war erstaunt, als ein linkisches, dünnes Mädchen, seine Tochter Elizabeth, an der Seite ihrer hochgewachsenen herrischen Mutter durch die leeren Räume der Penthousewohnung am Central Park schritt, zu den Stuckdecken emporblickte und ihm ihr kleines, erschrecktes Gesicht zuwandte, um ihn zu fragen, welches Zimmer er ihr als Atelier empfehle. Es war nicht Liebe auf den ersten Blick, Max hätte auch nicht mit Sicherheit sagen können, ob die Nähe, die eher wie die Vertrautheit eines gemeinsamen Wissens war, über das man nicht sprach und auch nicht zu reden brauchte, irgend etwas mit Liebe zu tun hatte. Es schien ihm, als hätten sie die ersten atemlosen Schritte der Verliebtheit bereits in dem Augenblick übersprungen, als sie ihn mit diesem angespannten, beinah entsetzten Blick fixierte, so als erinnere er sie an jemanden, als hätte sie ihn wiedererkannt. Kennen wir uns von irgendwo, fragte er verwirrt. Sie schüttelte mit einem traurigen Lächeln den Kopf. Manche Leute erinnern einen an etwas, sagte sie, man weiß nur nicht an was.

Elizabeth war Malerin, begabt und eigenwillig, mit einer Art sechsten Sinn begabt, der ihr den Anschein großer Einsicht und Klugheit gab. Den Reichtum ihrer Familie nahm sie für selbstverständlich, weder schämte sie sich seiner, noch tat sie sich darauf etwas zugute. Sie führte Max in die Künstlerkreise ein, die ihm bisher verschlossen gewesen waren. Er betrachtete sich selber nicht als Künstler, sondern als Handwerker, als Liebhaber schöner Dinge und Räume. Das, was er durch sein Können erreicht hatte, erschien ihm als natürliches Resultat seines Bedürfnisses, jeden Raum, den er betrat, zu vermessen und zu gestalten. Durch Elizabeth lernte er den russischen Maler Peter Blume kennen, in ihrer Wohnung begann seine lebenslange Freundschaft mit Paul Friedberg, der damals noch von kinderfreundlichen Spielplätzen in den Slums der Lower East Side träumte, und auch seine Feindschaft mit dem Konzeptkünstler Sol Lewitt, dessen Skulpturen in den Museen Max besuchte, um ihnen verstohlene Fußtritte zu versetzen. Elizabeth empfing sie alle in ihrem Art déco-Apartment, das Max seinem Auftrag gemäß restauriert hatte, als gehöre es einer Frau, die ihren Geliebten erwartete. In ihren Bildern, die sie außerhalb ihrer Wohnung nie ausstellte, lag eine damals überholt wirkende Expressivität, die eher das Interesse an ihrer Person als an ihrer Kunst weckte. In seiner Wohnung hing ein Selbstporträt, das sie ihm geschenkt hatte, ein beunruhigendes, in dunklen Ölfarben gehaltenes Bild mit tiefen Schatten und hellen, vor Entsetzen geweiteten Augen, das Porträt einer ausgemergelten Frau im Angesicht ihres Todes.

Nach einigen Monaten war sein Begehren für Elizabeth so vollständig erloschen, daß jeder erwartungsvolle Blick, jede Zärtlichkeit von ihr ihn nur noch in Panik versetzte. Er wollte sie nicht kränken und erzählte ihr, er habe einen Aufsatz von Sigmund Freud gelesen, der ihm wie auf den Leib geschrieben sei, geradezu als habe Freud sein Problem vorweggenommen. Es sei ihm körperlich unmöglich, erklärte er ihr, gleichaltrige oder ältere Frauen zu lieben, es müsse eine Art Inzesttabu sein, sogar die Haare trüge sie ja wie seine Mutter, die Steckkämme, die Spangen, nein, auch wenn sie sich eine andere Frisur machen ließe, der Schaden sei bereits angerichtet. Sie gingen durch den vorfrühlingshaften Park, das Grün in den Bäumen war noch nicht mehr als ein Flirren, das die Zweige umspielte, es war noch ungewohnt, die Menschen ohne Mäntel in der Nachmittagssonne spazieren zu sehen. Max schaute einer jungen Frau nach, deren wehendes blondes Haar in der Sonne leuchtete. Elizabeth folgte seinem Blick. So jung war ich nie, sagte sie.

Sie blieben Freunde, und nach der anfänglichen Verstimmung vertiefte sich ihre Freundschaft zu einer Zuneigung, die frei von Erwartungen und daher großzügiger als eine Liebesbeziehung war. Nach wie vor erschienen sie als Paar bei den Stieglitz' in Mamaroneck, in Mark Rothkos Atelier, und Max hielt seine Liebschaften vor ihr geheim.

Nach dem Tod ihrer Mutter übersiedelte Elizabeth nach London. Sie führten lange Telefongespräche, bei denen sie ihm sagte, wieviel er ihr bedeutete, in ihren Briefen stand, was sie in seiner Gegenwart nie ausgesprochen hätte, daß er der einzige sei, den sie jemals geliebt habe. Solche Sätze machten ihn befangen, sie führten ihm sein Ungenügen vor Augen angesichts ihrer unbeirrbaren Treue. Sie gab das Apartment am Central Park auf, und wenn sie nach New York kam, holte er sie vom Flughafen ab und brachte sie in seine Wohnung. Solange sie bei ihm wohnte, hatte die Frau, mit der er gerade zusammen war, keinen Zutritt zu seiner Wohnung, er traf sie anderswo. Elizabeth schlief in seinem Bett, und Max schlug in seinem Arbeitszimmer ein Behelfsbett auf. Sie lag mit zugeknöpftem Nachthemd unter der Decke, so lautlos und keusch, als dürfe er sie nicht atmen hören.

Nach einigen Tagen lockerte sich die anfängliche Spannung, sie redeten bis zum frühen Morgen, nachdem sie spät nach Mitternacht von alten Bekannten nach Hause gekommen waren. Nur mehr selten, beim Abschied, spürte er ihre Sehnsucht.

Auf der Fahrt zum Flughafen machten sie vage Pläne für gemeinsame Reisen, von denen sie beide wußten, daß sie unverwirklicht bleiben würden.

Bei ihrem letzten Treffen war sie hagerer als sonst und sehr blaß. Eine erschöpfte, vorzeitig gealterte Frau. Die brennenden Augen in ihrem abgezehrten Gesicht erschreckten ihn, und als er sie umarmte, spürte er ihre mageren Schulterblätter unter dem Jackenstoff wie gestutzte Flügel.

Bist du krank, fragte er.

Aber sie lächelte und schüttelte den Kopf.

Und ihm fiel nichts Besseres ein, als ihr beim Abschied aufzutragen, sie müsse mehr essen, damit sie wieder zu Kräften käme. Zu diesem Zeitpunkt hatte sie ihn bereits als Erben ihres Import-Export-Imperiums eingesetzt. Sie war erst zweiundfünfzig, als sie wenige Monate später in London an dem Krebsleiden, das sie ihm verheimlicht hatte, starb. Erst als er ihren Brief las, den sie für ihn hinterlassen hatte, begriff er das Ausmaß ihrer Einsamkeit. Du sollst dir keine Vorwürfe machen, schrieb sie, die Größe deiner Menschlichkeit zeigte sich, als du das Interesse an mir verloren hattest. Jeder ist großherzig, solange er verliebt ist, du bist es auch danach geblieben.

Max war siebenundvierzig. In seine Haare mischte sich das erste Grau, aber er hatte sich alterslos und unverwundbar gefühlt, bis er innerhalb eines halben Jahres Elizabeth an einen frühen Tod und die einzige Frau, mit der er sich ein gemeinsames Leben hätte vorstellen können, an seine eigenen Ängste verlor, die so heftig waren, daß er sie noch lange nicht benennen konnte.

Er hatte Dana im Russian Tea Room kennengelernt. Es war der Abend, als Artur Rubinstein am Nebentisch dinierte. Dana war Studentin an der Columbia University und abends kellnerte sie im Russian Tea Room, um sich das Studium zu finanzieren. Ihre Art, sich zwischen den Tischen zu bewegen, ihre sparsamen Gesten und ihr warmes Lächeln erweckten den Anschein, als wäre sie die Gastgeberin dieses Premierentreffs neben der Carnegie Hall mit der europäischen Eleganz seiner Kandelaber, Orientteppiche und tiefen Samtnischen. Das Schwarz ihrer hochgeschlossenen engen Kleider und ihr aufgestecktes Haar verliehen ihr eine altmodische Anmut. Aber was Max noch mehr verblüffte als ihre Erscheinung war ihr

Geist. Sie schien aus demselben Überfluß der Phantasie und einer atemberaubend raschen Auffassung zu schöpfen wie Ben vor seiner Erkrankung. Ihr Witz und ihre Antworten kamen leicht und schnell wie Florettiebe, und mit der Behendigkeit einer Tänzerin bewegte sie sich von Tisch zu Tisch, zog bewundernde Blicke auf sich, zog Max in ihren Bann, ohne es ihm zu erlauben, sich ihr zu nähern. Noch nie war er auf eine Eroberung so stolz gewesen, als sie schließlich einwilligte, ihn zum Lunch zu treffen.

Ich kann es nicht glauben, sagte er, eine Frau wie dich erobert zu haben.

Das hast du doch noch gar nicht, lachte sie.

Er holte sie nach der Sperrstunde ab, er ging nicht mehr in den Russian Tea Room, er könne es nicht ertragen, wenn sie andere Männer nicht anders als ihn behandelte, gestand er. Alles an dieser Liebe hatte etwas Märchenhaftes, Unwirkliches, zum erstenmal fürchtete er, es könne eines Tages zu Ende sein. Nicht seine, sondern ihre Liebe könnte verschwinden, so unerklärlich wie sie gekommen sei, und ihn in einem Leben zurücklassen, das ohne sie nicht zu ertragen wäre. Diese Liebe darf nicht aufhören, beschwor er sie eines Nachts und war von der Heftigkeit dieser neuen Sehnsucht nach Dauer selber überrascht. Er hatte sich daran gewöhnt, daß jedes Ansinnen einer Frau, eine Bindung einzugehen, Panik in ihm hervorrief. Mit Dana redete er von einer gemeinsamen Zukunft, er nahm sie zu seiner Mutter mit nach Hause und war stolz und zufrieden wie ein Ehemann, als sich die beiden Frauen mochten.

Sie erinnert mich an Ben, sagte er zu Mira, findest du nicht?

Nicht im Wesen, erwiderte sie, vielleicht eine gewisse Ähnlichkeit, die Augen, die schmale Nase.

Sie warf ihm einen schnellen, fragenden Blick zu. Nein,

sagte sie, ihr passiert nichts, sie steht mit beiden Füßen auf der Erde.

Dann wurde Dana schwanger. Sie wollte das Kind, trotz des Studiums. Aber Max bekam eine Angst, die er selber nicht ganz verstand. Er wollte Dana, daran hatte sich nichts geändert, er wollte sie auf keinen Fall verlieren, aber nicht das Kind, auf keinen Fall ein Kind.

Warum nicht, wollte sie wissen, wir wollen doch zusammenbleiben, das sagst du doch?

Ich kann es dir nicht erklären.

Du liebst mich nicht, du bist schon wieder auf der Suche, das ist es.

Er wolle keine Kinder, schrie er sie in seiner Panik an, niemals werde er Kinder wollen, er wolle nicht Menschen in die Welt setzen, die so sehr leiden müßten.

Wie wer, fragte sie.

Er schwieg.

Schließlich gab sie nach, willigte in die Abtreibung ein, er bezahlte dafür. Er glaubte immer noch, ihre Liebe würde dennoch standhalten. Dana stellte ihm alle Geschenke, die er ihr gemacht hatte, vor die Tür, zerbrochenes Glas, Schmuck zwischen den Scherben. Sie ließ ihm ausrichten, er sei für sie gestorben. Sie servierte nicht mehr im Russian Tea Room, sie legte den Telefonhörer beim Klang seiner Stimme auf, sie schickte seine Briefe ungeöffnet zurück. Einige Jahre später begegnete er ihr durch Zufall im Central Park, sie saß im Schatten einer Platane mit Wurzeln, die wie Schwellen über dem Kiesweg lagen, und lachte entzückt in das Gesicht eines Säuglings, den sie mit beiden Händen über ihrem Kopf strampeln ließ. In ihrem Glück schien sie ihm schöner als je zuvor. Er ging vorbei, ohne sie zu grüßen, was hätte er ihr sagen sollen?

Vaterschaft, sagte er an diesem Abend zu einer Frau, mit der er schon begonnen hatte, sich zu langweilen, sei eine Form der Unsterblichkeit, die er nie angestrebt habe. Sie sah ihn verständnislos an, aber er war schon nicht mehr darum bemüht, einen guten Eindruck zu machen.

Nach Danas Verschwinden schien es Max, als sei alle Phantasie und Kraft aus ihm gewichen. Zum erstenmal lehnte er Aufträge ab, er fühlte sich leer, an einem Endpunkt angelangt, und die Sehnsucht, aus New York fortzugehen, wurde übermächtig. Er hatte eine Erbschaft gemacht, er hatte ausgesorgt, aber dieses Wissen steigerte seine Hoffnungslosigkeit. Er brachte Ben in einer beaufsichtigten Wohngemeinschaft unter und setzte seiner Mutter eine großzügige Rente aus. Aber Mira lebte bereits in ihrer eigenen verstörten Welt. Lange Zeit merkte er ihre Veränderung nicht, es schien ihm bloß, als habe ihr Körper einen weiteren Schritt auf den Tod zu getan. Er spürte die Kühle ihrer Wangen, wenn er sie küßte, es kam ihm vor, als wiche unentwegt Leben und Wärme aus ihrem Körper, und in der fortschreitenden Erstarrung krümmten sich ihr Rücken und ihre Finger.

Mira hatte aufgehört, an seinem Leben Anteil zu nehmen wie früher, sie hatte sich in ein mißtrauisches Schweigen zurückgezogen, und ihre Wahrnehmungen erschienen ihm bizarr und wunderlich. Unter ihrem Fenster, berichtete sie ihm, parke immer dasselbe Auto, es stünde dort in der frühen Abenddämmerung bis kurz nach Mitternacht, und jedesmal, wenn er aussteige, blicke der Mann kurz zu ihr hinauf, er bemerke sie immer, sie könne es an seinem Grinsen sehen, dann zünde er sich eine Zigarette an und gehe in das gegenüberliegende Haus. Ich bin sicher, daß er mich von dort aus observiert, sagte sie, und ihre Augen waren vor Angst geweitet. Dann hörte sie auch ein Rauschen im Telefon. Es ist, als käme deine Stimme von einem anderen Stern, flüsterte sie, ich kann jetzt nicht reden, ich werde abgehört.

Wer sollte sich denn für dein Leben interessieren, daß er dich observiert, fragte Max ungeduldig.

Du bist naiv, sagte sie mit einer geheimnisvollen Miene, du siehst immer nur die Oberfläche, aber ich weiß mehr.

An ihrem Geburtstag führte er sie in Manhattan zum Essen aus, aber sie rührte ihren Teller kaum an.

Iß, forderte er sie auf, schmeckt es dir nicht?

Sie hockte geduckt auf ihrem Sessel, den Tränen nah, siehst du nicht, wie sie mich anstarren, fragte sie und warf verängstigte Blicke auf den Kellner, der im Türrahmen lehnte. Er beobachtet mich die ganze Zeit, flüsterte sie, wir sollten lieber gehen, bevor er Verstärkung holt.

Nimm dich zusammen, Mutter, bat Max ärgerlich. Er war zu sehr mit sich selber beschäftigt, als daß ihn Miras Wahnvorstellungen ernstlich beunruhigten.

Einmal fand er einen Strauß weißer Rosen im Abfalleimer, die vor sich hin welkten. Warum gibst du sie nicht ins Wasser, fragte er erstaunt, von wem sind sie?

Von Saul, sagte sie, er wünscht mir den Tod, er schickt mir weiße Rosen, das ist ein Todeszauber.

Mira wurde nicht einfach verrückt, denn zwischen den Attacken von Verfolgungsphantasien ging sie aus, besuchte ihre Freundinnen, plauderte im Supermarkt mit der Kassiererin, besuchte Ben und schätzte stets seinen Zustand richtig ein, wenn sie mit Saul oder Max telefonierte. Freunde holten sich bei ihr Rat, sie spürte unterschwellige Stimmungen, unausgesprochene Gefühle, und mit ihren für das Unsichtbare geschärften Sinnen gewann sie der Wirklichkeit Deutungen ab, die nur für sie Sinn ergaben. Die Nachbarn hielten sie für eine exzentrische alte Dame, ihre Bekannten lächelten nachsichtig, wenn sie mit ihren Interpretationen zu weit ging, und sagten, sie hört das Gras wachsen. Gewiß war sie scharfsinnig, aber plötzlich, ohne Vorwarnung, zappelte sie in einem Netz geheimnisvoller Botschaften und apokalyptischer Bedrohungen, die sie von den Vorgängen der Außenwelt nicht mehr unterscheiden konnte. Der Obdachlose, dem sie an manchen

Tagen einen Zehn-Dollar-Schein zusteckte, konnte sich in den Augenblicken, in denen panische Angst sie zu vernichten drohte, in ihren Todesengel verwandeln.

Max hatte angenommen, daß im Lauf der vielen Jahre, in denen sie das Haus ihrer Jugend mit keinem Wort erwähnt hatte, ihre Erinnerung daran verblaßt war. Spät in ihrem Leben, kurze Zeit vor ihrem langsamen Tod in einem Pflegeheim, fand sie einen neuen Ort des Trostes. An der Küste, nördlich von Bridgeport, in einem der kleinen Feriendörfer, die auf Pfählen über die Dünen ragten, hatte sie auf einem ihrer Ausflüge mit Vorortbussen, mit denen sie meist bis zur Endstation fuhr, um dann durch die Straßen zu schlendern, zwischen zwei Gartenzäunen ein Schlupfloch zu einer verlassenen Bucht entdeckt. Es war eine ruhige kleine Bucht, von einem überhängenden Felsen geschützt, der am späten Nachmittag einen weichen blauen Schatten auf den Strand warf.

Einmal nahm sie Max zu dieser Bucht mit. Doch er wußte damals noch nicht, was ihr dieser Ort bedeutete. Er war nur irritiert, daß sie sich offensichtlich auf einem Privatstrand befanden. Er hatte oben am Zaun das Schild *No Trespassing* gesehen. Sie konnten fortgejagt werden. Es war ein kühler, windiger Septembertag, und das aufgewühlte Meer lud nicht zum Baden ein. Und daß sie mit ihren hellen Leinenschuhen ins Wasser ging und ihm ungeduldig, wie einem Kind, befahl, sich die Hosen aufzukrempeln und zu ihr hinauszuwaten, verärgerte ihn. Die Landzunge war steinig und reichte weit ins seichte Wasser, das mit unruhigen Gischtkämmen den Rand von Tang und zerbrochenen Muscheln überspülte. Kein Mensch war weit und breit und keine Boote, nur das rhythmische Tosen der Brandung, die an den Küstenfelsen zerschellte.

Max war gereizt, und er weigerte sich damals noch, die Zeichen ihrer Wesensveränderung zu erkennen.

Ich hätte dir meine Bucht nicht zeigen sollen, sagte sie, fahr mich nach Hause.

Es war ihr letzter gemeinsamer Ausflug gewesen, das letzte Mal, daß er sie im blendenden Gegenlicht der Abendsonne gegen den Stoßverkehr der Pendler nach Brooklyn fuhr. Bald darauf hatte sie einen leichten Schlaganfall, und nach ihrer körperlichen Genesung brachte Max sie in einem exklusiven Altersheim in New Rochelle unter.

Nun, mit zunehmender Verwirrung, redete sie wieder deutsch, und Max, der der einzige war, den sie bei seinen Besuchen noch erkannte, mußte feststellen, daß sie ihre Jugend und das Haus in H. mit ungetrübter Frische in ihrer Erinnerung aufbewahrt hatte.

Schließlich ging sie fort, ohne es jemandem zu sagen. Sie mußte den Pendlerzug nach Stamford genommen haben und dort in einen Amtrak-Zug nach Boston umgestiegen sein. Umsichtig in ihrer Verwirrtheit trug sie eine kleine Reisetasche bei sich, mit allem, was sie brauchte: Geld, Handtuch, Toilettensachen, Nachthemd. An einer Autobahnauffahrt von East Haven wurde sie aufgelesen, am Ende ihrer Kräfte. Sie habe zu ihrem Strand gehen wollen, sagte sie zu den Polizisten.

Sie kam in ein Pflegeheim, und nach einem weiteren Schlaganfall saß sie im Rollstuhl. Doch meist, wenn er sie besuchte, lag sie so reglos im Bett wie die Gegenstände, die sie umgaben. Sie verzog ihren Mund zu keinem Lächeln, wenn er eintrat, ihr Blick war erwartungsvoll auf das Papiersäckchen in seiner Hand geheftet, in dem er ihr jedesmal das gleiche Geschenk mitbrachte: *Ice cream-sundae*, das sie so gern aß und worauf sie früher, um nicht zuzunehmen, verzichtet hatte. Dann saß er an ihrem Bett und sah ihr zu, wie sie versuchte, Eis und Schokoladensauce mit dem kleinen Plastiklöffel zum Mund zu bringen, ohne sich anzukleckern, aber am Ende gab sie immer auf und ließ sich von ihm füttern.

Wie geht es meinem Vater Hermann, fragte sie.

Gut, sagte Max, er läßt dich grüßen.

Sag ihm auch einen schönen Gruß. Warum besucht mich Sophie nie?

Er schwieg und kämpfte mit den Tränen.

Er hob sie in den Rollstuhl und fuhr mit ihr durch die Gänge, am Schwesternzimmer vorbei, wo er sich im zufälligen Plauderton erkundigte, wie es ihr ginge. Widerspenstig wie ein Kleinkind, sagte die Schwester vorwurfsvoll. Nach einer Stunde küßte er sie auf die Wange, die sich wie zerknittertes Seidenpapier anfühlte, und wenn er aus der Drehtür in die Sonne trat, mußte er den Schrei zurückhalten, der sich gegen seinen Willen seinen Stimmbändern entringen wollte.

Ihr Leben dauerte noch Jahre, pendelte zwischen Momenten überscharfer Klarheit und langen Dämmerzuständen. In einem lichten Augenblick machte sie ein Testament und verfügte, daß man sie nach ihrem Tod verbrenne, was gegen das jüdische Gesetz verstieß. Man solle ihre Asche in jener Bucht bei Bridgeport in den Wind streuen, über das Meer. Victor und Saul sträubten sich gegen dieses Ansinnen, meinten, es sei bloß ein Ausdruck ihres kranken Geistes gewesen, aber Max konnte es verstehen, daß sie nicht in dem Land begraben werden wollte, in dem sie nie wirklich glücklich gewesen war. Ihr Leben sei schließlich an diesem Ort zur Ruhe gekommen, wenn auch nur für Nachmittage. An diesem winzigen Strand, nicht größer als ein windgeschützter Garten, sei ihr für Stunden die Flucht aus einer Welt gelungen, die sie zugrunde gerichtet habe, und sicherlich habe sie, wenn sie über die endlose graue Fläche des Atlantiks blickte, das Haus ihrer glücklichsten Jahre vor sich gesehen.

II

I

An einem Augusttag im Jahr 1974 stieg Max, übernächtigt nach einem langen Flug, am Züricher Bahnhof in den Schnellzug nach Wien. Der hohe blaue Himmel und der kühle Wind versetzten ihn in eine erwartungsvolle Stimmung, und als er mit dem Taxi in die Stadt hineingefahren war und all die Schilder und Hinweistafeln in der Sprache gelesen hatte, die ihm von früher Kindheit an vertraut gewesen war, seinem Ohr jedoch vertrauter als seinen Augen, hatte ihn eine große Zuneigung ergriffen, für die ihm unbekannte Stadt und ihre Menschen, ja für den ganzen Kontinent, seine *Old World*. Alles war so kleinräumig, so sauber, nach der klebrigen Schwüle des New Yorker Sommers – er war bereit, Europa zu lieben. Mit diesem Hochgefühl verließ er die Stadt, die er kaum betreten hatte, begierig, endlich nach H. zu kommen.

Zuerst saß er allein im Abteil. Er sah im Vorüberfahren die Einfamilienhäuser mit ihren eingezäunten Gärten und dachte, wie er sich wohl fühlen würde in diesem anderen, engeren, doch offenbar zufriedenen Leben.

In Sargans setzten sich zwei alterslose Frauen zu ihm ins Abteil. Sie ließen sich mit Nachdruck nieder, als würden sie nie wieder aufstehen müssen, die Beine wie Pflöcke nebeneinandergestellt, den Stoff ihrer Röcke straff über den Knien gespannt. Max hörte ihnen zu, wie sie von ihren erwachsenen Kindern redeten, der Hochzeit der jüngsten Tochter, den Enkelkindern der anderen, ihren Gesundheitsproblemen, den überstandenen Krankheiten, der Ehemann der einen sei nach einer Operation auf Kur, jetzt brauche sie eine Zeitlang nicht zu kochen ... Nach einer Weile hörte Max nicht mehr zu, er verstand nicht alles, es kostete ihn Mühe zuzuhören. Es war ein breiter, kehliger Akzent, den er noch nie gehört hatte, nicht der vertraute, fragende Tonfall der Mutter oder Evas. Trotzdem trafen ihn die Laute seiner Kindheitssprache wie ein Stich schmerzlicher, sehnsüchtiger Trauer.

Mira hatte wenig Begabung für die Nachahmung von Sprachen gehabt. Ihr Englisch klang ähnlich wie ihr Deutsch, ein wenig nasal, die Vokale zu Zwielauten und weichen Konsonanten zerdehnt. Als Kind unter Gleichaltrigen hatte Max sich stets geschämt, wenn seine Mutter auftauchte mit ihrem schwerverständlichen, lächerlichen Englisch. *Greaseball* nannte man solche Leute mit einem mitteleuropäischen Akzent, *just off the boat*, gerade vom Einwandererschiff herunter, ein Makel, den Einwandererkinder zu vertuschen trachteten. In den ersten Jahren hatten sie zu Hause nur deutsch gesprochen, und Mira schickte lieber ihre beiden älteren Söhne einkaufen, um ihre Unsicherheit in der fremden Sprache zu verheimlichen. Als Max in die Schule kam, konnte er nur Deutsch und ein paar englische Vokabeln, ein paar Redewendungen, die er bei Ausflügen aufgeschnappt hatte und die ihm gefielen.

Mein Kapperl, hatte er verzagt gerufen, als er seine Mütze nicht fand, und die anderen Kinder hatten ihn verspottet.

Später, als er und seine Brüder Jugendliche waren, hatten sie untereinander englisch und mit der Mutter deutsch gesprochen, wobei das Deutsch seiner Brüder immer reiner war, frei von dem Akzent, der seine Aussprache färbte. Nachdem in Europa der Krieg ausgebrochen war, mußte man sich vorsehen, wo man in der Öffentlichkeit deutsch sprach, und danach benutzte Mira für den Rest ihres Lebens die fremde Sprache, auch wenn sie ihre Nuancen nie wirklich beherrschte.

Max war in einer Ecke eingenickt, er merkte erst wieder auf, als die Frau mit der strengen Dauerwelle, die ihm gegenübersaß, tief seufzte und kurz auflachte. Ja, damals, sagte sie. Mit einem sehnsüchtigen Klang in der Stimme sagte sie es, und es war klar, daß sie von ihrer Jugend sprach. Erinnerst du dich, wie wir jeden Samstag in die Berge gewandert sind, fragte sie ihr Gegenüber, so unternehmungslustig sind wir damals gewesen, hundemüde von der Arbeit während der Woche und trotzdem um vier in der Früh schon auf und los. Die Mädelführerin, warf die andere ein, wie hat sie doch schnell geheißen, weißt du, die mit der Gretlfrisur, die hat uns so begeistert. Kannst du dich an das Lied erinnern? Sie summte ein paar Takte, die andere summte mit, sang einzelne Wörter, unterbrach sich, wie war doch der Text, daß man so vergeßlich wird. Sie lachten, das ist halt lange her. Kannst du dich erinnern, wie wir bei Sonnenaufgang vor der Hütte gestanden sind und gesungen haben und an die Lagerfeuer in der Nacht? Sie erinnerten sich an die Männer, die damals Jugendliche waren, die eine hatte ihren Mann schon gekannt, die andere hatte auf einen ihr Auge geworfen, der dann gefallen war. Das war achtunddreißig, sagte sie, mein Gott, und es ist, als wäre es gestern gewesen.

Max schaute auf die Landschaft draußen, die engen Täler, die Nadelbäume nah am Bahndamm, die Schluchten und Rinnsale, die steil ins Tal stürzten, hie und da tauchte ein Dorf auf, malerisch, gewiß, mit einem Kirchturm, geraniengeschmückten Balkonen, eine Landschaft für Ansichtskarten.

Hier waren sie jung gewesen, und hier wurden sie alt. Max dachte an den Nachmittag am Meer vor zwei Monaten. In der tiefstehenden Sonne hatten die aufgerauhten Wellen wie die Schuppen eines riesigen Fisches geglänzt. Er hatte es nicht über sich gebracht, die Urne zu öffnen, er war mit hochgekrempelten Hosen hinausgewatet, wie

Mira bei ihrem letzten gemeinsamen Ausflug, und hatte sie vorsichtig ins Wasser gleiten lassen.

Max fühlte eine sprachlose Wut aufsteigen. Er ging auf den Gang hinaus und ließ sich vom Fahrtwind die Haare raufen.

Als er endlich in H. aus dem Zug stieg, war Max zu müde, um nach einem guten Hotel, einer dauerhaften Bleibe zu suchen. Direkt dem Bahnhof gegenüber sah er ein Gasthaus mit dem Schild *Zimmer frei* neben der Tür. Das muß für den Anfang reichen, sagte er sich, ein Bett, eine Waschschüssel, eine Tür, die die Außenwelt fernhielt. Im Flur und in der Diele roch es faulig nach Küchenabfällen und Abort, und der Wirt war mürrisch. Er schaute gespannt zu, die Ellbogen auf die Theke der Rezeption aufgestützt, wie Max ächzend seinen Koffer die enge Treppe hinaufschleppte.

Vom Fenster seines Zimmers sah Max auf den Bahnhofsplatz hinunter, den von Autos gesäumten Park, die Bäume, die vom Staub eines langen Sommers grau geworden waren, auf ein paar hoffnungslose Gestalten auf den Parkbänken. Auch ohne das Fenster zu öffnen, wußte er, daß es sehr still da unten war, als wäre die Uhr nicht bloß auf dem Postgebäude neben dem Bahnhof stehengeblieben.

Später weckten ihn Zugansagen aus einem unruhigen Schlaf. Er träumte von weißen Zäunen, weißen Holzhäusern, schneebedeckten Dächern, einer überbelichteten Albinolandschaft, die ihm schmerzend in die Augen stach. Wie knipste man im Kopf das Licht aus, so daß es dunkel blieb, auch wenn man die Augen öffnete? Er drückte auf seine Schläfenadern, aber es half nichts. Mit Kopfschmerzen wachte er auf, erinnerte sich vage an den Traum und sagte sich, daß er wohl vom Tod geträumt hatte.

Besuchen Sie hier Verwandte, fragte der Wirt, als Max sich an den Frühstückstisch setzte.

Nein, antwortete Max, ich kenne keinen Menschen hier.

Aber Sie sind doch hier geboren, es steht in Ihrem Paß, beharrte der Wirt.

Max schwieg.

Sind Sie schon lange von zu Hause fort, wollte der Wirt wissen. Er hatte das Frühstücksgeschirr, dickwandiges weißes Porzellan, und die Kaffeekanne vor Max hingestellt und machte keine Anstalten wegzugehen.

Ich bin hier nicht zu Hause, sagte Max.

Sie sind Amerikaner, stellte der Wirt fest, aber Sie sind hier geboren. Es war ein eigenwilliges Beharren, das auf eine Erklärung pochte.

Sagen Sie, fragte Max, gibt es hier eine jüdische Gemeinde?

Wieso, fragte der Wirt verblüfft zurück. Er schaute Max minutenlang forschend an. Dann schien ihm ein Licht aufzugehen, und ein pfiffiges, verstohlenes Grinsen huschte über sein Gesicht. Gleich darauf hatte Max den Eindruck, als sei etwas Vorsichtiges, Lauerndes in seinen Blick getreten. Der Wirt holte beflissen das Telefonbuch, schrieb die Adresse auf einen Kassenzettel, sagte, aber gern, als Max sich bedankte, selbstverständlich, keine Ursache.

Irgend etwas hatte sich verändert, Max konnte nicht genau sagen, was, und der Wirt stellte keine Fragen mehr.

Spitzer erwartete Max in seinem Büro, und sofern der erste Augenblick einer Begegnung für alle weiteren Zusammenkünfte ausschlaggebend war, standen die Aussichten günstig. Er saß an seinem wuchtigen Schreibtisch, leicht gebeugt, feingliedrig, die Brille weit auf die Nasenspitze gerutscht, mit aufmerksamen, besorgten Augen. Vielleicht war es auch nur die überdimensionale Größe des Tisches und die Höhe des Raumes, die ihn so zerbrechlich erscheinen ließen. In Spitzers braune Augen trat eine Wärme, fast Freude, die Max als spontane Sympathie deutete.

Nein, nein, wehrte er ab, er sei nicht extra hergekommen, weil Max angerufen habe, er sei immer hier, jeden Tag, außer an den Feiertagen und am Sonntag.

Spitzer war Sekretär der Gemeinde, gewissermaßen ihr Vorsteher, *Schammes*, wenn Sie wollen, auch Vorbeter, wenn es sein muß.

Ich bin ein zwanghafter Erlediger, sagte er zu Max, deshalb verbringe ich mehr Stunden hier, als es irgend jemand von mir verlangen würde.

Max erzählte von seinen bisherigen Erlebnissen, von den Frauen im Zug, dem neugierigen Wirt und daß er sich beobachtet fühle, seit ihn der Wirt mit diesem hinterhältigen, schlauen Blick angesehen habe.

Dem sollten Sie nicht soviel Gewicht beimessen, sagte Spitzer, das hier ist eine Kleinstadt und nicht New York. Die meisten Leute hier kennen keine Juden. Es ist wahrscheinlich eher Neugier als böser Wille. Ich lebe ja auch hier, sagte er und lachte.

Was soll das heißen, fragte Max, wieso kennen sie keine Juden?

Es sind nur wenige zurückgekommen, erklärte Spitzer, und keiner hier will sich erinnern, keiner redet darüber, sie nicht und wir auch nicht, öffentlich jedenfalls nicht.

Wie können Sie hier leben? fragte Max. Er meinte es nicht als Vorwurf, doch Spitzer faßte es so auf.

Das muß jeder für sich selber entscheiden, sagte er, und ohne daß er sich bewegte, schien es, als zöge er sich zurück, als träte Abwehr in seine Augen.

Man kann hier leben, natürlich, versicherte er und schaute auf die Brandmauer vor seinem Fenster. Es ist auch nicht anders als überall sonst.

Allein schon dieser Raum, dachte Max. Dann fragte er: Scheint hier mitunter die Sonne herein?

Draußen war es kühl, fast schon herbstlich, es hatte den ganzen Morgen leicht geregnet.

Nein, sagte Spitzer versöhnlich, das ist Norden, aber ich neige nicht zu Depressionen, bloß zu Rheumatismus.

Mit Rückstellungsverfahren kenne er sich aus, versicherte Spitzer, damit habe er sich mehr als einmal herumschlagen müssen, nicht zuletzt in eigener Sache. So ein Verfahren kann sich hinziehen, sagte er, das kann mitunter Jahre dauern. Er schien in seinem Element, nannte ihm einen erfahrenen Rechtsanwalt, mit dem Max sich am besten gleich in Verbindung setzen solle.

Ich brauche keinen Anwalt, beharrte Max, es ist eine sonnenklare Sache.

Spitzer lachte. Das denken alle: Man hat ihnen etwas weggenommen, also muß man es zurückgeben, das ist nur recht und billig. Aber die auf der anderen Seite haben ihre Tricks. Sie werden einen Anwalt brauchen.

Max schüttelte den Kopf: Ich nicht.

Spitzer zwinkerte ihm amüsiert zu.

Zusammen gingen sie am nächsten Tag den Berg hinauf, ein ruhiges Villenviertel wie damals, als Max nach dem Krieg zum erstenmal wieder hergekommen war. Damals war ihm die Friedhofsmauer auf halber Höhe, über die Birken und Trauerweiden hingen, nicht aufgefallen. Wenn man sich an dieser Stelle umwandte, sah man unterhalb die Stadt mit ihren grünen Zwiebeltürmen und ihren grauen und roten Dächern liegen. Die Häuser hier oben standen zurückgebaut hinter hohen schmiedeeisernen Zäunen oder gestutzten Hecken, Autos parkten davor; die hatte es kurz nach dem Krieg noch nicht gegeben. Sein Haus war eines der wenigen, die sich nur durch das alte, niedrige und bereits schadhafte Mäuerchen von der Straße abgrenzten. Die Anzeichen von Häuslichkeit rund um das Haus ärgerten Max, die Kinderschaukel an der Stange, an der die Frau damals ihren Teppich geklopft hatte, die Gummistiefel neben der Tür. Er sah darin eine Selbstbehauptung, die sich überheblich und wie selbstverständlich über zugefügtes Unrecht hinwegsetzte, als wäre dieses Unrecht nie geschehen. Max sah eine Frau in seinem Alter im Nachbargarten stehen, sie schaute direkt, ohne die Miene zu verziehen, zu ihm und Spitzer herüber, die Hände in die Hüften gestemmt.

Hatte Sophie den Nachbarn etwas anvertraut, bevor sie vertrieben wurde, Bücher, Hausrat, Bilder, das schöne Delfter Porzellan für Pessach, an das Max sich erinnerte? Sollte er zu der Frau hinübergehen und sie ansprechen? Er wollte zuerst mit Spitzer darüber reden. Spitzer kannte die Menschen hier. Irgendwann später würde er sicherlich die älteren Nachbarn fragen, aber nicht jetzt.

Sie gingen um das Haus herum. Die argwöhnische Nachbarin bog ebenfalls um die Ecke ihres Hauses, um sie im Auge zu behalten. Begonien wuchsen in Blumenkästen auf der Balustrade der Terrasse. Von dieser Terrasse gab es ein Foto, das Max in der marmorierten Schachtel seiner Mutter gefunden und vor wenigen Wochen in einen Rahmen gesteckt hatte: Mira, näher und schärfer als auf den meisten anderen Fotos, fast war es ein Porträt, in einem langen hellen Kleid, den Kopf in einem überraschten, fragenden Lächeln leicht vorgereckt, den Arm an der weißen Säule abgestützt und unter ihrem Ellbogen der kleine steinerne Löwe auf seinen Hinterpranken.

Der Löwe ist weg, sagte Max erstaunt.

Spitzer lachte: Da wird sich bestimmt noch einiges mehr verändert haben.

Das Haus war grau und grobkörnig verputzt, Spitzer wies auf die schadhaften Stellen der Mauer hin, dann auf die tief in die feuchte Erde eingesunkenen Steinplatten der Terrasse, die an der Vorderseite lose Dachrinne.

Ein bißchen verwahrlost, stellte er fest. Er hatte bereits recherchiert: Das Haus war im Besitz der Stadtverwaltung.

Schauen Sie, sagte er und Max' Augen folgten seinem Finger, sahen, wie der Vorhang sich bewegte.

Was machen Sie da, rief die Nachbarin herüber.

Erinnern Sie sich an die Familien Kalisch und Berman, rief Max zurück.

Nie gehört, sagte die Nachbarin, die wohnen sicher schon lange nicht mehr da.

Nein, sagte Max, schon lange nicht mehr.

Sie ging kopfschüttelnd ins Haus.

Sie sollen ruhig wissen, daß ich da bin, sagte Max, und Spitzer lächelte nachsichtig.

Bei den Behörden und in den Amtsräumen von Gerichtsbeamten stieß Max rasch an Grenzen, mit denen er nicht gerechnet hatte. Seine Kenntnis der Sprache reichte nicht aus, um das Amtsdeutsch zu verstehen, mit dem man ihn, davon war er überzeugt, nur einschüchtern und entmutigen wollte.

Was heißt das, fragte er allzuoft, das verstehe ich nicht.

Seine gereizte Ungeduld stieß auf Sturheit, mit der ein Beamter die ihm unverständlichen Wendungen wiederholte, bis Max grußlos wegging. Und immer wieder fielen Sätze, die ihn wütend machten: *Es wird schon seine Ordnung haben.* Davon gingen die Beamten aus. Im Grundbuch seien keine Unrechtmäßigkeiten festzustellen, wurde ihm mitgeteilt. *Rein rechtlich* seien seine Ansprüche nicht nachvollziehbar.

Was heißt rein rechtlich, wollte er wissen. Von welchem Recht ist hier die Rede? Für welches Regime arbeiten Sie überhaupt? fragte Max.

Er möge nicht frech werden, wurde er zurechtgewiesen.

Sie haben kein Unrechtsbewußtsein, beklagte er sich bei Spitzer, nicht das geringste Gefühl von Schuld.

Rein rechtlich, beharrte der Beamte bei Gericht, dessen schmales, verschlossenes Gesicht Max im Lauf der Wochen vertraut geworden war, rein rechtlich gebe es mehrere schwerwiegende Probleme bei seinem Besitzanspruch.

Ja? fragte Max, die wären?

Er glaubte ein amüsiertes Aufblitzen in den sonst unbeteiligt kalten Augen des Beamten zu erkennen, als er sagte: Sie haben ja noch nicht einmal bewiesen, daß Sie der sind, der Sie zu sein vorgeben.

Sie haben meinen Paß gesehen, wandte Max ein.

Ich will Ihnen nicht nahetreten, aber der kann gefälscht sein.

Die Miene des Sachbearbeiters war wieder korrekt und undurchdringlich.

Eine Weile hatten sie Ruhe voreinander, Max und sein Sachbearbeiter, denn Max wartete auf Bestätigungen und Nachweise aus New York. Die Polizeibehörde von Manhattan ließ ihn schriftlich wissen, daß gegen ihn nichts vorliege, keine einzige Vorstrafe, nicht einmal *traffic violations*, weder falsch parken noch überhöhte Geschwindigkeit.

Er brauche eine Meldebestätigung, erklärte Max einem Sergeant von der District Police am Telefon und fühlte sich gleich entspannter beim Klang der saloppen Umgangssprache des Polizisten.

What's up, buddy, fragte er.

Max hätte wetten können, der Mann sei ein untersetzter Fünfziger irischer Abstammung, amüsiert über das noch nie gehörte Ansinnen, eine Bestätigung nach Europa zu schicken, daß Mr. Max Berman eine Wohnung an der Upper West Side besitze.

Meldebestätigung, sagte er zu einem anderen, hast du schon mal von einer Meldebestätigung gehört?

Da rufen Sie am besten bei der Hausverwaltung an, schlug der Polizist vor.

Ein Rechtsanwalt, der ihm früher schon öfter geholfen hatte, wenn Ben in irgendwelche Schwierigkeiten geraten war, verschaffte ihm schließlich die geforderten Dokumente und riet ihm, einen Anwalt mit seiner Besitzklage zu beauftragen.

Genießen Sie Europa, sagte er, und lassen Sie jemanden für sich arbeiten, der dafür ausgebildet ist.

Doch Max hatte sich in die Vorstellung verbissen, er müsse sein Erbe aus eigener Kraft zurückgewinnen. Es war wie bei einem Spiel, bei dem die Regeln feststanden und abgekürzte Verfahren nicht gelten durften.

Ein freundlicher, etwas ratloser Beamter vom Einwohnermeldeamt in H. beklagte sich, daß Max erst jetzt käme. Wäre er früher gekommen, hätte die Rückstellungskommission sich mit seinem Fall befaßt, die hätten genau gewußt, was zu tun sei. Auch er mutmaßte, daß Max professionelle Hilfe brauchte.

Ein anderer Beamter, mißtrauisch und wortkarg, schaute ihn über den Brillenrand hinweg an wie einen Gauner, der sich etwas erschleichen wollte. Er saß, jedesmal wenn Max sein Büro betrat, vor einem Notizblock und kaute mißmutig an einem Bleistift. Aber wenn er sich erst einmal in Begeisterung geredet hatte, türmte er mit großem Eifer Hindernisse vor Max auf. Er hielt ihm lange, allgemein gehaltene Vorträge über das Erbrecht, über Pflichtanteile ohne Testament und Pflichtansprüche mit Testament. Es schien ihn glücklich zu machen, sein Wissen vor einem aufmerksamen Zuhörer auszubreiten. Von Max wieder auf seinen Fall zurückgelenkt, stellte er voll Tatendrang einen *Marschplan* für ihn auf, denn so drückte er sich aus: Sie brauchen jetzt dringend einen Marschplan. Als erstes mußten die Sterbeurkunden der verstorbenen Besitzer sichergestellt werden.

Aber drei von ihnen wurden umgebracht, woher soll ich die Urkunden dafür nehmen?

Das zu beantworten liege nicht in seiner Kompetenz, erklärte der Beamte ungerührt. Wie wollen Sie denn wissen, daß sie umgebracht wurden, wenn Sie es nicht beweisen können, fragte er.

Mein Onkel, sagte Max beherrscht, wurde im Frühjahr 1938 nach Dachau deportiert, meine Tante kam 1944 von der Rampe weg direkt in die Gaskammer, mein Großvater ist in Lódz verhungert.

Der Mann blätterte verlegen in den Akten. Diese Wendung im Gespräch war ihm peinlich, aber nur kurz, denn schon hatte er in seinen Unterlagen etwas entdeckt, das ihn zu erleichtern schien.

Moment mal, rief er erfreut, das ändert alles. Das Haus wurde ja rechtmäßig wegen Steuerbetrugs enteignet. Da haben Sie aber keine große Chance, dann war es ja eine ordnungsgemäße Pfändung, rein rechtlich gesehen, fügte er verbindlich lächelnd hinzu, als er aufblickte und Max' Gesicht sah.

Ohne ein Wort verließ Max den Raum und ging geradewegs zu Spitzers Büro.

Ich kann nicht mehr, sagte er und ließ sich auf das rissige Leder des Besuchersessels vor dem Schreibtisch fallen.

Spitzer legte die Hand auf den Telefonhörer: Soll ich jetzt den Anwalt anrufen?

Habe ich eine Wahl, fragte Max resigniert.

Der Anwalt, Dr. Leitner, ein unscheinbarer Mensch, dessen sandfarbenes Äußeres an die Tarnfarben bestimmter Tiere in freier Wildbahn erinnerte, war zuversichtlich. Er fand nichts Ungewöhnliches an der Millionenklage der Finanzbehörde des Reichsgaues gegen einen entlassenen Beamten und Kleinaktionär, den dieser Reichsgau sich anschickte, um seinen Besitz und um sein Leben zu bringen. Er nannte Präzedenzfälle, die sich nicht länger als sechs

Jahre hingezogen hätten, und beruhigte seinen Klienten mit beschwörenden Gesten seiner gepflegten, fast graziösen Hände: Das sei Anfang der fünfziger Jahre gewesen. Damals war alles noch viel schwieriger, erklärte er, damals bestritt das Land noch die Rechtsnachfolge des Reichsgaues und konnte sich dabei auf einen Spruch des Verfassungsgerichts stützen. Außerdem, sagte er mit kaum hörbarer Ironie, hatte man damals noch ständig mit Ministerialbeamten zu tun, die schon achtunddreißig, neununddreißig Gauwirtschaftsberater gewesen waren. Die sind inzwischen mehrheitlich im Ruhestand. Dr. Leitner lächelte fein und hintergründig.

Es war erstaunlich, was Dr. Leitner in kurzer Zeit zum Vorschein brachte: braune, eingerissene Schriftstücke mit Reichsadler und Hakenkreuz, der gesamte Schriftverkehr zwischen Finanzbehörde, Vermögensverkehrsstelle und Geheimer Staatspolizei, eingelangt, erledigt, dem Kreisamtsleiter von einem Staffelführer mit *Heil Hitler* überstellt, in Reichsmarkbeträgen geschätzt und später, als alles zum Verkauf stand, abgewertet, das Inventar aufgelistet, die Möbel, eine Biedermeierkonsole, plötzlich standen die Gegenstände wieder klar vor Max: das kleine Ölbild von Pissarro, eine Allee im Herbst, ein Bild, bei dem ihn immer eine unerklärliche Verzagtheit ergriffen hatte. Spitzenvorhänge und diverse Orientteppiche (auch der mit den geheimnisvollen Tieren), Meißner Porzellanfiguren (einem Hirtenknaben hatte eine seiner feinen, zarten Hände gefehlt), ein zweiarmiger und ein neunarmiger Silberleuchter (Schabbat und Chanukka), ein vollständiges Meißner Service (mit Goldrändern und Zwiebelmuster, es kam nur zu Feiertagen auf den Tisch), Manschettenknöpfe mit Perlen (während ihr Besitzer in Dachau Sträflingskleider trug), zwei Armbanduhren, eine zweireihige Perlenhalskette, ein Paar Smaragdohrringe, die Max sich nicht ohne die Ohren seiner Besitzerin, ohne die Arme, Hände, die Menschen, die dies alles getragen hatten, vorstellen konnte, diese jedoch sah er um so deutlicher vor sich: die schlanke, ein wenig anämische Tante Sophie mit ihren großen, ängstlichen Augen, die sich neben ihrer temperamentvollen Schwester zurückhaltend und unscheinbar ausnahm, Alberts runder haarloser Kopf auf dem Foto vor dem Haus.

Aus diesem Schriftverkehr leitete Dr. Leitner folgenden Sachverhalt her: Ein SA-Sturmbannführer zeigte Interesse an der Villa, plötzlich war es eine Villa. Er wies bei seiner Bewerbung auf die Verfolgung während der *Systemzeit* hin, forderte Wiedergutmachung für erlittene Schäden, forderte tatsächlich das Haus als Entschädigung für seine Leiden im Ständestaat. Die Finanzbehörde beantragte die *Vernehmung des Albert Israel Kalisch, seit fünfzehnten März des Jahres 1938 in Schutzhaft im KL Dachau.* Dem Antrag wurde vom Sicherheitsdienst *nicht stattgegeben.* Dafür wurde Sophie vorgeladen. Von ihrer Einvernahme gab es kein Protokoll. Danach, im Frühsommer 1938, mußte sie nach Wien abgeschoben worden sein. Dorthin hatte Mira das erste Affidavit geschickt, daran erinnerte sich Max, aber die Adresse war ihm entfallen. Warum hatte Sophie nichts unternommen? Sie hätte mit dem Affidavit auch Albert freikaufen können.

Zwischen den reichsadlergeschmückten Briefköpfen des amtlichen Schriftverkehrs lag ein Brief mit Sophies Handschrift an die Finanzbehörde von H. Mein Mann, schrieb sie, der wegen Steuerhinterziehung ins Konzentrationslager Dachau verbracht wurde, besitzt weder die Mittel noch den Charakter für einen derartigen Betrug. Der Brief war mit dem 30. Juni 1938 datiert. Glaubte sie zu diesem Zeitpunkt noch immer an die Lügen der Behörde oder daran, daß sich alles als Irrtum herausstellen würde? Wartete sie gar auf Alberts Rehabilitierung? Sie sei mittellos, schrieb sie, aber das Affidavit für sie und ihren

Mann sei unterwegs. Hatten nicht Saul und Mira ihr schon im Mai das Affidavit geschickt? War es nicht angekommen? War sie übersiedelt? Irrte Max sich im Datum? War es vielleicht der Gang zum Amt, wo sie sich um die *Steuerunbedenklichkeitsbescheinigung* hätte anstellen müssen, vor dem sie zurückschreckte? Sophie war damals keine junge Frau mehr, sie mußte über fünfzig gewesen sein. War sie krank geworden? Hätte sie es Mira verheimlicht, wenn sie bettlägrig geworden wäre? Was hatte sie in den Monaten vor dem Pogrom in den Straßen Wiens gesehen, erlebt, daß sie Hals über Kopf, bevor Albert aus Dachau freikam, geflohen war, nach Prag und dann nach Budapest, wo die Verwandten ihrer frühverstorbenen Mutter lebten?

Max betrachtete Sophies Schrift, die er von ihren Briefen an seine Mutter kannte, eine nervöse, fahrige Schrift, bei der die Buchstaben in alle Richtungen zu streben schienen. Vielleicht war sie Linkshänderin gewesen wie Benjamin, vielleicht bloß außer sich vor Angst. Ein verträumtes, ängstliches Mädchen war sie in Miras Schilderungen gewesen, lange Zeit ein Kind, weltfremd und verschlossen, für junge Männer habe sie sich so lange nicht interessiert, daß sich ihr Vater bereits Sorgen gemacht hatte. Sie heiratete spät, viel später als Mira, obwohl sie fünf Jahre älter war, und sie heiratete einen verläßlichen, stillen Mann, an den sich niemand genau erinnern konnte. Sophie sah ihrer jüngeren Schwester kaum ähnlich, und sie hatte nichts von ihrer Lebenslust, nichts von ihrer selbstbewußten Unbekümmertheit. Aber auch nichts von Miras Aufbegehren, ihrem Jähzorn, ihren Anfällen von Verzweiflung. Statt sich aufzulehnen, ergriff sie die Flucht, so auch damals, als sie nach Ungarn zu den Verwandten floh, die sie nur aus ihrer Kindheit kannte. Sie halte es in der Wohnung, die ihr zugewiesen worden war, nicht aus, hatte sie ihrer Schwester berichtet, sie müsse ein Zimmer mit einer fünfköpfigen Familie teilen. Was machte sie in diesen Monaten in Wien? Trieb sie sich in der Stadt herum, saß sie den ganzen Tag auf ihrem Bett in jenem Zimmer, schüchtern, unfähig sich gegen die Ansprüche anderer durchzusetzen? Sie war Sauls Sprechstundenhilfe gewesen, später hatte sie einige Jahre in einer Anwaltskanzlei gearbeitet. Sie hatte viel gelesen. Die Bücher mit den aufgeschlagenen Seiten nach unten auf Sessellehnen, Tischen, sogar am Badewannenrand, waren stets Tante Sophies Bücher gewesen. Hatte sie damals nach der Vertreibung, auf der Flucht, Bücher mitgenommen, hatte sie die Ruhe, in die schützende Welt eines Buches zu fliehen?

Es gab Augenblicke, in denen sie Max unerträglich deutlich vor Augen stand: ängstlich, verzweifelt, allein. Albert, um vieles älter als sie, war ihr einziger Schutz vor dem Leben gewesen, denn das Leben, schon das ruhige Leben im Frieden, wurde ihr schnell zu anstrengend. Unvorstellbar, daß sie Albert einfach im Stich gelassen hatte.

So lückenlos der Schriftverkehr des Reichsgaues die Enteignung und Neuverteilung ihres Vermögens aufgezeichnet hatte, so wenig sichtbar wurden die Enteigneten. Es ging ja auch nicht um sie. Sie waren weggeschafft, sie waren nicht mehr im Weg, als das Gerangel zwischen Finanzbehörde, Sicherheitsdienst und Gauverwaltung einsetzte, denn jede der Institutionen der neuen Macht meldete ihren Anspruch auf den Hauptanteil der Beute an. Hatte Albert Israel nun *seinen Wohnsitz nach Dachau verlegt*, rätselte ein Beamter der Gauverwaltung, da Dachau ja im Reichsgebiet liege, oder handle es sich um Auswanderung. Es ging um die Entrichtung der *Reichsfluchtsteuer*, die aus dem *Erlös der Liegenschaft* zu entrichten war, nun da Albert und Sophie mittellos und für die zuständigen Behörden an Ort und Stelle nicht mehr von Interesse waren. Der Schriftverkehr zwischen Oberfinanzpräsidium und Gaubehörde zog sich über viele Monate hin.

Schließlich wurde in einem Bescheid vom Dezember 1939 die Finanzbehörde, seit fast zwei Jahren Eigentümerin der konfiszierten Beute, *von der Entrichtung der Reichsfluchtsteuer entbunden*, weil eindeutig festgestellt werden konnte, hieß es, daß *Albert Israel Kalisch seinen Wohnsitz innerhalb des Reichsgebiets lediglich verlegt* habe. Sophie war schon zu Lebzeiten ein für die Behörden zu vernachlässigender Faktor gewesen. Dr. Leitner allerdings schloß daraus, daß sich mit diesem Spruch ein Machtkampf zwischen *Alten Kämpfern* und gewandten Emporkömmlingen in der Partei entschieden habe.

Die Geschichte des Hauses war mit der Ermordung ihrer Besitzer noch lange nicht zu Ende, und Dr. Leitner mußte Max daran erinnern, denn er schien bei so vielen Dokumenten und soviel Spitzfindigkeit, mit der um die Beute gefeilscht worden war, das Interesse zu verlieren.

Sie war weltfremd, sagte er niedergeschlagen, das hat meine Mutter immer gesagt: Wenn Sophie nur nicht so weltfremd gewesen wäre.

In jener Zeit konnte man sich Weltfremdheit nicht leisten, sagte Dr. Leitner trocken.

Der SA-Sturmbannführer, der sich auf die Verhaftung Alberts anscheinend etwas zugute hielt, pochte weiterhin auf sein Vorrecht, den Besitz zu günstigen Bedingungen zu erwerben. Sein Ersuchen wurde abgewiesen, denn nun zeigte auch der Schwiegersohn des Gauhauptmanns ein Interesse an der Villa. Der Gauhauptmann stellte ihm ein *Unbedenklichkeitszeugnis* aus, betonte, daß sein *arischer Stammbaum ohne Unterbrechungen auf deutschem Boden gewachsen sei*. Der Schwiegersohn kaufte Haus und Grund um einen Bruchteil der Summe, die Albert als Steuerschuld angelastet worden war. Zusätzlich zu der Villa erwarb er eine Rum- und Likörfabrik aus jüdischem Besitz, bei der Albert Aktienanteile besessen hatte. Mitglied der NSDAP seit 1928, gab er bei seinem Ansuchen auf Er-

werb als Beruf Kaufmann an. Er war offensichtlich stolz
darauf, im Jahr 1934 wegen Landfriedensbruchs angeklagt
und ins *Reich* geflohen zu sein. Von dort kam er im März
1938 zurück, um die *Volksabstimmung* im *Wahlgau* zu or-
ganisieren. Sein Gesamtvermögen bezifferte er auf 60 000
Reichsmark, aber zu der Frage, *welchen Betrag wollen Sie
investieren*, schrieb er: 5000 RM. Der Parteigenosse und
Obergruppenführer bekam das Haus für 9000 Reichsmark, wovon er 800 in bar bezahlte.

Fünf Jahre lang wohnte er in dem Haus, mit einer Frau
und drei Kindern; eines von ihnen, den Sohn, fand Max im
Telefonbuch. Die Vorstellung von der Tochter des Gauhauptmanns in Sophies koscherer Küche quälte Max.

1943 ging der Obergruppenführer mit seiner Likörfabrik in Konkurs. Die Untermieter, ein Parteigenosse von
der *NS-Volkswohlfahrt* und seine ihm im selben Jahr an-
getraute Frau, übernahmen das Haus, das Ende jenes Jahres in den Besitz der Gauverwaltung überging. Der u. k.
gestellte Parteigenosse blieb auch nach 1945 in seiner
Wohnung, wurde zwar von der US-Militärregierung aus
dem Dienst entlassen, aber 1947 als *Minderbelasteter* wieder von der Gemeinde eingestellt. Nun wußte Max auch
den Namen der Frau, die ihm bei seinem ersten Besuch
nach dem Krieg Antwort und Zutritt zu seinem Haus verweigert hatte. Sie mochte mittlerweile um die Fünfzig
sein, in seinem Alter. Die Kinder studierten wohl oder sie
hatten schon ihre eigenen Familien. Wenn sie von Zuhause redeten, meinten sie sein Haus. Ihre Kindheitserinnerungen verbanden sie mit den Räumen, aus denen Menschen wie ihre Eltern Sophie und Albert in den Tod
getrieben hatten. Hier feierten sie Feste, hier hatten sich
die siebenundzwanzig Jahre der Ehe des Parteigenossen
und seiner Frau abgespielt. Sie waren *eingesessen*, und
wenn man die Nachbarn fragte, seit wann die beiden dort
wohnten, würden sie sagen, schon immer, so lange wir uns

erinnern. Gewiß, sie waren nicht die Besitzer, aber was machte das schon aus? Sie hatten ein Wohnrecht auf Lebenszeit und zahlten eine lächerlich geringe Miete an die Stadt H.

Max war nun nicht mehr danach zumute, den Nachbarn Fragen zu stellen. Er glaubte genug zu wissen. Einmal noch ging er den Berg hinauf, um ein paar Fotos zu machen, von dem Haus unter den hohen Bäumen, der verwahrlosten Terrasse, den Fenstern mit den zugezogenen Storevorhängen, eine Festung, die ihr Inneres nicht preisgab, weil sie anderen gehörte, ihnen selbst dann noch gehören würde, wenn ihm die Stadtgemeinde seinen Besitz zurückerstattet hätte. Wie konnte er darauf warten, daß fast Gleichaltrige freiwillig den Ort verließen, wo sie zu Hause waren? In absehbarer Zeit würde er der Eigentümer des Hauses sein, versprach sein Anwalt, aber er wollte ihre Wohnungen nicht sehen, mit ihrer kleinbürgerlichen Häuslichkeit nicht in Berührung kommen. Die Bilder, die Miras Erinnerungen in seinem Gedächtnis hinterlassen hatten, sollten unangetastet bleiben.

Einmal saß Max einem jungen Gerichtsbeamten gegenüber, der denselben Namen wie der Parteigenosse trug, es war ein häufiger Name in dieser Stadt, wie aus der langen Liste im Telefonbuch ersichtlich war. Er blätterte erschreckt im Grundbuch. Es sei das erste Mal, daß er beruflich mit dieser Problematik zu tun habe, gestand er. Er sprach sehr leise und gequält, als müsse er im Zimmer eines Schwerkranken tröstende Worte finden. Seine kaum verheilten Aknenarben glühten vor Scham oder Verlegenheit. Max empfand Sympathie für den jungen Mann, doch gleichzeitig fragte er sich mißtrauisch, ob er der schuldbewußten Ahnungslosigkeit Glauben schenken durfte. Hatte der Mann sich wirklich noch nie damit beschäftigt, was außer dem Krieg, an den er sich vielleicht dunkel erinnerte, geschehen war? Max war unsicher, wie manchmal in jener Zeit, als Miras Krankheit fast unmerklich begonnen und sie in jeder unfreundlichen Geste, jedem hingesagten Wort Verfolgung gewittert hatte. Spürte sie etwas, wofür ihm die Antennen fehlten, hatte er sich damals gefragt, oder war es bloß die harmlose Gedankenlosigkeit der Umwelt, die sie quälte? Damals hatte er das Mißtrauen seiner Mutter mit forciertem Optimismus abgewehrt, weil er es nicht ertragen hatte, wie ihre Angst sie auffraß. Er mochte die Menschen, er ließ sich von ihrem Kummer und ihren Nöten leicht bewegen, manchmal zu Tränen rühren. Woher, fragte er sich nun, kam dieses stets bereite Mißtrauen, seit er sich in dieser Stadt aufhielt?

Wenn Max an solchen Tagen durch die Straßen ging und in die Gesichter schaute, fragte er sich bei jedem: Hätte der mich versteckt oder angezeigt? Bis er das gleiche Unbehagen spürte, das seine Mutter durchs Leben gehetzt hatte. Es gab Tage, an denen flößten ihm die Gesichter der Menschen, die ihm begegneten, eine unbestimmte Angst ein, er traute ihnen nicht, keinem von ihnen. Im Bahnhofswirtshaus, in dem er noch immer wohnte, hatten sie sich an ihn gewöhnt. Der Wirt behandelte ihn nach wie vor mit einer lauernden Vorsicht und an manchen Tagen ironisch unterwürfig, aber das ältliche Zimmermädchen, das sich nur ächzend bückte, so daß Max ihr half, wenn er zufällig beim Aufräumen im Zimmer war, und auch die Wirtin schienen bei seinem Anblick jedesmal hocherfreut.

Wie soll ich mir das erklären, fragte er Spitzer. Einerseits wissen sie von nichts, andererseits behandeln sie einen mit dieser Mischung aus Unterwürfigkeit und Überheblichkeit. Und wenn man sie anspricht, schauen sie beleidigt weg.

So sind die Leute eben, meinte Spitzer gleichmütig, Kleinstädter, sie sind verunsichert, sie haben Angst.

Und dieser junge Beamte bei Gericht, der von nichts wußte?

Sie reden mit ihren Kindern nicht darüber, sagte Spitzer.

Max zuckte die Achseln: Schließlich bin ich nicht hier, um diese Stadt zu mögen oder zu verstehen.

Er hatte sich eine Aufgabe gestellt, und wenn die erfüllt war, würde er nach Hause reisen. Denn es war ihm in diesen Wochen klargeworden, wie sehr er an New York hing. Es würde nie einen Zweifel daran geben können, daß er dort, zwischen Alphabet City und Crotona Park, hingehörte.

Aber nicht allzulange nach seiner Rückkehr würde die alte Sehnsucht nach Europa ihn wieder heimsuchen, nicht sofort, sondern allmählich würde sie sich bei ihm einnisten und die Wahl der Möbel und Gegenstände bestimmen, die er für seine Klienten erwarb, die Projekte, für die er sich begeisterte und auch die Frauen, deren Nähe er suchte. Und sogar hier in H. verspürte er an manchen Orten, an manchen Tagen einen Anflug von Wohlbefinden, fast von Vertrautheit, der ihn streifte wie eine vage Erinnerung, eine nicht zu erklärende Verwandtschaft. Regten sich seine alten Träume von einem Europa, das schon vor seiner Geburt zerstört worden war, die heile Welt der Erinnerungen seiner Mutter?

Er traf sich nun täglich mit seinem Anwalt in einem Kaffeehaus, das ihm ein wenig das Gefühl vermittelte, in jene Zeit zurückversetzt zu sein. Er mochte das staubige Licht, das durch die Vorhänge sickerte, das unpersönliche, körperlose Summen der Stimmen, und auch das verläßliche Erscheinen Dr. Leitners, von dem er nichts wußte und der keine privaten Fragen stellte. Er war korrekt von seinen auf Hochglanz geputzten Schuhen bis zum gescheitelten schütteren Haar, und er vermittelte Max die gelassene Zuversicht, daß er am Ende zu seinem Recht kommen würde. Man würde nach Yad Vashem schreiben, die hätten die vollständigsten Totenlisten, erklärte er. Seine trockene, umständliche Förmlichkeit riß Max oft zu sarkastischen Bemerkungen hin, die Dr. Leitner nicht verstand, sie verwirrten ihn, aber nie leistete er sich eine so heftige Gefühlsäußerung wie sichtbares Gekränktsein.

An der Glastür mit den Milchglasarabesken hob der Anwalt kurz seinen beigen Hut an, schüttelte Max die Hand und verschwand unter den Arkaden, wer weiß, wohin. Vermutlich in seine Kanzlei, um später nach Hause zu gehen, von einer unscheinbaren Frau sein Abendessen vorgesetzt zu bekommen und zu Bett zu gehen. So stellte Max sich das Leben Dr. Leitners vor.

Max lenkte seinen Schritt zu der breiten, zu jeder Tageszeit belebten Hauptstraße, an Schaufenstern vorbei, in denen er sein Spiegelbild betrachten konnte, erstaunt, daß er sich von den anderen Passanten nicht sichtbarer unterschied. An einer kleinen, einladenden Bäckerei mit stets weißen frischgestärkten Gardinen bog er in die Färbergasse ein und wurde sofort von der Düsternis ihrer schmalbrüstigen, eng aneinandergebauten Häuser umfangen, nur ein runder Torbogen gab Einblick auf einen Innenhof mit einer alten Linde.

Die ausgetretene Stiege des Gemeindehauses war Max inzwischen so vertraut, daß er den Lichtschalter neben der Tür nicht mehr zu suchen brauchte. Nach wenigen Stufen würde das Tageslicht vom Flur im ersten Stock den Weg erhellen. Spitzer war immer da. Er tat beschäftigt, aber es kam Max so vor, als habe er gewartet. Wie Dr. Leitner war Spitzer ein Fixpunkt auf seinen täglichen Runden durch die Stadt, ein Gesprächspartner, auf dessen Verläßlichkeit er zählen konnte, und dennoch wußte er kaum etwas über ihn. Eine neugierige Frage nach seinen Lebensumständen zu stellen, wäre Max wie eine Indiskretion erschienen, er konnte sich diese Unnahbarkeit bei soviel freundschaftlicher Anteilnahme nicht erklären, es schien Max, als läge der Mittelpunkt von Spitzers Leben an einem Ort, der ihm selber unzugänglich, ja unvorstellbar war.

Ich war gerade mit Leitner im Kaffeehaus, berichtete Max, ich glaube, er ist der anständigste und leidenschaftsloseste Mensch, der mir je begegnet ist.

Er hat eine sehr ausgeprägte Leidenschaft für Gerechtigkeit, wandte Spitzer ein.

Max lächelte ironisch: Der hätte uns bestimmt versteckt.

Ist das der Test, fragte Spitzer, dem Sie alle, die Ihnen begegnen, im Zweifelsfall unterziehen?

Wundert Sie das, fragte Max, wie würden Sie mir vorschlagen, die eingesessene Bevölkerung einzuteilen? In launige Witzbolde, die einen Marschplan aufstellen, um möglichst viele Hürden aufzubauen, bis man aufgibt, und anständige Langweiler wie Leitner?

Leitner hätte Sie gar nicht verstecken können, sagte Spitzer, er galt als Mischling zweiten Grades.

Max staunte: Dabei habe ich gedacht, ich wüßte alles, was es über ihn zu wissen gibt.

Sehen Sie, sagte Spitzer mit einem verschmitzten Lächeln, wir sind komplizierter, als Sie denken.

Dieses *Wir* befremdete Max. Konnte man sich hier tatsächlich zugehörig fühlen?

Leitners Geschichte brachte Spitzer ins Erzählen. Er liebte Anekdoten, vor allem makabre Geschichten voll schwarzer Hintergründigkeit, und wenn er dann fertig war, lachte er, bis er sich die Tränen von den Wangen wischen mußte. Er konnte sich vor Lachen nicht halten, wenn er bei der Geschichte von seinem Cousin an die Stelle kam, wo er als Kellner auf einem Luxusdampfer vor der Küste Floridas mit einer Verbeugung einer Dame die Suppe über das Abendkleid geschüttet hatte, worauf er weinte, so herzzerreißend weinte, vor allen Leuten, daß ihm die Dame Geld gab und ihn tröstete, aber er weinte immer fort, erzählte Spitzer und konnte kaum noch an sich halten, er weinte, und sie zog immer neue Geldscheine aus ihrer Handtasche, worauf er nur immer heftiger weinen mußte. Und Spitzer prustete laut heraus und schaute Max an, der nicht mitlachen konnte, weil er bereits die ganze Geschichte kannte und wußte, daß der Cousin aus einem Viehwaggon abgesprungen war und sich als Vierzehnjähriger allein ins unbesetzte Frankreich durchgeschlagen hatte, von dort nach Kuba und dann nach Florida, später nach New York, wo er in einem fensterlosen Zimmer gewohnt hatte, mit nur einem stinkenden Entlüftungsschacht, und das Malheur mit der Suppe war ihm an jenem Tag passiert, an dem er erfuhr, daß er der einzige war, der von seiner Familie übriggeblieben war.

Dem Cousin gehe es gut, sagte Spitzer, er sei inzwischen verheiratet, habe Kinder, eine Anstellung und eine Wohnung in Queens in einem Wolkenkratzer im zweiundzwanzigsten Stock mit einer herrlichen Aussicht. Irgendwann würde Spitzer ihn besuchen.

Da gebe es andere, erzählte er, hier in der Gemeinde, denen es bei weitem nicht so gutginge wie seinem Cousin. Ilja, zum Beispiel, das sei eine traurige Geschichte, um ihn müsse man sich regelmäßig kümmern. Als Kind sei er von polnischen Bauern vier Jahre lang in einem Erdloch versteckt worden, vier Jahre, in denen er nicht habe reden dürfen, keinen Laut, und jetzt, als einziger, der die Familie überlebt habe, vegetiere er in einer Pflegeanstalt, stumm und schwachsinnig. Der ist nicht mehr zurückgekommen, sagte Spitzer.

Über sich selber erzählte Spitzer wenig. Er sei in H. geboren und in die Schule gegangen, hätte seine Bar Mizwa in der Synagoge nebenan gemacht.

Sie standen am Fenster, neben Spitzers wuchtigem braunen Schreibtisch mit dem eingelassenen grünen Hartgummibelag, und schauten auf den Hof hinunter, der von der Ostmauer der Synagoge begrenzt wurde. Ein Stapel Holzpaletten lag in der Ecke, sie stießen an die Brandmauer des gegenüberliegenden Gebäudes.

Bei der Entrümpelung vor ein paar Jahren, erzählte Spitzer, habe er in einem Container vor einem Haus in der Hofgasse eine Torarolle gefunden, ohne Schmuck, ohne Mantel, nur das Pergament, zerfetzt und eingerissen, die oberste Lage aufgeweicht, aber aufgerollt und noch lesbar. An ihren Holzgriffen habe er sie erkannt, sie hätten unter einem durchnäßten alten Teppich hervorgeragt. Am Abend davor habe er sie noch nicht gesehen, erst in der Früh, und die ganze Nacht habe es geregnet. Jemand mußte sie all die Jahre versteckt und sich ihrer dann bei Nacht und Regen heimlich entledigt haben. Spitzer habe sie eine Weile im Büro, im Kleiderschrank liegen gehabt, aber sie war nicht mehr brauchbar, sie war zu beschädigt. Dann hatten sie erwogen, sie auf dem Friedhof zu begraben. Schließlich habe sein Bruder die Torarolle nach Israel mitgenommen.

Er nahm ein Foto aus seiner Schreibtischlade: So hat die Synagoge ausgesehen.

Max betrachtete das ein wenig überbelichtete Bild eines klassizistischen Tempels mit einer breiten Treppe zum Portal, Rundbogenfenstern und Säulen, ein rundes Fenster mit sechseckiger Steinmetzarbeit an der Stirnseite. In der offenen Lade lag auch das Foto einer jungen Frau. Max nahm es in die Hand.

Das ist Flora, sagte Spitzer, 1946 waren wir beide einundzwanzig, da haben wir geheiratet, und 1954 ist sie gestorben.

Er nahm Max das Foto aus der Hand, schloß die Lade mit einem nachdrücklichen Ruck.

Warum ist sie so jung gestorben, fragte Max.

Spitzer hob leicht die Schultern. Bei der Befreiung hat

sie achtunddreißig Kilo gewogen, sie hat sich nie mehr wirklich erholt. Ich hätte nicht mit ihr hierbleiben dürfen.

Wir wollten den Tempel renovieren, fuhr Spitzer mit einer fremden Stimme fort, offensichtlich bemüht, das Thema zu wechseln. Er zeigte zur Ostmauer der Synagoge hinüber: Innen war sie ganz ausgebrannt, auch das Dach war verbrannt, schließlich haben sie löschen müssen, sonst hätte das Feuer übergegriffen. Bis Kriegsende war sie eine Brandruine, dann ist sie in ein Lagerhaus umgebaut worden. Seit Jahren verhandeln wir mit der Stadtverwaltung wegen der Renovierung, eine zähe Sache, aber jetzt laufen uns die jungen Leute weg, sie wandern aus, was sollen sie auch hier. Manchmal denke ich, wozu noch die Synagoge renovieren, wenn dann am Ende doch keiner mehr da ist.

Wo waren Sie achtunddreißig, fragte Max.

Auf der Flucht, mit meinem älteren Bruder die Donau hinunter auf einem Frachtschiff, gerade dreizehn, ein Kind und bis dahin immer sehr behütet, die Taschen voller Geld und Mutters Diamanten in die Jacke eingenäht.

Und Sie sind zurückgekommen, sagte Max fragend.

Mein Bruder auch, sonst niemand.

Max schwieg. Er wollte nicht mehr dieselbe Frage stellen wie bei ihrer ersten Begegnung und spüren, wie Spitzer ungreifbar wurde. Aber es schien, daß Spitzer die unausgesprochene Frage vorweggenommen hatte, denn er sagte ein wenig irritiert: Irgendwo ist man eben zu Hause, das kann man sich nicht immer aussuchen. Warum ich mir das angetan habe, diese Gemeinde zu meinem Lebensinhalt zu machen, alle möglichen Leute wollen das wissen, die ich nicht um ihre Meinung gefragt habe, und ob denn irgendeiner gesagt hätte, schön, daß du wieder da bist? Nein, das nicht. Natürlich war es den Leuten, die ich von früher kannte, peinlich, daß ich wieder da war. Aber einer muß sich ja kümmern um das, was uns gehört: den Fried-

hof, das Gemeindehaus, die Synagoge. Ich bin hier aufgewachsen, sagte Spitzer mit einem Anflug von Trotz, da
gibt es Erinnerungen, auch gute. Und überhaupt, er
schaute Max ärgerlich an: Ich will mich nicht rechtfertigen
müssen, als hätte ich etwas Schlechtes, irgend etwas Un-
anständiges getan.

Ich habe gar nichts gesagt, erwiderte Max.

Lieferwagen fuhren in den Hof, parkten für die Nacht.
Arbeiter verschlossen die Tore des Lagerhauses.

Gehen wir, schlug Spitzer vor, es ist sechs.

Und wo waren Sie achtunddreißig? knüpfte Spitzer an
das Gespräch von vorhin an.

In New York. Ich war in ein Mädchen aus Wien verliebt. Sie war meine erste ganz große Liebe. Sie war nur
ein Jahr älter, aber um vieles erwachsener als ich. Ich habe ihr erzählt, daß mein Vater in Przemyśl geboren sei.
Ich hatte mir Przemyśl immer als Dorf vorgestellt, ein
kleines romantisches, chassidisches Dorf. Sie hat mich
ausgelacht: Przemyśl sei kein Dorf, schon gar kein chassidisches. Das hat mir ungeheuer imponiert, daß sie sich
von mir durch überhaupt nichts beeindrucken ließ. Sie
hieß Eva. Nach dem Krieg hat sie mich aufs College geschickt und einen anderen geheiratet. Aber sie hat die
Leidenschaft für die alte Welt in mir wachgehalten. Sie
und meine Mutter.

Wie jeden Donnerstag versuchte Spitzer Max zu überreden, am Schabbat zum Beten zu kommen.

Ich hab's nicht mit Gott, wehrte Max ab, ich hab mit
Gott nie viel anfangen können. Mit meiner Mutter bin ich
in die Synagoge gegangen, weil sie das glücklich gemacht
hat. Uns alle um den Tisch zu versammeln und zuzuschauen, wie es uns schmeckte, das war ihr wichtig. Solange sie in ihrer Wohnung in Brooklyn lebte, habe ich jeden
Freitagabend mit ihr verbracht. Seither war ich nie mehr
in einer Synagoge.

Sie brauchen ja nicht zu beten, meinte Spitzer. Schauen Sie es sich einfach einmal an. Außerdem haben wir immer öfter weniger als zehn Männer.

Vielleicht morgen, versprach Max. Aber er wußte, daß er auch morgen mit schlechtem Gewissen in seinem Zimmer am Bahnhofsplatz sitzen und überlegen würde, wie lange er in dieser Stadt noch ausharren sollte.

2

Noch bevor Spitzer erneut Gelegenheit hatte, Max an seine religiösen Pflichten zu erinnern, zwang ihn ein unerwartetes Begräbnis, seine Zurückhaltung aufzugeben und Nadja zu ihm zu schicken mit dem Auftrag, Max solle zum Friedhof kommen, es seien nur neun Männer anwesend und sie brauchten zehn, um Kaddisch zu sagen. Jetzt gleich, schärfte er ihr ein, wir warten.

Sie lief zielstrebig quer durch den Park, eilig und blind für alles um sie herum, ohne die Koketterie junger Frauen, die sich oft ihrer Bewegungen so bewußt waren, selbst wenn niemand sie beobachtete, als gingen sie an einer Spiegelwand an sich vorbei.

Max stand am Fenster und überlegte gerade, wie er den Tag gestalten sollte. Er war seit einem Monat in der Stadt, es war Ende September, es wurde kühl und die Abende schienen ihm endlos. Neugierig beobachtete er eine junge Frau, die quer über die Rasenfläche lief, die etwas zu kurzen Beine in flachen Schuhen, der schwarze Rock ließ ihre stämmigen Waden frei, aber nicht die Knie und saß zu eng um ihre Hüften, der Wind strich ihr das dunkle, glatte Haar aus einer hohen Stirn. Als sie seinem Blick entschwand und es gleich darauf klopfte, wußte er, daß sie zu ihm kam, von Spitzer hergeschickt. Er müsse sofort mitkommen, forderte sie mit so heftigem Nachdruck, daß sich sofort Widerstand in Max regte. Konnte sie nicht etwas mehr Charme aufbieten, ein wenig weibliche Überredungskunst?

Nicht jetzt, sagte Max kühl, ich habe zu tun.

Sie warten, bis wir kommen, erklärte sie und blieb entschlossen vor ihm stehen, aber in ihr Gesicht war plötzlich eine gespannte, aus unerfindlichen Gründen fast freudige Erwartung getreten. Aus der Nähe fand Max ihr Gesicht ungewöhnlich, besonders in einer Stadt wie H., die einen erstaunlich einheitlichen Menschenschlag hervorgebracht zu haben schien. Sie wirkte dunkler, als sie war, er fragte sich, welcher tatarische Vorfahre ihrem breiten, spitz zulaufenden Gesicht seine Züge aufgeprägt hatte, die schmalen, schrägen, fast asiatisch wirkenden Augen, den großen, vorwurfsvoll geschürzten Mund und überhaupt dieses widerspenstige Beharren. Aber ihn sah sie mit einem Ausdruck entzückten Wiedererkennens an, so daß er fragte: Sind wir uns denn schon einmal begegnet?

Nein, nein, sagte sie schnell und wurde rot, ich habe Sie nur auf der Straße gesehen.

Das schmeichelte seiner Eitelkeit. Er fiel mit seinen einundfünfzig Jahren noch immer jungen Frauen auf. Wie alt mochte sie sein, um die Zwanzig? Und gleich war er bereit, sie in einem ganz anderen Licht zu sehen, nicht mehr ungehobelt und uncharmant, eher von einer ungestümen Wildheit, die etwas Reizvolles hatte. Jedenfalls hatte sie sein Interesse geweckt, und er war bereit mitzukommen.

Gehen wir, sagte er, ist es weit?

Nein, rief sie über die Schulter, höchstens zehn Minuten, und ging ihm über die Treppe voraus, als führe sie ihn ab.

Während er neben ihr ging, sah er sie immer wieder von der Seite an und fragte sich, ob dies ein Anfang sein könnte, von irgend etwas, das den ganzen Aufwand an Zeit und Mühe des Werbens um eine Frau rechtfertigte. Er hatte schon seit langer Zeit nicht mehr die berauschte Leichtigkeit erster Verliebtheit erlebt, obwohl er nie lange allein gewesen war. Mit der Zeit waren die Muster seiner Liebesbeziehungen einander immer ähnlicher geworden, voraussagbar und wegen der schnell einsetzenden Langeweile immer kürzer. Er glaubte, Frauen zu kennen, sie auch soweit zu verstehen, wie ein Mann eine Frau eben verstehen konnte, sie zu mögen und ganz sicher zu seinem Wohlbefinden zu brauchen. Aber er verglich sich manchmal, wenn er einer Frau sein allzu schnell erlahmtes Interesse erklären mußte, mit einem Connaisseur, dessen Geschmack im Lauf der Jahre ausgefallener geworden und schwieriger zu reizen war. Er sei gewissermaßen überfüttert von der Liebe. Das war kein Kompliment, aber es schaffte ihm endlose Debatten und Krisen aus dem Weg, denn gegen Übersättigung gab es kein anderes Mittel als Abstinenz.

Und dann hatten die Todesfälle in den letzten Jahren, der von Elizabeth, seiner Mutter, seinem alten Lehrer, einem Bildhauer in den Wäldern Vermonts, seine Lebensfreude gedämpft und seinen Unternehmungsgeist vermindert.

Du solltest endlich heiraten, hatte ihm ein Freund, auf den er stets gehört hatte, geraten, gerade jetzt, wo du niedergeschlagen bist und dich allein fühlst, brauchst du die Beständigkeit einer Ehe.

Aber Max, der schon vor der Verausgabung der Liebe zurückschreckte, fürchtete die Ehe als einen Zustand der Unfreiheit. Frauen seien anstrengend, gab er zu bedenken, wenn man sie glücklich machen wolle, und das sei nun einmal der Sinn einer Beziehung, müsse man sich auf sie einstellen, ihnen ununterbrochen Beweise liefern, wie sehr man sie liebe, man müsse sie beschenken und nicht nur mit materiellen Dingen, mit Aufmerksamkeiten, Überraschungen, sonst habe das Ganze von vornherein keine Spannung und keinen Reiz. Liebe sei Verausgabung, ohne sich aufzusparen, und der Versuch, das Einzigartige in einem Menschen zu entdecken. Daher erstaunte es ihn auch nicht, wenngleich es ihn doch jedesmal enttäuschte, daß er von Frauen, die ihm wenig bedeuteten, auch wenig bekam.

Wie heißen Sie, fragte er und betrachtete ihr Profil, das etwas von der entrückten Klarheit japanischer Tuschzeichnungen hatte.

Nadja, antwortete sie und wandte ihm ihr Gesicht zu, ihren großen trotzigen Mund und neugierige Augen unter dichten Brauen, die über der Nasenwurzel beinahe zusammenwuchsen. Reden Sie weiter, fragen Sie mich etwas, schien dieser Blick zu drängen, aber sie nannte bloß ihren Namen, und Max schwieg.

Wir müssen uns beeilen, sagte sie ungeduldig. Sie können nicht anfangen ohne uns, es sind nur neun Männer auf dem Friedhof.

Sie ist zu herrisch, dachte er, zu direkt. Er mochte das Spielerische, das überraschend Vieldeutige des Flirts.

Er mußte sich Mühe geben, mit ihr Schritt zu halten. Sie führte ihn mit einer Bestimmtheit, die den Unmut in ihm verstärkte, der unterwegs wieder in ihm hochgestiegen war. Sie mochte ja interessant aussehen, aber sie hatte nichts Verführerisches an sich. Es war ein unerwartet langer Weg, den sie fast im Laufschritt zurücklegten, über stark befahrene Straßen ohne Ampel oder Fußgängerübergang, an schmucklosen Zweckbauten vorbei und zwischen alten grauen Häusern entlang. Hoch oben auf einem Bahndamm verlangsamte ein Schnellzug seine Fahrt. Schließlich erreichten sie die Friedhofsmauer, hinter der hohe, üppig grünende Bäume aufragten.

Eine kleine, verloren wirkende Schar alter Leute stand um ein ausgehobenes Grab, unterhielt sich, keine Kinder, nur eine Witwe, Freunde. Die Witwe kam auf Max zu und bedankte sich für sein Kommen. Spitzer drückte ihm erleichtert eine Kippa in die Hand. So, jetzt können wir anfangen, sagte er. Der Sarg ruhte bereits auf Holzlatten über dem aufgeworfenen Erdwall. Die Sonne stand schon hoch. Max war beim Laufen ins Schwitzen gekommen, jetzt spürte er den Wind, er machte ihn frösteln. Es war still, als gäbe es keine Stadt jenseits dieser Mauern, nicht den Vormittagsverkehr, durch den sie sich gerade einen Weg gebahnt hatten, nur die Vögel in den Zweigen und die Gebete, denen er nicht folgen konnte. Der Verstorbene hatte Mordechai ben Yitzhak geheißen, aber wahrscheinlich war der Name, unter dem ihn seine Nachbarn kannten, ein ganz anderer gewesen. Max fühlte sich für den schwindligen Bruchteil eines Augenblicks in eine ferne, vergangene Zeit versetzt. Dann griffen die Männer zu den Schaufeln, auch er, als wäre er nur dazu auf den Friedhof gekommen, einen Unbekannten zu begraben. Kühl rann der Schweiß seinen Rücken hinunter. Er fühlte sich sehr jung und kräftig unter all den hinfälligen Alten. Ein warmes Gefühl der Zugehörigkeit durchströmte ihn, als er sich zu den andern umwandte und dankbare Anerkennung in ihren Augen las. Warum sollte er auch darauf beharren, daß er nichts mit ihnen zu tun hätte, daß es reiner Zufall sei, jüdische Eltern gehabt zu haben, daß er ihnen nichts schuldig sei. Hier wurde er offenbar gebraucht, von diesen Menschen wurde er ohne Frage und Mißtrauen angenommen.

Mehr als jemals zuvor und stärker als in anderen Städten, in denen er sich vorübergehend aufgehalten hatte, fühlte sich Max in H. unentwegt darauf verwiesen, daß er fremd war. Es waren die flinken, aufmerksamen Blicke, die es ihm bestätigten, und jedesmal bei seinem ersten Satz spürte er, wie alle aufhorchten und sich fragten, woher er komme.

Vergessen Sie nicht, ermahnte ihn Spitzer von Zeit zu Zeit, das hier ist nicht New York, nicht einmal eine Großstadt.

Aber Max war kein beliebiger Tourist, der von weither kam und deshalb auffiel. Er saß als Jude den Beamten gegenüber, die mit seiner Rückstellungsklage befaßt waren, als Jude ging er in seinem Hotel aus und ein, und hätte er diesem Umstand kein Gewicht beigemessen, sie hätten es ihn nicht vergessen lassen, es war ihren Gesichtern abzulesen, ihren gezügelten, neugierigen Blicken. Es stand als Scheu, als Befangenheit oder als Unbehagen in ihren Augen. Er ertappte sie bei ihrer erschrockenen, überstürzten Freundlichkeit, wenn sie erfuhren, wer er war, als hätten sie zu freimütig Unzensiertes ausgeplaudert, als hätten sie sich unbeobachtet zu sehr gehenlassen. Zu Hause, in New York, hatte Max kaum jemals darüber nachdenken müssen, was es für andere bedeuten mochte, daß er Jude war.

Spitzer gab ihm mit einem amüsierten Zwinkern seine Genugtuung zu erkennen, als Max am Freitagabend in der Tür des Betraumes erschien, ein Stockwerk tiefer als an anderen Tagen, direkt unter Spitzers großem, düsteren Büro. Er begrüßte ihn wie einen bereits sehnlich erwarteten Gast und stattete ihn mit Kippa und Gebetbuch aus, und Max fand wider Erwarten nichts anstößig oder scheinheilig daran, einfach dazustehen und sich umzusehen, ohne die Absicht zu beten oder auf ein Gefühl frommer Ergriffenheit zu warten.

Der Betsaal war nüchtern, hell erleuchtet, mit ein paar alten Bänken, die man vermutlich aus der ausgebrannten Synagoge gerettet hatte, dahinter Stuhlreihen wie in einem

Vortragssaal, vorn ein hohes flaches Pult und dahinter ein schlichter dunkelblauer Samtvorhang, der den Toraschrein verhüllte. Diese improvisierte Schlichtheit hatte etwas Rührendes, etwas, das in seiner Vorläufigkeit und Vergänglichkeit zum Beschützen einlud, ein Bedürfnis, dem Max selten widerstehen konnte. Und auch die Gemeindemitglieder, wenige Familien, viele allein, mehr alte Leute als Jugendliche, machten diesen stillen, gedämpften Eindruck, auf den Max nicht gefaßt war.

Er war mit seiner Mutter in eine kleine Synagoge gegangen, wo im Unterschied zu den großen Synagogen in Manhattan die Männer von den Frauen noch getrennt saßen und nur Männer zur Tora aufgerufen wurden, aber selbst sie hatte über hundert Menschen gefaßt, und kleine Kinder lärmten durch die breiten Gänge und quietschten vor Vergnügen, wenn sie von ihren Müttern eingefangen wurden. Als Junggeselle hatte Max sich immer ein wenig fehl am Platz gefühlt, hatte die unausgesprochene Erwartung gespürt, daß es auch für ihn längst an der Zeit war, eine Familie zu gründen und Kinder großzuziehen.

Nadja saß jenseits des Mittelgangs neben einer lebhaft wirkenden, kleinen alten Dame mit weißem, kurzgeschnittenem Haar, das sie sich manchmal mit einer schwungvollen Handbewegung aus dem Gesicht schob. An jedem Freitagabend saßen die beiden einträchtig auf denselben Plätzen nebeneinander wie Mutter und Tochter, und Nadja beugte sich aufmerksam zu der alten Frau hinüber, wenn die sie am Ärmel zupfte, um ihr etwas zuzuflüstern.

Jugendliche gebe es anscheinend nicht allzu viele in der Gemeinde, bemerkte Max zu Spitzer.

Was sollen sie hier auch, erwiderte Spitzer. Das aufregende Leben spielt sich heutzutage anderswo ab. Israel zieht viele an. Man schickt sie auf Verwandtenbesuch, zum Studieren, zum Hebräischlernen, und sie bleiben.

Wer ist die alte Dame, mit der Nadja gerade flüstert, fragte Max, eine Verwandte von ihr, ihre Mutter?

Das ist unsere *Rebbezn*, die Witwe des Rabbiners Vaysburg.

Geht sie deshalb so ehrfürchtig mit ihr um?

Nadja ist unser Findelkind, unser Kuckucksei. Spitzer lächelte liebevoll zu ihr hinüber.

Mit dreizehn sei Nadja gegen Ende des Schuljahrs in Spitzers Büro aufgetaucht und habe ihn gefragt, ob sie am Religionsunterricht teilnehmen dürfe. Der katholische Religionslehrer an ihrer Schule wolle sie nicht mehr sehen, weil sie störe.

Und bei uns wirst du nicht stören, hatte Spitzer gefragt.

Ich glaube nicht, hatte sie gemeint, das Problem mit dem katholischen Religionsunterricht wäre nämlich, daß sie Jüdin sei.

Ihre Geschichte von der jüdischen Herkunft ihrer Mutter klang ziemlich verworren, und Beweise konnte sie keine liefern. Das käme oft vor, berichtete Spitzer, daß Jugendliche aufgrund irgendeiner obskuren jüdischen Abstammung erwarteten, als Juden in die Gemeinde aufgenommen zu werden, entweder aus Geltungsdrang oder weil sie etwas Besonderes sein wollten, oft auch bloß, weil sie einsam seien und mit ihrer eigenen Familie nicht mehr verwandt sein wollten.

Wir schicken sie meist fort, sagte Spitzer. Manche kommen ein paarmal und bleiben dann von selbst weg. Aber mit Nadja war es anders. Niemand brachte es über sich, sie wegzuschicken, aber ermutigt hat sie auch keiner. Trotzdem blieb sie hartnäckig, suchte von Anfang an Frau Vaysburgs Nähe, lernte, indem sie bei ihr im *Siddur* mitlas; den Rest brachte ihr Spitzers Nichte Ofra bei, die später dann mit ihren Eltern nach Tel Aviv gezogen war, und in den Bar Mizwa-Unterricht kam Nadja auch und saß als einziges Mädchen in der letzten Reihe. Das alles mußte ungefähr sieben oder acht Jahre her sein, rechnete Spitzer nach.

Er frage sich manchmal, fuhr Spitzer fort, ob er Nadja nahelegen solle, Jüdin zu werden, aber dann lasse er es jedesmal wieder. Man soll keine Proselyten machen, schon gar nicht in einer so kleinen Gemeinde. Die obskuren Großmütter und Urgroßmütter konnten reine Erfindung sein, um sich ein wenig zu legitimieren. Spitzer gab nichts auf solche Geschichten. Aber für Nadja empfand er eine Art väterlicher Zärtlichkeit. Er hatte nie ausdrücklich nach ihren Eltern gefragt, außer in Sätzen wie: Was sagt dein Vater dazu, daß du zu den Juden gehst?

Dem ist das egal, hatte Nadja geantwortet.

Es schien, als habe sich ihre Jungmädchenschwärmerei für die um einige Jahre ältere Ofra in eine starke Anhänglichkeit an ihren Onkel verwandelt, nachdem Ofra ausgewandert war. Sie begleitete ihn manchmal bis vor sein Haus, kam oft in sein Büro, fragte ihn, ob er sie mitnähme, wenn er die Kranken der Gemeinde besuchen ging, bot alle möglichen willkommenen und unnötigen Hilfen an.

Sie kommt mir manchmal wie ein junges Tier vor, das Wärme sucht, sagte Spitzer.

Nadja hatte auch versucht, Spitzer nach dem Tod seiner Eltern, nach seinen Erlebnissen vor der Flucht, nach seiner Kindheit in den dreißiger Jahren zu fragen, aber er hatte ihre Neugier schroff zurückgewiesen. Frag lieber deine Eltern, was damals war, hatte er gesagt. Er könne nicht von damals sprechen, das müsse sie verstehen, er wolle nicht. Sehr heftig war er dabei geworden, und sie hatte sich erschreckt entschuldigt. Nachher tat ihm seine Heftigkeit leid, er nahm sie zu seinen Krankenbesuchen bei Ilja mit, weil sie ihn darum gebeten hatte; er selbst hielt es nicht für richtig, ihr das Elend dieser in der Dunkelheit eines Erdlochs und im Schweigen zerrütteten Seele vorzuführen.

Nein, es war keine gute Idee gewesen, sie hatte auf dem ganzen Heimweg kein Wort mehr geredet.

Um ihre Frage dennoch auf seine Weise zu beantworten, nahm Spitzer sie an Orte mit, die er vielleicht nur ihretwegen aufsuchte, Orte, wo damals noch keine Wegweiser und Gedenktafeln darauf verwiesen, daß dort ein Nebenlager eines Konzentrationslagers gewesen war. Er blieb vor Häusern stehen, die in den fünfziger Jahren über den Grundfesten der Lagerbaracken und den Leichen errichtet worden waren, bis jemand erschien, um unwirsch zu fragen, was er hier suche, oder ihn gleich ohne viele Worte wegzujagen.

Macht es Ihnen nichts aus, hier zu wohnen, fragte er die Leute. Hier, genau an dieser Stelle wo Ihr Haus steht, sind Juden ermordet worden. Macht es Ihnen nichts aus, so unbekümmert auf einem fremden Friedhof zu leben?

Nadja lernte eine aufsässige, zornige Seite Spitzers kennen, die nur wenige je zu Gesicht bekamen. Später würde sie verstehen, daß er so, ohne Belehrungen und ohne ihr seinen eigenen Schmerz zu offenbaren, ihre politische Erziehung übernommen hatte.

Ein-, zweimal steckte sie den Kopf zur Tür herein, als Max in Spitzers Büro saß, sagte jedesmal, Entschuldigung, ich dachte nur … und zog sich zurück. Bis auf das eine Mal, als die beiden Männer gerade aufbrechen wollten. Es war ein strahlender, fast sommerlicher Herbsttag, und im Büro war es wie immer klamm und kühl.

Komm mit, sagte Spitzer, als Nadja erschien, wir gehen ins Kaffeehaus.

Sie saßen in einem Gastgarten nahe am Fluß, von dem ein frostiger Lufthauch heraufstieg, trotz der Sonne und der Mücken, die zwischen braungeäderten Kastanienblättern tanzten. Auf der anderen Seite des Flusses ragte ein schattiger Hang in den herbstlichen, wolkenlosen Himmel, feuchtdunkel in seiner Sonnenferne. Wie schön, freuten sich Spitzer und Nadja. Max stellte sich vor, es wäre ein Flußtal in einem fremden, fernen Land, er wollte keine überschwenglichen Gefühle für diese Stadt aufkommen lassen, sie sollte ihm vom Leib bleiben, in angenehmer Entfernung. Er stellte sich kurz vor, wie es wohl wäre, in dieser Stadt verliebt zu sein, und sein Blick fiel auf Nadjas Gesicht, das jetzt, da sie schwieg und in sich versunken war, klein und traurig wirkte. Ihr voller, ungeschminkter Mund erinnerte ihn an die Zeit unmittelbar nach dem Krieg, als sich alle Frauen solche herzförmig geschwungenen Lippen malten, auch seine Mutter.

Dann sprachen Nadja und Spitzer über Ofra. Sie wolle Sängerin werden. Sie sei verlobt gewesen. Sie habe kein Glück mit Männern. Eine so schöne Frau! Und wie Nadja sie bewunderte. Wie selbstlos sie von ihr schwärmte, so sehnsüchtig, so verletzt: Ofra habe ihr kein einziges Mal geschrieben. Sie schreibe eben nicht, erwiderte Spitzer. Welchen exquisiten Geschmack sie habe, schwärmte Nadja, die Türkisohrringe, das indische Kleid mit den vielen kleinen Spiegeln.

Ob sie nicht von etwas anderem reden könnten, fragte Max.

Doch, sagte Spitzer und legte den Arm um ihre Schulter. Wissen Sie, daß Nadja Malerin ist?

Sie schaute verlegen an Max vorbei, in das Glitzern des Flusses.

Im Ernst? fragte Max interessiert. Haben Sie ausgestellt? Leben Sie davon?

Nein, räumte sie verlegen ein, sie habe die Kunstschule in der Stadt besucht und arbeite in einer Druckerei. Aber sie habe eine Mappe, fügte sie stolz hinzu, und zum erstenmal lag in ihrem Blick ein Anflug weiblicher Koketterie.

Was machen Sie in der Druckerei, fragte Max.

Nichts Besonderes, meinte sie wegwerfend, Werbegraphik, Design für Plakate, Auftragsarbeiten eben. Sie zuckte die Schultern: Es ist ein Job.

Es gibt zu viele Maler heutzutage, stellte Max nüchtern fest.

Sie schwieg. Eine beharrliche Entschlossenheit straffte Kinn und Mund. Sollte sie ihre Träume haben. Malerin. Jüdin. Laß sie in ihrer Traumwelt leben, gebot sich Max, wenn sie das braucht, um die Enge und das Lähmende dieser Stadt zu ertragen, das wird sich legen, wenn sie älter wird. Aber es machte ihn ungeduldig, es deprimierte ihn, mit anzusehen, wie sich so viele Erwartungen verflüchtigen würden. Sie ist am falschen Ort geboren, dachte er, hier gibt es keine Chance, nur Träume, die verfliegen.

Er sei bereit, sich ihre Mappe anzusehen, sagte Max betont herzlich, er glaube, etwas von Malerei zu verstehen.

Spitzer erklärte ihr, wie berühmt Max sei, er habe sogar ein Haus an der Fifth Avenue, dem Symbol amerikanischen Überflusses, restauriert.

An Spitzers hintergründigem Lächeln und dem ironischen Glitzern in seinen Augen erkannte Max, daß er sein zögerndes Interesse für Nadja bemerkt hatte und es guthieß.

Am Abend betrachtete Max sich länger vor dem Spiegel. Er gefiel sich. Kein Zweifel, er besaß ein angenehmes, einnehmendes Äußeres. Das dunkelbraune Haar mit dem rötlichen Schimmer war dicht wie eh und je, ergraut nur an den Schläfen und fast schon ein wenig lang, aber es stand ihm, machte ihn jünger, es war sein Zugeständnis an die Zeit, an den Geschmack der Jungen. Einige graue, genaugenommen farblose Fäden in seinem kurz gestutzten Bart störten ihn keineswegs; er mochte diese subtilen Hinweise, daß er bereits ein gutes Stück Leben hinter sich hatte, die an manchen Tagen bläulichen Schatten unter den

Augen, die Lachfalten in den Augenwinkeln. Den umschatteten Blick hatte er vor langen Jahren als Jugendlicher einstudiert, bis irgendeine Frau, wahrscheinlich Eva, ihn theatralisch fand, aber da war er schon zur Gewohnheit geworden und stellte sich wie von selbst ein, sobald er sich einer Frau näherte. Spitzer war ein, zwei Jahre jünger als er, und trotzdem wirkte er älter, irgendwie verbrauchter, mit seinem runden Rücken und dem schütteren grauen Haar. Max hatte ihn noch nie mit einer Frau zusammen gesehen.

Wie Nadja mit ihren einundzwanzig Jahren sie wohl sah, ihn und Spitzer? Als alte Männer, denen sie arglos und kindlich ihr Vertrauen schenken konnte? Sie kam ihm sehr unschuldig und unerfahren vor.

Max hatte sich zwar schon gefragt, woran es lag, daß er bis jetzt noch nie das Bedürfnis verspürt hatte, in H. die Bekanntschaft einer Frau zu suchen, aber vielleicht lag es daran, daß er den Leuten hier mißtraute, auch denen, die nach dem Krieg geboren waren. Er würde jede junge Frau, der er sich näherte, fragen wollen, was ihr Vater während des Kriegs gemacht habe, und selbst wenn er sich diese Frage verbiß, würde sie als Argwohn zwischen ihnen stehen. Es könnte sich herausstellen, daß der eine oder andere Vater dieser hübschen jungen Frauen direkt am Tod seiner Verwandten Mitschuld trug, es war eine kleine Stadt, und nichts war anonym wie in der Großstadt. Bei Nadja spürte er, daß sie unglücklich war, daß sie an dieser Stadt litt und mit der zornigen Entschlossenheit, die sie so unzugänglich machte, nach einem Ausweg suchte. Er dachte mit Sympathie, sogar Bewunderung an sie, aber er zögerte, sich ihr aus Mitgefühl zu nähern, wenn er sich nicht zu ihr hingezogen fühlte. Wir werden ja sehen, was sich ergibt, sagte er abschließend zu seinem Spiegelbild. Was Frauen betraf, ließ er sich seit jeher von Eingebungen leiten.

An vielen Tagen saß Max in der Bibliothek, studierte den Amtskalender der Jahre 1938 bis 1945, schrieb sich Namen auf, verglich sie mit jenen, die der *Völkische Beobachter* anerkennend erwähnte, suchte sie später im Telefonbuch und fand sie, mit denselben Amtstiteln, vermehrt durch die Namen ihrer Kinder und Enkel. Max legte die Liste triumphierend Dr. Leitner vor. Der hob die Schultern und zeigte nicht das geringste Erstaunen: Natürlich, wohin hätten sie auch verschwinden sollen?

Wer nicht gestorben ist, den finden Sie im Telefonbuch, sagte er trocken.

Mit dem Haus läuft alles wie am Schnürchen, berichtete er, alles ist unter Kontrolle. Dr. Leitner war eine Fundgrube für Redewendungen, hinter denen er geschickt verbarg, was er wirklich dachte. Aber er mußte doch etwas fühlen, wenn er sagte: Wir haben Ihren Großvater für tot erklären lassen. Er schob ihm beglaubigte Abschriften der Sterbeurkunden hinüber. Es mußte ihm doch mehr bedeuten, als ein paar Hindernisse aus dem Weg geräumt zu haben, um für seinen Klienten die Rückstellung eines Hauses zu erwirken.

Ich will das Haus nicht mehr, wollte Max sagen, aber er wußte, daß er es nur sagen wollte, um Dr. Leitner ein einziges Mal bestürzt zu sehen.

Wann kann ich einziehen, fragte er statt dessen.

Dr. Leitners sandfarbene Augenbrauen näherten sich dem Haaransatz über seiner Stirn. Nun schien er tatsächlich bekümmert. Die Sache sei nämlich die, vorläufig sei die Mansarde zur Benützung frei, zwei Zimmer, aber ohne Bad und Küche. Das Problem läge in der Unkündbarkeit von Mieterschutzwohnungen.

Sie meinen, ich soll in meinem eigenen Haus als Untermieter wohnen?

Sie könnten sich dann besser um alles kümmern, als Hausbesitzer, gab Dr. Leitner zu bedenken. Das Haus ist reparaturbedürftig. Es wäre ratsam, die Reparaturen zu beaufsichtigen, sonst könnte es teuer werden.

Sie meinen, jetzt fangen die Ausgaben erst an, und ich darf dafür in zwei Dachkammern wohnen?

Der Mann mußte beschränkt sein, fand Max, wenn er ihm einen solchen Vorschlag machte, hinter seiner Anständigkeit, seiner emotionslosen Genauigkeit einfach nur beschränkt, im Denken und im Fühlen. Er stand auf und verabschiedete sich kühl.

Ich kann warten, sagte Max, und wenn es noch dreißig Jahre dauert, bis der letzte draußen ist.

Er ging geradewegs zu Spitzer.

Ja, sagte Spitzer, ich kenne das, Flora und ich haben im Haus meiner Eltern acht Jahre lang in einem Zimmer gewohnt, und die anderen Mieter haben uns nicht einmal gegrüßt.

Ich warte, bis es leer steht, beharrte Max.

Er war müde und fühlte sich besiegt, als er durch die Straßen mit den strengen Bürgerhäusern, ihren abweisenden grauen Fronten zum Bahnhof ging. Seit zwei Monaten ging er jeden Tag zum Bahnhof, wie ein Pendler, wie ein Obdachloser. Er hatte die vage Vorstellung gehegt, daß er am Ende als Besitzer in sein Haus übersiedeln würde, wenn auch nur für kurze Zeit, für einen Monat, eine Woche, vielleicht nur eine Nacht, um an Miras Stelle den Triumph der Heimkehr auszukosten.

Am nächsten Freitag vormittag verabredete sich Max mit Nadja und nahm mit Genugtuung ihre unverhohlene Freude über die Einladung wahr. Sie habe ein hübsches Lächeln, fand er. Sollte er abreisen, ohne wenigstens einen Flirt gehabt zu haben?

Als Max sein Stammcafé pünktlich zur verabredeten Zeit betrat, wartete Nadja bereits an einem der runden

Marmortischchen, das Gesicht erwartungsvoll zur Tür gewandt, und als er eintrat, huschte ein Lächeln darüber. An diesem Morgen hing vor den Fenstern dichter Nebel, der wie ein durchsichtiger Schleier sogar im Raum die Lüster zu entrücken und die Wandleuchten zu verdunkeln schien. Nach der Begrüßung schwieg sie und schob ihm, kaum daß er sich gesetzt hatte, ihre Mappe hinüber. Für unverbindliches Geplauder war sie nicht zu haben. Max putzte sorgfältig seine schmale Goldrandbrille mit einer Serviette, um ihrem Diktat ein wenig symbolischen Widerstand zu leisten. Im trüben, verschwimmenden Licht betrachtete er ihre Zeichnungen. Soviel konnte er sehen: Sie hatte nicht Elizabeths leichte Hand und auch nicht ihre kühne Phantasie. Hatte sie dennoch etwas? Eine Spur von einer fürs Malen nützlichen Begabung? *Bridgeclub*, hatte sie an den unteren Rand einer Tuschzeichnung geschrieben. Zu genau ausgearbeitet für eine Karikatur, bemerkte er. Trotzdem, diese Typen kannte er, er war ihnen begegnet auf Schritt und Tritt, und er mußte zugeben, daß er sie nie so unbarmherzig scharf gesehen hatte, wie sie hier saßen, bösartig, zänkisch und blasiert. Oder eine Bleistiftzeichnung, die den Titel *Sonntagnachmittag* trug: Ja, so flanierten sie die Geschäftsstraße auf und ab, in Trachtenkostümen, Hut auf dem Kopf, Handtaschen von den angewinkelten Ellbogen baumelnd, mit schlauen, verstohlenen Blicken, vorgeschobenem Kinn und unbewegten Mienen.

Er warf Nadja einen schnellen Blick zu; wie mußte sie es hassen, hier zu leben, wie unglücklich mußte sie sein. Sie schaute gespannt auf seine Hände, die ihre Zeichnungen wendeten. Er schob die Blätter von sich und sah sie plötzlich schärfer, sah die ungeschickte Linienführung, die schwerfällige Hand. Sie wird es nicht schaffen, dachte Max, sie wird zugrunde gehen, aber eine Malerin wird sie nicht, auch keine Karikaturistin.

Er begegnete ihrem Blick, in dem er die Überzeugung las, daß er die Macht hatte, ihre Träume zu erfüllen. Ihr gläubiger Blick war wie eine Erpressung, ein Druck auf seinen Magen. Die schmalen Hände, die die Kaffeetasse umklammerten, der Spitzenkragen einer unmöglichen Theaterbluse, extra angezogen für diesen besonderen Anlaß, bei dem sie, vielleicht zum erstenmal, jemandem ihre zornige, gequälte Seele offenbarte.

Konnte er ihr einfach sagen, es fehlt Ihnen an Begabung?

Die Sonnenstrahlen, die den Nebel aufzulösen begannen, trafen auf ihre dunklen Augen und ihre linke Wange. Schon möglich, daß sie jüdische Vorfahren hat, wie sie behauptet, dachte Max, als käme in ihrem Gesicht, wie bei den Zeichnungen, etwas zum Vorschein, zu unbestimmt, es zu benennen, das er zuvor nicht beachtet hatte.

Haben Sie eine gute Kamera, fragte er. Sie sah ihn erstaunt an.

Weil Sie das Auge haben, erklärte er, aber nicht die Hand.

Sie klappte die Mappe zu und blickte auf ihre Hände. Ihre Unterlippe schob sich vor wie bei einem trotzigen Kind. Er hoffte, sie würde nicht zu weinen anfangen.

Versuchen Sie es mit dem Fotografieren, schlug er vor.

Sie schüttelte den Kopf und schaute geradeaus.

Er war erleichtert. Sie würde nicht weinen, ihr Blick war zornig, verletzt, enttäuscht und stur. Selbst wenn sie mehr Begabung hätte, würde es ihr nichts nützen. Sie mußte weg von hier. Jetzt bäumt sie sich noch auf, dachte Max, mit diesen Zeichnungen, diesem haßerfüllten Blick auf ihre Umwelt, und indem sie auch noch vorgibt, Jüdin zu sein, und damit wahrscheinlich ihre ganze Familie gegen sich aufbringt. Aber wenn sie hierbleibt, wird sie irgendwann aufgeben, sie wird einen Einheimischen heiraten, und allzu wählerisch kann sie nicht sein, denn sie ist nicht der Typ, an den sie hier gewöhnt sind. Die Familie wird auf einer kirchlichen Hochzeit bestehen, auf getauften Kindern. Mit vierzig liegen dann die Jugendträume, das Malen, das Judentum weit hinter ihr, es wird nur mehr für ein wenig Nostalgie ausreichen, wenn sie zurückblickt. Warum sollte ausgerechnet sie stärker sein als ihre Herkunft?

Max wartete schweigend und geduldig, daß sie sich faßte. Um sie von ihrer Enttäuschung abzulenken, fragte er schließlich, wie das mit der Jugendbewegung sei, hier in der Stadt, und ob sie achtundsechzig etwas davon mitbekommen habe oder vielleicht dabeigewesen sei?

Sie meinen Israel, fragte sie.

Wieso Israel, erkundigte sich Max verblüfft.

Weil alle ausgewandert sind vor fünf, sechs Jahren, fast alle.

Nein, erklärte er ihr amüsiert, die Counter Culture, Hippies, Vietnam, Flower Power, das alles. Er selber hielt nichts davon, so machte man seiner Meinung nach nicht Politik. Er fand die ziellose Energie dieser Jugend ermüdend und ihre Parolen naiv. Und was die jungen Frauen betraf, hatten sie in ihrer hemmungslosen Direktheit jede Raffinesse verloren.

Ach so, die Studenten, meinte sie gleichgültig. Ihr Blick wurde abwesend und schweifte durch den Raum, sie schwieg. Es schien ihr nicht einzufallen, ihrerseits Fragen zu stellen.

Auf seiner angestrengten Suche nach einem neuen Thema, das sie interessieren könnte, kam Max schließlich auf die Frage nach ihrem Lieblingsmaler. Plötzlich belebte sich ihr Gesicht. Lyonel Feininger, sagte sie, Joseph Stella, kennen Sie die? Er nickte, erzählte von Ausstellungen, die er besucht hatte, von den regelmäßigen Besuchen im neueröffneten Whitney Museum in seiner Kindheit. Sie lehnte sich vor, begierig, angespannt, und Edward Hopper, haben Sie seine Bilder auch gesehen?

Sie müssen nach New York kommen, rief er, von ihrer Begeisterung angesteckt, ich führe Sie in alle Museen und in die Galerien im Village. Er geriet ins Schwärmen, erzählte von den Galerien, deren Besitzer er kannte, redete von Malern, mit denen er befreundet war, und vergaß angesichts ihrer Verzückung und seiner Sehnsucht nach New York, daß er ihr unentwegt Versprechen machte, die er nicht vorhatte einzulösen.

Gegen Mittag brachen sie auf, ihr Gespräch über Malerei war in seine Schilderungen von New York übergegangen, er fand kein Ende.

Als ich Sie zum erstenmal gesehen habe, erzählte Nadja, haben Sie sich ein Kipferl in einer Bäckerei gekauft und es im Gehen gegessen. Da dachte ich, Sie müssen Amerikaner sein, vielleicht aus New York.

Sie gingen über den Stadtplatz und die Kastanienallee am Fluß entlang, er ließ sich von ihr führen. Stachlige graugrüne Kastanien lagen auf dem Weg, manche ohne Schale, glänzend braun. Max bückte sich und hob zwei auf, eine davon, die größere, hielt er ihr hin: Auf ein Wiedersehen in New York, sagte er.

Vom Fluß stieg der Nebel auf wie Wasserdampf aus einem heißen Bad, ein goldfarbenes Wogen in der Sonne. Max zog Nadja an sich und küßte sie. Er wußte zwar, daß er auch damit leichtsinnig ein Versprechen gab, aber damit konnte er sich später befassen, jetzt galt es, seiner Eingebung zu folgen und für den Moment das Richtige zu tun. Sie besaß, wie er vermutet hatte, keinerlei Erfahrung. Ihre Angst vor dem, was ihr geschah, schien so groß wie ihr Verlangen danach, sie zitterte am ganzen Körper. Er legte seinen Arm um ihre Taille, so gingen sie weiter. Ihr feierliches Schweigen war ihm peinlich. Es hat nicht soviel zu bedeuten, wie du meinst, hätte er sagen wollen, es ist nur eine romantische Anwandlung, aber er schwieg, und jeder, der ihnen begegnete, mußte sie für ein Liebespaar halten. Womöglich glaubte sie es selber auch.

Sie führte ihn in einen Stadtteil, den Max noch nie betreten hatte, ein fast ländliches Straßendorf, einstöckige Häuser, die von Stützmauern und hängenden Gärten herab einen langgestreckten Bootsanlegeplatz überblickten.

Hier wohne ich, erklärte sie, in einem Anbau, man kann ihn von der Straße aus nicht sehen.

Sie standen einander verlegen gegenüber und achteten auf Abstand.

Ich gebe Ihnen meine Adresse, stellte sie mit der Bestimmtheit fest, die er an ihr bereits kannte. Sie griff blind in die Mappe und riß ein Stück Papier von einem Blatt, teilte es in zwei Teile und händigte ihm einen aus. Sie tauschten ihre Adressen, als handelte es sich um eine Geschäftsabmachung.

Ich würde Sie sehr gern besuchen kommen, wiederholte sie und lächelte traurig. Dann hielt sie ihm die Hand hin. Wie schmal und kühl sie war, wie ein gläserner Gegenstand. Jetzt wußte er, was es mit ihrem Lächeln auf sich hatte. Es zeigte eine Verletzbarkeit, die sie sonst verbarg.

Bald darauf reiste Max ab. Er hatte Nadja nicht wiedergesehen. Er hatte auch sein Haus nicht mehr aufgesucht. Immer, wenn er wegging, von einem Ort oder einer Frau, kam es ihm vor, als sei ihm das, was er verließ, schon vorher fremd geworden. Bald würde er das Haus besitzen, nach dem sich Mira ihr ganzes Leben lang gesehnt hatte. Dennoch, es war ein fremdes Haus in einer fremden Stadt, die ihm wie ein Lebewesen vorkam, das sich stur fortpflanzte und die Vergangenheit überwucherte, ein dumpfes, manchmal bösartiges, manchmal geschundenes Geschöpf mit einer unverwechselbaren Ausdünstung, für die er allmählich eine Witterung bekommen hatte.

Spitzer und Dr. Leitner brachten Max zum Bahnhof. Er sei froh, wegzukommen, sagte er, aber er werde schreiben, er werde anrufen, Spitzer solle ihn in New York besuchen, sie würden sich wiedersehen, vielleicht schon bald.

Die Dächer waren schwarz vor Ruß und Nässe, und die Straßen glänzten im Regen, als der Zug aus der Stadt hinausfuhr. Die Landschaft ertrank in der feuchten Dämmerung eines lichtlosen Tages. Am nächsten Morgen würde er in Rom sein. Er war erleichtert und zugleich ein wenig bedrückt, als habe er etwas Wichtiges vergessen oder zurückgelassen.

3

Als Max von seiner Reise durch Italien und über die Schweiz schließlich in ein bereits winterliches New York zurückkehrte, hatte er Nadja längst vergessen und legte ihre Adresse achtlos in eine der vielen Schachteln, die sich in seinen Kleiderschränken stapelten und Souvenirs aller Art enthielten.

Seine Adresse dagegen, auf ein Stück von einem abgerissenen Zeichenblock gekritzelt, lag auf Nadjas Schreibtisch, auf dessen Aufsatz mit zierlichen Laden und Fächern auch noch ein Foto ihrer jung verstorbenen Mutter stand. Das Blatt mit seiner fast kalligraphischen Handschrift blinkte ihr, wenn sie abends nach Hause kam, entgegen wie eine Eintrittskarte in eine freie Welt.

Für Nadja war die Welt ein kalter Ort. Sie konnte nicht wählerisch sein, wo sie sich für einen Augenblick die Hände wärmte. Rettung, wenn man sie überhaupt erhoffen durfte, mußte von außen kommen, denn mit den Menschen, die ihr das Leben zugeteilt hatte, wollte sie nichts zu tun haben.

Seit sie als Zehnjährige mit ihrem Vater in diese Stadt gezogen war, hatte sie sich geweigert, an seinem Leben teilzunehmen, *meine Familie* zu denken, wenn von ihm, der Stiefmutter und ihrem Halbbruder die Rede war. Als habe eine Zehnjährige ohne Verwandte, ohne Fürsprecher eine andere Wahl, als sich in das Vorgefundene zu fügen. Niemand war grausam, niemand schloß sie aus. Man ließ ihr Zeit für die Trauer um die Mutter, zwang sie nicht, die Neue Mutter zu nennen, verstand, daß sie nicht zur Hochzeit des Vaters gehen wollte, nie gratulierte, zu keinem Freudentag der Familie. Daß sie das Hochzeitsfoto in zwei Hälften schnitt, die eine in den Müll warf und den Vater in einen zu breiten Rahmen steckte, war eine unnötige Provokation. Sie machte Schwierigkeiten, sie wurde unerträglich, sie hungerte untertags und fraß nachts den Kühlschrank leer. Sie versuchte, sich im Schwimmbad zu ertränken, sich zu Tode zu verkühlen. Schließlich wurde sie in das kleine Dachzimmer im Gartentrakt verwiesen. Nadja versuchte durch Abwesenheit und Wegschauen die Existenz ihrer neuen Familie zu negieren, sie wenn möglich auszulöschen, und der Anblick dieses aufsässigen, zornigen Kindes empörte nicht nur die Stiefmutter, auch deren Verwandtschaft und die Gäste, die ins Haus kamen.

Nadjas Vater war ein schweigsamer Mensch. Sie hatte nie herausgefunden, ob er sie liebte, jedenfalls ignorierte er sie. Wenn sie seine Nähe suchte, mußte sie ihn verfolgen, ihn allein aufstöbern, wenn er nach Büroschluß oder an Samstagen selbstvergessen im Garten werkte. Ich muß mit dir reden, bat sie und stellte sich ihm in den Weg, während er den Gartenschlauch durch die Gemüsebeete zu den selbstgezüchteten Rosen zog, die sein ganzer Stolz waren. Irgendwann begann sie dann zu weinen. So endete jeder Annäherungsversuch mit ihrer Verzweiflung, die ihn nie erreichte, denn Gefühlsausbrüche waren ihm ein Greuel, die kannte er zum Überdruß aus seiner ersten Ehe. Er drückte seinen Unmut aus, indem seine Lippen schmäler wurden und seine Nasenflügel sich blähten; dann war es sinnlos, ihm nachzulaufen, sich gegen ihn zu werfen.

Nadjas Vater hatte keine Freunde, nur Bekannte, die ihm seine gesellige Frau zuführte, und einen Schachpartner, der jeden Sonntagabend zur gleichen Zeit erschien. Als dieser Schachpartner starb, ging Nadjas Vater zum Begräbnis, saß ohne Gemütsregung bei der Totenzehrung und räumte danach die Schachfiguren und das Brett in eine Lade, die selten geöffnet wurde. So war er auch über den Tod seiner ersten Frau, Nadjas Mutter, hinweggegangen.

Die Frau, die er in zweiter Ehe geheiratet hatte, war ein Schwall vorgefaßter Meinungen. Sie teilte die Welt in Schädlinge und Nützlinge ein, Regenwürmer im Garten waren Nützlinge, Kohlweißlinge waren Schädlinge, denen sie haßerfüllt mit dem Tennisschläger hinterherjagte. Nadja entwickelte sich zu einem Schädling. Sie mußte aus dem Haus entfernt werden, in einen Anbau über einem Schuppen, der nur über eine steile Sprossenleiter zu erreichen war. Diesen Bau konnte man nicht lautlos verlassen, denn die Leiter knarrte, die Tür des Schuppens quietschte, so war man auf ihr Erscheinen immer vorbereitet.

Vermutlich waren im Schweigen und in der Gefühlsarmut dieser Jahre Nadjas Mitteilungsbedürfnis und ihre Einfühlung in die Erwartung anderer verkümmert, aber vielleicht war sie auch immer so gewesen, verschlossen, unwirsch und direkt. Jedes Entgegenkommen stieß sie aus dem Gleichgewicht, ein freundlicher Blick, eine gedankenlos verweilende Hand auf ihrem Arm trieben ihr Tränen in die Augen. Als Kind hatte sie eine Gesichtslähmung gehabt, die Unregelmäßigkeit in ihrem Gesicht, ein leicht hängendes Augenlid, die etwas schlaffere linke Wange, waren fast verschwunden, aber sie hatte zu lang damit gelebt, zu hart am Verschwinden dieses Makels gearbeitet, als daß sie sich nicht noch immer gebrandmarkt fühlte und sich für häßlich hielt. Außerdem wuchs ihr dunkler Flaum auf der Oberlippe und am Kinn, den sie sich mit der Pinzette auszupfte.

Trotzdem sehnte sie sich und verliebte sich und litt wie alle anderen, die auf Erwiderung ihrer Gefühle hoffen durften und es leichter hatten. Mit sechzehn erregte sie die flüchtige Aufmerksamkeit eines Achtzehnjährigen. Ihr Glück und ihre Aufregung waren schier unerträglich, sie war entschlossen, alle gehorteten Kostbarkeiten, alles, was sie liebte, schnell vor ihm auszubreiten, bevor er Zeit hatte, sich abzuwenden. Die Haare gewaschen und glänzend, mit Lockenwicklern in widerspenstige Wellen gelegt, in einem rotgetupften Kleid, das längst aus der Mode war, ging sie in atemloser Erwartung an der Seite eines blasierten Gymnasiasten durch die Frühlingslandschaft. Vom flirrenden Licht, den ersten Blüten an Mostobstbäumen, den Leberblümchen auf den Lichtungen berauscht, rezitierte sie Gedichte, die in ihr das Gefühl von Erhabenheit und Freude auslösten. Er kickte Steinchen vor sich her und war gelangweilt. Bevor sie aufgab, nötigte sie ihn, die steile Leiter zu ihrem Dachzimmer hinaufzusteigen, breitete ihre Zeichnungen vor ihm aus: Ein Gefangener, dessen knotige Hände sich um die Eisenstäbe vor seiner Zelle klammerten. Ein Mädchen, das auf eine weite Landschaft blickte. Ein kahler Baum bei Sonnenuntergang. Er aber betrachtete die alten Kalenderfotos, die sie mit Reißnägeln an die Wand geheftet hatte: Dünenlandschaften, Wüste, fein geriffelt wie ein gelber See in einer leichten Brise. Ausgedörrte Erde, von der Sonne in Stücke gerissen, verdorrte Stengel in schwarz versengten Kratern.

Das gefällt dir, fragte er.

Ich mag Skelette, sagte sie und lachte.

Das bist du, zweifellos, stellte der Achtzehnjährige altklug fest, genauso steril, so intellektuell und emotional verkümmert. Er war sehr stolz auf seine scharfsinnige Analyse. Er sagte, er wolle später Psychologe werden.

Danach saß sie in einem Zimmer, das nie mehr dasselbe sein würde wie früher. Es war verwüstet, ganz wie er es beschrieben hatte, steril und tot.

Daß Nadja eines Nachmittags direkt vom katholischen Religionsunterricht in Spitzers Büro kam, entsprang keiner momentanen Eingebung, sondern war eine oft erwogene Entscheidung, die sie dennoch nicht ausreichend begründen konnte.

Der Mädchenname ihrer Mutter war Siegel gewesen, ein jüdischer Name, hieß es, die Familie komme aus einer östlichen Provinz der alten Habsburger Monarchie, und von der Mutter hatte es geheißen, sie habe jüdisch ausgesehen. Deshalb hatte Nadja auch ein Foto ihrer Mutter mitgebracht, gleichsam als Beweis. Spitzer war nicht beeindruckt. Gebe es denn Erinnerungen an jüdische Verwandte, jüdische Feste, Traditionen, ein bißchen jüdisches Wissen, das sich über die Generationen erhalten habe?

Nichts. Nadja schüttelte den Kopf. Nur einen Onkel, von dem man sagte, er trage immer einen Hut und benehme sich jüdisch. Sie hatte ihn verstohlen und sehr genau betrachtet. Als ihr Vater mit ihr nach H. zog, verschwand er aus ihrem Gesichtsfeld.

Wie benimmt man sich jüdisch, hatte sie gefragt und sofort gespürt, daß dies keine gute Frage war, eine peinliche Frage, für die sie sich zu schämen hatte. Deshalb fiel sie sich gleich eifrig selbst ins Wort, sie wisse schon, was gemeint sei, und erließ so den Erwachsenen die Antwort.

Halachisch bist du keine Jüdin, stellte Spitzer fest.

Was ist halachisch?

Dem jüdischen Gesetz nach.

Einem Gesetz war mit Ahnungen und Eingebungen nicht beizukommen, und schon gar nicht mit beunruhigenden Erfahrungen, die sie selber nicht begriff und die sie klugerweise nicht erwähnte, weder damals noch später. Auf ihrem Schulweg nahm sie meist eine Abkürzung durch den Stadtpark, weil dort die Bäume einen grünen Tunnel über den Weg spannten, nur für wenige Schritte, aber lang genug, um sich an einen Ort fern der Stadt versetzt zu fühlen. An jenem frühen Nachmittag im Juni hatten die Blätter wie feuchte Blüten im Mittagslicht geglänzt. Sie war noch immer verletzt und empört über eine Ungerechtigkeit, die ihr in der Schule widerfahren war, niemand war ihr zu Hilfe gekommen und hatte sie verteidigt, und zu Hause würde sie nicht einmal davon erzählen können. Und plötzlich unter dem leuchtenden Grün empfand sie diese unerklärliche Gewißheit, die sie nur aus Träumen kannte, eine Tröstung, die sie Wut und Empörung vergessen ließ, eine Antwort, die ihr für alle späteren Jahre im Gedächtnis bleiben würde, auch wenn sie mit ihr nicht gleich etwas anzufangen wußte. Das braucht dich nicht zu kümmern, dachte sie, wichtig ist, daß du selber weißt, du bist Jüdin. Ein losgelöster Gedanke, ein felsenfestes Wissen einen Moment lang, das sich verflüchtigte, schon beim Nachhausekommen zerstoben war und dennoch hartnäckig haftenblieb und sie schließlich in Spitzers Büro trieb.

Sie war erleichtert, daß Spitzer, als sie zu den Gottesdiensten kam, ihr Erscheinen ohne große Verwunderung hinnahm und daß auch sonst niemand Fragen stellte. Am Anfang kostete es sie jedesmal ihren ganzen Mut, sich am Freitagabend vor dem Essen fortzustehlen und durch das Haustor in der Färbergasse in den ersten Stock zu gehen, den Raum zu betreten, in dem sie erstaunte Blicke trafen, Blicke, die zu fragen schienen, was will dieses Mädchen von uns? Frau Vaysburg nickte ihr stets freundlich zu. Nadja verstand es als Einladung und setzte sich neben sie.

Woher nahm sie den Mut? Aus jenem Augenblick der Gewißheit, daß alles, was ihr anfangs fremd, ja verboten erscheinen mußte, etwas mit ihr zu tun hatte und daß sie eines Tages verstehen würde, wenn sie nur die Richtung beibehielt? Am Anfang war es wie eine Wanderung auf einem Seil, mit jedem Schritt weiter von allem Bekannten weg, von dem sie sich zwar verstoßen fühlte, das aber harter, sicherer Boden war. Schwindelerregend, die fremde Schrift zu lernen, sie zu buchstabieren, allmählich ein System und Zusammenhänge zu begreifen, bis langsam die Kenntnisse, die sie sich zusammenklaubte, vertraut wurden und Sinn ergaben. Verstohlen eignete sie sich Wissen an, als dürfe niemand erfahren, wie unwissend sie mit ihren vierzehn Jahren war, verlegen vor den Gleichaltrigen, die sie mit skeptischer Distanz in ihrer Mitte duldeten. Sie sah sich selber hoch oben auf ihrem Seil, in dünner Luft, schwindlig und glücklich über ihre Kühnheit. Doch es kam immer wieder vor, daß sie ermüdete und sich wünschte, daß diese Anstrengung ein Ende habe. Dann bekam sie es mit der Angst zu tun. Denn nun waren beide Ufer gleich weit entfernt, und einen Sturz würde sie nicht überstehen, es wäre ein Fall ins Bodenlose. Nie würde sie es ertragen, sich einzugestehen, daß sie versagt habe und alle Anstrengungen vergeblich gewesen seien. Allein das Ufer, zu dem sie unterwegs war, schien manchmal unerreichbar. Vielleicht war dieser Seiltanz fernab fragloser Zugehörigkeit alles, was sie erreichen konnte, ein Ringen um ihr Gleichgewicht, ein ganzes Leben lang?

Vielleicht solltest du zum Judentum übertreten, schlug Frau Vaysburg vor, sonst bist du ewig weder Fisch noch Fleisch.

Aber ich glaube nicht an Gott, erklärte Nadja.

Ja, dann würde es schwierig sein.

Nadja besaß weder die Überzeugungskraft noch die Gerissenheit, Frömmigkeit vorzutäuschen, sie hatte nur ihren sturen Willen und ihre blinde Überzeugung, daß all das Wissen, das sie sich aneignete, für sie lebenswichtig war.

Für kurze Zeit, vielleicht anderthalb Jahre lang, wenn sie die scheuen, behutsamen Anfänge mitzählte, verwandelte ihr Ofra, Spitzers Nichte, die Stadt in einen bewohnbaren Ort. Das waren die besten Jahre ihrer Jugend. Unter Ofras Anleitung lernte sie hebräisch lesen und schreiben, erstaunt über den Beifall, stolz auf ihre Fortschritte und begierig auf Ofras Lob. Ofra war drei Jahre älter, und in Nadjas Augen war ihre Schönheit einzigartig, ihre großen lebhaften Augen, die exotischen Ohrringe unter dem schulterlangen Haar. In Ofras Gegenwart hatte sie das Gefühl, wirklicher zu sein, bedeutend und herausgehoben. Als sie zum erstenmal mit Ofra auf der Terrasse eines Cafés saß, schien es ihr, als befände sich ihr zu Füßen das ehrfürchtig staunende Publikum der Stadt. Mit vorsichtigen Fragen drang Ofra in ihre Einsamkeit vor, wartete geduldig, wenn sie um Worte rang: Es gab so vieles, das sie noch niemals ausgesprochen hatte, es lag in ihren Zeichnungen und Skizzen verborgen, aber es war mit Worten so schwer zu fassen.

Wenn Nadja den Mut zum Reden gefunden hatte, mußte sie schnell reden, denn sie fürchtete, die Freundin könnte sich gelangweilt abwenden, bevor sie fertig war. Nachts redete sie weiter, ihre Tage waren ein nicht abbrechender Monolog, der aufflammte zum Gespräch und abebbte in eine glückliche Erschöpfung, weil nie alles gesagt sein würde und Ofra, davon war Nadja überzeugt, dennoch alles schon ahnte und verstand.

Sie war verliebt in Ofra, deshalb war ihr die Stadt auf einmal so verwandelt, selbst an Regentagen leuchtete sie in einem seltenen Licht – jemand hätte es ihr sagen müssen, sie begriff es erst viel später.

Aber ihr Hunger war noch nicht gestillt, als Ofra wegging. Ofra war achtzehn, sie hatte maturiert, sie würde in Israel leben. Sie war die erste unter den Jugendlichen der Gemeinde, die nach Israel gingen. Das Wort *Alija* fiel in den Gesprächen nach dem Gottesdienst immer häufiger, als bedeute es einen Aufstieg zu höheren Ehren, eine Auszeichnung, mit der man rechnen konnte, ein Allheilmittel gegen schlechte Noten in der Schule, eine Zukunft, die Nadja verschlossen war. Die Buben, mit denen Nadja im Bar Mizwa-Unterricht gesessen war, wurden erwachsen und verschwanden. Man muß loslassen können, sagten die Eltern, man darf den Kindern nicht im Weg stehen. Wenn sie zu den Hohen Feiertagen oder zu Pessach aus Israel auf Besuch kamen, waren sie braungebrannt und hatten etwas Strahlendes, gewissermaßen Heldenhaftes an sich und dienten in der *Zahal*. Immer öfter wurde das Glück der anderen ihr auch hier zum Schmerz, wenn sie eine Bar Mizwa feierten oder eine Hochzeit, und die Familien, die das Morden überlebt hatten, zusammenkamen, unbekannte Gesichter aus Ländern so fern wie Amerika, sogar Neuseeland, und den Betsaal füllten, Familienfeste, wie Nadja sie nicht kannte. Sie war eingeladen mitzufeiern, aber es schüchterte sie ein, an einer Geborgenheit teilzuhaben, die für sie keine Dauer hatte. So also konnte man genießen, so feierte man, so tanzte man die Horra, wenn man Familie hatte. Spitzer bemerkte ihren Schmerz, drückte sie schnell an sich, sagte ihr, daß sie eine jüdische Seele hätte, und was immer er damit meinte, für sie bedeutete es, du gehörst dazu.

Frau Vaysburg saß bei den Gottesdiensten verläßlich neben ihr. Die vielen Stunden an den Hohen Feiertagen, während die Höhepunkte der Festliturgie kamen und verebbten, der Sessel drückte und die Zehen klamm wurden, während die Männer die Tora aushoben und einander beim Vorlesen ablösten, erzählte Frau Vaysburg ihr mit zittriger

Mädchenstimme Geschichten aus ihrer Jugend im rumänisch-bulgarischen Grenzgebiet, von der Landschaft dort und den Bauern, die in der Zeit der Verfolgung geholfen hatten, sie erinnerte sich, welche Kleider sie als junges Mädchen besessen hatte, und wie sie ihren Mann zum erstenmal gesehen hatte, aber jedesmal kam sie an jenen Punkt, an dem sie schnell das Thema wechselte oder an dem ihr Blick auf den Seiten des Festgebetbuchs Halt suchte und sie verstummte. Zu Pessach brachte sie Nadja *gefilte Fisch*: Damit du wenigstens weißt, wie es schmecken soll, wenn du später einmal selber für jemanden kochst.

Frau Vaysburg setzte ihr Träume in den Kopf, die nicht Wirklichkeit werden konnten. Dort, wo bei anderen Familiengeschichten waren, Wurzeln, Tradition, Zugehörigkeit, da war bei Nadja nichts, weder Wurzeln noch Boden, nur Leere. Von der mütterlichen Familie war sie abgeschnitten, sie pflegten keinen Umgang, es gab keinerlei Verbindung, nicht einmal Adressen. Sie erinnerte sich an ein paar Begegnungen in ihrer Kindheit, an sehr viel ältere Cousins, die mit ihr nichts anzufangen wußten, außer sie zu erschrecken, wenn sie allein im Flur das Badezimmer suchte, an schemenhafte Erwachsene wie an den angeblich jüdisch aussehenden Onkel.

Du wirst dich entscheiden müssen, sagte Ofra an dem Freitagabend vor ihrer Abreise, als sie am Fluß entlang durch die Stadt und den Berg hinauf in die Vorstadt gingen und von der anderen, fernen Seite wieder zum inzwischen nächtlichen Flußufer hinunterstiegen.

Es wäre nicht fair, meinte Ofra, sozusagen zwei Familien zu haben, zwei Loyalitäten und frei nach Laune zwischen zwei Zugehörigkeiten hin und her zu pendeln.

Nadja schwieg. Dachte Ofra denn, sie sei sonst noch irgendwo verankert, wo sie auf eine andere Weise lebte und feierte, und käme ins Bethaus nur aus Sympathie, aus naiver Begeisterung für alles Jüdische, aus Schuldgefühlen?

Sie mögen uns nicht, sagte Ofra, ich habe mich hier nie zugehörig gefühlt. Du hast es leichter, du kannst wählen, wie du leben willst.

Es gibt kein Drüben, aus dem ich austreten könnte, erklärte Nadja und verstummte vor der Anmaßung ihrer Behauptung. Wußte sie denn, wie Ofra sich all die Jahre ihrer Schulzeit gefühlt hatte? Sie hatte nie davon gesprochen. Wenn die Klassenkameradinnen mit den Kriegstaten ihrer Väter prahlten? Wenn in allen Fächern von Besinnung auf die nächsten katholischen Feiertage die Rede war? Beim Schulgebet? Die Deutschlehrerin habe ihr einen Spruch von Weinheber ins Heft geschrieben, hatte Ofra einmal erzählt und sich über den Satz lustig gemacht: Wer nicht gehorchen will, kann nie befehlen. Zwölf Schuljahre lang war sie in einer Tradition unterrichtet worden, die sich ihres Ursprungs nicht einmal bewußt war, die sich für schuldlos hielt und doch nur schamlos war.

Nadja sah keine Möglichkeit, nach der Matura von zu Hause wegzukommen. Für ein Studium in einer anderen Stadt gab es kein Geld, Mädchen studierten nicht, hieß es bei ihr zu Hause, Mädchen heirateten.

Du wirst nicht wählerisch sein können, du bist nicht hübsch, sagte die Frau des Vaters.

Ein Jahr später begann sie, die Söhne ihrer Bekannten einzuladen, sie fühlte sich verpflichtet, sie meinte es gut, es würde schwer sein, ein reizloses, störrisches Mädchen wie Nadja zu verheiraten. Doch Nadja zeigte kein Interesse und schwor sich, bei der ersten Gelegenheit, die sich bot, fortzugehen.

In ihrer hilflosen Widerspenstigkeit entwickelte Nadja einen unbestechlich genauen Blick, mit dem sie die Stadt und ihre Einwohner betrachtete. Sie zeichnete, was sich ihrer Sprache versagte, in zornigen Übertreibungen, in lächerlichen Figuren von hinterhältiger Boshaftigkeit. Es brachte ihr Erleichterung, eine Art Überlegenheit, sogar Befreiung für kurze Zeit. Es war ihre Rache.

Als die Schule und die ersten Lehrjahre in der Druckerei um waren, lebte sie schweigsam in ihrem Hinterzimmer, ging jeden Freitag und, wenn sie frei hatte, auch samstags zum Gottesdienst ins Bethaus. Sie hatte die Dekorationen für alle Feste von Purim bis Chanukka übernommen, war nicht mehr wegzudenken aus dem Leben der Gemeinde und hatte ihre Ungeduld in vage Träume zurückgedrängt. Irgendwann würde sie diese Stadt verlassen und nie wiederkommen, irgendwann würde sie eine richtige Malerin sein.

Als Nadja Max Berman zum erstenmal aus dem Tor des Gemeindehauses in der Färbergasse treten sah, hatte sie den flüchtigen Eindruck, als wäre sie ihm schon einmal irgendwo begegnet. Deshalb folgte sie ihm, anstatt wie beabsichtigt zu Spitzers Büro hinaufzusteigen. Er war ein Fremder hier, das sah sie sofort, und wie alles, was von draußen kam, erregte sein Erscheinen eine erwartungsvolle Freude in ihr. Ein wenig schlampig, in einem Sakko, das einem beleibteren Mann hätte passen können, die Hände auf dem Rücken und mit seinen großen Füßen, die er kaum vom Boden hob, über die Straßenkreuzung schlurfend, als wäre sie eine Promenade, machte er abrupt vor einer Bäckerei halt, nahm die Brille ab und drückte die Finger gegen Nasenwurzel und Augen, als habe ihn ein Gedanke überwältigt, ging weiter, kehrte nach wenigen Schritten um und betrat den Laden. Sie ging weiter, aber als sie an der Ecke zurückblickte, trat er gerade mit einem Papiersäckchen ins Freie, holte ein Kipferl heraus und biß hinein, begann es im Gehen zu verzehren, die Füße gedankenverloren unter sich weiterschiebend. Sie lächelte amüsiert über diese Unbekümmertheit, und es schien ihr, als lächelte er zurück.

Nach jenem Vormittag beim Begräbnis, als sie ihm wiederbegegnete, ertappte sie sich manchmal bei Tagträumen, die sie sich schnell verbat. Sie betrachtete sein Erscheinen als Zeichen, daß in dieser Stadt und in ihrem Leben Veränderungen noch möglich waren. Die Freiheit, die sie ersehnte, haftete an ihm wie ein exotischer Duft, den er als Verlockung zurücklassen würde, wenn er fortging. Sie hatte flüchtige Visionen von einer Großstadt und war nicht im mindesten erstaunt, als sie erfuhr, er lebe in New York, denn genau so hatte sie sich einen New Yorker vorgestellt, so unbekümmert, daß er in H. auf der Straße aus einem Papiersack aß und viel zu lose sitzende Sakkos trug. Wenn sie Max manchmal in ihre Tagträume einbezog, redete sie auch so mit ihm, wie dieses erste Bild es ihr eingegeben hatte, freundschaftlich und vertraut. In seiner Gegenwart dagegen war sie unsicher, sie fürchtete, daß er sie für einfältig und hinterwäldlerisch hielt und war sich ihrer Unerfahrenheit mit Männern peinlich bewußt. Aber daß ihre Zeichnungen ihn beeindrucken würden, davon war sie überzeugt gewesen.

Und dann waren es gerade die Zeichnungen, die ihm nicht gefielen, und seine Idee, sie solle statt dessen fotografieren, fand sie beleidigend. Sie fühlte sich mißverstanden, und dennoch bezog sie alles, was sie nach seiner Abreise erlebte, auf ihn, versuchte sich seinen ironischen Blick auf ihre Umwelt anzueignen, und hoffte, daß er ihr schreiben würde. Seine Adresse lag auf ihrem Schreibtisch wie ein Versprechen, und nachdem sie ihm zu Chanukka einen langen Brief geschrieben hatte, wurden ihr die Tage und Wochen zu einem verzehrenden Warten auf eine Nachricht von ihm. Im Februar antwortete Max mit einer schmeichelhaften Valentinskarte. Von einem fernen Verehrer stand darauf, und Nadja nahm es wörtlich.

4

Als Max im Februar Nadjas zweiten Brief bekam, lief gerade eine Edward Hopper-Ausstellung im Museum of Modern Art. Er schickte ihr die Kunstpostkarte eines Bildes mit dem Titel *eleven a. m.*: Ein nacktes Mädchen, dessen langes, rötlichbraunes Haar ihr Gesicht fast vollständig verdeckte, blickte vom blauen Fauteuil eines Hotelzimmers auf das träge Licht eines Großstadtvormittags. Er sei durch die Ausstellung gegangen und habe die Bilder mit ihren Augen zu betrachten versucht, schrieb er.

Nadjas Briefe waren unbeholfen. Max spürte, daß sie lange dagesessen war, um an ihnen zu feilen, aber die Unbeholfenheit war aufschlußreich; sie sagte nie das, was sie meinte, es schien, als kreise sie mit jedem Satz um ihre Sehnsucht, von H. wegzukommen, und ihre verzweifelte Ungeduld übertönte alles Gesagte. Er wußte, er würde dieser Sehnsucht nicht lange widerstehen können.

Was seine Freunde an Max am meisten schätzten, war seine Hilfsbereitschaft. Er konnte zwar monate-, sogar jahrelang aus ihrem Leben verschwinden, ihre Briefe ignorieren und sie am Telefon auf ein vages Später vertrösten, aber sie wußten, wenn sie ihn brauchten, würde er für sie dasein, und nichts Dringlicheres würde ihn hindern. Durch meine Familiengeschichte, sagte Max, ist mir das Einspringen bei Krisen zur zweiten Natur geworden.

Bei Frauen verstärkte sich seine Hilfsbereitschaft zu dem, was er selbstironisch seinen Pygmaliontick nannte, seine Freude daran, Begabungen zu entdecken, die auf den ersten Blick verborgen blieben, und ihnen die Möglichkeiten zur Entfaltung bereitzustellen. Das sei es, was ihn begeistern könne, das Aufblitzen einer von ihnen selbst noch nicht erkannten Fähigkeit, einer Eigenart oder einer Form von Schönheit, die darauf wartete, zum Vorschein zu kommen. Daß diese jungen Frauen meist irgendwann seine Geliebten wurden, erklärte er sich mit seinem Charme, die Vorstellung von Abhängigkeit war ihm ein Greuel.

Max betrieb seine Beziehungen zu Frauen wie eine Kunst, bei deren Ausübung ihm nichts zu kostspielig oder zu mühsam war. Frauen erregten in ihm stets von neuem ein beinahe kindliches Erstaunen: Wie ein Lächeln ein Gesicht verändern konnte; wie eine winzige Kopfbewegung ihn entwaffnen konnte; wie manche Frauen mit einer fast unmerklichen Geste, einem Blick ein ganzes Spektrum von Nuancen zwischen Zustimmung und heftiger Abwehr ausdrückten; wie ihn ein flüchtiger Blick vom fernen Ende eines Saales verfolgte und nicht mehr losließ, bis er die Frau gefunden hatte, die ihn mit ihren Augen herbeigelockt hatte. Er staunte darüber, wie eine unscheinbare Frau unter dem Blick der Zuneigung schön werden konnte, in welchem feinen Gleichgewicht Charakter, Stimmung und sichtbar werdender Ausdruck standen. Max war ein Kenner der kleinen Gesten, der mehrdeutigen Verständigung, ein flatterhafter Demokrat der Vielfalt, ein Sammler, der seine Entdeckungen grenzenlos bewunderte und sie dennoch nicht besitzen wollte. Er war überzeugt, alles Schöpferische käme aus dem Begehren und alle Zerstörung aus dem Verlangen nach Besitz. Eine Frau zu heiraten, behauptete er, bedeute, den Ausnahmezustand, der die Liebe sei, durch Zwang zu zerstören.

Solange Max um eine Frau warb, war er extravagant: Er hielt diskret Limousinen an und zahlte im voraus, um ihr das Warten am Straßenrand auf eines der vorbeirauschenden Taxis zu ersparen. Geschenke kaufte er nach Augenblickseingebungen, wenn er in einer Auslage einen Schal, ein Schmuckstück erspähte, das ihn an die begehrte Frau erinnerte. Solange er entflammt war, entwickelte er mitunter eine fast unheimliche Fähigkeit, Wünsche zu erraten, Launen vorwegzunehmen. Er war ein begeisterter und eleganter Tänzer, was man ihm nicht zutraute, wenn man ihn über die Straße schlurfen sah, und er ging tanzen, ob seine jeweilige Gefährtin mitkommen wollte oder nicht. Aber nach einigen Wochen stürmischen Werbens nahm er sein gewohntes Leben wieder auf. Sobald es für ihn nichts mehr zu entdecken gab, ließ sein Interesse nach, und auch wenn er Beziehungen selten ohne Erklärung abbrach, irgendwann wurde das Ende spürbar, und Max ließ es erleichtert geschehen.

Im Sommer schickte Nadja ihm ein Foto. Es sprach eine deutlichere Sprache als ihre Briefe. Sie saß am sandigen Ufer des Flusses, der durch H. floß, die Beine angezogen, die Arme um die Knie, und bot der Kamera ein tapferes Lächeln. Er dachte an die Zeichnungen, die unbestechlich scharfsinnigen Wahrnehmungen hinter den unbeholfenen Linien, an den Trotz und die Entschlossenheit, die auf dem Foto fehlten – ihre vielen Widersprüche reizten ihn.

Mit Hilfe eines Freundes, der im Kuratorium einer Stiftung saß, gelang es Max, Nadja einen Studienplatz an einem kleinen Privatcollege in New Jersey und ein Stipendium zu verschaffen. Er wußte, das war erst der Anfang dessen, was er für sie tun würde. Er mußte sie hartnäckig und behutsam lenken, damit sie zu ihrer Begabung fand. Mit dem Entschluß, sich in ihr Leben einzumischen, hatte er es auf sich genommen, sie mit allem zu versorgen, was ihm für sie wichtig schien. Er hatte sie nie gefragt, ob sie das wollte, doch er war sicher, sie hätte zugestimmt.

Seit Max Nadja das letzte Mal gesehen hatte, waren zwei Jahre vergangen, Zeit genug, um sich aus den Briefen und dem Foto eine Vorstellung von ihr zu schaffen, die die Erinnerung verzerrte. Daher war er erstaunt, als sie in der Ankunftshalle des JFK-Flughafens auf ihn zutrat, gut, fast ein wenig zu auffallend gekleidet und selbstbewußt. Aber ihr Selbstbewußtsein wich bereits bei der Begrüßung der eigenartigen Mischung aus Scheu und trotziger Schroffheit, an die er sich erinnerte. Und als sie in die hochsommerlich feuchte Hitze des Flughafengeländes hinaustraten, verstummte sie vollkommen. Sie fuhren wortlos in seinem Lincoln Continental, dessen Größe und Geräumigkeit sie offenbar beeindruckten, den Van Wyck Expressway nach Norden, durch Queens und am East River nach Westen, quer durch die trostlosesten Gegenden der Bronx.

Hier bin ich aufgewachsen, sagte Max in das lange Schweigen hinein.

Wie schrecklich, meinte Nadja.

Damals hat es hier nicht so schlimm ausgesehen wie jetzt, beschwichtigte er ihr Entsetzen, es sind nur ein paar Straßenblocks, eine Fahrt von zwanzig Minuten von hier bis nach Midtown Manhattan, aber ich habe zehn Jahre dazu gebraucht, dort wirklich anzukommen.

Max fuhr sie geradewegs nach New Jersey zu ihrem College. Er stand unter Termindruck mit einer Auftragsarbeit, und er hatte erst vor kurzem eine neue Frau kennengelernt, eine kapriziöse Schönheit, die seine ganze Aufmerksamkeit forderte. Von Nadja, davon war er überzeugt, würde er noch früh genug in Anspruch genommen werden.

Sie können sich jederzeit an mich wenden, sagte er, rufen Sie an, wenn Sie mich brauchen.

Sie nickte. Er spürte ihre Angst und ihre Aufregung und fühlte sich ein wenig schäbig, weil er sie, ohne weitere Erklärung und ohne ihr die schönen Seiten New Yorks gezeigt zu haben, dort aussetzte.

Nach zwei Stunden Autofahrt durch eine spätsommerliche, leicht hügelige Landschaft erblickten sie es beide: Das College lag am Rand einer Kleinstadt – als wären Kleinstädte das ihr bestimmte, unentrinnbare Schicksal.

So habe ich es mir nicht vorgestellt, meinte Nadja klein-laut.

Auf einer Anhöhe über der Stadt Fairfield luden sie ihre Koffer vor einem viktorianischen Gebäude aus. Auf der Rasenfläche davor lagerten Jugendliche unter Bäumen.

Willkommen, sagte eine forsche Blondine, die sie im *Student Center* empfing, Nadjas künftige Studienberaterin. Ich mag die Stadt, erklärte sie auf Nadjas Frage, ob es denn keinen größeren Ort in der Nähe gäbe, ich lebe gern hier, weil ich ein Kleinstadtgirl bin. In ihrem Geländewagen fuhren sie über die Wege des Campus, während sie mit einer blechernen, dozierenden Stimme Nadja die Hausordnung des Studentenwohnheims erklärte. Vor dem Zimmer, das Nadja mit einer anderen Stipendiatin teilen würde, verabschiedete sie sich mit einem fröhlichen *Good luck*.

In einem *Coffee shop* mit einem winzigen Garten und wackligen Eisentischchen ließ er Nadja zurück, vor einem klobigen Becher voll Kaffee, der überwältigend nach Zimt schmeckte.

Besuchen Sie mich in New York, sobald Sie Lust haben, ermunterte er sie.

Sie sah ihn an, als wolle sie ihn bitten, sie gleich wieder mitzunehmen. Aber sie schwieg und schaute ihm mit den entsetzten Augen eines Kindes nach, das man im Dunkeln allein läßt.

Fairfield war in den zwanziger Jahren eine blühende Eisenindustriestadt gewesen. Seither hatten zuerst die Fabriken, dann die Geschäfte und Restaurants geschlossen, die arbeitsuchenden Bewohner waren abgewandert, die Stadt war verödet und verarmt. Sie lag in einer Talsenke zwischen zwei Flüssen wie ausgestorben, an Wochentagen war es in ihren Straßen ebenso still wie an Sonntagen, und wer sich blicken ließ, schien endlos Zeit zu haben, die Arbeitslosen, die mit Plastiksäcken zu Füßen des Heldendenkmals saßen, die Schulkinder, die am frühen Nachmittag aus gelben Schulbussen sprangen. Autos fuhren im Kreisverkehr einmal um das Standbild eines heldenhaften Überläufers aus dem Bürgerkrieg, von dem das College seinen Namen hatte, und strebten nach dieser erzwungenen Verzögerung mit erhöhter Geschwindigkeit der Ausfallstraße nach Allentown zu.

Trotz der Trostlosigkeit der vielen aufgelassenen Geschäfte mit ihren papierverklebten Schaufenstern und der lähmenden Stille der Straßen Fairfields verbrachte Nadja mehr Zeit in der Stadt als auf dem Campus. Es gab eine Buchhandlung, die zu dem heruntergekommenen *Coffee shop* gehörte, in dessen Garten Max sie am ersten Tag zurückgelassen hatte. Hier zwischen verstaubten Romanen fand Nadja alte Kunstbände und Drucke, kunsthistorische Abhandlungen und Bücher über experimentelle Fotokunst, hier stieß sie zum erstenmal auf Man Ray und verstand, daß Max sie nicht hatte herabsetzen wollen, als er ihr zu fotografieren riet, statt zu malen. Vielleicht hätte sie all diese Bücher auch in der College-Bibliothek gefunden, aber dorthin ging sie, um zu studieren, und nicht, um einfach zu schmökern. Oft war sie in der Buchhandlung die einzige, die sich in den engen Gängen zwischen den raumhohen Regalen aufhielt. Es wurde *ihre* Buchhandlung, die sie allmählich mit fast zärtlichem Besitzerstolz betrat.

Kommen sonst keine Leute, fragte sie das Mädchen an der Kaffeemaschine.

Hier liest man nicht, antwortete die junge Frau, die meisten Menschen hier haben anderes zu tun.

Während Nadja langsam in Fairfield heimisch wurde, blieb ihr der College Campus mit seinen efeubewachsenen viktorianischen Studentenhäusern, den parkähnlichen Grünflächen und Wegen, diese Idylle eines abgelegenen Sanatoriums, fremd. Sie war älter als die meisten Studenten und fühlte sich mit ihren dreiundzwanzig Jahren fehl am Platz, als sei sie unter Kinder verschlagen worden. Am Anfang hatte sie erschreckt ihre unbefangenen Annäherungsversuche abgewehrt, sie waren ihr aufdringlich erschienen, dann ließ man sie in Ruhe, und es fiel ihr schwer, den unverbindlich munteren Ton zu finden, mit dem diese Jugendlichen untereinander verkehrten. Ihr spartanisches Zimmer teilte sie mit einer französischen Studentin, mit der sie in die Cafeteria und zu den Campus-Veranstaltungen ging, froh, jemanden zu haben, der sie begleitete, aber zu sagen hatten sie sich wenig. Viele freie Stunden verbrachte sie in einer abgelegenen Koje der Bibliothek. Dort lernte sie, und dort in der Stille vergingen ihr die Stunden und Tage als gleichförmige Gegenwart.

Die Unterrichtsstunden langweilten sie ohnehin. Es kam ihr vor, als müsse sie fünf Jahre nach der Matura in Fächern nachsitzen, die sie nie gemocht hatte und mit denen sie ein für alle Mal fertig war.

Ich habe hier noch nichts gelernt, womit ich irgend etwas anfangen könnte, sagte sie nach einigen Monaten zu ihrer blonden Studienberaterin.

Sie habe schon gehört, entgegnete diese, daß die Europäer unduldsam und vorschnell mit ihrem Urteil seien. Warum sie nicht einem Sportteam beitrete, dort würde sie lernen, was ihr vor allem fehle, nämlich Teamgeist und soziale Fertigkeiten.

Nadja fühlte sich gemaßregelt. Es bedurfte noch einer langen Lehrzeit, bis sie begriff, auf welche Weise sie versagt hatte.

Wenn sie Max anrief, hatte Nadja oft den Eindruck, sie störe ihn. Er antwortete ausweichend auf ihre Frage, wann sie ihn in New York treffen könne: Er habe im Augenblick besonders viel zu tun, er müsse ständig unterwegs sein. Es dauerte fast zwei Monate, und die Sommerhitze hatte längst nachgelassen, bis er sie empfing.

Sie fuhr mit dem Greyhoundbus durch die hügelige Landschaft, deren Bäume bereits in den Herbstfarben leuchteten. In der Schalterhalle der Port Authority wartete Max auf sie, schlanker als sie ihn in Erinnerung hatte, sportlich und gutgelaunt. Die Herzlichkeit, mit der er sie begrüßte, gab ihr den Eindruck, daß er sich über ihr Kommen freute.

Mit dem Taxi fuhren sie durch Straßen, die sie bereits von Fotos kannte. Trotzdem war sie von der strengen Geometrie der Straßenschluchten beeindruckt, sie erschienen ihr wie Tunnels, die schnurgerade einem immer gleich weit entfernten Punkt zustrebten. Sie sah spiegelnde Glasfronten an sich vorüberflitzen, Plätze wie Landschaften aus Stein neben gotischen Kathedralen und klassizistischen Palästen. Und einige dieser Fassaden waren das Werk des Mannes, der neben ihr auf dem Rücksitz des Taxis saß und ihr die Namen der Gebäude nannte, an denen sie vorüberfuhren.

Sie fuhren die Columbus Avenue nach Norden, und als sie nach rechts abbogen, war Nadja überrascht, daß die kurze Straße vor ihnen abrupt am Central Park endete. Das also war die Adresse, die sie auf ihre Flugpostkuverts geschrieben hatte: West 88th Street.

Sie standen vor einem altmodischen, gepflegten Haus, das europäisch anmutete, mit Balustraden bis zum ersten Stock und Treppenaufgängen aus schwarzem Marmor. Max wohnte im obersten Geschoß des sechsstöckigen Hauses. Mit seinen dunkelbraunen Holzdielen und den schmalen, dunklen Konsolen und Bücherborden erinnerte der Vorraum an einen Saal in einem Renaissancepalazzo. Max beobachtete amüsiert Nadjas Gesichtsausdruck. Es wird gemütlicher, sagte er, weiter drinnen.

Die Fenster waren hoch und schmal mit braunen Läden, die das Licht in Streifen durch die Lamellen sickern ließen.

Kommen Sie, Max faßte sie leicht um die Schultern: Ich gebe Ihnen eine kleine Führung durch mein Museum. Er wies mit einer großzügigen Geste auf die vielen Dinge, die Plastiken, Wandteppiche, Bilder, Schalen, Kassetten und Kerzenleuchter an den Wänden, auf Regalen, Truhen und Simsen. Nichts davon, erklärte er ihr, befände sich aus purem Zufall hier, wenig davon habe er gekauft.

Ein jeder Gegenstand, betonte er, ist mit meinem Leben eng verbunden, ein jeder hat eine ganz besondere, persönliche Bedeutung.

Er breitete seine Schätze vor ihr aus mit dem begeisterten Besitzerstolz eines Knaben, der einer Schulkameradin zum erstenmal sein Zimmer zeigt: Hier eine Stehlampe von Micah Lexier, und diese Fußbank hat Paul Siskin für mich entworfen.

Er lachte: Meine Künstlerfreunde haben manchmal eine eigenartige Vorstellung von Gemütlichkeit, sie halten sich nicht an herkömmliche Proportionen. Deshalb mußte ich mit den Möbeln sparsam sein, die vielen Dinge, die man mir ins Haus getragen hat, verlangen einen kargen Hintergrund.

Er wies auf eine frostige Landschaft in Öl: Maxfield Parrish, eines der letzten Bilder vor seinem Tod. An der Wand gegenüber hing Elizabeths düsteres Selbstporträt. Und auf einer schmalen Art déco-Konsole darunter stand ein aufgeklappter Scherenschnitt, der eine Bühne vorstellte, mit einer winzigen Ballerina in rosa Tüll.

Max folgte Nadjas Blick. Das ist wahrscheinlich Kitsch, gab er zu, aber er hat seine Richtigkeit hier an diesem Platz. Er fuhr mit der Hand zögernd über einen breiten Silberrahmen, der wie Spitzenhandarbeit aussah und nichts als eine braune Haarlocke enthielt. Aber er verzichtete auf eine Erklärung, ging zu anderen Dingen über, Ausstellungskatalogen mit Widmungen, die ihr Max schweigend hinhielt, bekannte Namen darunter, die sie gehört oder gelesen hatte.

Sie haben viele berühmte Leute gekannt, sagte Nadja anerkennend.

Ja, erwiderte er, manchmal konnte ich helfen. Aber die Frauen, fügte er hinzu, die danken es einem ja selten.

Sie sah ihn verwundert an.

Das Mädchen hier, um nur ein Beispiel zu nennen, erklärte Max, während er Nadja einen schweren Goldrahmen mit einem stark retuschierten Foto reichte – eine hochtoupierte Frisur der fünfziger Jahre, dunkle müde Augen, das Gesicht flach und schattenlos –, sie war eine begabte Pianistin, aber skrupellos und doppelzüngig. Er lachte auf, bitter, fast verächtlich, stellte das Bild auf das Regal zurück, kramte vier Fotos aus einer geschnitzten Zigarrenkiste.

Wie viele verschiedene Frauen sind das, glauben Sie?

Er sah Nadja gespannt an, sein Blick diktierte ihr die Antwort, obwohl sie nichts weiter erkennen konnte als vier unterschiedlich belichtete Schnappschüsse einer abweisenden blonden Frau.

Vier, antwortete sie folgsam.

Er triumphierte: Sehen Sie, ein Chamäleon, eine Verwandlungskünstlerin und die intelligenteste Frau, die ich jemals gekannt habe. Und was hat sie aus sich gemacht? Kinder hat sie, einen Mann, der sie betrügt, und wer schickt ihr noch immer Geld, damit sie es ein wenig leichter hat? Ich natürlich.

Er verstummte, als er in Nadjas Gesicht Abwehr bemerkte. Es war ihr unangenehm, sich Erläuterungen zu Fotos unbekannter Frauen anhören zu müssen.

Er führte sie in ein großes Eckzimmer mit einer prächtigen Stuckdecke und Stuckleisten, Reliefarbeiten aus weißem Stuck bis zum Fußboden. Es war eine spärlich möblierte Bibliothek mit modernen Plastiken auf dem Kaminsims und einem schlichten schwarzen Eßtisch mit Stühlen, die, wie er sagte, Le Corbusier entworfen hatte. Der Tisch war für zwei Personen gedeckt, ohne Tischtuch, aber mit weißem Porzellan und schwerem Silber.

Ich mag Tischdecken nicht, erklärte Max kategorisch, und Vorhänge verabscheue ich auch. Aber seit meiner Kindheit liebe ich Stuck. Er ist das, was mir bei meiner Arbeit immer am besten gelingt. Ich mag auch Spiegel nicht. Sie sind ein billiges Täuschungsmittel und verwischen nur die Klarheit der Konturen.

Das strenge Weiß der Wände wurde von Bücherrücken in schmalen Regalen aus stahlverstärktem Glas und einem großen Ölbild von Georgia O'Keefe unterbrochen: eine flammend rote Blüte, aus der schwarze Staubgefäße züngelten.

Die Küche lag hinter weißen Falttüren, die einen begehbaren Schrank vortäuschten, als habe Max in seiner Wohnung jeden Eindruck von Häuslichkeit vermeiden wollen. Dort ließ er Nadja keinen Blick hineintun, er nötigte sie sitzen zu bleiben, während er einen Gang um den anderen auftrug und wieder wegräumte.

Lassen Sie sich verwöhnen, ermunterte er sie, es macht mir Freude.

Sie saßen einander gegenüber, das Kerzenlicht warf weiche Schatten auf sein Gesicht und ließ es schmal erscheinen, Nadja merkte zum erstenmal das Grübchen in seinem Kinn, und sie betrachtete seine Hände, die kräftig wirkten wie bei einem Handwerker und viel heller waren als sein Gesicht.

Er fragte sie nach dem College, ob sie sich eingelebt und ob sie Freunde gefunden habe.

Nadja war zurückhaltend mit ihren Antworten, sie fürchtete, er könnte Kritik und Unzufriedenheit als Undankbarkeit auslegen. Ja, doch, erwiderte sie einsilbig, sie habe sich ganz gut eingelebt, es sei ungewohnt, aber man sei freundlich zu ihr, nein, klagen könne sie nicht.

Und was steht in den Briefen von zu Hause, fragte er, vermißt man Sie?

Sie wurde rot: Ich habe noch niemandem geschrieben, ich bin nicht dazu gekommen.

Die Wahrheit war, sie wollte H. völlig aus ihrer Erinnerung streichen, es sollte für sie aufhören zu existieren.

Als er sie fragte, ob ihr Fairfield inzwischen ein wenig besser gefalle, erwiderte sie, Amerika bestünde gewiß nicht nur aus Städten wie Fairfield. Aber er überhörte die Anspielung, daß sie mit ihm gerne New York besichtigen würde. Er hütete sich offenbar, ihr weitere Versprechungen zu machen.

Sie spielte gedankenlos mit dem schweren silbernen Serviettenring, drehte ihn in den Händen.

Dieses Silber ist von meiner Mutter, sagte Max nachdenklich. Sie hat es versetzen müssen, als wir kein Geld mehr hatten. Und Jahre später, als ich für eine Klientin Tafelsilber suchte, hab ich es durch Zufall bei einem Antiquitätenhändler gefunden. Es besteht kein Zweifel, die Initialen stimmen, auch die Delle an einem der Ringe, aber ursprünglich waren es acht, jetzt sind es nur mehr zwei.

War es für Ihre Mutter schwer, von Europa wegzugehen, fragte Nadja.

Sie war für die Emigration schon zu alt, und sie war drüben zu glücklich gewesen, hier kam sie mit dem Leben nicht zurecht. Ich glaube, sie hat hier keinen glücklichen Tag gehabt, sagte Max, vielleicht glückliche Stunden, aber die hatten alle mit uns Kindern zu tun, die glücklichsten und die furchtbarsten Stunden.

Es muß schwer sein, sich in Amerika einzugewöhnen, meinte Nadja.

Für Sie vielleicht noch nicht, mutmaßte Max, Sie sind noch jünger. Für jeden gibt es eine andere Grenze.

Es war Nacht geworden. Die hohen Fenster hatten sich in schwarze Spiegel verwandelt, gegen die Wind und Regenböen peitschten. Die Kerzenflammen des dreiarmigen Leuchters flackerten leicht in einem Luftzug, den man nicht spürte.

Ich muß gehen, sagte Nadja.

Im Vorraum küßte er sie. Sie ließ es geschehen, aber sie war enttäuscht. Er schickte sie fort, ohne Anstalten zu machen, sich mit ihr wieder zu verabreden. Als sie aus der Umarmung zurücktrat, fühlte sie etwas Hartes unter ihrem Absatz, sie schaute hinunter, es war ihr Ohrring aus Silberfiligran, zertreten. Max hob ihn auf. War er wertvoll, fragte er besorgt.

Er war von meiner Mutter, sagte Nadja und kämpfte mit den Tränen.

Sie traten hinaus in einen Herbststurm, der Max die Tür aus der Hand riß. Das Taxi war noch nicht da. Max hielt einen großen Schirm über Nadja, aber der Regen durchnäßte sie von allen Seiten. Das Herbstlaub auf dem Gehsteig wurde von einer reißenden Brühe mitgeschwemmt. Als Nadja ins Taxi stieg, reichte Max dem Chauffeur das Fahrgeld und nannte ihm Port Authority als Ziel. Dann war sie zum erstenmal in New York allein und beschloß, es am Wochenende auch allein zu erkunden.

Doch dazu kam es nicht. Am Samstag morgen, noch vor dem Frühstück, klopfte Max an die Tür, um sie nach New York mitzunehmen. Er käme aus Philadelphia, da läge Fairfield auf dem Weg.

Dieses Wochenende weckte Nadjas uneingeschränkte Liebe zu New York, die sie auch später nie widerrief. Aber das wußte sie an jenem Samstag im Oktober noch nicht, auch nicht, daß dieser Tag immer als der schönste in ihrer Erinnerung haftenbleiben würde.

Bei Balducci's im West Village aßen sie *Cesar's Salad* und *muffins* zum Kaffee. Max führte sie in die Galerien von SoHo, von denen er ihr in H. vorgeschwärmt hatte, und stellte sie den Besitzern mit der Andeutung vor, daß auch sie Malerin sei. Sie flanierten zwischen den Buden des Flohmarkts in Greenwich Village, und Max kaufte ihr ein ausgefallenes orientalisches Ohrgehänge, als Trost für den Silberohrring, den sie in seinen Armen zertreten hatte. Am späten Nachmittag fuhren sie die Madison Avenue hinauf nach Norden, um diese schönste Tageszeit, wie Max versicherte, im Park zu verbringen.

Der lange, milde Herbst war eine neue Jahreszeit für Nadja, die sie aus Europa nicht kannte. Die klare, dünne Luft, in der die Konturen der Türme und Wolkenkratzer wie Scherenschnitte in ein makelloses Blau stachen, machte sie schwindlig. Die Ahorn- und Ginkgoblätter leuchteten so grell und golden in der Abendsonne, als stünden sie in Flammen, hie und da schwebte ein Blatt zu Boden. Kein Lufthauch regte sich, und erst als die Sonne verschwunden war, ahnte man den Biß herbstlicher Kühle.

Im Zwielicht flanierten sie an der Fifth Avenue nach Süden, und Max zeigte ihr die erste Fassade, die er als Dreißigjähriger restauriert hatte. Er legte den Arm um sie, und als er sie an sich zog, fühlte sie seinen Herzschlag durch die dünnen Kleider. Sie hatte in diesem Augenblick die Gewißheit, daß etwas Unvermeidliches und Richtiges anfing und daß es schon an jenem Herbsttag am Fluß vor zwei Jahren angefangen hatte, oder vielleicht schon, als sie ihn in der Färbergasse aus dem Gemeindehaus hatte treten sehen. Sein Gesicht, das dem ihren jetzt ganz nahe war, flößte ihr die Zuversicht ein, daß alles, was noch geschehen würde, seine Ordnung hatte. Es mußte nicht mehr ausgesprochen werden, ob sie mit ihm nach Hause gehen und die Nacht verbringen wolle.

Ich habe gar keine Erfahrung, sagte sie nur.

Ich weiß, antwortete er, und das ist gut so. Dann kommst du später wenigstens nie auf den Gedanken, die hastige Befriedigung mit Liebe zu verwechseln.

Die Liebe sei wie ein Gespräch, das keiner Worte bedurfte, lehrte er sie. Frage und Antwort ließen sich nicht unterscheiden, jenseits der Zeit, die irgendwo in der dunklen Wohnung auf einem Kaminsims tickte; sie sei wie ein Angespültwerden an einen Ort, an dem alle Empfindungen zusammenströmten, ununterscheidbar und doch so klar und heftig wie nie zuvor.

Liebe ist Mystik, sagte Max.

Nadja glaubte ihm jedes Wort und bekam dafür, wonach sie sich am meisten sehnte: Geborgenheit. Er war der Lehrer, sie die Schülerin.

Geh, schau dich im Spiegel an, wie schön du bist, befahl er.

Im grellen Licht des Badezimmers sah ihr ein unbekanntes Gesicht entgegen, mit einem irren Glanz in übergroßen Augen. Dieses Gesicht weckte in ihr Angst und Stolz zugleich, als sei sie endlich dort angekommen, wohin sie unterwegs gewesen war. Sie fühlte sich befreit von allen Mängeln.

Am nächsten Tag gingen sie ins Museum of Modern Art. Sie spürte, wie Max sie verstohlen betrachtete, während sie von Bild zu Bild ging. Das schmeichelte ihr zwar, aber es schmälerte ihre Konzentration. Sie würde später allein zurückkommen, beschloß sie. Unter den Art déco-Mosaiken des Edison Cafés aßen sie Blinsen. Dann gingen sie in enger Umarmung zum Times Square hinunter.

Es ist, als würde ich die Stadt ein zweites Mal entdecken, rief Max übermütig und küßte sie lange mitten auf dem Gehsteig der Fifth Avenue.

Es war ein unwirkliches New York, das sie erlebten, nicht bloß eine Stadt, sondern ein Labyrinth voll Verheißungen, ein glanzvoller Traum, der sich hinter dem leuchtenden herbstlichen Nebel abzeichnete, nur für sie.

Wenn es ein Traum ist, sagte Nadja, will ich nie daraus erwachen.

Die Abende waren blau, und in den geschwungenen Glasfronten am Bryant Park entzündete die tiefstehende Sonne ihr Feuerwerk. Die leuchtenden Ginkgoblätter entfalteten im Schweben ihre größte Schönheit, die erloschen war, sobald sie mit einem trockenen Rascheln den Boden berührten. Übergangslos tauchten Max und Nadja in die Filme ein, die sie besuchten, meist europäische Filme, die sie mit der Schwermut von längst Vergangenem berührten – es war alles gleich irreal, die Gegenwart und die Vergangenheit.

Von nun an verbrachten sie jedes Wochenende zusammen. Nadja lebte wie in einem glücklichen Taumel, in dem nichts mehr von Bedeutung war außer den Stunden, die sie mit Max verbrachte. Das Zimmer, in das sie jeden Montagmorgen zurückkehrte, die Wege und Gebäude des College, denen die Abwesenheit des Geliebten ihre Wirklichkeit entzog. Sie saß in ihrer Koje in der Bibliothek, sie ging mit der französischen Studentin essen, sie bestand sogar ihre ersten Prüfungen mit passablen Noten, aber alles, was dort geschah, war wie ein fremdes, seltsames Schauspiel.

Eines Nachts schreckte das Telefon sie in Max' Bett aus dem Schlaf. Max antwortete einsilbig, mürrisch, sagte, ja, nein, jetzt nicht, dann vollends erwacht mit ärgerlicher Stimme: Hör zu, ich bin nicht allein ... ja, mit einer Frau ... Vielleicht sollten wir uns treffen, um darüber zu sprechen. Er hielt den Hörer weit weg von seinem Ohr, während eine aufgeregte, laute Frauenstimme Beschimpfungen in den Raum schrie. Dann legte er leise auf.

Nadja schaute ihn fragend an: Wer war das?

Eine, die nicht glauben kann, daß es aus ist, sagte Max gleichmütig.

Habe ich sie vertrieben?

Eigentlich nicht, es war schon vorher zu Ende. Erinnerst du dich an den Samstag, als ich dich abholte? Die Nacht davor habe ich beschlossen, Schluß zu machen, es gab zu wenig Gemeinsames, es gab zu viele Mißverständnisse.

Der Morgen graute, das erste fahle Licht stahl sich zwischen die senkrechten Lamellen der Fensterläden.

Du bist mir näher, sagte Max und beugte sich über sie, mit dir habe ich eine Stadt gemeinsam, die hier niemand kennt.

Sie schüttelte heftig den Kopf, wollte etwas sagen, aber er küßte sie.

Ob du es wahrhaben willst oder nicht, sagte er später, die Stadt, in der du aufgewachsen bist, hat dich geprägt, durch dich lerne ich sie kennen.

Es wurde hell, die Sonne warf weiße Streifen auf die Wand über dem Bett, die langsam weiterwanderten, über die Bettdecke, über den hellen Holzfußboden, und irgendwann erloschen. Und sein bewegliches Gesicht verwandelte sich im Lauf der Stunden, war nahe, zärtlich und aufmerksam, dann fern, abgewandt, nachdenklich oder müde, aber immer bereit, sich ihr zuzuwenden, mit ihren Bedürfnissen und Gefühlen im Einklang, ebenso wie sein Körper.

Hast du dich also doch in mich verliebt, sagte sie irgendwann im Lauf dieser langen Morgenstunden. Es war keine Frage, sondern eine Feststellung, und deshalb fiel es ihr nicht gleich auf, daß er darauf schwieg.

Wochen später, als sie nach dem neuen Theaterstück eines jungen britischen Dramatikers, der von sich reden machte, das Lincoln Center verließen, wiederholte Nadja ihre Frage.

Sag mir die Wahrheit, fragte sie kokett, hast du dich in mich verliebt?

Aber Max überhörte auch diesmal ihre Frage und wies auf den von Scheinwerfern angestrahlten Springbrunnen auf dem viereckigen Platz vor dem Gebäude: Hab ich dir schon erzählt, daß Wallace Harrison seine erste Skizze für den Brunnen in meiner Wohnung entworfen hat? Wir sind uns einmal recht nahegestanden, aber dann ist ihm der Ruhm zu Kopf gestiegen. Er redete weiter, aber Nadja hörte nicht mehr zu.

Sie gingen zu seinem Haus zwischen Columbus Avenue und Central Park West, ein kurzer Spaziergang in der bereits ein wenig frostigen Nacht, an kleinen, mit eisernen Scherengittern verschlossenen Läden und überquellenden Mülltonnen vorbei, und Nadja war zum erstenmal, seit ihre Liebe begonnen hatte, verstimmt.

Liebst du mich, wiederholte sie, als sie im Bett nebeneinander lagen.

Warum bestehst du so sehr auf diesem einen Satz, antwortete er leicht irritiert. Ich werde mich niemals mehr so verlieben, daß ich sagen kann, jetzt habe ich mich verliebt. Dazu bin ich zu alt.

Nadja lachte: Ab wann ist man zu alt, sich zu verlieben?

Das letzte Mal, daß ich mich richtig verliebt habe, war mit zweiundvierzig. Die Wehmut in seiner Stimme und der ferne Blick taten ihr weh.

Die Frau mit den vier Gesichtern, fragte sie einer Eingebung folgend.

Er sah sie überrascht an. Ja, genau die.

Wut stieg in Nadja auf. Sie drehte ihm den Rücken zu, aber später stimmte seine Zärtlichkeit sie wieder um.

Du hast keinen Vergleich, sagte er, aber glaub nicht, daß es so leicht ist, jemanden wie mich zu finden. Und nach einer Weile, bittend: Es kann dir doch egal sein, ob und wie sehr ich in dich verliebt bin, es fehlt dir doch an nichts.

Sie schwieg. Sie erkannte plötzlich, wie wenig sie über ihn wußte. Er hatte nie mehr als in kurzen Andeutungen über sich gesprochen. Oder hatte sie es versäumt, ihn zu fragen? Doch wie und wonach? Außerdem stellten Schülerinnen keine Fragen, dachte sie zornig in einem ersten Aufbegehren.

Bemüht, die Verstimmungen wegzureden, erklärte ihr Max nun, daß Liebe etwas Schicksalhaftes sei und sich nicht durch guten Willen beeinflussen lasse. Wenn es nicht vom ersten Augenblick an diese unerklärliche Gewißheit gebe, dann sei es keine Liebe. Ein verwandtes Gefühl, mag sein, etwas, das sich zur Zuneigung entfalten könne, aber Liebe sei so selten, daß man Jahrzehnte davon zehren müsse.

Und wenn es nur einer so empfindet, fragte sie, der andere nicht?

Dann zählt es nicht.

Wie oft hast du es erlebt, wollte sie wissen.

Dreimal, erwiderte er, ohne zu zögern.

Mit wem noch außer der Frau mit den vier Gesichtern?

Das gehe sie nichts an, erwiderte er schroff.

Dann schwiegen sie.

Habe ich dir Grund gegeben, dich zu beklagen? Es war der kühle zuvorkommende Ton der Frage, der Nadja verletzte, als frage er eine Tischpartnerin im Restaurant, ob ihr Steak auch richtig gebraten sei.

Nein, ich beklage mich nicht, erwiderte sie leise.

Sie ging ohne Frühstück weg, ohne sein Aufstehen abzuwarten. Die Zeit der Unbekümmertheit war vorbei. Sie fühlte sich besiegt, aber sie würde ihn noch in Erstaunen versetzen. Von nun an kämpfte Nadja um seine Liebe und ahnte doch von Anfang an, wie aussichtslos dieser Kampf war. Eine Frau mit vier Gesichtern? Sie würde ihn mit ganz anderen Verwandlungskünsten überraschen, Desdemona, Lulu, Gretchen, Helena, die widerspenstige und die gezähmte Kate in rascher Folge; die ganze traurige Palette weiblicher Existenz war sie bereit, ihm vorzuführen. Er staunte und ließ sie gewähren, beobachtete verwirrt ihren verbissenen Kampf um seine Liebe, die er ihr nie entzogen hatte.

Komm, beruhigte er sie, entspann dich, sei du selbst, ich liebe dich ja auf meine Art.

Bei jedem Streit kreisten sie um die Frage, ob und wie sehr, wie ausschließlich er sie liebte.

Vergiß nicht, daß ich dich liebe, wiederholte er nach solchen ermüdenden Debatten, wenn sie am Montagmorgen in der Früh seine Wohnung verließ. Er winkte ihr im Morgenmantel von seinem Türspalt nach, warf Kußhände, sang alte Schlager hinter ihr her. Aber wenn sie außer Hörweite war, sagte sie bitter: Ja, auf deine Art.

Zu ihrem vierundzwanzigsten Geburtstag schenkte Max ihr eine Leica, die teuerste Spiegelreflexkamera, die er hatte finden können, dazu Wechselobjektive und Stativ. Er habe sein Versprechen nicht vergessen.

Welches Versprechen, fragte sie.

Er habe damals in H. versprochen, sich ihrer Begabung anzunehmen. Deshalb sei sie hier.

Ich zeichne kaum noch, gab sie zu. Ihr Leben war in einem Wirbel fremder, seltsamer Bilder zerstoben: Die Wege und Gebäude des Campus – ein unwirklicher Ort, an dem man sich vom Leben erholte und vor ihm floh; die drahtigen, verkommenen Gestalten, die um die Greyhound-Station in Fairfield standen und sie bereits wie eine alte Bekannte begrüßten; die Fahrt durch eine langsam kahler und kälter werdende Landschaft; ihre Besessenheit, die sie jeden Freitag nach Manhattan trieb. Sie lief zu ihm, immer in großer Eile, als sei jede Minute ohne ihn ein unerträglicher Verlust. Jedesmal schien es ihr, als hätte das Warten um keine Sekunde länger dauern dürfen.

Jetzt wirst du fotografieren lernen, erklärte Max.

Ich kann es schon seit Jahren, behauptete Nadja. Er hatte manchmal etwas Belehrendes, das sie ärgerte.

Ja, meinte er wegwerfend, so wie alle andern, aber noch nicht so, wie du es können wirst. Es hat etwas zu tun mit der Art, wie du die Dinge ansiehst. Es ist ein Blick, der die Skelette aus Fleisch und Kleidern schält, ich habe ihn in deinen Zeichnungen gesehen, so sollst du fotografieren lernen.

Ich habe einmal zu jemandem gesagt, ich mag Skelette, erinnerte sie sich verwundert über seine Intuition.

Ich schleiche mich in fremde Köpfe ein, lachte Max, und nichts ist aufregender und lohnender.

Die Skelette in meinem Kopf, stellte Nadja amüsiert fest, das also war es, was dich an mir interessiert hat. Sie mochte seine spielerische Selbstironie, mit der er jeder Auseinandersetzung die Spitze brach und sie versöhnlich stimmte. Und sie liebte seinen trockenen hintergründigen Witz.

Im Sommersemester würde sie einen Fotokurs belegen, versprach sie. Bis dahin, bestimmte Max, würden sie in Manhattan auf Motivjagd gehen, als Team, Jäger und Fährtensucher unterwegs – so nannte er von nun an ihre Streifzüge durch die Stadt.

Es wurde kalt, eisige Winde fielen in die Schneisen der Häuserschluchten ein. Die Zeit, sich aneinander zu schmiegen und durch den Park zu flanieren, war vorbei. Sie saßen in Cafés und beobachteten Menschen.

Erzähl mir von ihnen, forderte er sie auf.

Sie erfand Geschichten, die zu den Gesichtern paßten, zu den Kleidern, wie sich diese Menschen bewegten und wie sie redeten. Sie amüsierte ihn. Zum erstenmal bewunderte er sie, und aus seiner Bewunderung erwachte langsam ein Begehren, von dem Nadja nichts ahnte. Die Anerkennung, die Bestätigung, daß sie etwas Besonderes sei, die er ihr vorenthalten hatte, jetzt zollte er sie ihr, aber nicht so, wie sie es sich wünschte. Sie wurden ein Team, und wenn sie die Köpfe zusammensteckten und über Unbekannte mutmaßten, begann die Freude an der Kameradschaft unmerklich ihre Beziehung zu verändern.

Und jetzt, sagte er, stell die Belichtung und die Entfernung ein, unauffällig, damit keiner hersieht, laß die Kamera unten bis zum Abdrücken.

Wie sieht der Glatzkopf dort drüben aus, beschreib ihn mit einem Bild, forderte er Nadja auf.

Wie ein brütender Geier, schlug sie vor.

Sie lachten.

Nadja fotografierte.

Auf dem Heimweg redeten sie von den Fotos, die sie geschossen hatte. Zurück in der Wohnung überlegten sie, ob man im Badezimmer eine Dunkelkammer einrichten könne. Spät, als sie wach im Bett nebeneinanderlagen, fragte Nadja: Warum reden wir nie mehr über uns?

Aber das tun wir doch, entgegnete Max, wir reden pausenlos nur über dich.

Das Porträt ist deine Stärke, entschied er, bleib dabei.

Daran hielt sie sich viele Jahre. Ihre Abhängigkeit mußte ihn erschrecken und ihm zugleich schmeicheln, eine Verantwortung, der er sich von Zeit zu Zeit entziehen mußte.

Er sagte nicht, bleib mir vom Leib, ich brauche Abstand. Er sagte nur: Dieses Wochenende habe ich was anderes vor, und ihre Stimme, dort in Fairfield, zwei Autobusstunden entfernt, klang aufgeschreckt.

Wie ein Kettenhund, der anschlägt, sagte er und versuchte einen Witz daraus zu machen, aber Nadja fand es gar nicht komisch.

Was hast du vor, wollte sie wissen, mit wem?

Vielleicht besuche ich meinen Bruder, vielleicht will ich auch einfach einmal allein sein.

Dann stand sie unangekündigt vor seiner Tür, bereit,

sich auf jede Rivalin zu stürzen. Aber da war niemand außer ihm. Er saß am Eßtisch, der ihm, wenn er allein war, als Schreibtisch diente, und grübelte und arbeitete an Skizzen, an Thesen, die nie zu Büchern wurden, nicht einmal zu Artikeln. Er hatte den ganzen Tag die Wohnung nicht verlassen, saß selbstvergessen in seinem Morgenmantel vor einem Berg kreuz und quer mit seiner zierlichen Handschrift bedeckter Zettel, als Nadja wie ein wütender Sturm hereinfegte. Erleichtert warf sie sich auf ihn, glücklich über ihren Irrtum, zog ihn ins Bett, und er ließ sie gewähren, geschmeichelt, erschreckt.

Ich will nicht, daß du diesen Überfall wiederholst, sagte Max, als er sie am Sonntag abend zum Bus brachte.

Aber du hast dich doch gefreut, beschwichtigte sie.

Max schwieg und ließ seinen Blick durch die Halle schweifen.

Der Frühling kam spät. Noch im April trieb tagelang ein Sturm Schnee waagrecht vor sich her, häufte ihn zu meterhohen Schneewehen an, der Verkehr war lahmgelegt, und bei Max hallte stundenlang das Telefon durch die leeren Räume. Wo mochte er während dieses Schneesturms stecken?

Er war durch den Park gegangen, in dem unberührter Schnee lag, weiß und funkelnd wie auf einer Landstraße nur für wenige Stunden, bevor die Schneepflüge und Räumautos ausrückten und die weiße Masse zu Matsch und Eiswasser zerquetschten. Als er die Stille der Schneelandschaft, ihre gedämpften fernen Geräusche noch im Ohr, die Wohnung betrat, schrillte das Telefon. Es läutete noch immer, als er den Mantel abgelegt hatte und aus dem Bad zurückkam, und es verfolgte ihn rücksichtslos in die Küche.

Er gab auf. Es war Nadja, in Panik, verzweifelt, voll

Groll. Er schrie sie an. Stunden später entschuldigte er sich, hörte sich eine Weile ihr Schluchzen an, legte auf, rief wieder an, schlug vor, sie solle zu ihm kommen, jetzt gleich.

Sie spürten beide, daß etwas auf sie zukam, das sie nicht mehr aufhalten konnten, und keiner hätte sagen können, wann es seinen Anfang genommen hatte.

Max, bat sie, kaum daß sie zur Tür hereingekommen war, ich halte es dort nicht mehr aus, in dieser trostlosen Stadt und dieser Schule, ich möchte für einige Zeit, ein paar Wochen, vielleicht bis zum Sommer bei dir wohnen.

Er war mit ausgebreiteten Armen auf sie zugekommen, wie immer, wenn sie seinen Trost suchte und er sie in die Arme nahm und festhielt, bis sie ruhig wurde. Er ließ die Arme sinken.

Nein, sagte er mit einer Schärfe, die sie an ihm nicht kannte, nein, du ziehst nicht bei mir ein, auf keinen Fall, das lasse ich nicht zu.

Aber ich habe niemanden außer dir, nirgends. Sie kämpfte mit den Tränen.

Nein, beharrte Max, bei mir zieht niemand ein, du schon gar nicht.

Dann schrie sie und konnte sich nicht mehr beherrschen, sie schleuderte ihm jede rachsüchtige Beleidigung entgegen, die ihr einfiel, alles, was sich im Lauf der Monate angesammelt und worüber sie geschwiegen hatte: Daß sie eine Ansichtskarte aus den Catskills in seinem Schlafzimmer gefunden habe, mit einem Poststempel vom November, eine Frauenhandschrift zweifellos, und Küsse von A. sei daraufgestanden. Sie schrie, wie sie ihr ganzes Leben noch nie geschrien hatte, das ganze Elend ihrer Kindheit schrie sie ihm ins Gesicht, als habe er es verschuldet.

Max stand weit weg, am Fenster, sein Gesicht lag im Dunkeln, aber hätte sie seine Züge erkennen können, hätten die Kälte und Ferne sie erschreckt. Er löste sich vom Fenster und ging zur Badezimmertür.

Mehr kann ich nicht für dich tun, sagte er, aber seine Worte gingen in ihrem Ausbruch unter.

Wenn du dich jetzt im Spiegel sehen könntest, höhnte er: Richtig abstoßend siehst du aus.

Das hörte sie. Sie verstummte, als habe sie darauf gewartet, als habe sie es provozieren wollen, dieses Geständnis, daß er sie nicht liebte, daß sie ihm häßlich erschien.

Geh doch zum Teufel mit deiner Eifersucht, sagte er kalt. Die Klinke der Badezimmertür in der Hand, forderte er sie auf zu gehen: Wenn ich herauskomme, will ich, daß du weg bist.

Nadja stand mitten in der Diele und sah sich um. Ihr Blick fiel auf die Zigarrenkiste. Die Frau mit den vier Gesichtern. Sie würde die Fotos zerreißen und ihre Fetzen über den Fußboden streuen. Statt dessen steckte sie die Fotos ein.

Sie verließ die Wohnung, lief die Treppen hinunter, zornig, verletzt, entsetzt darüber, was sie angerichtet hatte, aber mit der Überzeugung zurückzukommen. Er würde sie anrufen, er würde sie in die Arme nehmen, sie würden sich versöhnen. Aber nicht jetzt, nicht gleich. Es sollte ihm leid tun, er sollte erkennen, daß er sie brauchte.

Ein warmer Wind fuhr durch die Schneisen, zerrte an den Telefonleitungen, rüttelte an den mageren, kahlen Bäumen. In wenigen Stunden war der Schnee verschwunden, und kleine Seen von Schmelzwasser überschwemmten die Gehsteige. Der Wind fiel ihr in den Rücken und trieb sie vorwärts, als sei ein Umwenden und Zurückgehen ausgeschlossen.

Hatte er sie hinausgeworfen? Hatte sie ihn verlassen? Sie wußte es nicht, sie spürte ihre Beine nicht, die sie im Laufschritt nach Süden trugen, sie lief an U-Bahn-Stationen vorbei, sie hatte keine Ahnung, wie spät es war. Am frühen Nachmittag war sie noch voller Erwartung im Bus gesessen, auf den Feldern der Farmen lag Schnee. Jetzt dämmerte es, und ein dunkler, warmer Wind trieb sie fort. Sie wußte es und wollte es nicht wahrhaben, verbannte, was damit zu tun hatte, wie einen unerträglichen Anblick aus ihrem Kopf: Es war zu Ende.

5

Nadja blieb bis zum Sommer im College, aber sie schwänzte die Vorlesungen und Übungen, nur zum Fotokurs ging sie, lernte Filme zu entwickeln, mit verschiedenen Linsen und Filtern umzugehen und überraschende Wirkungen zu erzielen. Sie fuhr nicht mehr nach Manhattan, sie sparte das Geld, das sie beim Sortieren der College-Post verdiente. Wenn Max sie suchte, konnte er sie finden. Noch widerstand sie dem Drang, ihn anzurufen. Er hatte sie hinausgeworfen, er mußte den ersten Schritt tun. Aber er rief nicht an. Sie wagte sich nicht mehr weit vom Telefon unten am Treppenabsatz weg, und noch nie hatte sie soviel Zeit in ihrem Zimmer verbracht. Immer auf der Lauer, aber kein einziger Anruf war für sie. An dem Tag, an dem sie auszog, beschäftigte sie keine andere Furcht, als daß sie sich nun von Max abschnitt, endgültig, als bräche sie in eine Wildnis auf, in der er sie nur wiederfinden konnte, wenn sie ihn anrief. Sein Schweigen schien endgültig.

Sie fand im Village, in Manhattan, ein Zimmer, ganz unerwartet, durch eine Zufallsbekanntschaft im Bus. Es war ein schönes Zimmer in einer geräumigen Wohnung mit hellgrün lackierten Möbeln. Die Räume waren angefüllt mit raumhohen exotischen Topfpflanzen und zwei Papageien, die sich in ihren Zweigen frei bewegten. Die Wohnung gehörte einer Professorin, die zwischen New York und Philadelphia pendelte und froh war, daß jemand sich um die Papageien kümmerte.

In den ersten Monaten arbeitete Nadja in der Küche eines Delikatessenladens mit einem kleinen schmalen Restaurant in der sechsundfünfzigsten Straße, wo am Vormittag exzentrische alte Damen sich zum *brunch* trafen und in der Mittagspause Büroangestellte ihre Sandwiches in braunen, gefalteten Papiersäckchen abholten. Hier beachtete sie niemand, und sie fühlte sich dennoch nicht allein gelassen. Aber sie mußte einen Job finden, bei dem sie genug verdiente, um sich die Verwirklichung des Traumes zu leisten, den Max ihr in den Kopf gesetzt hatte: Sie wollte Fotografin werden.

Einmal ging sie mit einem Arbeitskollegen, einem Kellner aus Puerto Rico, nach der Arbeit und nach einem Drink in seine Wohnung. Sie schlief mit ihm, hörte sich sein obszönes Gestammel an, mit dem er sich Mut machte, ließ seine unpersönliche Lust über sich ergehen, beobachtete ihn kühl und unbeteiligt und war noch vor Mitternacht wieder in ihrem eigenen Bett im Village.

See you around, sagte sie, wenn er ihr nachstellte, später, ein anderes Mal.

Aber nichts, was sie sah und erlebte, konnte Max aus ihrem Kopf verbannen, und der Gedanke, daß er nun unerreichbar war, versetzte sie in eine fieberhafte Panik, bis sie es nicht mehr aushielt und ihm schrieb. Anfangs erzählte sie in einem erzwungen fröhlichen Plauderton von ihrem Job, der ruhigen Seitenstraße im Village, eine schöne Gegend, mit Oleander vor dem Haus und einer Allee von Ginkgobäumen. Doch bald bemächtigte eine gehetzte Dringlichkeit sich ihrer Briefe.

Die Papageien verdreckten die Wohnung mit ihren

scharf riechenden Exkrementen, und Nadja durfte kein Fenster öffnen, damit sie nicht davonflogen. Es war ein schwüler, dampfender August, die Hitze und der Gestank drückten sie auf ihr Bett, wälzten alle Ängste über sie. Konnte Max denn nicht die Verzweiflung in ihren Briefen spüren?

Du fehlst mir, flehte sie in immer hemmungsloser werdenden Botschaften, ich wache auf und höre unten auf der Straße deine Stimme, aber wenn ich hinunterschaue, ist niemand da, oder ein Unbekannter geht vorbei.

Schnell, bevor sie es sich anders überlegte, warf sie diese Zeugnisse ihrer Unterwerfung in einen Postkasten. Danach wartete sie voller Zorn auf ihn und auf sich selber, weil sie wußte, daß ihr Warten vergeblich war.

Von öffentlichen Telefonen rief sie bei ihm an, die einzige Nummer, die sie auswendig kannte, und wußte nicht mehr, ob sie aus Sehnsucht oder aus Rachsucht nicht von ihm ablassen konnte. Sie horchte auf seine Stimme, wie sie die ganze Skala von einladender Neugier bis zum Ärger durchlief, atmete flach, während er fragte: Wer spricht, wollen Sie sich nicht melden?

Einmal hatte sie sich gemeldet. Er hatte geschwiegen, so lange, bis sie fragte: Bist du noch da?

Es tut mir leid, hatte er kühl gesagt, ich kann nichts mehr für dich tun.

Dann hatte ihr das Besetztzeichen ins Ohr gehämmert. Seither lauschte sie nur mehr stumm seinem Atem, und die Unsicherheit, mitunter Furcht in seiner Stimme, wenn er fragte, wer ist dort, erfüllte sie mit Befriedigung, einem hämischen Gefühl des Triumphs.

Er mußte wissen, daß sie es war, die ihn nachts aus dem Schlaf riß, nach Mitternacht, wenn sie auf dem Heimweg an keinem öffentlichen Telefon vorbeigehen konnte, weil ein Zwang, sich an diese letzte, einseitige Verbindung zu klammern, sie dazu trieb. Und eines Tages meldete sich eine Frauenstimme von einem Tonband: Die Nummer, die Sie rufen, wurde geändert. Erst da gab sie auf.

Aber sie wartete. Jedesmal, wenn das Telefon klingelte, wurde ihr Herzschlag schneller. An jeder Straßenecke, an jeder U-Bahn-Station konnte sie ihm begegnen, so groß konnte die Stadt doch gar nicht sein.

Im Spätherbst fand Nadja eine Anstellung in der Fotoabteilung eines *drugstore*. Sie durfte in der Dunkelkammer arbeiten und nahm an einem Fortbildungskurs in New Haven teil. Wenn sie im roten Licht der Dunkelkammer unter dem Vergrößerungsgerät die Belichtungszeit bestimmte, Filter für Kontraste einlegte und mit dem Fotopapier im Vergrößerungsrahmen abstimmte, war sie mit sich und ihrer Aufgabe so sehr im Einklang, daß sie Max für immer länger werdende Zeitabschnitte vergaß. Es konnte vorkommen, daß sie zwischen dem Morgen und der frühen Dunkelheit, wenn sie auf die Lexington Avenue hinaustrat, kein einziges Mal an ihn gedacht hatte.

Ganz hörte sie nie auf, an Max zu denken, auch viele Jahre später erschien er ihr noch in ihren Träumen, aber sie gab in diesem Winter die Hoffnung auf, daß er sich melden würde. Als der Frühling das erste Grün in die mageren Bäumchen vor ihrem Haus trieb und die Parkanlagen sich belebten, merkte sie eines Tages, daß sie glücklich war.

Sie hatte sich, seit die Professorin, bei der sie wohnte, ein Gastsemester lang an irgendeiner Universität des Mittelwestens lehrte, in deren Badezimmer eine Dunkelkammer eingerichtet, damit sie ihre eigenen Filme nicht mehr schnell und verstohlen während der Arbeitszeit entwickeln mußte. Und ausgerechnet jetzt, als sie manchmal gar nicht glauben konnte, daß sie es war, die sich so frei und ohne Furcht in dieser Stadt bewegte, nahm sie sich an einem freien Abend die Fotos der Frau mit den vier Gesichtern vor, fotografierte sie mit verschiedenen Belichtungszeiten, unterschiedlicher Tiefenschärfe und bemerkte, wie das Gesicht eine unerklärliche Faszination auf sie ausübte.

Es mußten die Augen sein, die eine fast hypnotische Wirkung besaßen.

Hatte Max nicht gesagt, es sei ein magisches Gesicht? Sie nahm die Körper anderer Frauen, anderer Fotos, setzte ihnen das Gesicht auf, dessen Augen unverwandt auf sie gerichtet waren, fremd und mit einem spöttischen Glanz, der auf den Belichtungsstreifen aufblitzte und erlosch, auf weichem Papier verschwand und bei hartem Kontrast ohne Mitteltöne sie schrill ansprang. Diese schmerzhaften Kontraste liebte Nadja. Sie entblößten, was Grautöne verhüllten, sie zerrten die letzten Schleier weg. Nadja war entschlossen, Schmerz zuzufügen, auch sich selber.

Du weißt zuwenig über mich, hatte Max einmal gesagt. Sie hätte ihn aushorchen müssen, aber ihre Bedürftigkeit war damals zu groß gewesen, um sich den Abstand dazu leisten zu können, und zu jung war sie auch gewesen. Wer war diese Frau mit den verrückten Augen, und warum hatte sie ihm soviel bedeutet?

Sie vergrößerte das Negativ, bis jede Pore sich zu einem Krater ausgewachsen hatte, verwandelte das Gesicht mit Hilfe von Kontrastpapier und Filtern in eine wüste, verdorrte Todeslandschaft, weiß, weißer als eine in Kalk ertränkte Leiche, das Haar ein dunkler, verklebter Rand, wie skalpiert, eine Totenmaske, die letzte Rundung von Wangen und Kinn weggebeizt von Nadjas Mordlust, die Schwärze der Augenhöhlen und Kiefer unter den Wangenknochen. Aber die Augen waren nicht umzubringen, sie starrten ihr entgegen, körperlos, weit geöffnet, auch als die Vergrößerungen längst zum Trocknen an der Wäscheleine hingen.

Dieses Gesicht war das erste, mit dem sie sich vom Erlernten entfernte. Ein Positiv sei gut gelungen, hatte man sie gelehrt, wenn es möglichst viele Grautöne in den richtigen Abstufungen enthielte. Nun entdeckte sie die Möglichkeit, beim Fotografieren und Entwickeln die Wirklichkeit zu verändern, zu verzerren, wenn nötig zu verstümmeln, um die unbarmherzige Wahrheit an die Oberfläche zu spülen.

Sie nahm an Wettbewerben teil, einzelne Fotos wurden in Ausstellungen gezeigt. Bei einem Porträtwettbewerb gewann sie einen Preis, nicht den ersten, aber es war ein Anfang. Und jedesmal ertappte sie sich bei dem Wunsch, meist nur ein flüchtiger Gedanke, daß Max davon erfahre.

Die Frau mit den vier Gesichtern nannte sie eine Fotoserie, mit der sie sich für eine Ausstellung New Yorker Künstlerinnen bewarb. Es ginge um die Unsichtbarkeit der Frau, stand in der Ausschreibung, die Unsichtbarkeit im männlichen Blick, ihre Vernichtung im Vorgang des Betrachtens. Diese Fotos verhalfen Nadja zum Erfolg, eröffneten ihr eine Karriere: Der von der tiefstehenden Sonne grotesk verlängerte Schatten einer Frau am Strand; eine flüchtige, von der Geschwindigkeit und der Wölbung des Spiegels verzerrte Reflexion im Seitenspiegel eines fahrenden Cabriolets; ein eingetrockneter Blutfleck auf grobem Stoff, so stark vergrößert, daß man den Sättigungsgrad jeder Stoffaser erkennen konnte. Und die verwüstete Unbekannte in den Phasen ihrer Vernichtung, vom Blick einer eifersüchtigen Frau verstümmelt, von ihrer wütenden Vernichtungsorgie in der Dunkelkammer. Nur Max hätte sie wieder zusammensetzen können, die ursprünglichen Züge der Frau mit den vier Gesichtern, die keinen Namen hatte.

Von wem sind Sie beeinflußt, fragte eine Journalistin.

Ich weiß es nicht, entgegnete Nadja, ich glaube von einem Mann.

Es war keine Antwort, die im Trend lag, und die Journalistin ließ sie stehen.

Nadja konnte ihren Job im *drugstore* aufgeben und aus der Wohnung mit den Papageien ausziehen. Mit sechsundzwanzig konnte sie sich den Traum ihrer Kindheit erfüllen und als Künstlerin leben.

Zwei Jahre nach der Trennung sah sie Max zufällig zur Mittagsstunde auf der Betoneinfriedung vor einem Bankgebäude an der Park Avenue sitzen, direkt gegenüber dem Waldorf Astoria, zu dessen Fassade er hinüberstarrte, als hätte er sie noch nie gesehen. Er saß zwischen Büroangestellten in dunklen Geschäftsanzügen, die ihren *lunch* verzehrten, in der frostigen Aprilsonne und wirkte niedergeschlagen. Sein Bart schien ein wenig länger und grauer geworden. Sie hatte ihre Leica bei sich. Als sie den Sucher auf ihn richtete, nahm er die Brille ab und preßte mit jener Geste, die sie so gut kannte, die Fingerspitzen gegen Augen und Nasenwurzel. Sie drückte ab. Erst als sie den Blick abwandte, traf sie die ungeheuerliche Erkenntnis, daß sie ihn gesehen hatte, dem sie ihr längst vertrautes Leben in New York und ihren Beruf verdankte, und sie hatte nicht das Bedürfnis gehabt, ihn anzusprechen. Sie hatte ihn mit ihrem einsamen, geübten Blick gesehen, registriert, Maß genommen, im richtigen Moment, bei seiner charakteristischen Geste abgedrückt, ganz professionell. Und erst jetzt, zwei Häuserblöcke weiter, vor dem Viadukt der Grand Central Station, zitterten ihr die Hände.

Als sie das Negativ in ihrer Dunkelkammer betrachtete, war er ihr fremd. Ein bedrückt wirkender, in sich gekehrter Mann Mitte Fünfzig, dem sie einen Augenblick seines Lebens entwendet hatte. Einen Augenblick, in dem er sich unbeobachtet geglaubt hatte. Es war das einzige von ihr selber entwickelte Foto, das sie von ihm besaß, und es glich doch nur von ungefähr dem Mann, den sie geliebt hatte.

Der erste Auftrag führte Nadja ans Meer. Sie sollte für eine Reiseagentur Küstenlandschaften fotografieren, Badeorte, Feriendörfer entlang der Küste Neuenglands. Die Einsamkeit der Leuchttürme seien ein willkommener Kontrast zu den bunten, belebten Stränden, erklärte man ihr, als jener letzte Fluchtpunkt, von dem man in Städten träume, überhaupt Wasser, der Blick aufs Meer, der die Sehnsucht nach Unendlichkeit, nach Grenzenlosigkeit sichtbar mache. Und diese Sehnsucht solle sie mit Bildern sättigen.

Sie fuhr mit einem gebrauchten Pontiac, der fast so geräumig wie Max' Lincoln Continental war, die Buchten zwischen New Haven und Cape Cod entlang, und weiter nordwärts bis Maine, lernte die stille Verzweiflung amerikanischer Kleinstädte kennen, beobachtete einsame Menschen, wie sie zögernd aus ihren Autos stiegen, an die Betonmauer gelehnt, die die Straße vor der Brandung schützen sollte, eine Weile unschlüssig auf den leeren Strand hinunterblickten und ungetröstet weiterfuhren. Es war September, kurz nach *Labor Day*, und die Strände hatten sich geleert. Sie fotografierte tiefhängende Wolkenbänke über einem bleigrauen, stumpfen Meer. Das war es nicht, was sonnenhungrige Touristen sehen wollten. Eher schon Lichtseen am Horizont über glitzerndem Wasser. Sanddünen hoch wie Wüstenberge. Strandhafer im satten Gold des späten Nachmittags. Tiefblaue Wellen wie Samt auf einem Zuschneidetisch. Eine reglose Wasseroberfläche wie der geschliffene Spiegel eines leeren Himmels. Muscheln und Fußstapfen im Sand auf einem verlassenen Strand. Ein Holzsteg, der sich im Schilf verlor. Die langen, fein geriffelten Sandbänke von Cape Cod. Die Einsamkeit der leerstehenden Sommerhäuser. Der angewehte, knöcheltiefe Dünensand auf allen Wegen und keine einzige Fahrspur. Die Traurigkeit der Sonnenuntergänge in einer menschenleeren Landschaft. Die vielen Meilen Marschland zwischen Plymouth und Hull mit ihrer unzugänglichen Fauna, den Wasservögeln, die aufgeschreckt und ungeschickt über das Moorgras flatterten. Wochenlang war sie allein unterwegs, die Kamera griffbereit, ganz auf das Sehen konzentriert, auf Farben, Formen, Stimmungen. Die Leuchttürme ragten weit draußen über unwirtlichen Landzungen auf, ausgesetzte, robuste Kegel auf nacktem Felsen, die den dichten weißen Herbstnebel mit ihrem Lichtschein kaum durchdringen konnten.

Nadja suchte die Badeorte entlang der atlantischen Küste in ihrer abweisenden Verlassenheit auf, als wolle sie sie zwingen, etwas preiszugeben, was sie im Sommer verhüllten. Die Sturmböen, die sich mit Regenschwaden mischten, warfen sich gegen die Brandungsmauern. Die Spielautomaten standen verwaist in den leeren Vergnügungslokalen. An den Abenden setzte sie sich an das Fenster eines *diners* und hörte meist irgendeinem Einheimischen zu, der ihr seine Geschichte erzählte. Manchmal fragte sie am Ende, ob sie ihn fotografieren dürfe.

An einem feuchten kalten Abend saß Nadja als einziger Gast in einem Hafenrestaurant in Nantasket. Sie war bereits auf dem Rückweg nach New York. Ein Paar, frierend in dünnen Windjacken, setzte sich an den Nebentisch. Die Frau trug ein ungeschickt um den Kopf gewundenes Tuch und hielt ihre Tasche mit beiden Händen auf den Knien fest. Sie gingen so behutsam und zärtlich miteinander um, daß Nadja nicht den Blick von ihnen wenden konnte. Als die Frau langsam den Schal vom Kopf nahm, war sie darunter kahl. Es mußte sich um die Folgen einer Chemotherapie handeln, durchsichtige Härchen befanden sich da, wo einmal volles Haar gewesen war, die Kopfhaut war sehr bleich. Unter ihrem dünnen Rock zeichnete sich ein Verband ab. Aber als der Mann sich zu ihr hinüberbeugte und sie auf die Wange küßte, als berühre er etwas unendlich Kostbares, brannten Nadja die Tränen in den Augen – so sehr beneidete sie diese Frau.

Von diesen beiden machte sie kein Foto, auch nicht von dem Schriftsteller ohne Werk, in dessen Wohnwagen sie zwei Wochen verbrachte, bevor der Winter mit den ersten Böen schweren Schneeregens einbrach. Das Liebespaar in Nantasket hatte Nadja in Freds Arme getrieben.

Weitab vom Strand, hinter den Dünen und Ferienvillen, befand sich ein großer Platz voller Wohnwagen, ein Feriendorf für jene, die von einem Leben am Meer träumten und es sich doch nicht leisten konnten. Jetzt im Spätherbst waren die Wagen verriegelt, das braune Gras in den Schlamm gestampft, und an stürmischen Tagen hörte man die unsichtbare Brandung. Nur Fred war noch da.

Er hatte sich eines Abends in einem *seafood diner* zu Nadja gesetzt und über falsches Bewußtsein und den Sinn des Lebens philosophiert. In den sechziger Jahren habe er Songs geschrieben und bei Dichterlesungen seine Lyrik vorgetragen, erzählte er, seither wolle niemand mehr seine Gedichte und Aphorismen hören oder gar drucken, es sei eben alles vorbei.

Mann, waren wir großartig, schwärmte er, als er von der Studentenbewegung in San Francisco erzählte.

Er rauchte und redete bis spät in die Nacht, sie tranken Wein. Sie blieb die Nacht bei ihm. Nadja war viele Wochen allein gewesen, die ganze Atlantikküste bis nach Bar Habor hinauf und zurück. Im Auto hatte sie Musik gehört, sie hatte in Motels geschlafen, wenn sie vom Fahren müde war, und beim nie abbrechenden Geräusch vorbeifahrender Autos das Gefühl gehabt, als fahre sie auch im Schlafen noch weiter. Manchmal hatte sie sich mit Fischern über Netze und Hummerfallen unterhalten und sie bei der Arbeit fotografiert, und manchmal hatte sie geglaubt, die Einsamkeit keinen Tag länger zu ertragen. Jetzt hörte sie Fred zu, er sprach zu ihr, auch wenn er ihre Gegenwart beim Reden kaum wahrnahm.

Aber am Ende, wenn er vom Reden müde war, wurde

er zu einem warmen Körper, der Liebe gab, ein wenig Nähe, eine unkonventionelle Häuslichkeit. Er wollte nichts über sie wissen. Er wollte reden und mit ihr schlafen, er wollte nicht allein sein, wenn der Regen auf das Dach des Wohnwagens trommelte und die Brandung sich wie ein fernes Donnergrollen gegen die Küste warf. Warum er sich plötzlich in dem schmalen Bett, das sie teilten, über sie beugte und seine glühende Zigarette auf ihre Haut drückte, schien er selber nicht zu wissen. Er beobachtete sie mit einem dummen, neugierigen Grinsen, versuchte weder sich zu rechtfertigen noch zu entschuldigen, während sie ihre Kleider zusammenraffte.

Erst als sie am frühen Morgen in ihrer Wohnung die Reisetasche auspackte, bemerkte sie, daß die Spiegelreflexkamera, die Max ihr geschenkt hatte, fehlte.

Es war inzwischen nicht mehr so, daß sie Max den Groll über seine Zurückweisung nachgetragen hätte oder daß noch jene alte Sehnsucht der ersten Zeit ihres Alleinseins sie quälte. Aber bei ihrer Arbeit, beim Fotografieren und in der Dunkelkammer, wenn sie müde war, in Eile, wenn sie dachte, so ist es gut, kam es ihr oft so vor, als stünde er neben ihr, unzufrieden, unerbittlich und erklärte ihr, das könne jeder, damit dürfe sie sich nicht zufriedengeben. Wenn die Bilder in der Schale mit dem Entwickler immer deutlichere, schärfere Konturen gewannen und Nadja von Begeisterung erfaßt wurde, von diesem Rausch über ein gelungenes Werk, mußte sie sich immer wieder seiner Skepsis stellen, seinen belustigten, ironischen Blick entkräften.

Auch von ihrer Begabung und daß sie nicht spurlos verschwinden könne, weil sie in ihrer Wahrnehmung verankert war, wußte sie ja nur durch ihn. Dieses Wissen gab ihr Sicherheit, ließ sie auch Mißerfolge, Rückschläge und die Erfahrung ihrer künstlerischen Grenzen ertragen. Ihre Phantasie war begrenzt, und das hinderte sie an der großen Karriere. Sie brauchte die Wirklichkeit, um sich an ihr zu messen.

Bevor sie den Mann traf, den sie heiraten würde, hatte sie bereits gelernt, daß jeder neue Versuch in der Liebe eine Enttäuschung war. Aber die heftigste Enttäuschung war durchgestanden, sie war Vergangenheit. Auch das gab ihr Sicherheit und eine gewisse Härte. Aber es kam immer wieder vor, daß eine Geste, ein Satz eines anderen Mannes sie an Max erinnerte, und dann spürte sie jedesmal einen kleinen Stich von Bedauern.

Nach sechs Jahren verließ Nadja New York. Es kam ihr vor, als sei der Glanz der Stadt verblaßt, und sie sehnte sich immer häufiger nach einem weiten Himmel, nach der Stille eines frühen Morgens auf dem Land. Um neun Uhr, wenn die Geschäfte öffneten, hatte sich die Frische des Morgens in Manhattan so gründlich verflüchtigt, daß nur mehr der Druck seines forcierten Tempos auf allen Straßen und Menschen lastete. Sie übersiedelte in eine Kleinstadt in Pennsylvania, nur um nach kurzer Zeit wieder aufzubrechen. Manchmal besuchte sie zu den Hohen Feiertagen die Stadt ihrer Kindheit, aber sie blieb nie länger als zehn Tage. Jeder längere Aufenthalt wäre ein Eingeständnis gewesen, daß ihr etwas fehlte. In der Gemeinde erfuhr sie, daß Spitzer Max in New York besucht habe und daß Max sich irgendwann in H. niederlassen werde, jedenfalls rede er schon seit Jahren davon. Irgendwann würde sie ihn wiedersehen, das war zu erwarten. Sie hoffte, ein Wiedersehen würde sie nicht berühren, aber sie fürchtete sich davor.

III

Wer Max Berman in jenen Jahren kennenlernte, erfuhr auch bald von seinem Haus in H., in dem seit vierzig Jahren Menschen lebten, die es ohne jedes Unrechtsbewußtsein für ihr Zuhause hielten. Sie waren so alt wie er, und Jahr für Jahr im selben Tempo wie er selber, bewegten sie sich einen Schritt weiter auf den Tod zu. Dennoch erfüllte ihn ihr Altern mit Genugtuung. Es brachte ihn auch dem Tag näher, an dem er in sein Haus einziehen würde. Er war der letzte, der seinen Anspruch auf das Erbe geltend machen konnte. Ben starb, noch keine sechzig, an den Folgen seiner von Psychopharmaka zerrütteten Gesundheit.

Max' Vater war fast neunzig Jahre alt geworden, sie hatten wenig Kontakt gehabt, erst als Saul im Sterben lag, hatte Max ihn öfter im Spital besucht. Beim Begräbnis sah er nach vielen Jahren seinen älteren Bruder Victor wieder, der seit den fünfziger Jahren in Tel Aviv lebte. Max war nie in Israel gewesen, seine Wurzeln lägen in Europa, sagte er, und wenn er reiste, dann in die Städte, die er zum erstenmal als Soldat gesehen hatte, Rom, Florenz, Siena, Ravenna, Bergamo, Triest, und die er nur ihrer Schönheit wegen liebte, es hing keine schmerzliche Erinnerung an ihnen. Siebzehn Jahre lang hatte er es vermieden, nach H. zurückzukehren.

Victor hatte das volle weiße Haar des Großvaters. Es ist lange her, sagte er verlegen bei der Begrüßung, ich hätte mich schon früher bei dir melden sollen.

Es war Victor, der am Grab ihres Vaters Kaddisch sagte, aber erst als sie über Ben sprachen, löste die Trauer über dessen gequältes Leben die angespannte Fremdheit zwischen den beiden Brüdern. Sie verbrachten zwei Tage miteinander, und Max erfuhr, daß er eine Nichte hatte, eine linke israelische Rechtsanwältin, die ihrem Vater Kummer machte und ihm mit ihren zweiunddreißig Jahren noch immer keine Enkel geschenkt hatte. Trotz des Fotos, das Victor bei sich hatte, fiel es Max schwer, sich diese junge Frau als eine nahe Verwandte vorzustellen. Er würde sich im Ruhestand in einen Kibbuz in den Hügeln um Jerusalem zurückziehen, sagte Victor.

Und du wirst wohl dein ganzes Leben hier in New York festsitzen, vermutete er.

Nein, sagte Max, irgendwann gehe ich nach Europa und lebe in unserem alten Haus in H. Hast du noch Erinnerungen an diese Zeit?

Es schien ihnen, als spanne sich eine unsichtbare Brücke in eine so ferne Vergangenheit, daß es der Anstrengung bedurfte, sie mit Bildern zu beleben. Sie waren zusammen Kinder gewesen, im selben Haus, von denselben Erwachsenen geliebt, und dazwischen lag ein ganzes Leben, in dem sie einander fremd geworden waren, doch nicht so fremd, daß diese frühe Verbindung, die ersten gemeinsamen Jahre, nicht alle Fremdheit in den wenigen gemeinsamen Stunden hätte löschen können. Es gab niemanden mehr außer ihnen, der diese Bilder mit ihnen teilte: Sophie in ihrem Schaukelstuhl mit einem Buch, der Großvater am Tischende, der mit erhobenem Weinglas den Segen sprach, Miras Aufforderung an die Kinder, ein letztes Mal zum Haus zurückzublicken, um es fest im Gedächtnis zu bewahren. Mit ihnen würden diese Erinnerungen verlöschen. Noch nie waren sie einander so nahe gewesen.

Nach zwei Tagen brachte Max seinen Bruder zum Flughafen. Sie umarmten sich, keiner lud den anderen ein, ihn zu besuchen, sie wußten beide, daß sie einander nicht schreiben würden, daß sie einander vielleicht zum letzten-mal sahen. Aber sie waren versöhnt, und diese späte Ver-söhnung war wie ein starkes Band, das keiner neuen Be-weise mehr bedurfte.

Kurz vor seiner Abreise nach Europa einige Jahre spä-ter erreichte Max nachts die Stimme seiner Nichte mit ih-rem starken israelischen Akzent: Victor war gestorben.

Max' Ruf als begehrter Raumdesigner führte ihn oft in andere amerikanische Städte, nach Boston, San Francisco, Los Angeles, er hatte mit einem jüngeren Architekten eine Firma gegründet, beschäftigte Angestellte, hatte eine An-zahl von Lieferanten und Unternehmern unter Vertrag. Die Zeiten, wo er selber auf der Stehleiter gestanden und Stuckdecken ausgeleuchtet hatte, waren vorbei, und auch die Erregung beim Betreten eines großen, leeren Hauses, die Begeisterung, wenn das Werk Gestalt annahm. Er kämpfte nicht mehr um die Verwirklichung seiner Vor-stellungen, wenn ein Klient anderer Meinung war.

Er ist es schließlich, der in dieser Scheußlichkeit leben muß, sagte Max resigniert, ich kann ihm nur meinen Vor-schlag anbieten. Manchmal kaufte er ein vernachlässigtes Haus in Villengegenden, renovierte es, ohne daß ihm ein Auftraggeber seine Ideen aufzwingen konnte, freute sich eine Weile daran und verkaufte es an jemanden, den er für würdig hielt, in dem Haus zu wohnen. Er brauchte seine Arbeit nicht mehr anzubieten, man kam zu ihm.

Von Zeit zu Zeit wurde er der Stadt überdrüssig. New York ermüdete ihn, er sah darin ein beunruhigendes Signal seines Alters, die feuchte Hitze der endlosen Sommer setzte ihm zu, die hektische Nervosität, die Manhattan ständig zum Vibrieren brachte, ohne Atempause, selbst in der Nacht. Resigniert schaute er auf die schmutzigen Bün-del schlafender Obdachloser in Hauseingängen und über Entlüftungsschächten, wie Höhlenmenschen hausten sie in Unterständen aus Pappe, zwischen den Gerüsten von

Baustellen. Er fühlte sich hilflos, er wich den Dealern aus und merkte, daß er immer seltener ausging. Nie hatte er die Armut als etwas betrachten können, das ihn nichts anging. Er wußte, er gehörte zu den Privilegierten, für die New York das Ausgefallenste und Teuerste in die Auslagen legte, und es stieß ihn ab.

In den siebziger Jahren, in der ersten Euphorie seines neuen Wohlstands, hatte er die Idee gehabt, einen ebenerdigen Lagerraum in Midtown Manhattan zu kaufen und einen *shelter* einzurichten, der Aufenthaltsort, Wohnraum und Schlafstätte für Obdachlose werden sollte. Und weil er die Häßlichkeit reiner Zweckmäßigkeit verabscheute, hatte er diese Räume hübsch eingerichtet, wie er es gewohnt war. Nach kurzer Zeit waren die Wasserhähne abmontiert, die Badezimmerarmaturen wurden ein halbes dutzendmal gestohlen, bevor er aufgab, und das Geld, das er zur Verfügung gestellt hatte, war verschwunden, die Sozialarbeiter über alle Berge. Als er die mutwillig demolierten Räume betrat, die grellen Graffiti an den Wänden sah, die eingeschlagenen Fensterscheiben, gab er auf, verbittert, deprimiert, wenn auch nicht ohne Schuldgefühl.

Manchmal, gestand er, hasse ich diese Stadt.

Dann verließ er New York immer wieder von Zeit zu Zeit, mietete in einem ruhigen Vorstadtviertel ein Haus mit einem großen Rasenstück, Pinien, die ohne Zaun ins Nachbargrundstück übergingen, irgendwo auf Long Island, in Rye oder Mamaroneck, nah genug am Wasser, daß man die Brandung hörte. Dort kam die nervöse Energie, die ihn noch im Schlaf anzutreiben schien, allmählich zum Stillstand.

Doch bald, nach einigen Monaten, wurde er der Ruhe überdrüssig, und Erinnerungen an Bilder, Gerüche und Töne meldeten sich wieder, wie etwa Pee Russells Klarinettensolo in einem Jazzkeller von Midtown Manhattan, die tiefen Ledernischen einer Lounge, in der er mit Freunden gesessen war, die längst in anderen Städten lebten oder gestorben waren. Bars fielen ihm ein, über die ganze Stadt verstreut, im Village und an der Upper East Side, die jede ihre eigene Atmosphäre hatte und die er nicht mehr finden würde, selbst wenn es sie noch gab. Er erinnerte sich an Nahes und weit Zurückliegendes, den Augenblick etwa, als er zum erstenmal mit Eva die Grand Central Station betrat oder mit Wallace Harrison vor dem Lincoln Center stand, am Abend, nachdem man die letzten Gerüste abgebaut hatte. Er sehnte sich nach den jähen Windböen an den Straßenecken, die einem unter die Kleider fuhren, und dem Geruch von Hot dogs und verbranntem Öl, vermischt mit Benzindämpfen und dem fernen salzigen Duft des Meeres. Es war seine Stadt, und seine Erinnerungen reichten zurück bis zum Central Park seiner Kindheit, als der Eisbär Gus im Becken des Zoos herumgeplanscht war, und diese Stadt war der Schauplatz seiner unvergeßlichsten Momente gewesen, jenes Abends, als er Dana zum erstenmal im Russian Tea Room sah und der Nacht, in der er sie nach der Sperrstunde dort abholte und zu sich nach Hause mitnahm – vor mehr als dreißig Jahren.

Es begann ihn zu stören, daß jeder Ausflug nach New York mit Vorbereitungen verbunden war und daß er nicht mehr wußte, welche Filme liefen, er vermißte die Nachmittage in der Buchhandlung *Strand*, mit den unüberblickbaren Reihen von Regalen, aus der er schwindlig vom Lesen der Buchtitel und überwältigt von der Menge an Wissen, das er nie besitzen würde, ans Tageslicht trat. Er stellte sich vor, an einem Samstag morgen zwischen Canal Street und Orchard Street die Flohmarktstände entlangzuschlendern und bei Jonah Schimmel in der Houston Street die besten *knishes* von Manhattan zu essen. Und wenn er erst angefangen hatte, vom Essen zu träumen, begann er bald zwischen Manhattan und der Vorstadt hin und her zu pendeln, zuerst nur um ins Restaurant oder ins

Theater zu gehen, aber einige Male im kilometerlangen Verkehrsstau eingekeilt, beschloß er in seine Wohnung zurückzukehren.

Wann die brennenden Schmerzen und der Druck im Brustkorb angefangen hatten, konnte er nicht sagen, sie kamen beim Treppensteigen, oder wenn er Ärger hatte, bald bei jeder Belastung, jeder Anstrengung. Zum erstenmal wurde ihm bewußt, daß er ein Herz besaß, das nicht bloß ohne sein Zutun Blut durch den Körper pumpte, sondern daß es wie ein feines Meßgerät bei jeder Unachtsamkeit ausschlug und ihn ängstlich machte, ihm ein bestimmtes Tempo aufzwang und ihn an seinem gewohnten Leben hinderte. Max hatte nie über seinen Körper nachgedacht, er hatte sich auf ihn verlassen. Das einzige Ärgernis, das ihm das Älterwerden brachte, war, daß ihn andere als alten Mann zu sehen schienen, sein Kompagnon in der Firma, Bauarbeiter, und was ihn am meisten irritierte, jüngere Frauen, die auf seine Annäherungsversuche mit amüsiertem Staunen reagierten, als hätten sie nicht erwartet, daß ein alter Mann wie er sie noch begehren könnte. Eine Vierzigjährige hatte ihm unverblümt erklärt, daß ältere Männer auf sie keinerlei erotischen Reiz ausübten. Und selbst nach geglückter Verführung verließ ihn nie die Angst vor dem jähen Stechen in der Brust, dem Schmerz bis in den Arm, die jede Liebesnacht peinlich abrupt beenden konnte.

Als Max den Brief von Spitzer bekam, in dem er ihm mitteilte, daß nun die letzte Partei aus seinem Haus ausgezogen sei und es für ihn bereitstünde, hatte ihn zum erstenmal der Tod gestreift. Er hatte einer Bypassoperation zugestimmt, und plötzlich wurde sein Leben vom Tagesablauf des Spitals bestimmt. Er war ganz und gar damit beschäftigt, sich auf sich selbst zu konzentrieren, das Herz, das wie ein stampfender Motor in seinem Brustkorb kämpfte und Wellen von Schmerz durch seinen Körper fluten ließ, die unter den Schmerzmitteln abebbten und zu neuer Heftigkeit anschwollen. Die Nachricht erreichte ihn zu einem Zeitpunkt, als es ihm schien, er empfinge die Post eines anderen. Er selbst war ausschließlich darauf bedacht, seinem Körper unnötige Schmerzen zu ersparen, um nicht bei jeder unvorsichtigen Bewegung, die an seinem zersägten, langsam verheilenden Brustkorb zerrte, laut aufzustöhnen.

Als er nach Wochen im Spital und im Sanatorium nach Hause kam, war er niedergeschlagen und ängstigte sich vor dem Alleinsein wie nie zuvor. Eine langjährige Freundin, die er als junge Architektin in Albany kennengelernt hatte und der er damals eine Anstellung verschaffen konnte, hatte von sich aus angeboten, ihn während der ersten Zeit zu pflegen. Aber sie hatte ihre eigene Arbeit mitgebracht, in die sie sich ungerührt an seinem Schreibtisch vertiefte, während er sich ganz seinen Schmerzen hingab und seiner Angst davor, daß sein Leben nie mehr wie früher werden würde. Ihr Mangel an Fürsorge und ihre Selbstvergessenheit ärgerten ihn, er wurde ungeduldig und gereizt, machte ihr Vorhaltungen und stellte Forderungen, die sie mit der Erklärung von sich wies, sie sei keine Krankenschwester. Schließlich ergriff sie die Flucht. Bevor sie jedoch ging, nannte sie ihn einen Mann, der nicht gelernt hätte, in Würde alt zu werden. Das traf ihn.

Er setzte nun seinen ganzen Ehrgeiz daran, die alte körperliche Ausdauer zurückzugewinnen, und als er ohne lange Verschnaufpausen die sechs Stockwerke bis zu seiner Wohnung zu Fuß bewältigte, war es ein Triumph. Langsam und mit einer Geduld, die er erst lernen mußte, eroberte er sich sein altes Leben zurück. Aber er hatte erfahren, daß seinem Körper Grenzen gesetzt waren und seine Kräfte schnell erlahmten.

An einem milchig blauen Wintertag spürte Max zum erstenmal, wie etwas von seiner alten Lebensfreude in seinen genesenden Körper zurückströmte. Beinahe drei Monate waren seit der Operation vergangen, es war Dezember, und ein Blizzard war über die Stadt hinweggefegt. Der Schnee funkelte auf den Dächern und blendete, sogar die Luft war wie vom Frost erstarrt. Es gab keine Farben außer Weiß und einem unendlichen, klaren Blau. An diesem Tag ging er lange im Central Park spazieren und fühlte sich mit seinem Leben ausgesöhnt. Er sah der Sonne zu, wie sie an den Baumstämmen und den Häuserwänden der Fifth Avenue hochglitt, während sie sank, und er spürte eine Art freudiger Erwartung.

Alles, was er auf die lange Bank geschoben, was er für später, für den fernen Lebensabend aufgehoben hatte, wollte er jetzt tun. Er würde in das Haus seiner Mutter einziehen und jede Jahreszeit dort zumindest einmal noch erleben. Jetzt war die Zeit gekommen, und mit dem Alter war die Sehnsucht nach den Kindheitserinnerungen gewachsen, ihren Gerüchen, Stimmen, den Schatten und dem Licht in den Räumen zu verschiedenen Tageszeiten, die er wiedererkennen würde wie zurückkehrende Bilder aus einem dem Vergessen entrissenen Traum.

2

Im Landeanflug schaute Max auf das hügelige Land hinunter, eine unruhige Landschaft mit kleinen Waldschöpfen, die ihre Zungen an die Flüsse heranschoben, Felder, Wiesen, scharf abgegrenzt, ein Teppich aus kleinen Vierecken, Dörfern, Marktflecken, Kleinstädten. Es war Anfang März, und die Erde hatte noch etwas Rohes, Nacktes nach einem strengen Winter. An schattigen Hängen lag noch Schnee.

Das Haus stand leer. Es gehörte ihm, er würde noch heute einziehen. Er hatte Spitzer gebeten, es provisorisch mit dem Nötigsten auszustatten. Die Renovierung sollte die Krönung seines Berufslebens werden, er brachte fertig gezeichnete Pläne mit, und unentwegt hatte er Ideen. Es würde seine letzte Arbeit sein, und er würde zusehen, wie sie sich entfaltete, ihn wie ein ganz und gar auf seine fernen Erinnerungen abgestimmtes Gehäuse umschloß und den Zauber seiner Kindheit wiederbelebte, heitere Gegenwart, die keine Zeiteinteilung kannte. Er war überzeugt, er kehre an den Ort zurück, an dem er sterben werde.

Max mochte die schläfrige Atmosphäre kleiner Flughäfen, die Nachlässigkeit der Zollbeamten. Spitzer stand unter den Wartenden und hielt Max mit einem verschmitzten Grinsen einen Haustürschlüssel entgegen, bevor sie sich umarmten. Sie hatten einander in den achtzehn Jahren, die vergangen waren, nur einmal wiedergesehen, als Spitzer für eine Woche in New York gewesen war. Er war auf Max' wiederholte Einladung hin gekommen, hatte bei ihm gewohnt, und Max hatte sich bemüht, sich ganz auf seine Wünsche einzustellen. Aber am Ende hatte er den Eindruck gehabt, daß Spitzer froh war, wieder nach Hause zu fliegen. Seither schrieben sie einander Glückwunschkarten zu den Feiertagen. Max hatte manchmal angerufen, aber seine Anrufe schienen stets Panik auszulösen, denn Spitzer begann jedes Gespräch mit der bangen Frage, ob etwas passiert sei, ob alles in Ordnung sei, ob er auch ganz gewiß gesund sei. Max fürchtete, daß diese Anrufe seinem Freund keine Freude machten, sondern ihn aus dem Gleichgewicht brachten, daher ließ er es nach einigen Versuchen wieder sein.

Spitzer war siebenundsechzig, er war jünger als Max, aber er war stark gealtert und schien an Kurzatmigkeit zu leiden. Auch als die Koffer längst verstaut waren und sie im Taxi saßen, war Spitzers Atem noch immer von Zeit zu Zeit von einem asthmatischen Pfeifen begleitet.

Max unterdrückte die besorgte Frage: Bist du krank?

Das Taxi hielt vor Max' Haus. Die Laubbäume waren noch kahl, aber die Tannen- und Fichtenwipfel verdunkelten den Vorplatz, wo die Steinplatten tief in das morastige Erdreich eingesunken waren.

Die haben in den letzten Jahren alles herunterkommen lassen, sagte Spitzer. Aber das war zu erwarten.

Der Parteigenosse war vor einem Jahr gestorben, und die Tochter hatte nun ihre alte Mutter zu sich genommen, soviel war Spitzer bekannt. Er hatte nie verstanden, warum Max es ablehnte, das Haus mit seinen Mietern zu teilen, es mußte etwas mit seinem feinen Gespür für die Atmosphäre eines Hauses zu tun haben. Immer wenn Spitzer im Auftrag von Max hier gewesen war, um Reparaturen zu überwachen oder mit den Mietern zu verhandeln, war es so ruhig im Haus gewesen, daß Max völlig unbehelligt den ersten Stock und die Mansarde hätte bewohnen können. Aber für Max war es undenkbar, täglich Menschen zu begegnen, die sich hier breitgemacht und Kinder gezeugt hatten, während Sophie und Albert ermordet worden waren und während Mira viel lieber hier als an irgendeinem anderen Ort gelebt hätte. Er konnte es ihnen nicht verzeihen, auch wenn sie daran nicht direkt schuldig waren.

Schön, daß du da bist, wiederholte Spitzer, als sie vor der Haustür standen. Freust du dich?

Es war etwas beklemmend Feierliches an diesem Augenblick, in dem Max in der Dämmerung die Tür, die ein neues Schloß hatte, aufzusperren versuchte. Es gelang ihm nicht.

Ein schlechtes Omen, sagte Max.

Seit seiner Bypassoperation befiel ihn mitunter ein vages Entsetzen wie eine böse Ahnung. Er hatte dieses unerklärliche Entsetzen sein ganzes Leben lang gekannt, als Kind beim Hinuntertauchen in den Schacht der Rolltreppe zur U-Bahn, später manchmal, wenn er bei Sonnenuntergang nach Westen aus der Stadt hinausgefahren war, oder auf dem Highway angesichts der rot glühenden Sonne so nah am Horizont, oder wenn er Ben in seinem Zimmer mit sich selber reden hörte, ihm zusah, wie er seinen Stimmen lauschte und ihnen antwortete. Aber seit der Operation überfiel ihn diese Angst oft ohne Anlaß, als ob eine schützende Decke von der Welt gezogen wäre und ein eisiger Hauch ihn anwehte, unerbittlich, bereit ihn zu vernichten, und er wußte nicht, was es war, wenn nicht die Berührung des Todes.

Max ertappte sich dabei, wie er oft ängstlich nach innen horchte, auf sein unzuverlässiges Herz. Es peitschte ihn vorwärts, bis er keuchte, oder legte ihm eine lähmende Eisenklammer um die Brust und jagte ihm Schmerzen in den Körper, denen er nachlauschte wie dem Echo einer fernen Detonation.

Spitzer gelang es schließlich, das Haustor aufzusperren. Im Flur roch es modrig, diffuses Licht fiel aus dem hohen Buntglasfenster mit roten und blauen Arabesken auf die Holztreppe.

Hier muß die Küche sein, sagte Max und wandte sich nach rechts. Sie traten in einen hellen, fast leeren Raum, mit ein paar Gartenmöbeln, einem großen, vom Alter gelb gewordenen Spülstein, einem unförmigen, überdimensionalen Kühlschrank und einem weißen Küchenschrank ohne Tür. Es mußten Gegenstände aus Sophies Küche gewesen sein, aber in Max lösten sie keine Gefühle aus, es war, als befände er sich in einem fremden Haus.

Erkennst du es wieder, fragte Spitzer.

Ja und nein, den Spülstein, das Fenster draußen auf dem Treppenabsatz, aber es ist alles so fremd und tot.

Es wird schon wieder lebendig werden, wenn du dich erst einmal eingelebt hast, beruhigte ihn Spitzer.

Der Gartentisch am Fenster war mit einem weißen Tischtuch gedeckt.

Meine Frau hat ein bißchen was für dich vorbereitet, sagte Spitzer, damit du nach der langen Reise nicht gleich weggehen und einkaufen mußt.

Ein halbes Huhn in einer Pfanne, Sauergemüse, ein Laib Brot, Geschirr, allerlei Verpacktes im Kühlschrank und auf den Regalen, von der Frau des langjährigen Freundes, die Max niemals zu Gesicht bekommen hatte. Er wußte nur, daß Spitzer in zweiter Ehe mit einer Einheimischen verheiratet war, einer Katholikin, die ihr eigenes Leben hatte. Vielleicht war sie wie Spitzer, dachte Max, hilfsbereit, ohne viel Umstände und Worte zu machen.

Spitzer verabschiedete sich, erklärte Max, wie die Heizöfen funktionierten, warf ihm von der Tür aus einen besorgten Blick zu. Die Koffer standen wie unschlüssige Gäste im Flur.

Nein, nein, sie sollen stehenbleiben, beschwichtigte Max den Freund, der sich nicht losreißen konnte von diesem zögernden, bedrückenden Einzug.

Max ging durch die Zimmer. Keines entsprach den Vorstellungen, die er sich all die Jahre gemacht hatte. Klein waren sie, und er hatte sie immer groß in Erinnerung gehabt, und dunkel von den nah ans Haus gepflanzten Bäumen, deren Zweige an die Scheiben kratzten, als wollten sie eingelassen werden. In keinem dieser Räume würde er wohnen, bevor sie renoviert und das abgestandene Grau der Wände, die hellen Vierecke, die Möbel und Bilder hinterlassen hatten, übertüncht wären. Das Haus war fremd und abweisend, es enttäuschte ihn.

Schließlich trug er seine Koffer in die Veranda, die sein Onkel Albert nachträglich zu einem winterfesten Raum hatte ausbauen lassen. Selbst mit den vielen kleinen Fensterrahmen, die ihm die Aussicht auf die Wiesen und den Fluß zerteilten, war dies das hellste Zimmer. Nur wilder Wein würde im Sommer die Fenster säumen. Er stellte sich eine große Glasfront vor, den Giebel aus transparenten Glasziegeln, eine Schiffsbrücke, die über dem Hang schwebte, spärlich und einfach möbliert, wie er es seit seiner Kindheit gewohnt war: ein Bett, ein Tisch, zwei Stühle, einige Regale, die sich wie in seiner New Yorker Wohnung nach und nach von selber füllen würden, mit Gegenständen vom Flohmarkt, Mitbringseln von Freunden, mit Dingen, die ihm Menschen ins Haus brachten, auch wenn sie selber bald wieder verschwanden, Erinnerungsstücke an einen unvergeßlichen Abend, sichtbare Spuren flüchtiger Augenblicke, die sich in seinen Räumen wie Sedimente seiner Lebensjahre ansammelten. Es war das Zufallsprinzip, das er reizvoll fand, daß jedes Erlebnis und jede Begegnung durch einen ganz bestimmten Gegenstand vergegenwärtigt wurde und das Gewicht der Erinnerung trug, als wäre es ein Symbol. Je älter er wurde, desto mehr lebte er in Symbolen.

Vielleicht solltest du einige Zimmer, die du nicht selber bewohnst, vermieten, hatte Spitzer vorgeschlagen. Schließlich war es ein großes Haus, in dem zwei Mietparteien Platz gefunden hatten. Spitzer hätte ihm auch jemanden nennen können. Aber Max wollte davon nichts wissen.

Eine eigenartige Müdigkeit drückte ihn nieder. Ihn fror, obwohl das Haus beheizt war. Spitzer, der jeden Tag anrief oder auf einen kurzen Besuch vorbeikam, fragte, ob er Max eine Ärztin schicken solle, Malka, ein Mitglied der Gemeinde.

Nein, nein, ihm fehle nichts als Wärme, erwiderte Max. Die ersten Wochen vergingen, ohne daß er etwas unternahm, von kleinen Spaziergängen abgesehen. An manchen

Morgen wachte er vom Funkeln einer schneebedeckten Landschaft auf, jeder Zweig, jeder Ast so weiß und fremd, daß er sich nicht gleich daran erinnerte, wo er war. Dann schob sich von einem Augenblick zum nächsten ein schwarzer Wolkenvorhang vor die Sonne, ein Sturm kam auf, riß an den Lärchen am Hang, dichter Schneeregen fegte über das Tal, und alles war wieder schwarz und erschreckend kahl.

Max hatte mit vielen Unterbrechungen sein ganzes Leben in New York verbracht. Soviel Natur war ihm unheimlich, er fühlte sich von ihr bedroht, von diesen Frühjahrsstürmen, die über das am Hang ausgesetzte Haus hinwegtobten und an den Fenstern rüttelten. Er schaute auf die vom Winter noch kränklichen, graugrünen Wiesen hinaus wie ein Gast, der zur falschen Jahreszeit in einem Hotel abgestiegen ist und sich nun fragt, wie er die Zeit totschlagen soll. Vielleicht würde der Aufenthalt in seinem Haus am Ende nur eine Station gewesen sein – wer sagte denn, daß er seinen Lebensabend hier verbringen mußte? Jede Jahreszeit zumindest einmal, hatte er vor seiner Abreise gesagt, das war er Miras Andenken schuldig.

3

Der Betraum am Freitagabend war überheizt.

Wir werden alt, sagte Spitzer, wir frieren leicht. Wenn wir nicht ordentlich einheizen, kommt Frau Vaysburg noch im Mai im Wintermantel.

Max kannte nur wenige der Anwesenden von seinem ersten Besuch: Frau Vaysburg, kleiner, als er sie in Erinnerung hatte, zäh und zerbrechlich, wie ein kleiner, munterer Vogel mit lebhaften braunen Augen. Steiner, ein untersetzter Siebziger mit weißer Künstlermähne, und seine schweigsame, anmutig schüchterne Frau. Gisela Mandel kam erst regelmäßig, seit sie Witwe geworden war, der Schabbat war allein so schwer zu ertragen. Chaim Alter mit seinem starken polnisch-jiddischen Akzent war immer noch ein streitbarer Junggeselle, der keinen mit seinen sarkastischen Bemerkungen verschonte. Er mußte weit über siebzig sein und hatte noch seine pfefferfarbene Bürstenfrisur und sein fast faltenloses Gesicht.

Spitzer leitete den Gottesdienst. Er betete schnell, als wollte er es rasch hinter sich bringen. In den hinteren Reihen saßen jüngere Leute, Malka, die Ärztin, mit ihrem elfjährigen Sohn. Spitzer hatte sie in den ersten Wochen nach Max' Ankunft doch zu ihm nach Hause mitgebracht, weil er sich Sorgen um ihn gemacht hatte, aber Malka hatte Spitzers Bedenken zerstreut: der Klimawechsel, Eingewöhnungsschwierigkeiten, Umstellung in der Ernährung, egal, jedenfalls nicht alarmierend. Mit ihrer kleinen stämmigen Figur erinnerte sie Max an Nadja, aber ihr Lächeln war gewinnend und selbstbewußt. Ihre optimistische Munterkeit wirkte auf Max wie eine strenge Aufforderung, sich endlich aufzuraffen und sein Leben in die Hand zu nehmen. Seit ihrem Besuch rief Malka öfter an, als sei er automatisch ihr Patient geworden. Sie fragte, ob er etwas brauche, ob sie vorbeischauen solle, wie sie ihre Visiten beiläufig ankündigte. Und Max wehrte erschrocken ab, nein, nein, er habe alles, es fehle ihm an nichts. Er wußte nicht recht, was er von Malka halten sollte. Sie war so fürsorglich, so aufmerksam, daß er sich trotz ihrer Beschwichtigungen alt und gebrechlich fühlte, und ihre mütterliche Strenge machte ihm Angst. Er hatte es nie gemocht, von resoluten Frauen Anweisungen erteilt zu bekommen.

Malka fühlt sich einsam, erklärte ihm Spitzer, sie lebt mit ihrem Sohn allein, der Ehemann hat sie verlassen. Daß sie nach sechs Jahren aber immer noch allein war, verstand Spitzer nicht: eine so hübsche junge Frau mit soviel Lebensmut. Man müßte sie irgendwohin schicken, wo es viele Männer gibt, ins Ausland vielleicht, oder sie müßte in einer größeren Stadt leben mit einer richtigen Gemeinde, meinte er. Sie braucht unbedingt Geselligkeit, sie hat ein Talent, Menschen zusammenzubringen. Auch mich hat sie schon des öfteren zu sich nach Hause eingeladen. Es wäre andererseits natürlich schade, wenn sie wegginge.

Auf die Idee, daß Malka einsam sein könnte, war Max nicht gekommen.

Malka und Daniel saßen zwischen Frau Vaysburg und den beiden Barons, die sich im Alter immer ähnlicher geworden waren, beide mit den vorsichtigen Bewegungen fast Blinder. Lea Baron trug immer noch die sandfarbene Perücke, die sie seit zwanzig Jahren am Schabbat trug. Sie machte ihr feines Gesicht auf eine ganz ungereimte Weise jünger und legte beim Betrachter die Überlegung nahe, wie sie mit ihren eigenen Haaren oder einer anderen Perücke aussehen würde.

Die anderen in den letzten Reihen, auch ein paar jüngere, schienen Max nicht recht zu der Gemeinde zu gehören. Sie sahen fragend um sich, als wüßten sie nicht, was vor sich ging und was von ihnen erwartet wurde. Aber am Schluß drängten sie sich eifrig um Spitzer, schüttelten ihm innig die Hand und bedankten sich.

Wer sind die, fragte Max.

Gäste, Interessierte.

Juden?

Nein, sie kommen, weil sie neugierig sind, Christen, die sich für das Judentum interessieren.

Das gibt es, fragte Max. Und so viele?

Ja, es ist offenbar in Mode, den Juden beim Beten zuzuschauen.

Sie lachten.

Danach gingen sie in Spitzers Stammcafé, die alten Bekannten von früher und Malka, um auf Max und seine Rückkehr ein Glas Wein zu trinken. Wie lange ist es her, fragte Chaim Alter, daß Sie so tatkräftig zur Schaufel gegriffen haben, damals beim Begräbnis? Fünfzehn Jahre?

Achtzehn Jahre, sagte Max.

Sie sahen ihn forschend an. Wie alt mochte er sein. Und Max dachte, alt sind sie geworden, während er das Glas hob und L'Chaijim sagte.

Damals hatten sie sich über das Älterwerden noch keine Gedanken gemacht, weder über das eigene noch über das der anderen. Sie alle hatten Geschichten, die sich ähnelten, und keine Angehörigen außer der Familie, die sie selber vor vierzig, fünfundvierzig Jahren gegründet hatten, meist hier, in dieser Stadt, in einem DP-Lager, auf der Durchreise. Dann waren sie geblieben. Ihre Erinnerungen an früher mußten immer größere Zeiträume überspringen, das Leben, von dem sie erzählten, lag weit in der Vergangenheit.

Sie redeten über Abwesende, die Kinder, die Enkel lebten anderswo, und das war gut und richtig so. Den Enkeln zuliebe hatten sie im Alter noch fremde Sprachen gelernt, Iwrit, Englisch, damit sie sich mit ihnen unterhalten konnten. Sie reichten Fotos herum, der älteste Enkel in israelischer Uniform, die Enkelin als Braut, sie spekulierten, wem sie ähnlich sahen.

Daniel war an Malkas Arm eingeschlafen, er war eines der wenigen Kinder der Gemeinde. Ob sie nicht lieber nach Wien ziehen wolle, fragten sie Malka, schon des Kindes wegen.

Dann kamen sie auf Nadja zu sprechen. Eine ruhelose Seele, meinte Frau Vaysburg. Sie lebe jetzt in London, sei verheiratet gewesen und habe es nun doch geschafft, Jüdin zu werden. Ob sie im Herbst wieder herkommen werde, fragte jemand, sie käme ja immer um die Zeit der Hohen Feiertage auf Besuch. Sie kommt immer wieder, sagte Frau Vaysburg, aber nie bleibt sie lang. Ich hätte ihr so sehr ein wenig mehr Zufriedenheit gewünscht.

Auch Nadja war Gegenstand von Erinnerungen und Vermutungen geworden.

Wir werden alt und sterben aus, sagte Spitzer auf dem Heimweg, wir sind mitsammen alt geworden, die ganze Gemeinde.

Sie hatten nicht denselben Weg, aber Max bot an, ihn zu begleiten.

Auf mich wartet ohnehin keine Schabbatmahlzeit, meinte Max.

Auf mich auch nicht, erwiderte Spitzer lachend.

Es ist immer noch eine Schande, als Jude hier zu leben, fuhr Spitzer fort. Wenn ich alte Freunde von früher treffen will, muß ich nach Zürich fahren oder sonstwohin, hierher kommen sie nicht. Meinen Cousin aus New York mußte ich in Frankfurt treffen, in Deutschland ausgerechnet. Auf den Boden dieses Landes und dieser Stadt, sagte er, setzt er nie wieder einen Fuß.

Das könne er gut verstehen, meinte Max, sie wollen eben nicht zusehen, wie die alten Nazis, die sie vertrieben haben, in Frieden und Wohlstand alt geworden sind, ohne daß sie jemals zur Rechenschaft gezogen wurden.

Du hast gesehen, wie klein die Gemeinde geworden ist, sagte Spitzer, es gibt kaum Nachwuchs.

Aber es waren doch einige jüngere Familien mit Kindern da, widersprach Max.

Ja, einige Russen sind in der letzten Zeit angekommen, man freut sich, man versucht zu helfen. Meist sind es junge Ehepaare mit Kindern, eine Zukunft für die Gemeinde. Aber sie bleiben nicht, warum auch? Und wie soll man bei manchen wissen, ob sie wirklich Juden sind? Am Ende kommt mitunter heraus, daß sie durch uns nur an ein Visum oder eine Arbeitsbewilligung kommen wollten, und sobald sie bemerkt haben, daß wir über keinen so großen Einfluß verfügen, bleiben sie weg. Die Leute glauben immer noch, wir hätten irgendwelche geheimnisvollen Beziehungen, dabei haben wir nicht einmal die Mittel, das Gemeindehaus zu renovieren. Nur die Synagoge, die wird bald fertig, ausgerechnet jetzt, wo zu den Hohen Feiertagen nicht einmal mehr zehn Männer kommen, damit man die Tora ausheben kann. Wir müssen von anderswo Minjan-Männer anfordern.

Sie waren zum Fluß gekommen. Der Mond war ein gelber, zerfaserter Fleck auf der Wasseroberfläche, die Sterne hingen flimmernd in der Schwärze der kalten Märznacht.

Es wird noch schneien, prophezeite Spitzer, meine Gelenke sagen es mir.

Du hast eine Frau, sagte Max unvermittelt. Warum sieht man sie nie? Hast du auch Kinder?

Eine Tochter, Helene, sie ist siebzehn, antwortete Spitzer. Dann schwieg er, und Max spürte, daß er nicht weiterfragen sollte. An der Brücke verabschiedeten sie sich. Max machte kehrt und ging auf seinen Berg hinauf. Spitzer mochte ein guter Freund sein, ein gütiger, ein selbstloser Mensch, der sich gern und ohne Dankbarkeit zu erwarten um andere sorgte, aber die Trennlinie, die er zwischen seinen Freunden und seinem Leben zog, war unerbittlich. Max hätte ihm heimlich folgen müssen, um das Haus zu sehen, in dem er wohnte. Immer verabschiedete er sich vorher, irgendwo unterwegs. Wer waren die beiden Frauen, die er seine Familie nannte? Man rief Spitzer nie zu Hause an, man richtete sich nach seinen Zeiten im Büro. Man traf ihn im Kaffeehaus, nie zu Hause, und stellte keine neugierigen Fragen, denn das mochte Spitzer nicht, dann verfiel er leicht in verstimmtes Schweigen.

Im Lauf der nächsten Monate kam es manchmal vor, daß Max durch die Stadt ging und er es fast für selbstverständlich hielt, daß er nun hier war und nirgendwo anders. Es war nicht mehr die Stadt, die seine Mutter gekannt hatte, auch nicht die, aus der man einst seine Verwandten abgeholt hatte, aber sie war das Gehäuse, das alle diese unsichtbar weiterlebenden Städtebilder umschloß. Und etwas Unverwechselbares war ihr geblieben. Nie würde sie sich von Grund auf, in ihrem Wesen ändern. Sie war längst keine Kleinstadt mehr, und dennoch würde sie eine Kleinstadt bleiben, auch bei einer halben Million Einwohner.

Er wußte, daß die Stadt, die Spitzer mit sich herumtrug, eine andere war als die, die das Auge wahrnahm. Für Spitzer waren es andere Abwesenheiten, die ihn wie Luftschichten, wie Temperaturzonen durch die Stadt begleiteten. Er hatte Max erzählt, wie er als Kind mit anderen Kindern der Nachbarschaft im Fluß geschwommen sei, und er habe sich damals nicht als Außenseiter gefühlt. Nur er sah die Stelle im Fluß und den Zehnjährigen mit seinen Freunden, wenn er über die Brücke nach Hause ging. Und wenn er die Brücke betrat, waren es immer gleichzeitig die Holzbohlen der alten Brücke, auch wenn er nicht jedesmal daran dachte. Der Stadtplatz würde nie ganz das Rot und Schwarz der Hakenkreuzfahnen ablegen, deshalb umrundete er ihn lieber. Es ballten sich dort zu viele Erinnerungen. Und auch an der Synagoge, die jetzt eingerüstet war, mit dem sechseckigen Fenster unter dem First, konnte er nie vorbeigehen, ohne einen kurzen Blick darauf zu werfen. Es war wie ein Reflex, den er sich nicht mehr abgewöhnen konnte. Die Geschäfte in der Hauptstraße benannte er bei sich nach ihren ursprünglichen Besitzern, Stern & Söhne, Schneider Farben und Lacke, Kleiderhaus Schneeweis, auch wenn von den renovierten Fassaden bis zu den neu hinzugefügten Stockwerken, um von den Besitzern ganz zu schweigen, alles verändert war. Damals, in den frühen dreißiger Jahren, hatten jüdische Händler Kleider in die offenen Türen ihrer Geschäfte gehängt, manchmal auch auf die Straße, und die Zeitungen hatten sich ereifert, die Konkurrenz war aufgebracht: Die Juden verwandelten die Stadt in einen orientalischen Basar. Damals schon hatte es Aufrufe zum Boykott gegeben, auch vereinzelten Vandalismus. Und jetzt, zum Winterschluß hingen Mäntel und Anoraks wieder vor den Eingängen, aber wer außer Spitzer erinnerte sich noch an damals?

Max war begierig auf Spitzers Erinnerungen, sie waren dieselben, fast dieselben, die Mira gehabt haben mußte, aber er bekam von Spitzer immer nur flüchtige Eindrücke, kurze Anekdoten zu hören, die mitten im Satz abbrechen konnten. Spitzer erinnerte sich an die zerstörte Bahnhofshalle unmittelbar nach dem Krieg, an die Betondecke, die durchhing, als wäre sie ein verbeulter Pappendeckel. Und Max verband mit diesem Ort das Dorfgasthaus, einstöckig und kaisergelb. Jetzt stand an seiner Stelle ein Bürohochhaus mit einer Bank im Erdgeschoß, und der Park war nicht mehr abgelegen wie ein Ausläufer der Stadt, sondern er lag gepflegt, mit Blumenrabatten und Springbrunnen, mitten in der Stadt.

Je mehr Lebenszeit einen Menschen mit einer Stadt verband, desto vielfältiger wurden ihre Schichten, unsichtbar für andere und doch stets gegenwärtig. Wie die Jahresringe eines Baumes lagerten sie sich im Bewußtsein ab, manche heller und andere dunkler, durchlebtes Unglück war vielleicht nur erahnbar in einer Unregelmäßigkeit, die von einer tiefen Narbe herrührte. Und alle Erfahrungen und Erinnerungen zusammen schufen in Menschen wie Mira und Spitzer wohl jene starke Zugehörigkeit, dachte Max, die sich auf keinen anderen Ort übertragen ließ. Wenn er mit Spitzer unterwegs war, erschien es ihm, als reagierte er auf jede Straße, auf jede Gegend anders. Manchmal zwang Spitzer ihnen einen Umweg auf, oder er wurde schweigsam, als sei er an einer bestimmten Stelle auf einen Mechanismus getreten, der ihn an einen anderen Punkt seiner Erinnerung versetzte.

Auf seinen Wanderungen durch die Stadt entdeckte Max im ältesten Stadtteil einen Laubengang, so schmal, daß man ihn mit ausgebreiteten Armen vermessen konnte. Im Schlußstein eines Fundaments glaubte er eingemeißelte Schriftzeichen zu entdecken, unleserlich, er fuhr sie mit dem Finger nach, von rechts nach links: Konnte es ein gestohlener Grabstein aus einem geschleiften jüdischen Friedhof sein? Man mußte Spitzer fragen.

An den toten Rändern der Stadt entdeckte er eine Zeile einstöckiger Häuser hinter dem Rücken des restaurierten Schlosses, so dörflich und abgelegen, als wolle sie sich geduckt davonschleichen in eine ferne Zeit. Diese Straße erschien ihm wie eine Schneise in eine unbestimmte Vergangenheit, beinahe so, als wären ihre Bewohner längst verschwunden und nichts als diese Häuser mit eingesunkenen Dächern und kleinen, blinden Fenstern seien zurückgeblieben. Ihre romantische Verwahrlosung reizte den Restaurator in Max. Aber auch diese Häuser würden bald saniert werden, vermutete er. Noch hielten sich Moospolster auf den durchhängenden Dächern, und der abgebröckelte Putz hatte schorfige Wunden an den Mauern hinterlassen, zwischen Straße und den feuchten Fundamenten erholte sich ein Streifen Rasen vom Winter, und in den Hinterhöfen setzten Spalierobstbäume das erste Grün an. Ein Wohnviertel für sich, beinah ein Dorf, mit schmalbrüstigen, dicht aneinandergedrängten Häusern in einer Sackgasse, die vor ihrem Ende scharf abgeknickt war. Am Ende der Straße stand ein Haus, größer als alle anderen, mit einem mächtigen Holztor, dessen rote Farbe verblichen, abgeblättert war, einem seitlichen Anbau, einer Empore, dachte Max, und maurischen Fenstern. Fast prächtig erschienen ihm diese kühnen Fenster in der bäuerlich kleinstädtischen Umgebung. Waren unter dem Giebel nicht zwei Nischen wie offene Flügel zu erkennen? Max erfaßte die Erregung des Entdeckers, der auf einen kostbaren, von den Jahrhunderten verschütteten Fund stößt: Hatte er ein Bethaus gefunden, von dem niemand etwas ahnte? Er rüttelte am verschlossenen Tor, suchte nach einem rückwärtigen Eingang, fühlte sich beinah wie einer, der verschollenes, längst abhanden gekommenes Eigentum wiedererkennt.

Begeistert, atemlos stürzte er in Spitzers Büro. Auch dort war die Zeit stehengeblieben. Die dunkelbraunen Möbel, der knarrende Ledersessel mit den Rissen, sogar die Kekssorte, die Spitzer aus der Schreibtischschublade zog, um sie ihm anzubieten. Nichts hatte sich seit Max' erstem Besuch verändert.

Das kann ich nicht recht glauben, meinte Spitzer, ich müßte davon wissen, wenn es in dieser Gegend ein Bethaus gegeben hätte.

Was hältst du davon, wenn ich eine Chronik schriebe, fragte Max, eine Chronik der Juden dieser Stadt, vom Anfang bis zum Ende?

Welchem Ende, fragte Spitzer alarmiert.

Wenn es uns nicht mehr gibt.

Dann wird es andere geben, jüngere.

Dennoch war Spitzer über diese Idee erfreut, sie würde Max beschäftigen, seinen ziellosen Streifzügen durch die Stadt einen Zweck und eine Richtung geben.

Max hatte schon öfter in seinem Leben etwas zu schreiben versucht, aber über zahllose handgeschriebene Seiten mit vielen Randbemerkungen und Fußnoten war er nie hinausgekommen. Wenn seine Neugier an einem Gegenstand erloschen war, wenn das Chaos der Zettel auf seinem Tisch unüberschaubar wurde, legte er alles in eine der vielen Schachteln, schob sie in einen Schrank und wandte sich einem neuen Thema zu. Es hatte ihn immer geärgert, daß ihm die Fähigkeit fehlte, seine Gedanken klar zu ordnen und Unwesentliches wegzuschieben, wie es ihm stets bei der Gestaltung von Flächen und Räumen gelungen war.

An vielen Tagen saß Max nun in der Stadtbibliothek oder im städtischen Archiv, ließ sich Handschriften und Jahrbücher bringen, las von Feuersbrünsten, Geburten adliger Kinder, Herzögen und Erzherzögen, ihren Fehden und ihren Siegen, fand Erwähnungen von Epidemien, Hochwasser und Mordprozessen, aber über die Juden fand er nichts. Erst als Thomas, ein junger Bibliothekar mit einem sympathischen, offenen Gesicht und überschwenglicher Zuvorkommenheit, sich seiner annahm, Zollordnungen und Mautbestimmungen vor Max ausbreitete, traten in skizzenhaften, verschwommenen Konturen einzelne jüdische Kaufleute in die neunhundertjährige Geschichte der Stadt.

Woran er arbeite, fragte Thomas, er habe in ihm gleich den Privatgelehrten erkannt.

Max lachte: So also sieht ein Privatgelehrter aus?

Auch Thomas lachte, er hatte ein gewinnendes verschämtes Lächeln, das sich langsam über sein ganzes Gesicht ausbreitete. Arglos beteuerte er, daß Juden ihn schon immer fasziniert hätten.

Immer schon, fragte Max ironisch.

Ja, immer schon, seit seiner Kindheit, warum, das könne er auch nicht sagen.

Mich haben immer Zugvögel fasziniert, sagte Max, ihr Drang, zu einem Zeitpunkt, den sie zuvor ja nicht errechnet haben, fortzuziehen und ihr Ziel zu wissen. Menschen habe ich meist mit einiger Mühe zu verstehen versucht.

Thomas errötete unter seiner blonden Bürstenfrisur, entschuldigte sich, so sei es nicht gemeint gewesen.

Anfangs hatte Max das eilfertige Wohlwollen des, wie

er bald erfuhr, frisch promovierten Historikers überrascht, es kam, fand er, zu schnell und zu bedingungslos.
Er verhielt sich distanziert, wartete, daß der junge Mann
seine Motive preisgab oder in seiner Beflissenheit bald
nachließ, aber Thomas begrüßte ihn jedesmal, als sei Max'
Erscheinen eine Auszeichnung, die ihm persönlich wider-
fuhr.

Max verfolgte seine Spurensuche mit zunehmender Besessenheit, er kehrte immer wieder zu jenem Haus mit den
räudigen gelben Mauern und den maurischen Fenstern
zurück. Nie sah er jemanden das Haus betreten oder verlassen. Spitzer zeigte ihm die nachgewiesenen Bethäuser
aus dem vorigen Jahrhundert, Bürgerhäuser mit klassizistischen Verzierungen, mitten in der Stadt, ohne die geringste Spur ihrer ursprünglichen Bestimmung, nicht einmal die verwischten Zeichen einer Vertuschung. Wie eine
Grasnarbe, die sich im Frühjahr über den Wunden des
Vorjahrs schließt und sie unsichtbar macht, so standen
diese Häuser zwischen den anderen, ihre Geschichte ver-
leugnend. Im Parterre des ehemals größten Bethauses
vor dem Bau der Synagoge standen alte Kommoden, Porzellan, Silbergegenstände eines Antiquars, auch Kerzenleuchter, zweiarmig, siebenarmig. Max betrat den Laden,
niemand hätte sagen können, in welche Richtung sich die
Betenden gewandt hatten, wo sich der Toraschrein befun-
den habe. Auch der Besitzer wußte nichts und wollte Max
nur wieder loswerden.

Es war Thomas, der Max die schönen Seiten der Stadt
zeigte, kleine Parkanlagen mit breiten Linden, abgeschie-
dene Laubengänge und Renaissancehöfe, Fassaden und
Giebel, an denen er bisher achtlos vorbeigegangen war,
und steile Gassen, von denen aus sie rote Ziegeldächer
überblickten, geschnitzte Holzbalkone mit Spitzenvor-
hängen, und zwischen bewaldeten Hängen die Stadt, in
das angewinkelte Knie des Flusses gebettet. Thomas war

hier geboren, seine Eltern waren hier geboren und seine Großeltern auch. Er kam aus einem seit Jahrhunderten eingesessenen Bürgerhaus, dessen Fenster auf eine verkehrsfreie Seitengasse der Fußgängerzone blickten, und er liebte seine Stadt. Ihre Geschichte war ihm wichtig und auch, daß es in ihr keine unerforschten, finsteren Winkel gab.

Meine Mutter hat diese Stadt sehr geliebt, sagte Max zu Thomas, aber statt der erwarteten Freude fuhr in das Gesicht des jungen Mannes ein sonderbarer Ausdruck von Schmerz. Da ahnte Max, daß er irgendwann eine Beichte zu hören bekommen würde.

Von den Samstagsflohmärkten trug Max seinen Hausrat zusammen, nicht wegen der Ersparnis, sondern weil Dinge ohne Geschichte für ihn tot waren. Erst die Erinnerungen, selbst wenn es nur mögliche, erfundene waren, machten sie lebendig, aber nicht für jeden, denn jeder Gegenstand hatte, einmal zum Leben erweckt, ein unverwechselbares Wesen, eine Aura, die ihn nur bestimmten Käufern kenntlich machte. So wie das gelbe Haus am Ende der Sackgasse, zu dem es ihn immer wieder zurücktrieb.

Zwischen Bierkrügen und Likörgläsern entdeckte er zwei kleine versilberte Becher.

Nein, Schrift könne das keine sein, meinte die junge Frau am Verkaufsstand, eine brünette Schönheit mit lachenden, blauen Augen. Putzen müsse man sie, aber sie habe es schon versucht, es habe nicht viel genützt, die Schnörkel seien zu tief hineingraviert.

Wie alt sie wohl sein mögen, überlegte Max. Sie hatte keine Ahnung, es seien nicht ihre Sachen, die sie hier verkaufe, sie wisse nicht, woher sie kämen.

Könnten es Weinbecher sein?

So klein? Sie lachte. Vielleicht Kerzenständer, für dicke Kerzen. Es waren Kidduschbecher, Max las ihr die hebräische Schrift vor, die ihr wie eine Ansammlung sinnloser Schnörkel erschienen war, die Frucht des Weinstocks, las er.

Ich bekomme diese Sachen in Kommission, beteuerte sie erschrocken. Nach so vielen Jahren waren diese rituellen Gegenstände endgültig herrenlos geworden, keiner hatte mehr gewußt, wozu man sie gebrauchen konnte. Die wertvollen Stücke, die schweren Schabbesleuchter, die geschliffenen Weingläser standen in Museen und vielleicht noch in Wohnzimmerschränken als Beutestücke, aber der Hausrat der Armen wurde herrenlos, mit ihrer Bedeutung für den Besitzer verlor er seinen Wert.

Wer wohl die Wertsachen aus Sophies Küche bekommen hatte, den silbernen Korb für die Barches, den Sederteller, alles, woran sie gehangen haben mußte? In welchen Küchen, die er nie betreten würde, standen sie? Dinge sind unverwüstlich, das bewiesen seine Funde, der Bessamimbehälter, den er bald nach den Kidduschbechern fand, ein abgewracktes Stück, ohne die Glöckchen an der Spitze des Zwiebelturms und an den vier Ecken – nur mehr die leeren Ringe bezeugten, daß es sie gegeben haben mußte.

Diesen Turm habe ich schon wochenlang hier stehen, den gebe ich Ihnen umsonst, wenn Ihnen sonst noch was gefällt, sagte der Händler.

Da waren einmal Glöckchen dran, sagte Max und zeigte auf die leeren Ringe.

Schon möglich, entgegnete der Händler mürrisch, ich sage Ihnen ja, Sie können ihn als Zugabe geschenkt haben.

Max brachte seine Schätze heim, gab ihnen auf den Regalen in der Veranda einen Platz, fand, daß es Zeit war, die Küche zu renovieren. Das Haus hing noch immer wie ein ausgebeulter, vererbter Anzug an ihm, sperrig und muffig, aber einzelne Räume, die Veranda, das Bad, die Küche begannen schon, schmiegsamer zu werden, wärmer, einen Geruch anzunehmen, den er für seinen hielt, und oben, bei geöffneten Verandafenstern, roch er den Frühling, er zerrte ein wenig an ihm, zupfte ihn, machte vage Versprechungen. Die Zweige waren noch kahl, aber sie hatten feuchte, harzige Knospen angesetzt.

In der letzten Zeit, seit er in Europa war, vielleicht schon seit seiner Krankheit, verspürte er eine diffuse Sehnsucht.

An Freitagabenden, wenn er vom Gottesdienst nach Hause kam und es war noch hell, denn es blieb immer länger hell, glaubte er, die Zeit stünde still und forderte etwas von ihm. Dann grübelte er bis spätabends über den Notizen zu seiner Chronik, hing einzelnen knappen Randbemerkungen in den Annalen nach, die Thomas für ihn ausgehoben hatte, versuchte sich Gesichter zu den Namen vorzustellen, den Juden Friedlein, den ersten, der in einer Kaufurkunde des Jahres 1306 als Hausbesitzer erwähnt wurde. Frau Rahel, deren Grabstein sieben Jahrhunderte überdauert hatte. Hatte sie weiße Hauben mit Bändern und lange, schwarze Röcke getragen, weite Röcke mit verborgenen Taschen, in denen die schweren Schlüssel zur Speisekammer klimperten, so wie er es in einer Kulturgeschichte des aufkommenden Bürgertums gesehen hatte, oder hatte es für jüdische Frauen damals schon besondere Kleidervorschriften gegeben? Rahel, die Tochter des Markus, das Eheweib des Moyses, mitten im Sommer gestorben, am zweiundzwanzigsten Sivan, der zufällig auf Max' Geburtstag fiel, woran sie wohl gestorben sein mochte? Jedenfalls starb sie in einer kurzen Friedenszeit nach dem dritten Kreuzzug und vor der Anklage wegen Hostienschändung im Jahr 1338, so daß Moyses ihr einen Grabstein aus rotem Marmor setzen konnte, im Jahr 5099 nach Erschaffung der Welt, eine dauerhafte Steinmetzarbeit. Obwohl der mit Kalk übertünchte Stein inzwischen der Eckstein eines Hauses in einer dunklen Toreinfahrt war, konnte man die Inschrift noch entziffern. Ein Glücksfall, daß es niemanden geniert hatte, weder den Baumeister noch den Besitzer, die Vorderseite eines jüdischen Grabsteins ins Fundament zu fügen.

Im Archiv sprach er mit Thomas darüber, welcher Pogrom es gewesen sein mochte, der einem zu Vermögen gekommenen Christen jüdische Grabsteine als Baumaterial zugespielt habe. Aber in Thomas' Vorstellung war das Mittelalter eine Zeit, in der geheimnisvolle, wandernde Juden in Phantasiegewändern die Handelswege bereisten, unbehelligt von den Rittern, die in heiligem Eifer nach Jerusalem zogen, um christliche Heiligtümer zu retten. Er wußte Anekdoten über Richard Löwenherz, als sei er ein Held seiner Kindheit gewesen, und lustige Geschichten aus der Pestzeit. *Huius anni umb Sanct Jacobs Tag hueb sich der Sterb gemainiglich in der Welt, das der Mensch ain Drüs gewann und starb danach am dritten Tag; in demselben Sterben und in demselben Jahr wurden die Juden erschlagen und verbrannt in allen teutschen Landen*, lasen sie in der Abschrift eines Chronikblattes aus dem Jahr 1350.

Damit habe er sich noch nicht beschäftigt, gestand Thomas zerknirscht. Siebenhundert Jahre Mord und Vertreibung in seiner Stadt, in regelmäßiger Wiederholung, als drehe man sich in einer endlosen Gegenwart, und niemand habe eine Ahnung, keiner wisse davon, nie sei darauf die Rede gekommen, nicht in der Schule und nicht während des Studiums.

Das ist schwer zu glauben, sagte Max.

4

Vor Pessach tauchten plötzlich andere Gesichter in der Gemeinde auf, Zugvögel, die jedes Jahr zwei, drei Wochen nach H. kamen, aus Gewohnheit oder Heimweh. Zuerst kamen die Leafs, die in Santa Barbara, in Kalifornien, lebten und früher Grünblatt geheißen hatten. Sie hatten sich hier kennengelernt, gleich nach dem Krieg, in einem DP-Lager am Rand der Stadt, und anschließend war Edith Leaf ein paar Jahre an der Stadtbühne als Schauspielerin engagiert gewesen. Wenn sie gemeinsame Erinnerungen austauschten, hatte Spitzer feuchte Augen und ein verklärtes Lächeln wie ein Widerschein von einem Gesicht, das er längst abgelegt hatte. Auch Chaim Alter und Gisela Mandel bekamen dann diesen beschwipsten Übermut, als wollten sie sagen, wir sind gar nicht hier, in eurer Gegenwart und in eurer Stadt, die nie die unsere war, und wenn irgend jemand glaubt, wir seien bloß ein paar wunderliche Alte, die ihre Jugenderinnerungen feiern, dann soll er es ruhig glauben.

Malka lud alle zum Seder ein. Der große Tisch im Wohnzimmer, mit seinen vielen kleinen Schalen voll Petersilie, Salzwasser und *Charosset* wurde zu klein, Max saß auf einem Klavierstuhl zwischen Frau Vaysburg und einer etwa dreißigjährigen Frau, die er nicht kannte und die er verstohlen betrachtet hatte, seit sie unschlüssig in der Tür gezögert hatte. Er richtete es so ein, daß er neben sie zu sitzen kam. Sie nickte ihm zu und nannte ihren Namen, Diana, mit solcher Selbstverständlichkeit, als wäre dieses Zusammentreffen längst vereinbart. Sie sagte ihren vollen Namen, aber er nannte sie Diana, kein Name hätte besser zu ihr gepaßt, schlank, elegant, distanziert und dabei sehr weiblich und von einer spürbaren nervösen Angespanntheit. Ihr Familienname war in der Stadt sehr verbreitet, kein jüdischer, aber vertraut. Er hatte ihn schon öfter gehört oder auch gesehen. Mit einem rätselhaften Lächeln parierte sie seine Neugier und fesselte sein Interesse – so sehr, daß Spitzer ihn ermahnte, still zu sein und bei der Zeremonie zuzuhören.

Ich war schon viele Jahre bei keinem Seder, sagte Max, seit dem Tod meiner Mutter nicht mehr, dabei habe ich mich als Kind immer darauf gefreut, weil zu Pessach die ganze Familie versammelt war. Und Sie, fragte er Diana, wie war das bei Ihnen?

Sie lächelte, nickte und schwieg.

Spitzer leitete den Seder. Während Max ihm zusah, seine Konzentration beobachtete, sagte er sich, daß Spitzer ein tief religiöser Mensch sein mußte. Er hatte nie einen solchen Menschen gekannt, er wußte nicht, was das war: ein religiöser Mensch. Und jetzt, in diesem flüchtigen Augenblick, konnte er es verstehen und hätte es doch niemandem erklären können.

Malkas Daniel sang die vier Fragen. Er hatte eine schöne Kinderstimme, er würde die vier Fragen noch viele Jahre singen müssen, genauso wie Max in seiner Kindheit, weil er der Jüngste war, bis zu dem Pessach, an dem sie keinen Seder mehr hatten, weil Saul mit Victor in Washington und Ben in der Psychiatrie war. Dann war Max plötzlich der Älteste gewesen, der einzige, der sich um Mira und den kranken Bruder kümmerte.

Daniel würde H. eines Tages verlassen, aber bis dahin würde er wohl der Jüngste sein. Malka strahlte, sie saß für diese wenigen Minuten ganz still und andächtig neben ihrem Sohn. Gleich würde sie wieder aufspringen, in die Küche eilen und Spitzers vorwurfsvollen Blick auf sich ziehen.

Malka glaubt zu verzweifelt an das Gute, dachte Max. Das machte sie ihm so schwer erträglich. Und es setzte ihn von vornherein ins Unrecht. Er erinnerte sich an einen

Abend vor wenigen Wochen in diesem selben Wohnzimmer, an dem er zusammen mit anderen Bekannten Malkas eingeladen war. Sie lud oft Gäste in ihre große Wohnung in einer Neubausiedlung am Stadtrand. Max hatte diese Menschen, die er nicht kannte, beobachtet und war das Gefühl nicht losgeworden, daß sie etwas verbargen und sich dabei unbehaglich fühlten. Zuerst hatte er lange nicht verstanden, wovon die Rede war, denn nichts war klar ausgesprochen worden. Das Wort Gesinnung war häufig aufgetaucht, er fragte sich, ob sie Mitglieder eines Clubs waren, einer Gesinnungsgemeinschaft? Alle brüsteten sich ihrer *aufrechten Gesinnung*, sie ließen durchblicken, daß sie dadurch Nachteile in Kauf genommen, sogar schon Freunde verloren hatten.

Welche Gesinnung vertreten Sie, fragte Max seine Tischnachbarin.

Sie sah ihn erstaunt an. Eine antifaschistische, sagte sie.

Ist das nicht selbstverständlich heutzutage, fragte er.

Später kam das Gespräch auf Katastrophen, eine Feuersbrunst vor dreißig Jahren, die eine Kirche eingeäschert hatte, und natürlich die große Katastrophe des letzten Weltkriegs. Einer erinnerte sich, wie sein Vater aus der russischen Kriegsgefangenschaft zurückgekehrt sei, umständlich erzählte er, wie sie als Kinder vor dem Zubettgehen die Kleidung über die Stuhllehnen legen mußten, um sie bei Bombenalarm schnell anziehen zu können, aber die meisten waren nach dem Krieg geboren und sprachen nur mit ernsten Mienen vage über das *unsagbare Leid* in jener Zeit.

Wie hat die Bevölkerung das eigentlich erlebt, fragte Max, als die Juden plötzlich aus der Nachbarschaft verschwunden waren?

Sie sahen einander fragend und betreten an. Einer der Gäste erkundigte sich teilnahmsvoll nach Max' eigener Geschichte und der Anzahl seiner Toten. Max schwieg auf diese Frage, so wie auch Spitzer immer schwieg, mit einer abwehrenden Geste, und es war eine peinliche Stille eingetreten. Als die Gäste fortgegangen waren, hatte Malka ihn beschworen: Man muß seine Erfahrungen mitteilen, Sie hätten diesen Leuten mehr entgegenkommen müssen, sie meinen es gut und sie sind anständig. Vorurteile kann man nur abbauen, wenn man den Dialog sucht.

Gerade die Vorurteile habe er ja gespürt, erwiderte Max, und ein großes Unbehagen auf beiden Seiten.

Max wandte sich wieder Diana zu und stellte vorsichtige Fragen, wie man sie Unbekannten stellt. Ihre Augen waren transparent wie Bernstein.

Sie redete, als lenke sie von etwas ab. Ihr kleiner geschminkter Mund hinterließ einen roten Rand an ihrem Weinglas, an dem sie immer nur nippte, wenn die anderen tranken. Die vorgeschriebenen vier Gläser. Diana legte ihre Finger über das Glas, schüttelte den Kopf.

Längst hatte der Wein die Erinnerung beflügelt. Edith Leaf hatte ihren gefeierten Auftritt als Miranda in der ersten Shakespeare-Inszenierung seit dem Krieg, und ihr Ehemann Eduard warf ihr vierundzwanzig rote Rosen auf die Bühne, so alt war sie damals, und seine braunen Locken flogen bei diesem eleganten Wurf von seinem Platz in der zweiten Reihe. Edith strich vorsichtig über sein Toupet, das ihm wie ein Fell von Ohren und Nacken abstand. Damals habe er viel schöneres Haar gehabt, beteuerten sie beide.

Gisela Mandel hievte ihre Leibesfülle aus dem Sessel, hob ihr Glas und sang *bej mir bistu schejn*. Auch sie hatte Erinnerungen, achtzehn sei sie bei ihrer Hochzeit gewesen und blonde Zöpfe habe sie gehabt, so lang und dick.

L'Chaijim, rief Eduard und hob sein Glas.

Sie waren die erste Hochzeit nach dem Krieg, erklärte er für alle, die es nicht wissen konnten.

Sein Andenken zum Segen, sagte Gisela Mandel und setzte sich, um nach dem Taschentuch zu suchen.

Die Jüngeren hörten schweigend zu und atmeten die erhitzte Luft von damals. Chaim Alter hatte andere Erinnerungen: Dreißig Kilo hat die Gretl Stern gewogen, und zu Fuß ist sie aus Mauthausen nach Hause gegangen, sagte er.

Und weil sie ihn nicht hatte heiraten wollen, blieb er ledig, das wußten alle, auch daß er eifersüchtig darauf achtete, daß der Platz neben ihrem Grab für ihn frei blieb.

Ich habe von Schnecken überlebt, erzählte Herr Baron, die lagen neben dem Weg, so hab ich Escargon entdeckt.

Wir sollten von etwas anderem reden, ermahnte sie Spitzer und klopfte an sein Glas.

Frau Vaysburg holte Fotos aus ihrer Handtasche, ihre Kinder und ihre Enkel. Das war ihr Leben, weit weg von hier. Ihr Iwrit war fließend, sie hatte so viele Sprachen lernen müssen im Lauf ihres Lebens.

Sprachen sind mir immer leichtgefallen, sagte sie. Im Mai fliege ich wieder zu ihnen, sie strahlte, mein jüngster Enkel kommt zum Militär.

Später, als Daniel sein Lösegeld für das versteckte Stück Mazze bekam, zog sie ein kleines, in ein Papiertaschentuch gewickeltes Stück Mazze aus ihrer Handtasche: Das ist vom letzten Jahr, es hat auch Glück gebracht.

Max fiel auf, daß sie nur zu ihm sprach, als säße Diana nicht daneben.

Kennen Sie Diana, fragte er.

Ja, ja, natürlich, sagte sie schnell, als habe er ein unschickliches Thema berührt.

Die anderen sangen die traditionellen Lieder, verbesserten einander lachend, riefen am Ende einstimmig: Nächstes Jahr in Jerusalem.

Max wollte sich noch nicht von dieser Frau verabschieden, von der er nichts wußte und der er sich trotzdem nähergekommen glaubte. Malka umarmte ihre Gäste, einen nach dem anderen, schüttelte Hände, küßte Wangen, und ihre Herzlichkeit erlahmte keinen Augenblick. War da sekundenlang eine Spur Distanz, als sie zu Diana sagte: Danke, daß Sie gekommen sind?

Wo wohnen Sie, fragte Max.

Sie nannte eine Seitengasse des Stadtplatzes.

Haben Sie Lust, noch ein wenig spazierenzugehen?

Sie schüttelte den Kopf. Ich müßte längst zu Hause sein.

Sie bat Malka, ihr ein Taxi zu rufen.

Die Bushaltestelle ist vor dem Haus, wandte Malka ein.

Das geht wahrscheinlich schneller, sagte Max, und ich könnte Sie nach Hause bringen.

Aber Diana beharrte auf dem Taxi. Ob er sie in den nächsten Tagen einmal ins Kaffeehaus einladen könne, fragte Max, als sie sich im Taxi der Fußgängerzone der Innenstadt näherten. Sie nickte, und ohne Koketterie nannte sie ihm das Kaffeehaus und die Zeit, morgen um halb acht. Ihre Gedanken schienen bereits mit etwas anderem beschäftigt, als sie sich zerstreut verabschiedete und schnell ausstieg, ohne sich umzublicken. Max fuhr weiter zu seinem Haus.

Max spürte die nervöse Anspannung, eine Mischung aus Lampenfieber und Vorfreude, die den Herzschlag beschleunigte, als er am nächsten Abend aufbrach. Dann saßen sie sich im Kaffeehaus gegenüber. Diana sah ihn an, als warte sie darauf, daß er etwas Bestimmtes sagte, etwas, worauf sie vielleicht den ganzen Nachmittag gewartet hatte, das, weswegen sie hierhergekommen war, um ihn zu treffen. Sie saßen wie von einer Membran umschlossen, die Geräusche des Cafés, das unpersönliche Summen, das Klirren von Gläsern, ein gelegentlicher Ruf nach einem Kellner drangen zu ihnen wie aus großer Ferne.

Sie sind nicht Mitglied der Gemeinde, fragte Max.

Sie schüttelte den Kopf. Ich bin nicht Jüdin, sagte sie bitter und richtete den Blick auf ihre Tasse. Dann gab sie sich einen Ruck und schaute ihm herausfordernd in die Augen, als wollte sie sagen: Stell endlich deine Fragen.

Er hatte Angst vor einem Geständnis, das sie soviel Kraft kostete, was immer es sein mochte. Deshalb erzählte er von seinem Haus, wie er das erste Mal als Erwachsener nach H. gekommen war, wie er es zurückgewonnen hatte.

Ich wohne in einem solchen Haus, sagte sie, es gehört seit 1939 meinem Schwiegervater.

Sie beobachtete Max ängstlich und herausfordernd, als erwarte sie eine heftige Reaktion. Er schwieg, schaute sie an.

Jüdische Vorfahren? fragte er.

Sie nickte: Mein Vater.

Max lachte auf. Was sagt der zu seiner Schwiegerfamilie?

Ich habe ihn nicht gekannt, erwiderte sie leise.

Sie lehnte sich zurück, erschöpft, als sei alles gesagt.

Max hätte sie gern umarmt oder gestreichelt. Er legte seine Hand auf ihre Linke, mit der sie das Tablett hin und her schob. Sie zog die Hand zurück, nahm die Tasse in die andere Hand und trank ihren Kaffee in einem einzigen Schluck.

Die Spiegelpfeiler reflektierten die Wandbeleuchtung, spiegelten einzelne Gesichter, ein Mann sah unverwandt zu ihnen herüber.

Sie stand abrupt auf, als hätte eine plötzliche Panik sie erfaßt, die sie nur mühsam im Zaum halten konnte.

Ich muß gehen, sagte sie. Ja, es war Panik in ihrer Stimme.

Darf ich Sie begleiten, fragte Max.

Nein, sagte sie scharf und wiederholte in beherrschtem

Ton: Nein, danke, es ist nicht weit. Ich rufe Sie an, versprach sie.

Dann ging sie, ohne sich umzublicken, schnell hinaus.

Der Mann in der Fensternische sah ihr nach. Dann schaute er wieder Max an, lange, prüfend, bis Max den Sitzplatz wechselte und ihm den Rücken zukehrte. Er las noch eine Weile in den Tageszeitungen, dann rief er den Kellner und zahlte. Er glaubte, den Blick des Fremden im Rücken zu spüren, als er zur Tür ging.

Es war schon spät, als Max auf die Straße trat, benommen. Er wollte weder mit dem Bus noch mit dem Taxi nach Hause fahren, er hatte ein Gefühl, als sei ihm etwas zugestoßen, das zu nah war, um es zu erkennen. Es war eine drückend warme Föhnnacht. Der Wind rüttelte an Dachrinnen und jagte allerlei Unrat durch die stillen Straßen. Wolkenfetzen zogen über die volle Mondscheibe. Ein Taxi fuhr eine Weile neben ihm her wie ein Streifenwagen. Als er den Berg hinaufstieg, fühlte er einen Anflug der Beklemmung im Brustkorb, die er fürchtete. Er mußte stehenbleiben und verschnaufen. Jetzt bereute er, daß er das Taxi nicht angehalten hatte. Die halbe Nacht lang lag er wach, hörte den Wind und die Zweige, die an die Fenster schlugen.

Zerschlagen stand er am Morgen auf, verweilte länger als sonst im Badezimmer vor dem Spiegel, fragte sein Spiegelbild besorgt: Werde ich alt? Und meinte damit nicht die Jahre, sondern ob seine Anziehung auf Frauen abgenommen habe. Er war sich ihrer immer sicher gewesen, aber seit der Operation hatte sich etwas verändert, etwas, das nicht ganz greifbar war, ein Ausdruck in den Augen, ein Welken der Haut, ein Erschlaffen der Muskeln, als hinge das Fleisch loser an den Knochen. An jenem ersten Abend, als er bei Malka eingeladen war, hatte sie ein Foto von ihm

gemacht. Mit seiner auf den schmalen Nasenrücken ge-
rutschten Brille schaute er aus wie ein bekümmerter Vogel. Gewiß, sein Haar war noch voll, und es hatte lange
Zeit, zumindest aus der Entfernung, seine ursprüngliche
dunkelbraune Farbe bewahrt, doch jetzt war es genauso
grau wie lange schon sein Bart. Die Augen lagen in einem
Netz von Falten und sahen müde aus, als hielten sie sich
nur mit Mühe offen.

An diesem Morgen wurde sein Blick von einem Fleck
auf seiner rechten Schläfe abgelenkt, ein hellbrauner, dau-
mennagelgroßer Fleck. Ein Melanom? Und überhaupt,
jetzt, wo er die Brille abgenommen hatte und seine Haut
aus kurzsichtiger Nähe Zentimeter um Zentimeter betrachtete: War sie nicht fleckiger als früher, breiteten sich
die Altersflecken nicht schon wie Flechten über Stirn und
Wangen?

Er riß sich von diesem entmutigenden Anblick los: Ich
werde eben alt. Er sah den Handwerkern zu, die den Ter-
rakotta-Boden in der Küche legten, unschlüssig noch, wie
er die Decke gestalten sollte, als Spitzer zu Besuch kam.
Spitzer kam selten zu ihm, und wenn, dann nur am Abend.
Er brachte eine Plastiktasche voll Lebensmittel mit, einen
Karton Mazze und ein ganzes gebratenes Huhn.

Du hast in letzter Zeit abgenommen, erklärte er, du
mußt essen, das ist von meiner Frau.

Von jener Unbekannten, die Max sich beleibt und
freundlich, mit Kleiderschürze und dicken Beinen vorstellte.

Spitzer, rief Max, du bist einer der sechsunddreißig Ge-
rechten.

Dann nenn mich Arthur, sagte Spitzer trocken, so heiße ich nämlich, ich nenn dich auch nicht Berman.

Max hätte nicht erklären können, warum er seinem
Freund den Vornamen verweigerte, aber er erinnerte sich,
daß es Frauen gegeben hatte, die ihn nie mit Vornamen an-

geredet hatten. Es war eine Scheu, als nähme er sich durch den Gebrauch des Vornamens eine Intimität heraus, die ihm nicht zustand.

Ich werde mich bemühen, sagte Max, aber er wußte, er würde sich nicht überwinden können.

Sie redeten über den Seder, über Malka, daß sie zu Spitzer gesagt habe, Max sehe müde und abgezehrt aus, er esse wohl nicht regelmäßig und ausreichend.

Was weißt du über Diana, fragte Max.

Spitzer nickte, als habe er auf die Frage gewartet. Sie gefällt dir, sagte er.

Sie fasziniert mich.

Kein Wunder. Sie ist eine schillernde Person. Ihr Sohn ist Ministrant in der Stadtpfarrkirche. Dort sitzt sie jeden Sonntag ganz vorn, höre ich. Am Freitagabend kommt sie zu uns, manchmal, nicht immer, wenn sie wegkann, ohne daß es auffällt.

Und warum auch nicht, meinte Spitzer, sie ist zu nichts verpflichtet. Nur daß sie so verzweifelt dazugehören möchte, ist tragisch.

Vor neun oder zehn Jahren, erzählte Spitzer, sei ein junger Mann bei ihm im Büro erschienen, ein netter Mensch, keiner von denen, die bereits beim Betreten des Gemeindehauses in eine Imitation des Jiddischen verfielen, damit man sie auch verstünde. Ganz sachlich habe er ein Foto von Alexander Baranovits auf den Tisch gelegt und gefragt, ob Spitzer ihn kenne, dieser Mann sei nämlich der Vater seiner Frau, und sie wolle mehr über ihn erfahren.

Ich habe ihm gesagt, sie solle doch selber kommen, sagte Spitzer, ich wollte sie mir erst einmal ansehen. Sie kam bereits am nächsten Freitag, schüchtern, sehr aufgeregt, als trete sie zu einer Prüfung an. Sie brachte das Foto mit, ihre Mutter habe es ihr gegeben. Sie zeigte es erwartungsvoll: Mein Vater. Sonst sagte sie nichts.

Was hätten wir ihr sagen sollen, fragte Spitzer. Alex war

neunzehn, als er im sechsundvierziger Jahr ins DP-Lager am Stadtrand kam, ein Kind, völlig verwildert. Weiß Gott, was er mitgemacht, was er gesehen hat. Er hat nie davon geredet. Aber es war schwer, ihn aus den Schlägereien herauszuhalten. Der Krieg war für ihn noch nicht zu Ende. Ich glaube, er ging für ihn nie zu Ende. Er suchte die Wirtshäuser auf, in denen sich die ehemaligen Nazis trafen. Er forderte sie heraus, dann prügelte er sich mit ihnen. Oft habe ich ihn am nächsten Tag von der Wachstube abgeholt, oder aus dem Krankenhaus. Er konnte seine Rechnung mit ihnen nie begleichen, seine Wut war zu groß. Verwandte hatte er keine mehr, er hatte niemanden. In ihm war soviel Verzweiflung, sagte Spitzer, das einzige, was wir tun konnten, war, ihn immer wieder auf die Beine zu stellen.

Einmal, erzählte Spitzer, hätte er Alex ein Fahrrad besorgt. Fahrräder waren damals nicht so leicht zu bekommen. Er fuhr sich einen Nagel in den Reifen, und statt es zu schieben, warf er es in seiner Wut über die Brücke. Später zog Alex sich zurück, tauchte nur mehr auf, wenn er in Geldnot war. Er war aufsässig, er forderte. Am Ende wichen ihm alle aus.

Warum ist er hiergeblieben, fragte Max.

Ja, einmal haben wir ihm sogar Geld zum Auswandern nach Israel gegeben, erinnerte sich Spitzer. Nach einem halben Jahr war er zurück. Das Schlimme war, er hat nicht unterscheiden können, wer seine Freunde und wer seine Feinde waren.

Hatte er Arbeit, einen Job?

Das schaffte er nicht, jedenfalls nie lange. Er hatte immer bald Streit mit seinen Arbeitskollegen, seinem Chef, und er hatte keinen Beruf gelernt.

Vielleicht haben wir uns alle schuldig an ihm gemacht, überlegte Spitzer, wir waren hilflos, er wollte von uns nichts, nur Geld.

Wer war die Frau, mit der er diese Tochter hatte, fragte Max.

Spitzer wußte es nicht. Er hatte nicht gewußt, daß Alex überhaupt ein Kind hatte, bis diese junge Frau auftauchte.

Sehe ich ihm ähnlich, hatte sie Spitzer gefragt. Er konnte sich nicht genau erinnern, aber er sagte: Ja, ein wenig.

Da strahlte sie.

Was hätte ich ihr sagen sollen, fragte er Max. Daß er ein aufsässiger Schnorrer war, ein Querulant, ein so tief Beschädigter, daß niemand ihn mehr hatte zurückholen können?

Dann suchte sie Spitzer im Büro auf, forderte, als Mitglied aufgenommen zu werden. Wie sie darauf beharrte, ohne Einwände gelten zu lassen, zornig auf einem Recht pochend, das ihr nicht zustand, erinnerte sie Spitzer an ihren Vater.

Sie müßten übertreten, wandte er ein.

Wieso, begehrte sie auf, ich bin mit einem Juden blutsverwandt, ich habe genug dafür mitgemacht.

Er erklärte ihr, daß es die Mutter sei, die zähle.

In Ordnung, sagte sie, dann trete ich über. Geben Sie mir einen Termin.

Vom Lernen und Warten, vom dreimal Weggeschicktwerden, wie es der Brauch forderte, hielt sie nichts. Sie habe Scholem Aleichem gelesen. Sie wisse, daß jüdische Frauen nichts lernen müßten, nur den Haushalt führen, und das könne sie. Sie habe eine sehr eigenartige Vorstellung von einem Übertritt gehabt, erzählte Spitzer, und eine große Sturheit.

Inzwischen sei sie zweiunddreißig, und ihr Ungestüm habe sich gelegt. Sie muß ja auch auf die Familie Rücksicht nehmen, sagte Spitzer, vor denen hat sie Angst, sie ist ja völlig von ihnen abhängig. Sie kommt zu uns, wenn sie kann, hinter dem Rücken der Schwiegereltern, die im selben Haus wohnen.

Trotzdem, meinte Spitzer abschließend, man muß sich keine Sorgen um sie machen, sie weiß, was für sie gut ist, und sie kann für sich selber sorgen, betonte er und schaute Max an, als wolle er ihn warnen.

Da bin ich nicht so sicher, widersprach Max.

Sie war ihm nicht wie eine starke Frau erschienen. Zäh vielleicht, aber unsicher, gequält und einsam. Wie eine, die in großer Ferne von sich leben mußte, in einer Kälte, an der man zugrunde gehen konnte. Er glaubte, ein Gespür für solche Frauen zu haben. Er glaubte sogar, sie anzuziehen, weil er ihre Gefährdung erkannte, die Mutlosigkeit, die sie einholte, während sie ihr Leben immer weniger als das eigene empfanden.

Hör auf, sie retten zu wollen, sagte Spitzer, du kannst ihr nur schaden.

Nachdem er sich von Spitzer verabschiedet hatte, ging Max auf die Terrasse, deren frischgetünchte Säulen in der Dämmerung sehr weiß erschienen, als hätten sie das letzte Tageslicht gespeichert. In der stumpfen Abendbläue draußen schwammen die letzten von der untergegangenen Sonne geröteten Wolken. Plötzlich erschien ihm alles, das ganze Haus und der Himmel, dieses ganze Land sehr fremd und unbegreiflich.

5

Max hatte nicht wirklich damit gerechnet, daß Diana sich melden würde. Aber sie rief an, redete hastig, als müsse sie sich diesen kurzen Augenblick des Redens stehlen.

Sie trafen sich am Nachmittag am Fluß, auf derselben Kaffeehausterrasse, auf der Max vor Jahren mit Spitzer und Nadja gesessen war und wo Nadja ihm hoffnungsvoll von ihrer Berufung als Malerin erzählt hatte. Aber bald fiel der feuchte Schatten des Waldes am Hang über die leeren Tische, und es wurde kalt.

Ich habe mich mein ganzes Leben lang ums Wurzelschlagen bemüht, erzählte Diana, durch die Familie, in die ich eingeheiratet habe. Eine eigene Familie habe ich nie gehabt. Aber die Sicherheit, die alle anderen besitzen, fehlt mir. Für die Christen bin ich eine Jüdin, und bei den Juden werde ich nicht akzeptiert. Das spür ich doch, schnitt sie Max' Einwand ab.

Sind Wurzeln so wichtig, fragte Max. Sind wir denn Pflanzen, daß wir Wurzeln brauchen? Ich habe auch keine Wurzeln, tröstete er sie, es ist aufregend, ein wurzelloser Kosmopolit zu sein. Zu Hause ist man dort, wo man liebt.

Sie schüttelte ärgerlich den Kopf. Sie reden von etwas, wovon Sie keine Ahnung haben.

Mag sein. Er verstummte, ließ sie reden. Vielleicht war er für sie wie der Unbekannte im Zugabteil, dem man erzählt, was man noch keinem Menschen sonst je anvertraut hat.

Ich habe eine schreckliche Kindheit gehabt, sagte sie, ich bin ein weggegebenes Kind.

Alle Kindheiten sind grausam, wandte er ein, fast alle, auf unzählige, unterschiedliche Arten. Auch meine war in mancher Hinsicht schrecklich.

Die klare Bernsteinfarbe ihrer Augen verdunkelte sich vor Zorn, wenn Max ihr widersprach.

Aber meine Kindheit muß verschwiegen werden, sagte sie trotzig, sie ist wie eine Krankheit, über die man nicht redet und von der niemand wissen darf. Die andern dürfen ihre schlimmen Kindheiten herzeigen und Mitgefühl fordern, ich nicht.

Sie knickte Zahnstocher und schaute ihren beringten Fingern konzentriert bei dieser Arbeit zu. Ich habe mehr gelitten als alle anderen, beharrte sie, und Max widersprach ihr nicht mehr.

Sie hatte beschlossen, diesem Unbekannten, aus Gründen, die er nicht ahnen konnte, zu erzählen, woran sie sonst zu ersticken fürchtete. Mit einer fordernden Dringlichkeit, als habe sie schon lange auf ihn gewartet, auf einen wie ihn. Und während sie redete, begann sie vor Kälte zu zittern.

Eigentlich heiße ich Dina, sagte sie. Ihr Vater habe es so gewollt, es sei der Name seiner Mutter gewesen, aber dann sei daraus auf der Geburtsurkunde der Name Diana geworden, und alle hätten sie immer so genannt.

Sie erzählte von ihrem Vater, den zwei flüchtigen Begegnungen mit ihm. Das erstemal in einem kahlen Amtsraum, als sie fünf Jahre alt war. Die Ziehmutter, bei der sie aufwuchs, war dabei. Man nahm ihr Blut ab. Sie mußte Schuhe und Strümpfe ausziehen, man schwärzte ihr die Fußsohlen und die Finger und drückte die Zehen, einen nach dem anderen, dann die Finger, einzeln, auf ein Stück Papier. Der Unbekannte, ihr Vater, mußte die ganze Zeit im Raum gewesen sein, aber sie hatte ihn nicht bemerkt. Erst als sie weinte, war er plötzlich da, nicht nah genug, um sie zu berühren, streckte ihr seine offene Hand hin, hockte auf den Fersen vor ihrem Stuhl und lächelte. Sie konnte sich nicht erinnern, was es war, das er ihr auf seiner ausgestreckten Handfläche angeboten hatte: Schokolade, ein kleines Spielzeug, Geld? Es war auch alles ganz schnell gegangen, denn die Ziehmutter hatte sie an sich gerissen und war mit ihr fortgelaufen, sie war zornig gewesen, empört, hatte Diana hinausgezerrt, als müsse sie das Kind vor diesem Mann in Sicherheit bringen. Ein schlechter, ein böser Mensch, hatte sie gesagt, als Diana sie nach dem Mann fragte. Aber später, als sie älter war und die Begegnung nicht vergessen konnte, hatte die Ziehmutter zugegeben: Das war dein Vater. Er habe die Unterhaltszahlungen verweigert, die Vaterschaft bestritten. Der kahle Amtsraum war ein Zimmer im Gerichtsgebäude.

Ich kannte ihn nicht, sagte Diana, aber ich war ganz sicher, daß ich ihn früher schon einmal gesehen und in dem Amtsraum wiedererkannt hatte, nur konnte ich mich nicht mehr erinnern. Ich war später, nachdem mein Sohn zur Welt gekommen war und ich in eine schwere Depression verfiel, in Therapie. Da habe ich wieder versucht, mir meine frühe Kindheit zu vergegenwärtigen, aber alles vor meinem vierten Lebensjahr war wie hinter einer verschlossenen Tür. Nur damals, als ich ihn sah, das war wie ein Lichtspalt, diese Gewißheit: Das ist mein Vater. Und dann fällt die Tür wieder zu, und keine Anstrengung kann irgend etwas von dem, was hinter der Tür ist, ins Gedächtnis zurückbringen.

Es muß ein Gedächtnis geben, spekulierte sie, das nur Gefühle aufbewahrt, noch vor den Bildern, lange vor den Gedanken. Von dort muß mein intuitives Wissen gekommen sein, als ich ihn sah, daß er nicht irgendein Unbekannter, sondern mein Vater war.

Es seien, erzählte sie, bei der Therapie einige neue Erinnerungen aufgetaucht, die sie zeitlich nicht einordnen konnte. Ein Bild von einer Wiese, feuchtem Gras und einem seichten Bach, alles sehr sonnig und hell, und trotzdem erfülle diese Erinnerung sie mit einer unerklärlichen Beklemmung. Ihre Mutter sei dagewesen mit einem

Mann, aber sie wisse nicht, ob der Mann ihr Vater oder der spätere Liebhaber der Mutter gewesen sei, den sie dann auch geheiratet habe. Nach der Hochzeit der Mutter sei sie zu ihrer Ziehmutter gekommen, einer unverheirateten Verwandten. An diese Jahre könne sie sich wiederum gut erinnern. Ein anderes Bild gäbe es noch aus ihrer frühen Kindheit bei der Mutter: die braunen Stäbe eines Gitterbettes, zwischen denen sie auf eine weißlackierte Küche geblickt habe, und an dem Tisch seien zwei Menschen gesessen, ihre Eltern, das wisse sie mit unumstößlicher Sicherheit.

Ein einziges Mal habe sie ihren Vater noch gesehen, da habe sie sein Foto bereits besessen und ihn erkannt, durch Zufall habe sie ihn wiedergesehen, als sie vierzehn war und von der Schule mit dem Bus nach Hause fuhr. Er habe an einer Straßenkreuzung auf Grün gewartet, und sie sei an ihm vorbeigefahren und habe sich nach ihm umgedreht, bis er zwischen den Passanten verschwunden war. Aber auch er müsse sie erkannt haben, denn ihre Blicke hätten sich getroffen und er sei stehengeblieben und habe ihr nachgeschaut.

Diana hatte beim Erzählen schon eine ganze Weile gezittert, obwohl sie vor geraumer Zeit die Terrasse verlassen hatten und nun in einem kleinen dunklen Raum mit einer Theke saßen, doch jetzt begannen ihre Zähne aufeinander zu schlagen. Max zog seine Jacke aus und wollte sie ihr über die Schultern legen, aber sie wehrte ab, ihr sei nicht kalt, das seien die Nerven. Sie sah sehr blaß und abgespannt aus, erschöpft wie nach einer Anstrengung.

Den Haaransatz habe ich von ihm, sagte sie und strich sich die leichte Krause ihres gewellten Haares aus der Stirn. Es heißt, eine hohe Stirn ist ein Zeichen jüdischer Intelligenz, sagte sie ohne jede Ironie. Finden Sie, daß ich eine hohe Stirn habe?

Manchmal schien sie Max so schutzlos und leichtgläubig, daß es schmerzte, ihre Selbstentblößung mitanzusehen.

Wissen Sie, sagte Max, das mit der Stirn und der jüdischen Intelligenz, das sind Vorurteile.

Sie hatte, was immer man ihr als Makel angelastet haben mochte, in eine Auszeichnung verwandelt, ein kostbares Zeichen der Zugehörigkeit.

Auf ihrem Nachhauseweg die Kastanienallee am Fluß entlang und über die Brücke erzählte Diana vom Garten ihrer Schwiegermutter auf dem Land, in dem nur Einheimisches wachsen durfte, vom jahrelangen Gartenkrieg, den sie um jede Pflanze führten, und wie gern sie an dem warmen windgeschützten Hang Tamarisken gepflanzt hätte.

Sie könne die Tamarisken und andere exotische Gewächse in seinem Garten pflanzen, bot Max ihr an. Ich habe dazu ohnehin kein Talent, sagte er, ich bin ein Stadtmensch, Zimmerpflanzen und Haustiere habe ich immer verabscheut.

Eine plötzliche Woge des Übermuts erfaßte ihn, dort auf der Brücke, ein heftiges Glück über diesen wolkenlosen Frühlingsabend. Es gab also doch ein Leben für ihn hier in dieser Stadt, neue Menschen, unerwartete Dinge, die geschehen konnten, Abenteuer, vielleicht eine neue Liebe, und wenn nicht, dann eben eine Freundschaft mit dieser verstörten jungen Frau.

Diana sagte, sie würde ihm gern dabei helfen, einen Garten anzulegen. Abrupt blieb sie stehen, gab ihm die Hand: Ich habe einen anderen Weg als Sie. Sie wollte nicht, daß sie zusammen den Stadtplatz überquerten.

Ich bin so glücklich, daß wir uns kennengelernt haben, sagte Max fast gegen seinen Willen. Er wollte sie nicht erschrecken.

Sie lächelte: Nächstes Mal kaufen wir Setzlinge und Blumensamen, bald, vor Monatsende.

Er wartete jeden Tag auf dieses nächste Mal, vom Morgen bis zum Abend, aber er war sich dessen nicht bewußt, er war nun von einem neuen Ehrgeiz besessen, mit dem er die Renovierung des Hauses vorantrieb. Die Küche war schon fertig und sah wie eine alte italienische Speisekammer aus. Die Terrasse war jetzt so, wie sie in Max' Erinnerung gewesen war, und das Wohnzimmer war vorläufig ein spärlich möblierter Saal, der aus zwei kleineren Zimmern entstanden war, mit dunklem Parkett, hohen schmalen Fenstern und funkelndem Morgenlicht, in das die jungen Blätter eines großen Nußbaums ihre hellen Schattenfinger streckten.

Diana kam mit ihrem Auto und brachte zwei Blumenkisten voll frischem Grünzeug in dunklem, feuchtem Humus. Sie trug Jeans und das widerspenstige Haar in einem Knoten am Hinterkopf, es ringelte sich um ihre runde Stirn. Sie erschien ihm jung, jünger als zuvor, jünger auch als die zweiunddreißig Jahre, die sie alt war. Sie war so schön, daß Max sie immerfort ansehen wollte und es doch nicht wagte: Sie wirkte unberührbar.

Die Erde war dunkel und schwer von den Regenfällen am Anfang des Monats. Max grub allein die Beete um, die von den Mietern verwüstet zurückgelassen worden waren. Er war berauscht von seinem neuen Leben. Noch nie hatte er eine Schaufel oder einen Spaten in der Hand gehalten, noch nie einen Garten umgegraben. Zusammen setzten sie eine Klematis unterhalb der Balustrade und eine blasse Glyzinienstaude in den windgeschützten Winkel zwischen Hauswand und Terrassentreppe.

Wisteria heißen Glyzinien bei uns, erklärte Max und beschrieb, wie sie geblüht hatten, mit schweren lila Trauben an der Hauswand bei Freunden, die er oft mit Elizabeth zusammen besucht hatte.

Elizabeth ist seit dreißig Jahren tot, überlegte er. Und ich buddle Wisteria ein und warte darauf, daß sie blühen werden.

Neben unansehnlichen Johannisbeerstauden, denen Diana einen reichen Ertrag prophezeite, senkten sie einzeln die Wurzelfäden von Blumenpflänzchen in die Erde, und jeder Setzling bekam einen abgebrochenen Zweig zum Anlehnen und wurde mit einem roten Wollfaden angebunden. Sie hockten nebeneinander in der klebrigen Erde, und manchmal berührten sich ihre Haare oder ihre Schultern. Sie taten beide so, als fiele es ihnen nicht auf, und rückten nicht auseinander.

Nie fragte Max nach ihrem Mann oder nach ihrem Kind, nie nach ihren anderen Verpflichtungen. Als könne er so ihr Bleiben durch einen Bann, der alles andere auslöschte, verlängern.

Sie war es, die von ihnen anfing. Wie groß ihre Angst sei und sie unentwegt verfolge, daß ihrem Mann etwas zustoßen könne, denn dann wäre sie ganz allein auf der Welt. Auch deshalb habe sie lange Zeit zum Judentum übertreten wollen, damit dann jemand da sei für sie und ihr Kind. Aber Spitzer habe gemeint, das sei kein ausreichender Grund. Er könne sich die Panik nicht vorstellen, diese Angst, ausgesetzt zu sein und ohne einen Menschen, der sich verantwortlich fühle.

Es ist eine Angst aus Ihrer Kindheit, erwiderte Max behutsam.

Sie habe Glück gehabt, diesen Mann zu finden, sagte sie, aber es klang nicht glücklich. Er sei ein guter Mensch, einfühlsam, ganz anders als seine Eltern, nur eben schwach. Er habe Angst vor seiner Mutter, deshalb könne er sie, Diana, nicht vor den Schwiegereltern schützen. Aber er verstünde, wie wichtig die Verbindung zur jüdischen Gemeinde ihr sei. Er habe auch zugestimmt, den Sohn auf den Namen Alexander zu taufen.

Ich weiß, ich bin ungerecht zu ihm, sagte sie zerknirscht. Er kann es mir nicht recht machen. Ich bin unglücklich und habe keinen Grund, und immer habe ich die

Angst vor dem Verlassenwerden. Er würde meinem Übertritt nichts in den Weg legen, aber Axels, das würde er nie zulassen.

Als sie damit begann, am Freitagabend Kerzen anzuzünden, erzählte sie, habe er geschwiegen und so getan, als bemerke er nichts, und als Axel fragte, was sie da mache, habe ihr Mann gesagt, Kerzenanzünden sei ein schöner Brauch, und sie nicht mehr zu Wort kommen lassen. Andererseits schenkte er ihr manchmal etwas Jüdisches, einen Bildband, einen jüdischen Kalender oder ein Buch.

Lieben Sie ihn, fragte Max unvermittelt.

Sie sah ihn nachdenklich an: Ich weiß es nicht. Ja doch, fügte sie dann schnell hinzu, ich habe ihn gern.

Von dem Sohn erzählte sie wenig, sie schien nicht das Bedürfnis zu haben wie andere Mütter. Dafür sprach sie über die Schwiegereltern, die ihr nachspionierten, und über ihre Mutter, der sie nie verziehen hatte und die sie verachtete. Auch von der Ziehmutter erzählte sie, einer bigotten, engstirnigen Frau, die alle haßte, die ein besseres Leben hatten.

Wenn man ihr zuhört, dachte Max, könnte man glauben, sie sei von Feinden umzingelt. Doch ihm gegenüber verhielt sie sich selbstbewußt, sie gab ihm Anweisungen, wenn sie zusammen im Garten arbeiteten und bestimmte, wann es genug war. Er fand keine Spur von Schüchternheit oder Unterwürfigkeit an ihr.

Er hätte ihre Telefonnummer im Telefonbuch nachschlagen können, aber er tat es nicht. Wozu? Er durfte sie nicht anrufen, sagte er sich, einerlei wie sehr es ihn danach verlangte, sie zu hören.

Sie tauchte auf und verschwand, meist unangekündigt, sie gab keine Erklärungen für ihr Kommen und für ihr Ausbleiben, auch wenn sie eine ganze Woche lang nicht kam. Und Max stellte keine Fragen, forderte keine Erklärung. Er redete sich ein, es habe seinen Reiz, in einem Zustand ständiger Erwartung zu leben. Auch wenn sie da war, blieb etwas von dieser Erwartung bestehen, es ging eine kühle Reserviertheit von ihr aus, selbst wenn sie miteinander lachten, eine Abwesenheit mitunter, als spiele sie routiniert die Rolle einer anderen.

Zwischen ihren Besuchen goß er an jedem Sonnentag die jungen Pflanzen, die Erde, aus der bald Blätter und Triebe in unerhörten Farben und Formen sprießen würden.

Die Baumblüte dieses Jahres war geradezu schamlos üppig, aber als man vor lauter weißen und rosa Blüten weder die Zweige noch das erste Knospen der Blätter sehen konnte, begrub der Schnee eines Kälteeinbruchs die Wiesen, und die Blüten fielen von den Bäumen.

Wenn sie kam, meist am frühen Nachmittag, galt Dianas erster Blick stets dem Garten. Sie begutachtete die Tamariske, die sie an einem Bambusstab festgebunden hatte, und die weichen, glatten Lanzen der Iris, stand lange vor den noch fest verschlossenen Knospen der Rosen, beugte sich zu den zarten Keimlingen, die aus der Erde kamen und deren endgültiges Aussehen Max ein Rätsel war. Sie brachte Knoblauchzehen, um die Wühlmäuse zu vertreiben, und Max bewunderte ihre Begabung und ihr Wissen.

Wenn Sie hier nicht mehr nach dem Rechten sähen, sagte er, würde ich den Garten wahrscheinlich wieder zur Wildnis verkommen lassen.

Das tun Sie ohnehin, lachte sie, Sie haben ja noch nie gejätet!

Aber er behauptete, er könne Unkraut von den gesäten Pflanzen nicht unterscheiden, bis er sie an den Blüten erkenne.

Bei aller scheinbaren Leichtigkeit ihres Umgangs blieb eine Distanz, die es ihm verbot, sie zu duzen. Sie überhörte jedes Kompliment, und es lag immer eine leise Befangenheit zwischen ihnen.

Einmal saß sie auf dem steinernen Sockel der Terrasse, dort, wo in seiner Kindheit der kleine venezianische Löwe auf seinen Hinterpranken gesessen war, und Max kam durch den Garten und schaute zu ihr hinauf.

Bist du glücklich, fragte er, und sie nickte.

Danach duzte sie ihn, ohne jede Erklärung, unvermittelt, wie sie alles tat.

Aber wenn sie ging, wagte er nicht zu fragen, wann sie wiederkomme. Er wußte auch nicht mit Sicherheit, ob nicht sein Garten der Hauptgrund für ihr regelmäßiges Erscheinen war.

Du kommst doch nur, um die Fortschritte der Sonnenblumen zu inspizieren, sagte er halb im Scherz.

Die Sonnenblumen lasse ich nicht im Stich, antwortete sie.

Aber sie saßen auch viele Nachmittage auf der Terrasse und an trüben Tagen auf der Veranda über dem Tal. Nie brachte sie etwas zu essen mit, wie Spitzer und Malka das jedesmal taten. Sie kam, um zu reden, und begann oft zu erzählen, bevor sie sich gesetzt hatten. Meist ging es um ihre Kindheit, und sie gestand, daß sie vieles noch niemandem erzählt hatte, aber sie sagte es nicht so, als sei sie dankbar für seine Anteilnahme, sondern als gewähre sie ihm das Privileg ihres Vertrauens.

Sie erzählte von der Härte und der heidnischen Gottesfurcht ihrer streng katholischen Ziehmutter, die zu häßlich und zu unbeugsam gewesen war, um sich vom Leben zu holen, was anderen ohne Anstrengung zufiel. Und die das Leben deswegen gehaßt habe, auch die Liebe, die sie nie erfahren hatte. Und dennoch hatte sich die Liebe zu dem fremden Kind, der Jugendsünde einer Verwandten, irgendwie zu ihr Bahn gebrochen; als Sorge um das ihr anvertraute Mädchen. Kurze Zeit nach Dianas Auszug war sie, als habe sie ihre Lebensaufgabe erfüllt, nach kurzer Krankheit gestorben.

Und deine Mutter, fragte Max, wie ist die?

Wenn man Diana Glauben schenkte, mußte ihre Mutter ein Ungeheuer an weiblicher Eitelkeit sein, gierig nach gesellschaftlichem Rang und Geld.

Hat sie denn gar keine guten Eigenschaften, fragte Max, keine einzige? Was sei mit der Lehrstelle in einem Juwelierladen, die sie ihrer Tochter verschafft habe? Oder daß Diana während ihrer Lehrzeit zwei Jahre lang bei ihr und ihrem Mann gewohnt habe?

Weißt du, was andere Eltern für ihre Kinder tun, fragte sie zornig.

Ich bin ein verlassenes Kind, wiederholte sie bitter, ich habe keine guten Erinnerungen.

Keine einzige, keine glücklichen Augenblicke, fragte Max, denk nach.

Warum hatte er, während er ihr zuhörte, immer das Gefühl, daß sie einen ganz bestimmten Eindruck erwecken wollte und irgend etwas verbarg?

Er spürte aber auch, wie sie sich quälte, und wollte ihr helfen, die Leichtigkeit und die Freude des Lebens zu entdecken.

Doch, gab sie zu, die Lehrzeit sei schön gewesen, wie sie von ihrem Chef für die ersten Schmuckstücke, die sie entworfen hatte, gelobt worden sei. Dann habe sie ihren Mann kennengelernt und geheiratet.

Bist du jemals aus dieser Stadt hinausgekommen, fragte er.

Doch, einmal zu einem Berufsschulkurs nach Wien, aber sie sei auch gern wieder heimgekommen.

Dann weißt du ja gar nicht, wie es wäre, anderswo zu leben?

Sie überlegte. Es würde auf jeden Fall bedeuten, allein zu sein, meinte sie, oder sich nicht verständigen zu können. Ich habe Angst vor dem Alleinsein, gab sie zu.

Wir könnten zusammen reisen, schlug er wagemutig vor.

Sie schüttelte den Kopf: Ich habe einen Mann und ein Kind und Schwiegereltern. Mein Platz ist hier. Sie lächelte. Daß ich zu dir komme, ist das größte Wagnis, das ich mir leiste.

Sie liege nachts oft wach, erzählte sie Max. Schon seit ihrer Kindheit könne sie manchmal bis in die frühen Morgenstunden nicht einschlafen. Dann würde sie am liebsten jeden Schmerz, jede Verletzung, alles, jemandem haargenau erzählen. Aber als sie damit bei ihrem Mann begonnen habe, sei eine ganz andere Geschichte dabei herausgekommen, und das Wichtigste sei wieder ungesagt geblieben. Das wenige, das sie ihm erzählt habe, sei auf subtile Weise gegen sie verwendet worden, an jedem Konflikt mit den Schwiegereltern sei ihre Kindheit schuld gewesen. Seither schweige sie auch ihm gegenüber.

Und jetzt hast du alles mir erzählt, meinte er.

Sie schüttelte den Kopf: Noch lang nicht alles.

Sie sah ihn nachdenklich an, als formuliere sie einen schwierigen Gedanken: Ich fühle immer, daß ich anders bin, aber ich weiß nicht, auf welche Weise.

Warum solltest du anders sein, fragte Max.

Wegen meines Vaters und wegen meiner Kindheit.

War denn die Kindheit deines Mannes glücklich?

Nein, gab sie zu, bei diesen Eltern. Er ist ganz anders als sie, er hat immer unter seinem Vater gelitten. Aber er ist auch ganz anders als ich. Wir bemühen uns, aber da bleibt immer etwas, was der eine am andern nicht versteht.

Gibt es denn keine glücklichen Menschen in diesem Land, rief Max, was ist das für ein Land?

Auch meinen Vater haben sie kaputtgemacht, sagte sie nach einer Weile. Sie haben ihn nicht existieren lassen.

Wer hat dir das gesagt, wollte Max wissen.

Sonst wäre er bei uns geblieben, sicher.

Es nieselte, als er sie vor das Haus zu ihrem Auto begleitete, aber es war noch hell, ein eigenartiges Zwielicht, das die Farben vor ihrem Verlöschen noch einmal aufleuchten ließ.

Würde es dir etwas ausmachen, mich Dina zu nennen, fragte sie an der Gartentür und ging, ohne seine Antwort abzuwarten, die Stufen hinunter auf die Straße zu ihrem roten Toyota.

6

Im Frühjahr hatten noch die hellgrünen Blätter vor den hohen Fenstern die Sonne eingelassen, sie hatten sich im Wind gedreht und gewendet und ihre silbrige Unterseite entblößt. Je weiter der Sommer fortschritt, desto dunkler wurde es tagsüber in den Zimmern des Erdgeschosses. Sie verwandelten sich in kühle Aquarien, einzelne, vom dichten Laub durchgelassene Sonnenbündel irrlichterten unruhig über die Wände und erloschen wieder. Nur von der Veranda blieb der Blick frei. Hier und da schimmerte ein gezacktes Blatt wilden Weins durchs Fenster, aber die ungemähten Wiesen mit dem bereits hüfthohen Gras und ihren wildwachsenden Blumen lagen vor ihm ausgebreitet.

Max saß an seiner alten tragbaren Olivetti und tippte seine Notizen ins reine. Er konnte sich nicht erinnern, wann er sich je zuvor so leicht und klar gefühlt hatte.

Während der Judengemetzel des Edelmannes Rintfleisch, schrieb er, *der mit seiner aufgewiegelten Bande Zukurzgekommener durch Süddeutschland zog, versuchte Albrecht der Erste, so gut er konnte, seine Juden zu schützen, immerhin waren sie seine beste Einnahmequel-*

le. So anstößig erschien seine Parteilichkeit dem Klerus, daß man aufhörte, in den Kirchen für ihn zu beten. Das allerdings konnte Albrecht sich noch weniger leisten, denn er lag in Fehde mit Adolf von Nassau und war auf die Unterstützung von Klerus und Volk angewiesen. Er mußte daher den Juden vorübergehend seinen Schutz entziehen, um Schlimmeres zu verhüten, nämlich Land an den Kaiser zu verlieren. Wie sehr der Herzog an seinen Juden hing, zeigte sich daran, daß er ihnen nach seinem Sieg unverzüglich ihre Bewegungsfreiheit wiedergab, jedenfalls den wenigen, die noch am Leben waren. Sie bekamen auch ihre Häuser zurück, damit er sie sogleich mit Abgaben belegen konnte. Bereits im Jahr 1321 kassierte sein Nachfolger Friedrich der Schöne eine beträchtliche Summe in Silber. Zu diesem Zeitpunkt blieben ihnen noch genau fünfzehn Jahre bis zum nächsten Massaker, allerdings wußten sie es nicht. Sie betrauerten ihre Toten vom letzten Kreuzzug, bauten Häuser, wo und wann man es ihnen erlaubte, schafften für den Herzog Geld herbei, damit er ihnen gesonnen blieb, und konnten sicher sein, daß diese Ruhepause nur ein Aufschub war bis zum nächsten Morden.

Max hatte das Wörterbuch neben der Schreibmaschine liegen. Es irritierte und erstaunte ihn, daß ihm so viele Ausdrücke und Wörter fehlten, er mußte in jedem Satz mehrmals nach Begriffen suchen, war nie mit der blinden Gewißheit dessen, der immer in der einen Sprache gelebt hatte, sicher, daß das Wort, das er unter mehreren anderen Möglichkeiten wählte, das einzig richtige war. Im Gespräch war ihm diese Unsicherheit nie aufgefallen, es gab stets eine Fülle von Möglichkeiten Dinge zu sagen, sie mußten nicht exakte Nuancen wiedergeben, nur ungefähren Sinn vermitteln. Und immer, nach jeder längeren Unterbrechung, während der er seine Muttersprache nicht benutzt hatte, konnte er sie mühelos wieder hervorholen, jedesmal erstaunt darüber, wieviel verloren Gewähntes sich selbstverständlich wieder einstellte. Erst jetzt, beim Schreiben, vertraten ihm englische Wendungen den Weg und nahmen alle Ausdruckskraft für sich in Anspruch, und nach den deutschen Begriffen mußte er erst suchen, unschlüssig, welche genau zutrafen. Er würde Thomas fragen, wie seine geschriebenen Sätze in seinen Ohren klangen.

Wie sich wohl nach den Massakern das Zusammenleben der Juden mit den Bürgern der Stadt gestaltet hatte? Verkehrte man miteinander, privat oder nur geschäftlich, mit Mißtrauen und Angst auf beiden Seiten, die Angst der einen um ihr Seelenheil, wenn sie Ungläubige in ihrer Mitte duldeten, die der anderen um ihr Leben, ihr Hab und Gut?

Die christlichen Bürger wurden schließlich ihrer Duldsamkeit überdrüssig, schrieb Max weiter, *denn ihre Schulden, auch die der Kirche bei den Juden, waren beträchtlich angewachsen. Sogar das Stift außerhalb der Stadtmauern hatte eine goldene Monstranz verpfänden müssen und fand es an der Zeit, sie sich durch die Gewalt der Gläubigen wiederzuholen. Zwanzig Jahre waren seit dem letzten Morden vergangen.*

So lange braucht eine Generation, um in Frieden heranzuwachsen, dachte Max, die Erinnerung ist zwar noch nicht verblaßt, aber die Spuren sind verwischt. Den Kindern vom Kreuzzug 1308, die zwanzig Jahre später selber Kinder hatten, saß der Schrecken wohl noch in den Gliedern. Etwas so Harmloses wie der Oxydationsprozeß in einer Monstranz, vielleicht schon in berechnender Absicht verpfändet, bereitete dem unsicheren Frieden ein jähes Ende.

Blutflecken auf dem Leib des Herrn, nur Juden konnten diese gräßliche Marter ersonnen haben. An einem Sonntag nach der Messe, durch die Predigt angefeuert und durch die Kommunion gestärkt, bewaffneten sich die

Gläubigen mit Äxten, Schaufeln, Dreschflegeln und Jäger-
spießen und drangen in die Häuser der Juden ein, während
die Glocken der Stadt Sturm läuteten. Der Sonntagvor-
mittag war ein klug kalkulierter Zeitpunkt, denn da konn-
te man die Juden mit größter Sicherheit zu Hause an-
treffen. Am Sonntagvormittag hatten sie Ausgangssperre,
um die sonntägliche Ruhe durch ihren Anblick nicht zu
stören.

Es gab die Augenblicke, in denen er innehielt und sich
fragte, wozu schreibe ich das eigentlich, wer soll es denn
lesen, und warum auf deutsch? Dann dachte er an Thomas, wie wenig er von der unterschlagenen Geschichte
seiner Stadt wußte. Und für ihn selber war sie das einzige,
was ihn mit H. verband.

In seiner Abschrift von einer Chronikseite fand Max
das Wort *abgeschlachtet*. Sonst nichts, keine Zahlen, weder der Toten noch der Überlebenden, nur daß sie in ihren
Häusern *abgeschlachtet* worden seien. Wie sollte er eine
Chronik schreiben, wenn ihm die Phantasie fehlte, wenn
er vor diesem Wort stand wie vor einer Mauer? Rahel lag
1328 bereits unter ihrem Grabstein, aber Moyses und ihre
Kinder, vielleicht auch ihr Vater Markus und die un-
genannte Mutter waren noch am Leben. Wie viele Menschen waren es, die an jenem Sonntag vormittag den bewaffneten Bürgern zum Opfer fielen? Max hatte nur drei
Kaufurkunden gefunden. Gab es noch mehr von Juden
bewohnte Häuser? Er kannte die Gegend, wo diese Menschen gewohnt hatten. Es mußten damals enge Gassen
gewesen sein, Gassen, die bereits von einem Pferdewa-
gen blockiert waren, in denen man sich an die Mauern
schmiegte, wenn man aneinander vorbeiging. In denen es
kein Entkommen gab. In denen das Feuer rasch um sich
griff. Danach gab es für eine Weile keine Juden mehr in der
Stadt.

Max sparte Platz aus, suchte nach anderen Notizen,

schrieb weiter, schrieb sich in Wut, die sich bei ihm stets in Sarkasmus äußerte. *Nach dem Pogrom, zum Dank für die mit göttlicher Hilfe gelöschten Schuldscheine und die kostenlose Rückerstattung der gepfändeten Monstranz, bauten die Bürger der Stadt eine Wallfahrtskirche.*

Die vom Stadtschreiber verwalteten Annalen verloren nicht viele Worte über den Pogrom, dafür gab es viel Lob für die Erbauer der Kirche.

Es stellte sich heraus, daß die blutende Monstranz Wunder wirken konnte. Diese Idee kam einem einfallsreichen Franziskaner und brachte Geld in die Stadt. Von überall her kamen nun die Siechen und hinterließen Ablaßspenden und Votivtafeln, ganz zu schweigen von Unterkunft und Verpflegung, die sie während ihres Aufenthaltes bezahlten. Scharen von Pilgern bevölkerten die Stadt. Von allen Landstrichen, die noch keine eigenen wundertätigen Reliquien besaßen, strömten sie herbei und machten eine ehemals mittelgroße Handelsstadt an einem Fluß zum Zentrum der Frömmigkeit, und sie gedieh so rasch, daß sie bald ihren ersten Mauerring sprengte. Tatsächlich ein Wunder. Die Juden, die vom Massaker übriggeblieben waren, einer oder zwei blieben immer über, verkauften ihre Häuser innerhalb der Stadtmauern ...

Verkauften? Wann hatten Juden während oder nach einem Pogrom je etwas verkaufen können? Max suchte nach der Kopie der Urkunde. Gewiß, da kaufte einer, aber er kaufte von einem, über den es in der Urkunde hieß, er habe *Synagog und der Juden Schuell kristlich an sich gebracht.* Weshalb sollte er des Juden Hirschleins Haus gekauft haben, wenn er es *kristlich* an sich bringen konnte?

Max stellte sich vor, wie sich danach die Reste der Gemeinde im schützenden Rücken der Stadtmauern angesiedelt hatten, in einer Zeile schmaler Häuser. Er sah auf den Rasenstücken zwischen Hausmauern und Wegen blaue Irisblüten wuchern, Gemüsegärten und Obstbäume zu den Feldern der Bauern hin und am Ende der Straße ein neues Bethaus. Wenn sie schon bei jedem noch so geringfügigen Vergehen füreinander bürgen mußten, war es vernünftig, nahe beieinander zu wohnen. Aber das alles war bloße Phantasie, und die Häuser, die er im Sinn hatte, waren viel später gebaut worden, zu einer Zeit, in der es seit Jahrhunderten keine Juden mehr in der Stadt gegeben hatte.

Die Pestjahre waren nachgewiesen und auch die Verfolgung, sogar von einem sorgfältigen Stadtschreiber, der die Toten gezählt hatte: *Um der Seelen willen, die gewissenhafte Kleriker vor dem Höllenfeuer zu retten versuchten, sperrte man dieses Mal die Juden einen Monat lang in eine Scheune, in der Hoffnung, daß wenigstens eine Handvoll sich taufen ließe. Außerdem forderten die Bürger Lösegeld von reicheren Judengemeinden, aber die hatten ihre eigenen Sorgen. Es wurde nichts aus dem Lösegeld, und keiner ließ sich taufen. So blieb den Stadtvätern keine andere Wahl*, schrieb Max, *als die Scheune anzuzünden. Damals ebnete man den ersten Friedhof ein, auch Frau Rahels Grab, und verwendete die Grabsteine für den Bauboom, der auf die Pestzeit folgte. Fünfhundert zählte der Chronist, dreihundert, die gefangengenommen wurden und zweihundert Erschlagene. Viele Kinder wurden getauft und in Klöstern erzogen. Von den getauften Judenkindern führten keine Spuren aus den Klöstern hinaus, die meisten vergaßen wohl ihre Herkunft und wurden fromme Mönche. Aber am Ende wurden auch die Überlebenden und die Zurückgekehrten vertrieben. Am Ende des fünfzehnten Jahrhunderts gab es wieder einmal für alle Zeiten keine Juden mehr in der Stadt.*

Wörtlich las Max in der Chronik: *Die Juden wurden allesamt gänzlich ab und aus dem Land geschafft.* Wohin hatte man sie geschafft? Auf Scheiterhaufen, wie üblich? Erschlagen, wie üblich? Ohne Besitz, auch der beweglichen Habe beraubt, zu Fuß, nach Osten, nach Polen, wo seine Großmutter gelebt hatte und gestorben war, niemand wußte, wie sie gestorben war. Oder noch weiter, nach Podolien, wo sein Großvater aufgewachsen war. Fortgeschafft, vogelfrei, ohne Rechte, ohne Geleitbrief.

Max nahm die Brille ab, damit der Druck nachließ, der von seinen kurzsichtigen Augen ausging, suchte mit Daumen und Zeigefinger an der Nasenwurzel jene Stelle, die Erleichterung schaffte, wenn er die Finger dagegen preßte. Er saß seit vielen Stunden an seiner Schreibmaschine, der Tisch war mit Fotokopien und Zetteln übersät, die Jahrhunderte gerieten ihm durcheinander in ihrer Wiederholung des immer Gleichen, im Kreisen um vorhersehbares Unheil, vorhersagbar und dennoch unabwendbar und den Chronisten nur Randbemerkungen wert, während er eine Geschichte aus lapidaren Nebensätzen zu filtern suchte, die Geschichte einer durch die Jahrhunderte nachgetragenen, unerwiderten Liebe der Juden zu diesem unwürdigen Ort, dem keine andere Erwiderung einfiel als Raub, Plünderung und Mord.

Aber am nächsten Morgen war Max bereits von neuem unterwegs, mit einer langen Liste von Fragen und Wünschen nach Urkunden, Jahreszahlen, Fakten, die er Thomas vorlegen wollte. Er würde wissen, wo man suchen mußte.

Thomas war sehr genau, Spekulationen über nicht dokumentierte Geschehnisse seien nicht Sache des Historikers, erklärte er. Spitzer hingegen ging von seinen eigenen Erfahrungen aus, und eine Verkaufsurkunde konnte Anstoß sein, daß er Max die Geschichte eines beliebigen Hauses über Generationen schilderte.

Weißt du, daß Diana Miteigentümerin eines Hauses ist, für das den Besitzern nie Entschädigung gezahlt wurde, fragte er Max.

Es sei ein Eckhaus mit alten Gewölben im rückwärtigen Teil und einem Tor in einer Seitengasse, groß genug, daß man am Anfang des Jahrhunderts noch mit einem Fuhrwerk in den Hof fahren konnte. Aber die Fenster der Wohnetagen gingen auf den Stadtplatz.

Diana wird dir das bestätigen können, meinte Spitzer ironisch, sie wohnt über den Rundbögen einer Arkade.

Abraham Pevner sei einer der ersten Geschäftsleute gewesen, denen die Stadt eine Konzession für den Handel mit Textilwaren erteilt habe. Seine Söhne hätten das Eckhaus gekauft, und es sei siebzig Jahre lang im Besitz der Familie geblieben. In den dreißiger Jahren hätten sie Konfektionswaren eingeführt, was bei der Konkurrenz Zorn und Aufrufe zum Boykott ausgelöst habe. Spitzer erinnerte sich an die Beliebtheit des Geschäfts in den ärmeren Schichten. Es muß ein begehrtes Beutestück gewesen sein, als die alten Kämpfer das Raubgut untereinander aufteilten, mutmaßte er.

Als Spitzer nach dem Krieg aus Palästina zurückkam, hatte das Geschäft einen neuen Namen. Viele Geschäfte hatten neue Namen. Die Zeugen des Namenswechsels hatten keine Erinnerung an den Zeitpunkt der Veränderung. Sie hatten Schlimmeres mitgemacht, daran erinnerten sie sich genau, an die Bombennächte, die Sirenen, oft mehrere Male in der Nacht, den Zusammenbruch, den Hunger nach dem Krieg. Vorwurfsvoll hätten sie ihm davon erzählt, erinnerte sich Spitzer. Das können Sie sich gar nicht vorstellen, hätten sie gesagt, was wir mitgemacht haben, seien Sie dankbar, daß Sie das nicht haben mitmachen müssen.

Von Dianas Schwiegervater sprach man in der Stadt noch immer mit Ehrerbietung: ein fähiger Geschäftsmann, eine markante Gestalt, groß und gebieterisch, so blickte er auf jeden herab, der sich ihm nahte, ein Patriarch. Seine Frau war es, die das Geschäft führte, selber Stoffe verkaufte, von neun Uhr morgens bis sechs·Uhr abends, und nichts entging ihr. Sie, sagte man, sei die Seele des Geschäfts. Sie war es, die auf Modemessen fuhr und neue Waren einkaufte. Man konnte sie jederzeit antreffen, mit ihr ins Gespräch kommen, sie war sehr freundlich, auch zu Max. Trotz ihrer modisch eleganten Kleider hatte sie eine derbe Direktheit, die als solide galt und bei der Kundschaft gut ankam.

Wissen Sie, gestand sie Max, den die Neugier in ihr Geschäft getrieben hatte, in der Modebranche sind die Juden in der Überzahl. Sie sah ihn verschmitzt an: Man bekommt dafür einen sechsten Sinn, verstehen Sie mich nicht falsch.

Er verstand sie richtig. Sie hatte ihn eingeschätzt und ihn wissen lassen, daß sie wußte. Vor Jahren war eine Verwandte der Pevnerfamilie in H. aufgetaucht, um zu sehen, was aus dem Haus ihrer Kindheitsbesuche geworden war. Dianas Schwiegermutter hatte auch sie sofort richtig eingeschätzt: Man konnte sie einschüchtern. Nicht einmal Pevner habe sie geheißen und habe die Wohnung sehen wollen. Die Schwiegermutter war empört, sie fühlte sich im Recht, und die Angestellten, sogar die Kundinnen, empörten sich mit ihr: Eine Unbekannte, die sich nicht auswies, eine Ausländerin mit schlechtem Deutsch wollte in die Wohnung. Man drohte ihr mit der Polizei, die Verkäuferin an der Kasse griff zum Hörer, da flüchtete die Fremde. Eine Geistesgestörte, sagte die Besitzerin, wann immer sie davon erzählte.

Bei Spitzer hatte die Fremde sich den Schlüssel zum Friedhof geholt. Der Zugang zu den Gräbern ihrer Vorfahren wurde ihr gewährt. Außer ihr war nie jemand aus der Familie Pevner zurückgekommen.

Max sah Diana manchmal in der Stadt. Er rief sie nicht, wenn sie ihn nicht sah oder nicht sehen wollte. Er verstand. Sie war eine Frau der besten Gesellschaft der Stadt, sie hatte einen Ruf zu verlieren, den guten Ruf ihrer

Schwiegereltern. Er sah ihr zu, wie sie an einem Freitag morgen zwischen den Marktständen hindurchging, es war Erdbeerzeit, und sie stand lange vor den Erdbeerkistchen, ließ sich Zeit, die reifsten auszuwählen, ging weiter, grüßte, wurde gegrüßt, verweilte bei einem Stand voll hoher Schnittblumen in Wasserkübeln, wo man sie offensichtlich kannte, wählte Margeriten und blaßblaue Edelwicken, verabschiedete sich mit großer Herzlichkeit. Sie schlenderte zwischen den Ständen hindurch, kaufte, bis der Korb gut gefüllt war, der Morgen einer Hausfrau, die im Einklang mit ihrem Leben war, in ihrem blauen Kostüm, das ihr gut stand, ihr dunkles Haar hervorhob. Es war eine Freude, sie anzusehen. Wer konnte wissen, ob sie sich hier zu Hause fühlte? Wer konnte sich anmaßen zu erkennen, wo der Schein begann? Und wenn schon? Max kannte ihre andere Seite, er liebte beide.

Diana stellte ihren vollen Korb neben ihre Beine, ließ sich an einem Kaffeehaustisch am Rand des Blumenmarkts nieder, die Strümpfe an ihren Beinen schimmerten, als sie ein Knie über das andere schlug. Sie schenkte dem Kellner ein strahlendes Lächeln, und der Mann lief mit dem Widerschein ihres Lächelns im Gesicht ins Innere des Cafés. Einen Augenblick lang, den sie mit sich allein war, lag eine müde, verdrossene Traurigkeit in ihren Zügen, vielleicht nur in den Augen und den Mundwinkeln – ein Moment der Schwermut, den sie sich leistete. Max ging auf ihren Tisch zu, er wollte sie begrüßen, im Vorbeigehen, wie ein flüchtiger Bekannter. Sie schenkte auch ihm ein Lächeln, aber in ihre Augen trat ein kleiner Schrecken. Ich bin hier verabredet, sagte sie, aber einstweilen … Sie deutete auf den leeren Stuhl. In ihren Augen stand die Furcht, daß er sich setzen könnte.

Er schüttelte den Kopf. Ich bin in Eile.

Bis bald, schön dich zu sehen, rief sie ihm erleichtert nach.

Sie ist genau die Frau, die dieser Stadt entspricht, dachte er im Weitergehen und wollte sich diesen Satz für Spitzer merken. Spitzer würde fragen, an welche Eigenschaft er dächte, und Max würde keine Antwort wissen, denn nie würde er sie vor Spitzer denunzieren und die Worte sagen, die ihm spontan eingefallen waren: dünkelhaft und verlogen. Nein, protestierte er gegen das eigene Urteil, das ist sie nicht. Denn was soeben geschehen war, diese kurze Begegnung, diese freundliche Abfuhr, würde an ihr nagen wie ein Unrecht, das war der Unterschied. Sie würde zu ihm kommen, sobald sie entschlüpfen konnte, um ihm alles zu erklären, vielleicht mit einer Ausflucht, einer Notlüge, was machte das schon aus?

Sie kam am nächsten Nachmittag, wieder in dem blauen Kostüm, als hätte sie sich seither nicht umgezogen, ein wenig verlegen, ein wenig außer Atem, ohne Auto. Er wartete geduldig, daß sie ihre Munterkeit ablegte, ihre atemlose Überdrehtheit, die sie noch eine Weile weitertrieb, als drehte sie sich im Stehen.

Es ist eine Kleinstadt, sagte sie schließlich, wie zur Erklärung.

Das weiß ich, erwiderte Max, du mußt dich für nichts entschuldigen. In ihren hellen Augen war unverhüllte Angst: Sie haben mich in der Hand. Meine Schwiegermutter ist über alles informiert.

Worüber?

Über meine Herkunft und daß ich manchmal ins Bethaus gehe, und auch daß ich schon öfter hierherauf gefahren bin, zu dir.

Wie eine Verbrecherin auf der Flucht zählte sie ihre Vergehen auf, und es war deutlich in ihrem Gesicht zu lesen, welche Strafe sie am meisten fürchtete: die Verstoßung.

An all dem scheint mir nichts anstößig, sagte Max.

Sie schaute ihn überrascht an, als habe sich eine unerwartete Perspektive eröffnet.

Aber die Schwiegermutter hatte im Lauf von zehn Jahren Sätze gesagt, die nicht aus dem Gedächtnis zu tilgen waren und die, widerspruchslos hingenommen, zu einer Art Wahrheit geworden waren. Du hast uns ein Kuckucksei ins Haus gebracht, habe sie zu ihrem Sohn gesagt. Bei einer Familienfeier habe sie es gesagt, alles komme bei diesen Familienzusammenkünften zur Sprache, aber nie direkt, sondern mit einem zweideutigen Grinsen, umschrieben, so als müßten sie ein gesittetes Wort für Stuhlgang finden. Man witzelte: War Diana nun zu koscher oder nicht recht koscher? Und die Schwiegermutter rätselte, woher die Neigung ihres Sohnes zu Fremdartigem komme, von ihr jedenfalls nicht, denn sie hätte sich nie zu *Andersrassigen* hingezogen gefühlt. Und Diana saß dabei und schwieg. Ob sie es richtig fände, habe sie Diana einmal gefragt, daß sie sich unter Vorspiegelung falscher Tatsachen in eine prominente Familie wie die ihre eingeschlichen habe? Man habe angenommen, der Ehemann der Mutter sei auch ihr Vater.

Max nahm die Brille ab und drückte sich Daumen und Zeigefinger gegen die Nasenwurzel. Hör auf, sagte er, das ist doch alles Schwachsinn, und du nimmst das ernst?

Weil alles, was ich tue und wie ich es tue, auch was ich unterlasse und wenn ich schweige, weil alles beobachtet und ausgelegt wird, sagte sie, und alles, was ihnen nicht gefällt oder was sie nicht verstehen können, wird auf meine jüdische Herkunft zurückgeführt.

Max nickte. Kokettierst du nicht manchmal auch damit?

Selbst wenn ich es täte, ginge es euch nichts an, sagte sie zornig.

Wen, euch, fragte Max amüsiert.

Die Hilflosigkeit ihres Zorns hatte ein kindliches Pathos, eine unschuldige Egozentrik. Es gelang ihm nicht, sie dabei ganz ernst zu nehmen.

Sie erzählte, wie sie vor Jahren an einem Jom Kippur erst zu *Neila*, zum Schlußgebet, erschienen sei, weil sie am Nachmittag im Geschäft hatte aushelfen müssen. Dann habe sie Axel noch vom Reitunterricht abgeholt, und ohne sich umzuziehen sei sie ins Bethaus gelaufen, in Jeans und Pullover.

Sie habe die Ablehnung gespürt, obwohl niemand das Wort an sie gerichtet habe. Es gab anschließend Brötchen, erzählte sie, und niemand hat mir etwas angeboten. Sie sei sich fehl am Platz und schäbig vorgekommen, dabei habe sie sich nur deshalb nicht umgezogen, um keine Zeit mehr zu verlieren. Soviel Ablehnung von allen Seiten habe ich nicht verdient. Sie brach in Tränen aus.

Jom Kippur, erklärte ihr Max, ist der höchste Feiertag, den halten sogar nicht religiöse Juden ein. Man nimmt sich frei oder man geht nicht hin. Vielleicht hat es sie gestört, daß du erschienen bist, als wäre der Besuch der Synagoge bloß ein weiterer Termin für dich.

Sie hielt ihr Taschentuch auf dem Schoß zusammengeknüllt und schwieg. Aus der Nachbarschaft hörte man Klavierklänge, immer von neuem dieselbe Tonfolge eines Sonatensatzes, der stets an derselben Stelle abbrach.

Diana sah Max mit erwartungsvollen Augen an, und als er die Aufforderung in ihrem Blick nicht länger ertrug, stand er auf.

Auch sie stand auf und trat einen Schritt auf ihn zu. Wenn sie im Sinn hatte, woran er dachte, war es nicht der richtige Zeitpunkt. Sie waren einander oft schon viel näher gewesen. Alles hatte seine Zeit, und die zu erkennen, war das Geheimnis für ein Gelingen, das hatte er oft genug erfahren. Aber sie hatte geweint, und sie hatte ihr geheimgehaltenes Ressentiment gelüftet, sie mußte sich so entblößt und verwundbar fühlen, daß ihr nur dieser gewagte Schritt in seine Arme einfiel. Er näherte sich vorsichtig ihrem Gesicht, das sie ihm darbot mit einer Geste resignierter Selbstpreisgabe. Sie gab keinen Laut von sich, keinen Seufzer, als habe sie einen Entschluß getroffen und warte nun auf die Vollstreckung. Er küßte sie, und sie ließ es zu. Sie ließ es auch geschehen, als er ihr die Kostümjacke von den Schultern streifte, die Bluse aufknöpfte und auszog, dann den Rock. Die Dämmerung hatte längst alle Farben zurückgenommen und begonnen, die Konturen zu löschen. Er konnte ihr Gesicht nicht mehr deutlich erkennen, sah nur ihre geschlossenen Augen, verstand ihre schweigende Bereitschaft als Zustimmung. Ihre Kleidungsstücke fielen zu Boden, während sie sich küßten, lang, immer von neuem. Aber als er sie an der Hand nahm, um sie zum Bett zu führen, fuhr sie hoch, als sei sie eben aufgewacht. Nein, bat sie, ich kann nicht. In ihrer Stimme war eine so wilde Panik, daß er sie losließ. Er half ihr die Kleider aufzusammeln und achtete darauf, daß ihre Körper sich nicht mehr berührten.

Im grellen Licht der Deckenlampe standen sie sich gegenüber, und im schwarzen Spiegel des Fensters konnten sie sich aus den Augenwinkeln in ihrer Verlegenheit beobachten. Sie bat ihn, ein Taxi anzurufen, sie gingen wortlos hinunter zur Gartentür.

Diana, begann er, es tut mir leid, ich wollte …

Dina, bat sie, nenn mich Dina.

Ich kann nur dein Liebhaber sein, sagte er, nicht dein Vater.

Sie schaute ihn entsetzt an. Dann ging sie die Straße hinunter, dem Taxi entgegen, ohne ein Wort des Abschieds.

7

Wenn Max an diesen endlosen Abenden des Frühsommers auf der Veranda saß und zusah, wie der Fluß nach Sonnenuntergang zu einer blanken Fläche wurde, die nichts spiegelte, nur alles Licht zurückwarf, oder wie am Horizont Gewitterwolken die flimmernden Sterne vom Himmel wischten, überfielen ihn die Einsamkeit und das Altern wie nie zuvor. Die Tage vergingen einförmig, schnell und paradoxerweise zugleich unendlich langsam.

Unterhalb der Terrasse stand ein Pfingstrosenstrauch, der langsam über Tage seine Blüten zu entfalten begann, in deren schattigem Grund sich lange eine dunkle Nachtfarbe hielt, bis sie sich ganz geöffnet hatten. Eine Weile maß er den Fortgang der Zeit an den sich von Tag zu Tag entfaltenden und verändernden Blütenblättern. Dann fielen sie einzeln zu Boden, es war, als schlösse die Natur mit jedem Verblühen ein Kapitel ab.

Max hatte die Kisten, die er sich aus New York hatte schicken lassen, bisher nicht vollständig ausgepackt, die Bücher, ohne die er geglaubt hatte, nicht länger als einige wenige Wochen leben zu können, Kleidung, Erinnerungsstücke. Jetzt schien es ihm, als blähte sich die Vergangenheit auch ohne sie allzusehr auf. Unentwegt stand längst Vergessenes vor ihm und gewann neue Bedeutungen, die es nie zuvor gehabt hatte. Die Zukunft wurde klein und dunkel. Bald würde er an den Punkt kommen, an dem Zukunft nicht mehr denkbar war.

Hatte er nicht das Haus restaurieren wollen, um in die Vergangenheit zurückzukehren, die Träume seiner Mutter zu beleben? Aber das Haus seiner Kindheit ließ sich nicht zurückgewinnen. Je weiter die Restaurierungsarbeiten voranschritten, desto mehr verblaßten die alten Bilder. Erinnerungen ermüdeten ihn, gleichzeitig waren sie alles, was ihm an diesen einsamen Abenden geblieben war. Die Zeit hatte sich verlangsamt, ganz so, wie er es sich in früheren Jahren gewünscht hatte, aber der Stillstand war wie eine Lähmung.

Was Max beunruhigte, war das langsame Zurückweichen seiner Lebenskraft, das Nachlassen des Gedächtnisses, der schleichende körperliche Verfall und das Schwinden der Neugier, sogar auf Menschen. Selbst die Zufälle des Lebens hatten sich zu oft wiederholt, um noch Erstaunen hervorzurufen. Alles erinnerte ihn schon an etwas anderes, Vergangenes, und er wußte, wie es enden würde. Das kurze Abenteuer mit Diana – vorhersehbar, enttäuschend. Wie er erwartet hatte, war sie ohne Erklärung verschwunden. Es gab nichts zu erklären. Er war ein väterlicher Freund, in dessen Bewunderung sie sich gefallen hatte. Manchmal, wenn er am Geschäft ihrer Schwiegereltern vorbeiging, sah er Diana hinter einem schmalen Ladentisch stehen und Stoffbahnen aufrollen. Er ging vorbei ohne Bedauern und ohne zu verweilen. Was ihn kränkte, war die Achtlosigkeit, mit der sie über ihn hinweggegangen war, auch wenn diese Erfahrung sich schon oft genug wiederholt hatte, so daß sie nicht unerwartet gekommen war.

Er hätte diese sonnigen warmen Tage genausogut irgendwo anders verbringen können, fand er, vielleicht im Gebirge oder an einem See. Plötzlich überkam ihn eine heftige, brennende Sehnsucht nach dem Meer, nach Neponset Beach, südlich von Brooklyn, wohin sie als Kinder mit Mira gefahren waren, um sich das Haus, in dem er jetzt saß, weit hinter dem Horizont in allen Einzelheiten auszumalen.

Am Ende, dachte er, und das Ende wartete als eine längst beschlossene Sache, würde er nur einen Bruchteil von dem unternommen, erlebt, gelesen und gedacht haben, was er sich für sein Leben erwartet hatte, und womöglich stellte sich heraus, daß es das Falsche gewesen war, das, was er gar nicht gewollt hatte.

Er bekam Anrufe von New York, mit seinem Kompagnon telefonierte er jeden Freitag, Freunde sagten, sie vermißten ihn. Wenn er ins Archiv ging oder zu Spitzer, versuchte er vor drei Uhr zu Hause zu sein, das war die Zeit, zu der sie anriefen, morgens, sechs Stunden früher, bevor sie ins Büro gingen. Er selbst rief erst nach Mitternacht drüben an, da waren jene Freunde, die zurückgezogen lebten, anzutreffen. Wann kommst du zurück, fragten sie, was machst du dort. Nicht viel, sagte er, ich restauriere mein Elternhaus, auf dem Land, ich genieße die Ruhe.

Das glaube ich dir nicht, entgegnete seine alte Freundin Eva, du kannst Ruhe nicht genießen, du bist ein Stadtmensch, erzähl mir nichts von ländlichen Idyllen. Du kannst auch hierherkommen, um Ruhe zu genießen, beschwor sie ihn, ich habe eine romantische kleine Bucht nicht weit von Neponset Beach entdeckt.

Gerade daran denke er jetzt öfter, gab Max zu.

Sie erzählten ihm von Vernissagen, die er versäumte, Ausstellungen, von denen sie begeistert waren, sie wühlten in ihren nächtlichen Telefongesprächen Unruhe und Sehnsucht nach seinem gewohnten Alltag in ihm auf.

Wie kannst du nur unter diesen Leuten leben, sagte Eva vorwurfsvoll, ich bin kein einziges Mal zurückgefahren.

Ich lebe nicht eigentlich unter ihnen, erklärte Max, ich sehe sie auf der Straße, ich kenne nur ein paar von ihnen, eigentlich lebe ich in der Vergangenheit dieser Stadt, an ihrer Oberfläche habe ich mich nur vorläufig eingerichtet.

Du redest Unsinn, sagte sie, das sind Ausflüchte.

Eva wollte ihn zwingen, sich zu entscheiden, als sei es irgendwie unmoralisch, sich zwei Orten gleichzeitig zugehörig zu fühlen. Er gab ihr recht, der größte Teil seines Lebens band ihn an New York, aber auch H. und Europa waren Teil von ihm, Teil seiner Erinnerung.

Was suchst du dort, insistierte sie.

Ich weiß nicht, sagte Max, etwas Unsichtbares, das unter der Oberfläche liegt, ich habe es noch nicht gefunden. Wie sollte er es ihr erklären, wenn es ihm selber schwerfiel, seine verschiedenen Verwurzelungen und Zugehörigkeiten zu verstehen.

Du mußt doch einsam sein, vermuteten seine Freunde, langweilst du dich nicht in einer Kleinstadt?

Alles, was sie vermuteten, stimmte ein wenig aus ihrer Sicht und hatte doch mit seiner Gegenwart in H. keinen Berührungspunkt.

An seinem siebzigsten Geburtstag Anfang Juni saß Max den ganzen Tag in Hörweite des Telefons und wartete. Er wußte, es war absurd zu warten, denn niemand konnte ahnen, daß er Geburtstag hatte, und außerdem, wann war es ihm jemals wichtig gewesen, daß Gratulanten sich um ihn scharten? Am Ende gab er es auf, so zu tun, als sei er nicht daheim geblieben, um zu warten. Er lauschte auf die Stille in seinem Haus, auf das Rauschen des Stadtlärms in der Ferne, den Wind in den Bäumen, die Vögel, das Klavierspiel in der Nachbarschaft, Geburtstage in diesem Haus, die wenigen, an die er sich unbestimmt erinnern konnte, waren stets Anlaß zu Festen gewesen, lange Tische auf der Terrasse und Gäste, die in seiner Erinnerung nur noch ein buntes Flattern heller Mädchenkleider waren, Kinderstimmen wie das Tschilpen aufgeschreckter Spatzen und auf den Tischen das Rot der Erdbeeren in Schalen, denn sein Geburtstag fiel in die Erdbeerzeit.

Am Abend rief er Spitzer an, berichtete vorwurfsvoll, daß er soeben seinen siebzigsten Geburtstag allein verbracht hätte, wo es doch vielleicht sein letzter wäre. Eine Stunde später erschienen Spitzer und Thomas mit einer Flasche Wein und mit einem zur Hälfte aufgegessenen

Kuchen. Er habe zu spät angerufen, als daß man noch irgendwo eine ganze Geburtstagstorte hätte auftreiben können.

Sie saßen bis spät in die Nacht und redeten über die vielen Pläne, die Thomas hatte, mit ihnen, mit der Gemeinde. Die Synagoge würde spätestens in einem halben Jahr fertig renoviert sein, man müsse die Stadtgemeinde einbeziehen, man brauche ein Konzept für einen würdigen Rahmen. Thomas spürte den Widerstand der beiden alten Männer, er verstehe ja, räumte er ein, ein wenig ihre Zurückhaltung. Aber Zurückhaltung, versuchte er ihnen zu erklären, sei fehl am Platz, sie seien lange genug unsichtbar im Abseits gestanden. Heutzutage hätten viele Menschen Interesse am Judentum, sagte er, und sein Blick war eindringlich und voll Eifer, sie wollten mehr erfahren über die jüdischen Rituale, die Symbole, die Lebensweise. Das sei doch begrüßenswert?

Ja, ja, natürlich, erwiderte Spitzer beschwichtigend.

Sie sind jung, sagte Max, Sie glauben an Veränderung, und das ist gut.

Überall seien Veränderungen in Gang, rief Thomas begeistert, die vielen Bücher in den Buchhandlungen über Judentum, jüdische Kunst. Es gäbe einen großen Nachholbedarf, jetzt endlich, nach so vielen Jahren, und er sei keineswegs allein mit seinen Ideen, wie man der jüdischen Sache Öffentlichkeit verschaffen könne.

Sie meinen, das ändert etwas, fragte Max, in den Köpfen der Leute, die weniger begeistert von den Juden sind als Sie?

Max mochte Thomas, nicht nur wegen seiner Hilfsbereitschaft im Archiv. Er hatte etwas Sauberes, früher hätte man gesagt, etwas Ritterliches. Einen aufrechten Goj, hatte Max ihn im Gespräch mit Spitzer einmal genannt.

Du sollst sie nicht immer Gojim nennen, hatte Spitzer ihn gewarnt, das ist beleidigend, sie sind Katholiken.

Seither nannte Max alle Nichtjuden Katholiken, auch jene, die darauf bestanden, konfessionslos zu sein.

Es gab auch Sektenmitglieder, die regelmäßig in großer Zahl zu den Gottesdiensten kamen. Sie waren interessiert und wißbegierig, und Max wich ihnen aus, weil sie so viele Fragen stellten, auf die er keine Antwort gewußt hätte. Er verwies sie an Malka, die sich für lange Erläuterungen Zeit nahm. Was Malka verstimmte, war, daß sie am Ende doch ihre eigenen Antworten längst parat hatten und daß all diese Glaubensgespräche stets zu Berichten von übernatürlichen Ereignissen und Erleuchtungen wurden, die ihr offenstünden, wenn sie sich nur bekehrte.

Hätten sie nicht gleich sagen können, wer sie sind, fragte Malka verstimmt, das hätte Zeit gespart, sie wissen ohnehin alles besser.

Max, der sich in seiner Chronik über brennende mittelalterliche Scheunen Gedanken machte, lachte über Malkas Empörung: Wir haben schon ganz anderen Bekehrungsversuchen widerstanden.

Thomas hingegen hatte keine Hintergedanken und keinen Glaubenseifer. Er war mit ganzer Leidenschaft damit befaßt, von seiner Faszination an allem, was jüdisch war, zu berichten.

Warum ausgerechnet wir, fragte Max.

Weil der Großvater Gauinspektor gewesen sei. Das quälte ihn. Manchmal, gestand er, lähme ihn diese Schuld, hindere ihn am Atmen, wie eine fürchterliche Angst, als kämen Schrecken auf ihn zu, die doch nur der Widerschein vergangener Schrecken seien.

Warum dann, wollte Max wissen, dieses Widerstreben, über den Großvater nachzudenken?

Der Frage nach dem Gauinspektor war Thomas noch jedesmal ausgewichen. Das deprimiere ihn, gestand er, das halte er nicht aus, wenn er zu lange darüber nachdenke, ekle es ihn vor sich selber.

Haben Sie mit Ihrem Großvater über diese Zeit geredet, fragte Max.

Thomas schüttelte den Kopf: Nicht richtig. Es ging nicht. Er wurde immer wütend. Ich war zu jung. Einmal hat er mich gefragt, wie ich mir das denn vorstelle, Widerstand. Die ganze gute Gesellschaft in unserer Stadt sei deutschnational gewesen. Das war schon seit dem Ersten Weltkrieg so. Man habe sich nicht ausschließen können, man war ja bekannt. Es klang alles logisch, was er sagte, erinnerte sich Thomas. Er hat mich gern gehabt, ich wollte ihn nicht verärgern. Ich hatte ihn lieber als meinen Vater, sagte er zögernd, ich war sein erster Enkel und ich sehe ihm ähnlich. Er kam zu meiner Maturafeier, obwohl er schon todkrank war. Eine Woche später starb er.

So also hatte der Gauinspektor in seiner Jugend ausgesehen, dachte Max, ein vertrauenerweckend sauber wirkender Mann mit weichen, beinahe edlen Zügen und diesem gespannten, begeisterungsfähigen Blick?

Es ist alles so schwer zu erklären, sagte Thomas gequält.

Sie schwiegen und hingen ihren Gedanken über den toten Gauinspektor nach.

Ob sie sich an einer Podiumsdiskussion beteiligen würden, wenn er sie organisierte, fragte Thomas.

Ich nicht, sagte Spitzer, ich bin kein Redner.

Kommt drauf an zu welchem Thema, meinte Max.

Judentum heute, schlug Thomas vor.

Lassen Sie mich darüber nachdenken, antwortete Max ausweichend.

Es wurde spät, Spitzer schaute erschöpft und müde aus. Ich hätte keinen Wein trinken sollen, sagte er, ich bin ihn nicht gewohnt. Er hatte Mühe über die Treppe und zum Auto zu kommen, sein Gesicht war grau, Schweiß stand ihm auf der Stirn.

Ich fühle mich nicht wohl, es geht vorbei, sagte er beschwichtigend. In Thomas' Auto fuhren sie davon, Spit-

zer blicklos auf seine Schwäche konzentriert, zusammen-
gesunken.

Einige Tage später schickte Thomas einen Artikel an
Max, den er für eine Lokalzeitung verfaßt hatte: Zum siebzigsten Geburtstag eines verlorenen Sohnes unserer Stadt.
Er war gut gemeint. Er war auch mutig. Es war ihm sicherlich nicht leichtgefallen, von Max' ermordeten anstatt von
seinen umgekommenen Verwandten zu schreiben, von
Raub und Diebstahl zu sprechen, wenn es Wörter wie
Arisierung und Enteignung gab. Aber sollte diese trostlo-
se Jammergestalt, ein Mann, gebeugt, mit müden, tieftrau-
rigen Augen, vom Leid geläutert, den sein junger Freund
mit liebevoller Sentimentalität porträtierte, wirklich er
sein? Ein verlorener Sohn? Würde Thomas seinen Vater
oder den feschen Gauinspektor so beschreiben?

Thomas war zu stolz und auch zu scheu, das wußte
Max, um ihn darauf anzusprechen, aber jedesmal, wenn
sich ihr Blick begegnete, würde Max die unausgesprochene Frage, wie ihm der Artikel gefallen habe, in Thomas'
Augen sehen.

Schön war Ihr Artikel, sehr schön, sagte Max, als er
Thomas' Büro betrat. Ich habe mich darüber gefreut.

Thomas strahlte.

Max versuchte nicht, ihm zu erklären, daß er ihn so
nicht hätte darstellen dürfen. Vielleicht war es die Ver-
geblichkeit, die ihn oft im Erklären innehalten ließ, eine
plötzliche Einsicht in die Ambivalenz von Gefühlen, die
Vielschichtigkeit von Motiven, oder eine neue Milde, eine
Sehnsucht nach Ruhe, weil sich die Aufregung nicht lohn-
te, vielleicht nie gelohnt hatte.

Max ermüdete schnell über den Dokumenten in diesen
Tagen. Sein Leben lang war er davon überzeugt gewesen,
daß man Geduld aufbringen müsse, bis man genügend Erfahrung gesammelt habe, um etwas Bedeutsames sagen zu
können. Jetzt fürchtete er, zu lange gewartet zu haben und

der Anstrengung nicht mehr gewachsen zu sein. Auf eine Eintragung, die ihn weiterbrachte, kamen Stöße von Büchern und Dokumenten, die seine Kräfte nutzlos vergeudeten und seine Augen ermüdeten. Manchmal erschien es ihm, als forsche er nach den verwischten Spuren eines legendären Stammes, der kaum Zeugnisse seiner Existenz hinterlassen hatte.

Sie schreiben die Chronik auf deutsch, wunderte sich Thomas, nicht in Ihrer Muttersprache?

Deutsch ist meine Muttersprache, sagte Max, wir haben zu Hause deutsch gesprochen, bis der Krieg ausbrach, es ist meine private Sprache, sie klingt mir immer mit der Stimme meiner Mutter im Ohr nach.

Thomas fand seine geschriebene Sprache ein wenig steif. Sie haben einen sehr gewählten Stil, meinte er vorsichtig.

Wenn Max nach einem halben Tag in der staubigen Luft des Archivs nach Hause kam, war er müde, als hätte er schwere körperliche Arbeit geleistet, und er legte sich hin. Für ein paar Minuten nur, dachte er, aber der Schlaf raubte ihm jedesmal größere Stücke des verbliebenen Tages, und die Sonne war längst auf ihrem täglich gleichen Weg durchs Zimmer an ihrem äußersten Punkt angekommen und brachte das satte Grün der Weinranken zum Leuchten.

Er ging in den Garten hinunter, um dem letzten Licht zuzusehen, das kühl und fern den Fluß mit metallischer Spitze berührte, um später die Nadeln der Lärche neben dem Haus in eine feurige Glut zu tauchen. Die Sonnenblumen, die Diana gesät hatte, entwickelten kräftige Stämme und hoben ihre Köpfe. Sie hatten fast seine Körpergröße erreicht und neigten ihm ihre großen gelben Blüten zu. Diana hatte nun doch ihr Wort gebrochen und sie im Stich gelassen.

Wenn die lange Dämmerung in eine sternenhelle Nacht übergegangen war, setzte er sich an den Schreibtisch, zog die Notizen und Zitate über das fünfzehnte Jahrhundert aus seiner Karteischachtel: Zahlen, Dekrete, Beschuldigungen, die unwidersprochen geblieben waren, Urteile, Beschlagnahmungen der Ware fahrender jüdischer Händler. Er schrieb:

Die Überfälle waren von Mitgliedern der Stadtverwaltung angezettelt worden, vollstreckt von einem zornigen Proletariat, das die Zusammenhänge nicht durchschaute.

Am Gründonnerstag 1426, stand in den Annalen, sei ein Kind verschwunden. Der Stadtchronist erwähnte mit verhohlener Bewunderung die Würde und Todesverachtung, mit der die Juden für ihr nicht nachgewiesenes Verbrechen gestorben seien. Das Kind wurde ertrunken in einem Teich gefunden, zu spät.

Nachdem die Stadt Bischofssitz geworden war, wurden die Kleidervorschriften verschärft, der spitze Hut, der gelbe Fleck, kreisrund und deutlich sichtbar zu tragen, sonst gab es Geldstrafen oder nach Gutdünken Folter.

Die verschwommenen Gesichter auf dem Foto vor dem Haus tauchten vor seinen Augen auf, die schwarzen Anzüge, die hellen Kleider mit den Spitzenkrägen. Nie hatte er sich die Verschwundenen anders vorgestellt. Nun sah er plötzlich Sophie in bodenlangen Kleidern ohne Spitzenbesatz und ohne Schmuck, denn die waren den christlichen Bürgerinnen vorbehalten. Hermann im Ghetto von Lódz, ein Greis, gezeichnet von einem gelben Fleck. Von den schlechten Zeiten gab es selten Fotos, auch Mira hatte sich in ihren späteren Jahren nicht mehr fotografieren lassen. Von ihrem Elend wollte sie kein sichtbares Zeugnis hinterlassen, als Achtundzwanzigjährige auf der Terrasse ihres Hauses, so sollte sie in der Erinnerung bleiben. Aus den ersten Jahren nach der Emigration gab es noch gelegentliche Schnappschüsse, auch sie hörten später auf. Nach ihrem fünfundvierzigsten Lebensjahr wehrte sie jede auf sie gerichtete Kamera panisch ab.

Die Juden hatten ihre eigenen Bäder, schrieb Max, *ihre eigenen Garküchen, sie hielten sich in ihren eigenen Straßen auf, sie feierten ihre Hochzeiten, begingen ihre Begräbnisse verstohlen, um keine Aufmerksamkeit und kein Ärgernis zu erregen. Das Bischofspalais lag in einem anderen, einem neueren Stadtteil. Dorthin zu gehen, hatten die Juden keine Veranlassung.*

Es war eine Gegend mit alten Bäumen hinter ehemaligen Klostermauern, barocken Erkern und Fassaden, unter denen die strengen spätmittelalterlichen Gebäude spurlos verschwunden waren, doch damals mußten die schmalen Einbahnstraßen wie Boulevards erschienen sein, wie Promenaden für einen sonntäglichen Spaziergang vor der Stadt.

Das Konzil hatte es den Christen untersagt, schrieb Max, *Lebensmittel bei den Juden zu kaufen oder mit ihnen zu verkehren, weder nachbarschaftlich noch freundschaftlich, noch so, wie man mit Menschen verkehrte, die in denselben Straßen lebten, dieselbe Luft atmeten, aufstanden und zu Bett gingen zu denselben Zeiten wie man selber. Die Geistlichkeit verbot jeden Kontakt unter Androhung von Höllenpein, die wirklicher war als das Leben, denn was war das Leben außer dem fortgesetzten Versuch, Satan hinters Licht zu führen und sich die ewige Seligkeit zu sichern? Und nun befand sich die Versuchung Satans leibhaftig unter ihnen, gekennzeichnet und gebrandmarkt, und jede freundliche Anrede konnte ewige Verdammnis nach sich ziehen. Das zehrte an den Nerven, erstickte jeden Anflug menschlichen Mitgefühls.*

Max hielt inne. War das nicht schon zuviel der Deutung? Wer waren diese Menschen, wie sollte er sie sich vorstellen, und konnte er das überhaupt? Eines war jedoch ziemlich sicher: Man fand keine Juden in Gaststuben und öffentlichen Bädern, man sah sie nicht beim Tanz und bei keinem Fest. An Festtagen hatten sie Ausgangssperre, das war belegt. *Da saßen sie in ihren Häusern*, schrieb er, *und hofften, daß nichts den Haß oder den Übermut der Christen entfachte. Das christliche Bürgertum, die gute Gesellschaft, stellte seinen Reichtum im Zentrum der Stadt zur Schau wie eh und je. Es waren wohl auch damals nur einige hundert Menschen, ein paar Dutzend Familien. Ihre Häuser standen an der Geschäftsstraße der Neustadt, nahe dem Palais des Bischofs, oder in den seit den Pogromen der Pestzeit verbreiterten Gassen der Altstadt, und alle Judenhäuser von damals hatten neue Besitzer.*

Er arbeitete oft bis spät in die Nacht, bis die Stille so tief und unheimlich wurde, als wäre er der letzte Zeuge der Menschheitsgeschichte. Dann konnte er nicht einschlafen, fragte sich, warum er seine letzten Kräfte gab, um herauszufinden, daß die Geschichte seiner Generation sich schon seit siebenhundert Jahren wiederholte. Zum Bau des Domes neben dem Palais des Bischofs hatte man sich mehr Zeit genommen als zwanzig Jahre. War das die Stadt, in der er leben wollte? Das Haus, der Garten, gewiß, die waren ihm allmählich vertraut genug geworden, daß er ohne zu zögern von seinem Haus sprach, seinem Garten. Hätte er sie verpacken und verschicken können, die Stadt wäre es nicht gewesen, die ihn hielt.

8

Man hatte sich eine Ehrung für Max ausgedacht, nachträglich zu seinem siebzigsten Geburtstag hängte ihm der Bürgermeister ein großes Kreuz an einem Ripsband um den Hals. Er mußte sich bücken, der Bürgermeister war nicht sehr groß. Thomas blinzelte gerührt und stolz in die Blitzlichter der Fotografen. Er hatte Max überrumpelt und ihn unter falschen Vorwänden zu dieser Feier gelockt. Jetzt stand er für das Gruppenfoto neben Max wie ein anhänglicher Sohn.

Der Bürgermeister machte vage Anspielungen auf Max' Verdienste. Man wünsche sich die zahlreiche Rückkehr der Juden in die Stadt, erklärte er beim ersten Toast, der Anfang sei gemacht. Und er prostete Max zu. Doch wollte bei Tisch keine Stimmung aufkommen. Frau Vaysburg flüsterte mit den Barons und mit Gisela Mandel am Ende der langen Tafel. Der Bürgermeister beugte sich abwechselnd zu Max oder zu Spitzer mit einer wohlüberlegten Frage. Der Angesprochene hörte zu essen auf und gab ausführlich Antwort. Der Sekretär des Bürgermeisters unterhielt sich mit Malka über gemeinsame Bekannte und das Spital, in dem sie arbeitete. Der Pressefotograf umschlich den Tisch auf der Lauer nach einem Schnappschuß.

Der Unbekannte, dem Thomas seinen Platz neben Max überlassen hatte und der die Frage, wer er denn sei, durch kurzes Wegsehen überhörte, fragte Max, ob er schon heimisch geworden sei in H.

Ich bin hier geboren, sagte Max.

Ich weiß, aber ich meine, ob Sie sich wie ein Einheimischer fühlen.

Max schwieg.

In welchem Lager waren Sie?

Wie? fragte Max, wann?

In welchem Konzentrationslager?

Ich war bei der Befreiung von Dachau dabei, sagte Max, und habe einen Mord an einem Aufseher verhindert. Das habe ich später oft bereut, aber damals glaubte ich an so etwas wie höhere Gerechtigkeit und daß der Mensch kein Recht hat, sich zu rächen. Dann machte ich mich auf die Suche nach Verwandten, aber es war niemand mehr da.

Einmal, in einem Zugabteil, fragte mich ein Deutscher, ob ich auf Besuch zu Verwandten fahre. Alle ermordet, habe ich gesagt. Wie viele, wollte er wissen. So an die vierzig, sagte ich. Dazu nickte er sachverständig: Das ist normal. Da hat es mir leid getan, daß ich mich damals als Dreiundzwanzigjähriger mit der Waffe vor den Aufseher gestellt hatte.

Sie waren also amerikanischer Besatzungssoldat, schloß der Mann. Glauben Sie, daß der Antisemitismus in diese Stadt zurückkehren könnte, fragte er weiter.

Sie meinen, berichtigte ihn Max, unter welchen Bedingungen er wieder gewalttätige Formen annehmen würde.

Der andere nickte.

Wenn sich die Zeiten ändern, sagte Max zerstreut, jederzeit.

Am nächsten Tag hätte Max in der Zeitung, in die er noch nie einen Blick geworfen hatte, die Schlagzeile lesen können: *Solange Vollbeschäftigung garantiert, keine Gefahr von rechts, sagt jüdischer Jubilar.*

Warum sie mir ausgerechnet ein Kreuz zum Geburtstag schenken mußten, sagte Max zu Spitzer, als er es abnahm und in die Jackentasche steckte, das kann ich mir nicht einmal aufhängen.

Du hast Thomas eine Riesenfreude gemacht, sagte Spitzer.

Sie machten einen Umweg in die Färbergasse zu Spitzers Büro.

Die Synagoge hinter dem Gerüst hatte begonnen, ihre ursprünglichen Konturen anzunehmen, wie auf dem Foto in Spitzers Schreibtischlade. Spitzer erzählte, daß er am Abend nach Arbeitsschluß einmal über die Latten und Mörtelhaufen hineingeklettert sei. Er war in der Mitte des Raumes auf dem Lichtfleck stehengeblieben, der von den Fenstern unter der neuerrichteten Kuppel auf den Steinboden fiel. Er hatte es als ein Licht in Erinnerung, das mit keinem anderen Lichteinfall vergleichbar war. Er hätte es als rein beschrieben oder als erhaben, wenn er feierlichen Wörtern nicht mißtraut hätte, aber im Grund gab es kein Wort dafür. Vielleicht läge es bloß an den noch leeren Fensterstöcken, den verschalten Wänden, aber es sei für ihn nicht mehr die alte Synagoge. Es ist nicht mehr das, was es einmal war, sagte er resigniert, und wird es auch nicht werden.

Die Schatten der Geschichte, hatte der Bürgermeister gesagt, als zitiere er einen Vorredner, würden sich nun heben, die Synagoge würde in neuem Glanz erstrahlen.

Sie sahen zu, wie Schutthaufen mit Schubkarren weggefahren wurden. Von nun an, hatte der Bürgermeister gesagt, müssen Versöhnung und Freude herrschen.

Spitzer hatte einen jungen Kantor zu sich bestellt. Er hieß Eran und hatte eine schöne Tenorstimme. Die Frauen werden sich in seine Stimme verlieben, sagte er. Das Vorbeten sei ihm in letzter Zeit zu anstrengend geworden, gestand er Max, jetzt, wo die Hohen Feiertage bevorstünden, wäre es Zeit, sich nach einem Ersatz umzusehen.

In diesen Wochen saß Spitzer nachmittagelang im Büro und schrieb lange Briefe, die er dann, bevor er wegging, in der Schreibtischlade verschloß. Niemandem erzählte er davon, auch Max nicht. Er schrieb die Briefe an die junge Frau, die am Beginn des Sommers ohne Ankündigung erschienen war, eine Studentin, kaum älter als seine eigene Tochter. Sie hatte die Idee, über Enteignungen jüdischer Häuser in der Nazizeit zu arbeiten. Spitzer hatte einen ganzen Schrank voll Akten über Rückstellungsverfahren, und niemand – von einigen zurückgekehrten Opfern und deren Anwälten abgesehen – hatte ihn je dazu befragt. Spitzer hatte sich immer von spontanen Eindrücken von Menschen leiten lassen und war noch immer fähig, mit vorbehaltloser Begeisterung jemandem sein Vertrauen zu schenken, den er für den Boten einer höheren Macht hielt. Mit Nadja war es ihm so ergangen. Und jetzt mit Margarethe.

Ich kann mich des Gefühls nicht erwehren, schrieb er, daß unsere Wege sich nicht zufällig gekreuzt haben. Auch diesen Brief schickte er nicht ab.

Er glaubte an die kabbalistische Theorie, die er zugleich für einen Aberglauben hielt, daß manche jüdische Seelen sich in ein ihnen fremdes Umfeld verirrten, in christliche Familien etwa, und suchen müßten, so lange, bis sie die ihnen von Anfang an vertraute, angestammte Umgebung gefunden hätten. Aber es ließ sich nicht mit so banalen Erklärungen deuten, es war nichts Faßbares, eher ein Funke, der übersprang, am ehesten zu vergleichen mit der Liebe, aber auch diese Bezeichnung war noch zu einfach, zu profan.

Ich komme aus einer Nazi-Familie, hatte Margarethe gesagt und ihn angesehen, als sei sie darauf gefaßt, daß er ihr die Tür weise.

Spitzer schwieg und schaute sie fragend an.

Da kann ich Ihnen nicht helfen, sagte er.

Ich dachte nur, das sollten Sie vorher wissen, erklärte sie.

Spitzer nickte: Da haben Sie recht.

Den ganzen Sommer saßen sie über den Akten. Er las vor, erklärte, und sie saß daneben und beschrieb die Blätter eines Notizblocks auf ihren Knien. Sie schien ihm mit ihrem ganzen Körper zuzuhören und strömte den herben Geruch einer bestimmten Kletterpflanze aus, den er von irgendwoher kannte, aber er erinnerte sich nicht genauer, auch nicht an den Namen der Pflanze, nur an den herben Duft. Er vermißte ihn an den Tagen, an denen sie fortblieb.

Manchmal unterbrach sie ihn und stellte direkte Fragen, die andere niemals zu stellen gewagt hätten.

Warum sind Sie zurückgekommen, wollte sie wissen. Dann zog sie den Kopf ein und sah ihn vorsichtig von unten an, als erwarte sie eine Zurechtweisung.

Er habe nicht einfach allem den Rücken kehren können, versuchte er zu erklären, den Toten, dem Zerstörten, den Erinnerungen. Ich bin ein anhänglicher Mensch, sagte er.

Und das Zurückkommen nach dem Krieg?

Sie sind uns aus dem Weg gegangen, erzählte Spitzer, es war ihnen peinlich. Mein Bruder war älter, der ist mit den Siegern zurückgekommen, mit den Engländern. Das hat die Ablehnung noch verstärkt. Vor einem DP-Lager auf dem Land, in einer Kleinstadt, gab es einen Aufstand der Bevölkerung. Die Leute zogen vor die Lagerbaracken, warfen Steine und schrien, schlagt die Juden tot. Das war 1947.

Warum sind Sie dann geblieben, beharrte Margarethe.

Vielleicht glaube ich an die Veränderbarkeit der Menschen, sagte er.

Spitzer ging mit Margarethe auf den Friedhof, zeigte ihr die hohen Marmortafeln der Kafkas, der Kohns und der Edelsteins. Sie fand Namen, die ihr geläufig waren, Namen von Bekannten ihrer Eltern, von Mitschülern, mit denen sie gemeinsam im Firmunterricht gesessen war. Er zeigte ihr, wo man ihn begraben würde, neben seiner ersten Frau Flora. Sie war seit achtunddreißig Jahren tot. Er erzählte Margarethe, wie er und sein Bruder nach dem Krieg den Handwerksbetrieb seiner Eltern wieder aufzunehmen versucht hatten, eine Tischlerei, Tag und Nacht hätten sie zu viert gearbeitet, die beiden Brüder mit ihren Frauen.

In einer Stadt wie dieser, sagte er, wenn einen die anderen nicht wollen, da geht nichts, ganz gleich, wie sehr man sich anstrengt. Dann starb Flora, mein Bruder ging nach Israel, und ich war für die Gemeinde zuständig. Vielleicht bin ich deswegen geblieben.

Er suchte nach einem Stein für Floras Grab.

Vielleicht weil ich sie hier begraben habe, fügte er hinzu, wo sie doch gar nichts zu tun hatte mit dieser Stadt.

Die ganze Geschichte der Juden von H. können Sie hier studieren, sagte er, während sie die Reihen zwischen den Gräbern entlanggingen, besser als anderswo, hier wird sie lebendig. Zwischen den schwarzen Marmorsteinen, unter hohen Bäumen gingen sie im Schatten auf festen Wegen; im feuchten Zwielicht wuchernden Efeus war die Vergangenheit in einer kühlen, jenseitigen Ruhe erstarrt. Doch diesseits des Mittelganges lag eine andere Vergangenheit, roh und gegenwärtig, in der schattenlosen Mittagssonne, die Wege nachgiebig, wie unterhöhlt, und die Grabsteine klein, unregelmäßig wie lockere Zähne. Die hier lagen, waren nicht alt geworden, ihre Todestage fielen auf geschichtsträchtige Daten, März 1938, November 1938, im achtundfünfzigsten Lebensjahr, im vierunddreißigsten Lebensjahr, im zweiunddreißigsten Lebensjahr, drei Menschen einer Familie an einem einzigen Tag im März 1938. Es waren junge Tote, die in diesen zurückgelassenen Gräbern lagen. Von denen, die sie zurückgelassen hatten, war keine Spur geblieben, nicht auf diesem Friedhof, und unter vielen Steinen lagen keine Toten, auf ihren Grabsteinen stand nur ein Ort: Theresienstadt, Treblinka ... Andere wiederum nannten nur einen Geburtsort, da lagen Menschen, die aus Kovno gekommen waren, aus Lódz, aus Szeged und Budapest, um hier zu sterben. Sie hatten den Krieg gerade lang genug überlebt, um wieder Individuen zu werden, denen ein eigenes Grab zustand. Das unterschied sie von jenen fünfhundert an den Straßenrändern Ermordeten im Massengrab, die weder Namen noch Herkunft hatten, nur ein Todesjahr.

Ich könnte Ihnen Geschichten erzählen, sagte Spitzer, vielleicht tue ich es noch. Jetzt bin ich ein wenig mitgenommen.

Aber der sonst so verschlossene Arthur Spitzer wurde noch mitteilsamer, geradezu tollkühn. Er ging mit Margarethe durch die Straßen der Stadt, benannte laut und vernehmbar, am hellichten Tag, jedes ehemals jüdische Haus mit seinem alten, aus den Grundbüchern getilgten Namen, er wies mit ausgestrecktem Arm auf die Häuser, deren Geschichte er seiner Zuhörerin erzählte, das Textilgeschäft Pevner, und dort über der Uhr des Juweliers war die Kanzlei des Rechtsanwalts Doktor Leeb gewesen, das Eckhaus hier, mit dem vorspringenden Erker und den Türmchen hat der Familie Poirisch gehört, sie hatten ein Kurzwarengeschäft im Erdgeschoß, jetzt ist es ein Schmuckgeschäft. Wie ein Richter ging Spitzer durch die Stadt, hocherhobenen Hauptes, als rücke er mit diesem öffentlichen Bekenntnis unterschlagene Besitzverhältnisse zurecht.

Innerhalb weniger Tage im Frühjahr achtunddreißig wurden die Häuser und Geschäfte enteignet, sagte er. Und wie viele Jahre haben mein Bruder und ich um unser Elternhaus kämpfen müssen. Aber das Geld, die sogenannte Reichsfluchtsteuer, hat bis heute keiner zurückbekommen.

Sie bogen in einen kleinen Park hinter dem Gerichtsgebäude ein. Spitzer mußte sich setzen. Mit einem Taschentuch wischte er sich den Schweiß aus Stirn und Nacken.

Ich bin ein wenig außer Atem, sagte er erschöpft. Verschnaufen wir hier ein wenig, bis sich das Herz beruhigt.

Sie schaute ihm besorgt und ratlos zu, wie er nach Atem rang.

Es geht schon wieder, erklärte er nach einer Weile. Es war die Aufregung, es war meine erste Stadtführung. Jetzt könnte ich eigentlich beruhigt sterben, witzelte er.

An diesem Abend ging Spitzer um sechs Uhr nicht wie sonst geradewegs nach Hause, sondern auf den Berg hinauf; ein schwüler Juliabend, ein leichter Wind, der nicht kühlte, und länger werdende Schatten auf den Rasenflächen. Es war sehr still, die Villenbesitzer verbrachten ihren Sommer im Gebirge. Er fand Max im Garten vor den voll aufgeblühten Sonnenblumen, so konzentriert, als unterhielte er sich mit ihnen.

Redest du mit ihnen, fragte er.

Max lachte. Ich befrage sie, aber sie haben selber keine Ahnung.

Sie saßen draußen, während ein glühendes Abendrot die Landschaft erleuchtete, die Bäume und das Haus, jeden Gegenstand im Garten, so daß es schien, als besäßen die Dinge nur diese eine Seite, die der untergegangenen Sonne zugewandt war. Dann wurde es dunkel, die Bäume rauschten stärker, und Spitzer fröstelte.

Es kommt ein Wetterumschlag, prophezeite er, die Schulter, die ganze linke Seite tut mir weh. Ich sehne mich in letzter Zeit öfter nach Ruhe, es wird mir alles zuviel, auch im Büro. Und diese Niedergeschlagenheit manchmal, so etwas habe ich früher nicht gekannt.

Er schaute Max fragend an.

Max nickte. Die Sehnsucht nach Ruhe und zugleich die Ungeduld. Das kenne ich auch.

In unserem Alter, worauf wartet man? fragte Max. Auf den Tod? Auf den Tod kann man nicht warten, wie soll man auf seine eigene Auslöschung warten, das ist gegen die Natur. Also worauf sonst?

Spitzer schüttelte den Kopf. An den Tod denke ich noch nicht. Ich habe eine siebzehnjährige Tochter, im Herbst wird sie achtzehn. Und die Gemeinde, was würde mit der Gemeinde passieren? Es ist wohl der Sommer, der mir zu schaffen macht, ich hab die Hitze nie vertragen, schon als Jugendlicher im Kibbuz nicht. Auch ein Grund, daß ich zurückgekommen bin.

Wenn es dich nicht gäbe in dieser Stadt, sagte Max, wäre ich sehr einsam. Dann wäre ich vielleicht überhaupt nicht mehr da. Es ist nicht so geworden, wie ich es mir vorgestellt habe, sondern ganz anders, und das hat vermutlich auch wieder seinen Reiz.

Spitzer war schweigsam und bedrückt. Irgendwann im Lauf des Abends faßte Max ihn scharf ins Auge. Sein müdes, graues Gesicht beunruhigte Max.

Was ist mit dir?

Spitzer erzählte von seinem Spaziergang durch die Stadt mit Margarethe.

Weißt du, was so erstaunlich war, sagte er. Niemand hat von uns auch nur die geringste Notiz genommen.

Ich habe ihr unser Grab gezeigt, erzählte er, und sie hat einen Stein darauf gelegt.

Bist du in sie verliebt, fragte Max,

Das will ich doch nicht hoffen, lachte Spitzer. Es war so dunkel, daß Max sein Gesicht nicht deutlich sehen konnte.

Es hatte zu regnen angefangen. Sie warteten unter den Bäumen vor dem Haus auf das Taxi. Der Wind rauschte in den Wipfeln und raschelte in den Blättern der Hecke.

Später erinnerte Max sich an einen Impuls, den Freund zurückzuhalten, eine minutenlange Panik ohne sichtbaren Grund, die ihm den Magen zusammenzog und in den Brustkorb stieg, eine vertraute Wahrnehmung aus der Zeit vor der Operation. Er brachte sie nicht mit Spitzer in Verbindung.

Sie winkten einander im Dunkeln zu, dann stieg Max zurück in seine Veranda unter das Glasdach und hörte dem Gewitterregen zu, dessen Trommeln rasch nachließ.

Das letzte Mal sah er Spitzer bei der Podiumsdiskussion, zu der er sich von Thomas hatte überreden lassen. Spitzer saß in der letzten Reihe der schlechtbesuchten Veranstaltung und schaute besorgt zu den drei Diskutanten hinauf.

Zu Max' rechter Hand saß ein Frommer und zu seiner linken ein Mittsechziger im Steireranzug. Thomas hatte sie offenbar ausgewählt, um dem Publikum drei verschiedene Arten von Juden vorzuführen. In seiner Einführung berichtete er nicht ohne Freude über der Überraschung, daß der Fromme als Katholik erzogen und der Trachtenträger einen Rabbiner zum Großvater gehabt habe. Die Zuschauer reckten die Hälse. Die Diskussion auf dem Podium war kurz und höflich. Wie lebte man in einer christlichen Gesellschaft? Ganz gut. So recht und schlecht. Von den Grenzen der Assimilation war die Rede. Der Mann im Steireranzug erzählte Familiengeschichten, die Geschichte seiner Emigration und seiner Rückkehr, er hatte offensichtlich Freude am Erzählen.

Max erspähte Diana unter den Zuhörern. Sie saß neben einem distinguiert aussehenden Mann mit einem wachen, intelligenten Gesicht. Sie lächelten einander zu. Auch ihr Mann lächelte und nickte ohne Argwohn. Er mußte ihrer sehr sicher sein.

Thomas forderte das Publikum auf, sich an der Diskussion zu beteiligen. Ein Ehepaar hob die Hände. Man kenne so wenig Juden, sagte der Mann, es sei so schwierig, sie möchten fragen, wie sie denn gern behandelt würden, die Juden.

Normal, sagte Max trocken, ich hätte es gern, wenn man mich normal behandelt, wie jeden andern, wie einen Katholiken. Er sah zu Spitzer und grinste.

Es gab ältere Herren, die Verworrenes über den Unterschied von Schuld und Scham sagten, einer wies heftig den Vorwurf der Kollektivschuld von sich. Thomas erklärte, davon sei nicht die Rede gewesen.

Ob er sich als Österreicher betrachte, wurde Max' weltlicher Nachbar gefragt.

Was dagegen spräche, fragte er zurück.

Das Publikum lachte höflich, Thomas schüttelte den

Kopf und schaute den Fragenden drohend an. Dann kamen trotz Thomas' auffordernder Gesten keine Fragen mehr.

Ich weiß nicht, ob das viel gebracht hat, sagte Thomas enttäuscht, während er mit dargebotener Hand Max' Schritte vom Podium herunter bewachte. Ob er ihn einem Mann vorstellen dürfe, den er seit seiner Jugend verehre, fragte er Max. Ein Geistlicher schüttelte ihm die Hand, und als er wieder nach Spitzer Ausschau halten konnte, war er verschwunden.

Vier Tage später rief Malka an. Max brütete gerade über seiner Chronik, er hörte Chopin im Radio und ärgerte sich über die Störung.

Spitzer sei tot, an Herzversagen gestorben.

Um ihn entstand eine Stille, als fiele die Welt ins Nichts.

IV

Die Todesnachricht traf die Gemeinde unvorbereitet. Wer würde sich an den Hohen Feiertagen um alles kümmern? Wer wußte überhaupt, worum man sich kümmern mußte? War Spitzers Tod das Ende der Gemeinde? Wer konnte sie weiterführen, wer würde je das baufällige Haus in der Färbergasse als sein Zuhause betrachten, so wie Spitzer es getan hatte? Die anderen waren stets wie Gäste gekommen, in ein wohlbestelltes Haus, das Zentrum ihres Lebens lag anderswo, bei ihren Kindern im Ausland, in der Vergangenheit, in ihrem eigenen Haushalt, oder sie waren unterwegs, betrachteten, was sich ihnen hier an jüdischem Leben bot, als eine Station, die sie als angenehme Erinnerung mitnehmen würden. Nur für Spitzer war das Gemeindehaus Mittelpunkt gewesen, lebenslänglich, ohne kündbaren Vertrag. Er war der Hüter des Erbes gewesen. Würde nun alles zum Stillstand kommen?

Spitzer wurde an einem warmen Herbsttag begraben. Der Altweibersommer spann seine Fäden zwischen den Friedhofswegen, sie schimmerten in der Sonne. Es waren viele gekommen, die Max nicht kannte. Frau Vaysburg kannte sie, und sie begrüßten sie mit der Ehrerbietung, die sie der Witwe des letzten Rabbiners zollten.

Alles ging sehr einfach und still vor sich unter dem hohen, blaßblauen Himmel. Der helle Holzsarg, die ausgehobene Grube, die Gebete. Spitzers Bruder sagte Kaddisch. Er war größer und kräftiger, aber er hatte die gleichen feinen Züge. Ich bin der nächste, dachte Max und kam wie vor zwanzig Jahren beim Zuschaufeln des Grabes ins Schwitzen. Wenigstens brauchst du nicht zu schaufeln, wenn du selber dran bist, sagte er in Gedanken zu Spitzer.

Keine Gespräche mehr in Spitzers Büro, keine gemeinsamen Spaziergänge am Freitagabend nach dem Gottesdienst mehr, keine überraschenden Besuche. An jedem Ausweg, wohin er sich auch wandte, standen die Worte *Nie mehr* wie Wachtposten, vor denen seine Gedanken kehrtmachten.

Angesichts eines selbergebackenen Kirschkuchens in Spitzers Büro hatte Max im Frühsommer gesagt: Deine Frau werde ich wohl auch nicht vor deinem Begräbnis zu Gesicht bekommen. Jetzt stand sie am Grab, neben dem Bruder, Spitzers Frau, dahinter seine Tochter. Zwei schlanke Frauen mit rötlichblondem Haar, die Tochter ein wenig dunkler, beide wie abgewandt, als wollten sie ihren Schmerz mit niemandem teilen. Max schüttelte ihre Hände, nannte seinen Namen und bedankte sich bei der Frau für die vielen Mahlzeiten, die sie ihm hatte zukommen lassen. Sie nickte stumm, in ihrem runden Gesicht, dessen Formen sanft und harmonisch wirkten, lag eine tiefe Unbeugsamkeit.

Max schlug Thomas' Angebot aus. Er wollte sich nicht in vorhersehbaren Sätzen auf einer bequemen Heimfahrt über Spitzer unterhalten. Er wollte allein sein, allein den Berg hinaufgehen, am Friedhof an der Kurve auf halbem Weg eine Pause machen und auf die Stadt in ihren Herbstfarben hinunterschauen, über die Friedhofsmauer, die welken Kränze und den Rauch, der in zähen Schwaden über den Boden zog.

Beim Tod seines Vaters hatte er ein ähnliches Gefühl von Versäumnis verspürt. Aber damals war es vor allem die Trauer darüber gewesen, daß er so viele Jahre gebraucht hatte, ihn zu verstehen, daß er ihn kaum gekannt hatte. Als er ihn zum letztenmal im Spital besuchte, einen geschrumpften Greis mit fast schwarzen Altersflecken auf Stirn und Schläfen, gegen die das schüttere weiße Haar sich leuchtend abhob, hatte ihn ein Schwindel erfaßt, als wäre er in einem fremden Traum: Dieser hinfällige alte Mann, dem er aus dem Bett half, während das im Nacken zusammengebundene Spitalsnachthemd auseinanderfiel und einen bleichen, ausgemergelten Körper freilegte, war sein Vater, und er wußte nichts über die Höhepunkte und die Tiefschläge seines Lebens, seine Enttäuschungen und seine Träume, auch nicht, was ihm seine Söhne bedeutet hatten. Er fragte ihn nach der Spitalskost und nach seinen Schmerzen, nach den Ärzten und ob er nachts schlafen könne, und das Schweigen zwischen ihnen war kaum auszuhalten. Und auch nicht mehr zu brechen.

Als er nach Spitzers Begräbnis nach Hause kam, wusch er sich im Bad die Hände. Er schaute dabei in den Spiegel, und es schien ihm, als blicke er verständnislos auf eine stehengebliebene Uhr. Die Blätter der Edelkastanie vor dem Fenster verdeckten die Sonne und zogen Lichtreflexe über den Spiegel. Im Sommer war es immer ein wenig dämmrig in diesem Raum, sogar am Morgen, und aus dem Dämmer, wie aus der Tiefe eines dunklen Bildes, schaute ihm ein alter Mann mit einem farblosen Bart entgegen, forschend, nachdenklich, und lächelte ihm schließlich zu. Das tröstete ihn ein wenig. Er war ihm sympathisch, dieser traurige Alte.

Ziellos ging er durch das Haus, den Garten, ohne irgendwo Ruhe zu finden. Die Sonnenblumen waren verblüht. An einem Nachmittag im August, nach einer Woche Regen und Kälte, hatten ihre nun schwarzen Gesichter zu Boden geschaut. Da mußte er wieder an Diana denken und daß nun schon zwei Monate seit ihrem letzten Besuch vergangen waren.

Sie hatte zwei- oder dreimal angerufen, und er hatte sich gefreut, ihre Stimme zu hören. Aber er kam weder mit seinen Fragen noch mit der intimen Herzlichkeit, die er in seine Stimme legte, an sie heran. Sie hielt ihn mit ihrer Munterkeit auf Distanz, plauderte über Belangloses, bis es Zeit für die Abschiedsfloskeln war. Sehe ich Sie wieder, hatte er gefragt. Sie versprach, wieder anzurufen, und er hatte sich gefragt, ob sie vielleicht belauscht wurde, ob sie in dem großen Haus am Stadtplatz unter Bewachung stand. Dann mußte, wie ihm schien, alle Vertrautheit zwischen ihnen doch nicht abgebrochen sein. Wenn er sich ihr Gesicht zu vergegenwärtigen suchte, sah er sie reglos wie auf einem Foto auf dem Sockel der Balustrade sitzen.

Auch in den nächsten Tagen lebte Max in einer Art Betäubung, als verharre die Zeit in einem Schwebezustand, in dem nichts mehr seine alte Gültigkeit besaß, oder als sei ein Stück Land hinter ihm in einen Abgrund gebrochen, und die Luft erschien ihm ein wenig kälter als zuvor. Er beobachtete die Vögel, die sich zum Abflug sammelten, sie tauchten plötzlich in Schwärmen über dem Flußtal auf. Während sie dagewesen waren, hatte er sie nicht beachtet.

Nadja rief unerwartet an. Sie mußte ihm erklären, wer sie war, er hatte ihre Stimme nicht mehr erkannt, und auch der Name war wie aus großer Entfernung auf ihn zugekommen und hatte sich zögernd in seinem Gedächtnis zu einem Bild verdichtet: eine junge Frau mit glattem, schulterlangem Haar, in einer weiten lila Strickjacke, die er ihr geschenkt hatte, im kahlen Vorfrühling des Central Park, fröstelnd, mit hochgezogenen Schultern und geröteten Wangen. Er versuchte, die neue Stimme mit diesem Bild in Einklang zu bringen, die direkte, ein wenig schroffe Art der Fünfundzwanzigjährigen von damals und diese dunkle, ruhige Stimme. Mit welch besitzergreifenden Entschlossenheit sie versucht hatte, sich seiner zu bemächtigen und bei ihm einzuziehen.

Die Frau, der er zwei Tage später die Haustür öffnete, war eine Unbekannte, mit straff zurückgekämmtem, dunklem Haar und einem kühlen Blick, dem nichts zu entgehen schien. Alles an ihr schien schmal und streng, die mit einer Spange im Nacken zusammengehaltene Frisur, die ganze von oben bis unten in Schwarz gekleidete Gestalt. Er glaubte, etwas wie Belustigung in ihren Augen glitzern zu sehen. Schön, dich wiederzusehen, sagte sie und gab ihm die Hand. Es war eine linkische Unbeholfenheit in dieser Geste, die eine vage Erinnerung in ihm wachrief.

Er hob ihre Hand zu einem angedeuteten Kuß an seine Lippen, das hatte sie als Jugendliche stets belustigt. Ihre Hände waren noch immer kühl wie Glas.

Auf der Straße hätte ich dich nicht erkannt, sagte er, offenbar hast du deinen eigenen Stil gefunden

Sie lachte auf. Und weil er fürchtete, sie mit dieser Bemerkung verletzt zu haben, fügte er hinzu: Du bist eine vollendete Erscheinung.

Er merkte, wie sie ihm auf den Mund starrte. Er fühlte sich unbehaglich unter diesem scharfen, taxierenden Blick. War es sein Gebiß? Hatten die Zahnimplantate sein Lächeln verändert, seine Artikulation? Es war gute Arbeit, langwierig und kostspielig und von seinen ursprünglichen Schneidezähnen kaum zu unterscheiden, der gleiche enge Spalt zwischen den Vorderzähnen, nur gepflegter, glatter. Der Schneidezahn, der nach einem Faustschlag damals als Jugendlicher abgestorben war, hatte im Lauf der Jahre immer mehr nachzudunkeln begonnen und war brüchig geworden. Vor etwa zehn Jahren war er abgebrochen. Niemandem waren die neuen Implantate jemals aufgefallen.

Sie schien sein Unbehagen zu bemerken. Du siehst gut aus, sagte sie schnell.

Für mein Alter, erwiderte er mit einem ironischen Lächeln.

Ich habe gehört, du warst krank?

Ich hatte eine Bypassoperation, das ist längst vorbei. Er führte sie durchs Haus. Die Renovierungsarbeiten sind noch immer nicht fertig, sagte er entschuldigend.

Schön, sagte sie und wies auf die Deckenleisten und Fensternischen im Wohnzimmer. Stuck ist wohl noch immer deine Leidenschaft.

Ja, aber ich finde nicht die dazu passenden Möbel.

Ein langer Tisch aus schwarzlackiertem Holz und hochlehnige, schmale Stühle gaben dem Raum die Strenge eines Refektoriums, die zum Grün des Gartens direkt vor den Fenstern, zur Unruhe von Licht und Schatten im Kontrast stand.

Dann führte er sie nach oben, auf die Veranda, die aus dem Haus herausragte wie der Bug eines Schiffes. Ein gestrandetes Schiff auf einem Hang über dem Fluß: eine beängstigende Selbstauslieferung an die Naturgewalten. Noch nie hatte er den Raum, in dem er arbeitete und schlief, so gesehen, wie er ihn nun mit ihren Augen sah, so ausgesetzt, so weltflüchtig und kühn.

Hier lebe ich, sagte er. Dieser Raum war von allem Anfang an fertig, als hätte er immer schon auf mich gewartet. Ich habe nur die Fensterfront vereinfacht und das Licht hereingelassen.

Er sah den Raum plötzlich wie einen letzten, vorgeschobenen Posten.

Ich habe einmal Leuchttürme fotografiert, sagte Nadja, irgendwie erinnert mich das daran.

Sie faßte ihn einen Augenblick lang scharf ins Auge, dann drehte sie sich dem Fenster zu und blickte auf den Hang, aufs Tal. Es schien, als wolle sie vermeiden, daß sie sich einfach nur gegenüberstanden.

Als sie sich ins Zimmer zurückwandte, ging sie beinah ein wenig zu geschäftig zum Schreibtisch, auf dem sich Papier und Karteikarten in unterschiedlichen Formaten und

Farben häuften, Bücher, ein Wasserglas, etliche leere Kaffeetassen.

Du arbeitest, fragte sie.

Ich schreibe eine Chronik von H.

Eine Chronik? Sie hob erstaunt die Brauen, und er bemerkte die waagrechten Linien auf ihrer Stirn und auch die beiden tiefen Falten, die an ihren Mundwinkeln vorbei zum Kinn liefen.

Eigentlich stelle ich mir eine besondere Form von Geschichtsschreibung vor, erklärte er und dämpfte sofort den Eifer in seiner Stimme. Nicht eine Anhäufung von Fakten, wie ich sie in Annalen und Urkunden finde, sondern Lebensläufe, Einzelschicksale, die nur für Augenblicke, in historischer Zeit gemessen, ans Licht getreten sind, manchmal nur im Augenblick ihres Todes.

Er erzählte ihr die Geschichte der Frau Rahel und ihres Grabsteins und vergaß dabei, daß sie sich nun doch gegenüberstanden und daß sie ihn aufmerksam betrachtete, während er redete.

Das klingt wie ein historischer Roman, meinte Nadja.

Nein, kein Roman, mehr Nachprüfbarkeit, mehr Augenmerk auf die realen Menschen und ihre Spuren, die sich sofort verwischen, kaum daß sie flüchtig in irgendeinem Dokument erscheinen.

Das Problem dabei ist, sagte er, daß die Stadtschreiber die Juden kaum jemals erwähnten. Sie gehörten einfach nicht zur Geschichte dieser Stadt. Es ist die ausgeblendete Geschichte von H., die ich schreiben möchte, über die die überlieferte Geschichte hinweggeht, so daß ihr Fehlen nicht einmal bemerkt wird.

Für wen schreibst du sie, wollte sie wissen.

Das habe ich mich selber schon oft gefragt, erwiderte Max. Vielleicht als Vorwand dafür, hier zu sein, oder für die Juden, die in zwanzig oder fünfzig Jahren hier leben werden. Einfach, damit man weiß, daß es hier Juden gegeben hat, seit es diese Stadt gibt. Damit man es nicht mehr vergessen kann.

Sie schwieg.

Später, nachdem er in der Küche das Abendbrot zubereitet hatte, Käse, Brot, Salat, und durch die gemeinsamen Handgriffe, beim Tischdecken, eine neue vorsichtige Nähe entstanden war, erzählte Nadja von ihren beruflichen Stationen. Sie vermied jede Anspielung auf ihre frühere Beziehung. Sie sagte: nach dem College, als ich ein paar Jahre in Manhattan lebte. Sie sagte nicht, nachdem du mich hinausgeworfen hattest oder nachdem ich dich verlassen hatte. Sie redete, als hätte sie ihn damals noch nicht gekannt, erzählte von ihren ersten Erfolgen, wie später ihre Karriere stagnierte, sie auf einmal wieder bei der Werbung landete, wie früher, in der Druckerei in H.

Ich war verheiratet, sagte sie und schien zu erwarten, daß ihn diese Neuigkeit erstaunte.

Und wo ist dein Ehemann jetzt, fragte er mit einem ironischen Lächeln.

Vermutlich noch immer in Pennsylvania, sagte sie. Da war er jedenfalls als wir uns das letztemal sahen.

Wie war er, fragte Max.

Sie lachte. Sehr häuslich.

Das wolltest du doch, entfuhr es ihm.

Ja, das wollte ich, sagte sie, ohne auf seine Anspielung einzugehen. Das war auch eine Zeitlang schön. Ich konnte seiner Liebe ganz sicher sein. Ich teilte sie nur mit seiner Liebe zu der Kleinstadt in Pennsylvania, in der er aufgewachsen war und in die wir sofort nach seinem Studium übersiedelten.

Fairfield, fragte Max.

Sie lachten beide, und es schien, daß sie nun auch von früher reden konnten.

Nein, Pottsville.

Pottsville, rief Max mit übermäßiger Betonung auf der ersten Silbe.

Sie lachten.

Und was hat der Potz in Pottsville gemacht?

Er war Pharmazeut. Wir hatten eine Apotheke mit einem *drugstore*. Wir verkauften, was man eben in einem kleinen Ort alles braucht, spätabends, wenn das Einkaufszentrum geschlossen ist.

Du hast verkauft?

Er und seine Mutter. Ich habe die Fotos der Kunden entwickelt, wie bei meinem ersten Job.

Du mußt ihn sehr geliebt haben, stellte Max fest.

Ja, sagte sie und hielt seinem Blick stand. Ich liebe ihn noch immer, aber ich habe es dort nicht mehr ausgehalten.

Und dann?

Dann ging ich zurück nach New York, und dann mit einem Auftrag nach London. Ich mache immer noch hin und wieder Porträts, sagte sie und fügte lächelnd hinzu: Du weißt, das ist meine Stärke.

Wie bist du draufgekommen, daß du von Pottsville so sehr genug hattest, daß du sogar deinen Geliebten verlassen hast?

Ofra war auf Besuch gekommen, erzählte Nadja. Sie war so schön und frei wie damals am Ende unserer Kindheit. Und ich hatte zugenommen, weil man in Pottsville nicht sehr viel anderes machen konnte als zu essen, und seine Mutter war eine gute Köchin.

Wie hat dir das passieren können, war Ofras erste Frage. Sie fand, daß ich mich gehenließ. Und plötzlich sah ich mich: stumpf, schlampig und übergewichtig. Irgendwann wäre ich selber auch draufgekommen.

Und vorher warst du glücklich?

Vorher war ich dankbar, sagte Nadja, er hat mir Geborgenheit gegeben, ein richtiges Zuhause.

Sie schwiegen. Es war ein langes, unbehagliches Schweigen, während Nadja zum Fenster hinausblickte. Die frühe Dämmerung verwischte ihre Züge, und ihre Stimme klang, als käme sie von draußen, als sie beiläufig sagte, man glaubt am Anfang immer, nichts würde Spuren hinterlassen.

Er machte Licht, und Nadja kam an den Tisch, auf dem noch ein Kaffeelöffel vom Morgen lag, gedankenlos oder nervös nahm sie ihn auf und drehte ihn in der Hand, und als sie ihn fragte, wie sein Leben verlaufen sei, war ihre Stimme unsicher, als suche sie nach einem neutralen, unbefangenen Ton.

Da gibt es nicht soviel zu erzählen, was wichtig genug wäre, sagte Max. Alle seine Verwandten und viele seiner Freunde waren gestorben, aber von denen hatte er Nadja nie etwas erzählt, warum jetzt davon anfangen. Mit seinen beruflichen Erfolgen wollte er nicht prahlen, und über Frauenbekanntschaften konnte er erst recht nicht reden. Ich wohne noch immer an meiner alten Adresse, sagte er statt dessen.

Die Tischlampe ließ ihre Augen tiefer und größer erscheinen, und die schwarzen Schatten verwandelten ihr Gesicht, so daß es ihm fremd erschien, ein Gesicht, als sei es gerade erst im Entstehen, weder das Mädchen von damals noch die Frau von vorhin.

Hattest du nie das Bedürfnis hierher zurückzukommen, fragte Max.

Sie schüttelte den Kopf. Das wäre wie ein Scheitern für mich gewesen.

Sie sprachen von Spitzer und von seinem plötzlichen Tod.

Er war mir mehr Vater als mein eigener, sagte Nadja. Er war immer für mich da. Unvorstellbar, daß er nicht mehr in seinem Büro sitzt.

Sie schwiegen.

Es war ein Irrtum, sagte Max schließlich und gab dem Zwang nach, endlich auszusprechen, was ihn quälte und was so bar jeder Vernunft erschien: Daß er glaube, den Tod, der ihn in seinen einsamen Stunden in diesem Haus beschäftigt hatte, angezogen und auf Spitzer gelenkt zu haben. Ich weiß, es ist absurd, sagte er, aber warum ist er ausgerechnet den Tod gestorben, den ich erwarte?

Hast du denn Angst vor dem Tod, fragte Nadja.

Nicht eigentlich Angst. Ich sitze hier oben auf meiner Schiffsbrücke und halte Ausschau, und manchmal ist er so nah, daß ich ihn mit den Fingerspitzen berühren könnte, fast sehen kann ich ihn, wie er am Rand der Nebelzone zögert. Aber wenn ich mich anstrenge zu verstehen, was für eine Gegenwart es denn eigentlich ist, die ich zu spüren glaube, dann wird mir der Kopf leer und das Denken wird noch schwerfälliger als sonst, und ich gebe auf, denke mir, es ist nichts und es war niemals etwas da.

Auch Nadja sprach im Lauf des Abends von ihren Ängsten.

Seit so vielen Jahren, sagte sie, fotografiere ich Gesichter, und trotzdem verstehe ich die Menschen nicht, sie werden mir immer fremder, und meine Angst vor ihnen nimmt zu. Manchmal denke ich, was ich fotografiere, sind meine eigenen Alpträume oder meine Träume, die ich in fremde Gesichter lege. Nur damals in Pottsville, während meiner Ehe, lebte ich ohne Angst, dafür hielt ich die Enge und die Vorhersagbarkeit nicht aus.

Es war schon nach Mitternacht. Nadja sah auf die Uhr. Der Zauber war vorbei. Sie waren wieder in einer Gegenwart, in der es schwierig war, über die ungreifbaren Dinge zu reden. An der Tür, bevor er aufsperrte, beugte Max sich schnell zu ihr hinunter und küßte sie auf den Nacken. Sie ließ es zu, so ungerührt, als hätte sie es nicht wahrgenommen, als sei es nicht geschehen. Sie klemmte sich die Mappe voll Manuskriptseiten, die er ihr zum Lesen mitgegeben hatte, unter den Arm, und mit der freien Hand berührte sie seine Wange und lief die Stufen zur Straße hinunter, wo das Taxi wartete.

Im Bett nahm Max dieselben Seiten und las sie mit fremden, mit Nadjas Augen: *Einmal, in den Jahren der Inquisition, wurde ein Pogrom durch einen Proselyten ausgelöst. Er war Stadtschreiber und Ordenspriester und lernte bei Aron, dem Toraschreiber, hebräisch, um das Alte Testament in der Sprache Gottes zu lesen. Das mußte über viele Jahre gegangen sein, denn zur Zeit seines Übertritts war er ein alter Mann. Daß man ihn gleich nach seiner Beschneidung und dem rituellen Untertauchen zum Scheiterhaufen karren würde, muß er gewußt haben. Seine Ordensoberen hatten ihn wohl kaum im unklaren gelassen, wie sein Abfall vom Christentum aufgenommen werden würde. Aber hatte er auch Arons Tod in Kauf genommen, wohl wissend, daß er mit ihm zusammen verbrennen würde? War seine Umkehr die Erschlagenen und Vertriebenen wert, die nichts mit ihm und seinem Glaubenswechsel zu schaffen hatten, nicht einmal davon wußten?*

Danach verbot die Kirche erneut jede Zusammenkunft zwischen Juden und Christen. Aus flüchtigen Gesprächen konnte ein Glaubensgespräch entstehen. Franziskanermönche hielten der versammelten Judengemeinde, die ihnen von der Stadtverwaltung per Dekret vor die Kanzel getrieben wurde, regelmäßige Bekehrungspredigten. Sie sollten nicht im unklaren bleiben über ihre Verbrechen, allen voran den Gottesmord, und über die Höllenstrafen, die sie erwarteten. Wenn die christlichen Missionare riefen, Ihr werdet brennen, konnten die Juden es getrost wörtlich nehmen.

Als genau auf den Tag ein Jahr nach dem Gemetzel die Stadt bis auf wenige Häuser niederbrannte, flüsterte das Volk von einer Strafe Gottes wegen der verbrannten Juden ...

Spätnachts, ausgesetzt in der Stille und der Menschenferne, packte ihn unvermittelt das Entsetzen bei dem Gedanken, in dieser Stadt zu sterben und hier begraben zu werden. Spitzers Nähe tröstete ihn nicht. Ich werde hier untergehen wie ein Stein, dachte er, und die Erinnerung an mich wird nicht einen einzigen Kreis ziehen, bevor mich und meine Chronik das Vergessen schluckt.

Wer soll sie denn lesen? Wer ist denn noch da, um sie zu lesen? Er hätte seine eigene Lebensgeschichte schreiben müssen, sagte er sich, und die seiner Eltern, und nicht auf deutsch, sondern auf englisch. Statt dessen vergeudete er seine letzten Jahre in einer fremden Stadt und schrieb in der Sprache jener Menschen, denen er so gleichgültig und unverständlich war, wie ihnen alles Jüdische durch die Jahrhunderte gleichgültig und unverständlich gewesen war.

An den folgenden Tagen kam Nadja oft, manchmal schon am Vormittag, meistens am frühen Abend.

Sie habe Spitzers Begräbnis versäumt, sagte sie, jetzt wolle sie etwas länger bleiben, weil Ofra die Trauerwoche in der Stadt verbrachte.

Max konnte sich nicht erinnern, Ofra beim Begräbnis gesehen zu haben, aber Nadja behauptete, sie sei dort gewesen.

Nadja wollte sich nicht festlegen, wie lange sie bliebe. Sie wohnte bei ihrem Vater, in ihrem alten Zimmer über dem Schuppen. Ihr Vater, erzählte sie, habe sich endgültig aus dem Leben zurückgezogen. Seit seine geschwächten Augen ihm das Lesen russischer Romane nicht mehr erlaubten, säße er in seinem Wohnzimmer und höre Bach-Kantaten. Seine Frau war früh verstorben, sein Sohn lebte in einer anderen Stadt. Der Verdacht, daß es keine Kommunikation zwischen Menschen gebe, sei ihm offenbar zur Gewißheit geworden, sagte Nadja, er heuchle keine Freude, wenn sie nach Hause komme, er sei am Leben nicht interessiert. Seine Gleichgültigkeit mache sie nicht mehr unglücklich, sie berühre sie kaum.

Am ersten Abend war die Nähe zwischen ihr und Max zeitweise groß gewesen, und Max hatte gehofft, daß eine neue Vertrautheit zwischen ihnen entstünde. Aber wenn Nadja ihn besuchte, dann schien es ihm, als käme sie gegen ihre eigene Überzeugung und als könne jedesmal das letztemal sein.

Nadja hatte es sich angewöhnt, die Abkürzung am Flußufer entlang und über die Wiesen zu Max' Haus zu nehmen. Sie lachte über sein freudiges Erstaunen, wenn er mit einem weit ausholenden Winken am Fenster der Veranda stand wie der Kapitän eines Schiffes in Seenot.

Zuerst war sie ein kleiner heller Punkt in der Ferne, dann eine schmale Gestalt mit der ihr eigenen nachdrücklichen Gangart, die gewiß Fußabdrücke im weichen Wiesenboden hinterließ. Die wilden Gräser und das letzte blaßblühende Unkraut des Herbstes streiften ihre Waden, während sie näher kam.

Einmal schlug sie Max vor, sie in London für ein paar Wochen zu besuchen, aber als er abwehrte, er wollte seine Arbeit an der Chronik nicht unterbrechen, bedrängte sie ihn nicht. Sie fragte nur, was ihm denn diese Stadt H. bedeute, sie könne sich nicht vorstellen, daß er hier glücklich sei.

Wir haben beide keine Wurzeln in dieser Stadt geschlagen, sagte sie, mach dir nichts vor.

Die Chronik ist etwas wie die Lebensaufgabe meiner letzten Jahre, sagte Max, das will ich zu Ende führen. Uns an die Vergangenheit zu erinnern ist das einzige, was uns am Ende bleibt, und manchmal geht die Vergangenheit weiter zurück als unsere eigene Erinnerung.

Seit Spitzers Tod war Max am Freitagabend nicht mehr zum Gottesdienst gegangen. Er sagte, er würde Spitzers

Abwesenheit nicht ertragen. Als Nadja begann, am Freitagabend Gäste mitzubringen, war er zwar anfangs skeptisch, aber beim zweitenmal fand er bereits Gefallen an der Idee, und am dritten Freitag schlug er vor, die Gäste selber zu bewirten, sie müsse zum Essen nichts mehr mitbringen. Waren anfangs nur Frau Vaysburg, Malka mit ihrem Sohn und die Barons gekommen, schlossen sich bald Eran, Gisela Mandel und Chaim Alter an, und das Wohnzimmer verlor etwas von seiner einsamen, entrückten Größe. Als er sein Weinglas hob, erinnerte er sich, wie sein Großvater in diesem Raum den Wein gesegnet hatte und an die Einsamkeit Miras in ihren letzten Lebensjahren, als er der einzige war, der sie am Schabbat besuchte. Er fühlte sich auf einmal sehr glücklich, als habe er etwas Bedeutendes getan oder als sei ihm nach langer Zeit etwas Entbehrtes geschenkt worden. Sie aßen wie eine Familie, vertraut, zwanglos, sie redeten beim Essen, sie lachten, Max spürte die Sympathie, die man ihm entgegenbrachte.

Aus Spitzers Familie war niemand gekommen, obwohl Nadja ihre Freundin Ofra und die beiden Frauen eingeladen hatte.

Vielleicht wollten sie allein sein, mutmaßten Max' Gäste, vielleicht war es dieselbe Scheu, die sie all die Jahre vom Bethaus ferngehalten hatte.

Wer hat für Spitzer Schiwa gesessen, fragte Max.

Sein Bruder und Ofra, sagte Nadja.

In seiner Wohnung?

In ihrer Wohnung, bestätigte Nadja. Aus dem Schweigen, das folgte, schloß Max, daß alle mit derselben hilflosen Verlegenheit an die beiden Frauen dachten. Sie alle hatten die Frau und die Tochter, die sie nicht kannten, nicht stören wollen, ihnen nicht ihre Trauerrituale aufdrängen wollen – und sie allein gelassen.

Nur schade, daß niemand während der dreißig Trauertage für ihn Kaddisch sagt, warf Frau Vaysburg ein.

Sie schwiegen, spannen ihre Gedanken weiter, jeder für sich, vielleicht berührten ihre Gedanken einander in der Stille. Helene, Spitzers Tochter, würde eines Tages Kinder haben, dachte Max, und eines oder das andere würde vielleicht Züge des Großvaters tragen. Aber irgendwann im Lauf der nächsten sechzig, siebzig Jahre würde die Erinnerung an ihn verblassen und in den folgenden Generationen endgültig verlöschen. Das Wissen um die Zugehörigkeit, die Spitzers Lebensinhalt gewesen war, würde schon früher verlorengehen. Vielleicht würde ein Urenkel nach seinen Ahnen forschen und am Ende erstaunt auf einem ihm fremden jüdischen Friedhof vor Spitzers Grab stehen, in einer Stadt, in der kaum noch Juden lebten. Und wenn der Urenkel oder die Urenkelin beschlösse umzukehren, zu den jüdischen Wurzeln zurückzukehren, mit nichts in der Hand als einem sturen Anspruch, wie Nadja es getan hatte? Es wäre ein weiter Weg ohne Garantien. *Die vierte Generation wird das Land besitzen*, stand in der Tora, aber über wie viele Generationen hielt sich eine Erinnerung?

2

Keinen Besuch hätte Max weniger erwartet als den von Spitzers Tochter. Deshalb verstand er zuerst auch nicht, als sich in der folgenden Woche eine junge Stimme mit »Helene Spitzer« meldete. Sie wolle ihn besuchen, sie habe Fragen und müsse ihm etwas zeigen.

Es kam Max wie ein Geschenk vor, das Spitzer ihm in seiner Großzügigkeit und Fürsorge aus einer anderen Welt zusandte: seine Tochter.

Sie ist schön, dachte Max, als er sie an der Tür empfing, und sie war sich ihrer Schönheit nicht bewußt. Er sah Spitzers Züge wie eine feine Skizze ihrem Gesicht zugrunde liegen, die sanften konkaven Formen, das zögernde Lächeln, das langsam zu den Augen aufstieg, aber sie nur selten erreichte. Auf der Veranda setzte sie sich auf den Sessel, der in der Sonne stand. Ihr dunkelblondes Haar schimmerte rot, eine funkelnde Palette von Rottönen, die er fasziniert betrachtete.

Mein Vater hat mir erzählt, daß Sie an einer Chronik arbeiten, er hat mir aufgetragen, Ihnen diese Mappe zu geben, wenn er ... Sie verstummte, aber sie weinte nicht und hielt ihm eine Mappe in einem marmorierten Einband hin, wie Max sie im Archiv gesehen hatte, eine Mappe, wie man sie heute nicht mehr kaufen konnte: Seine Familiengeschichte, seine Toten, denen er nachgereist war, schon in jungen Jahren nach dem Krieg, zuerst mit Flora, dann allein, zu den geschleiften Ghettos, in denen sie verhungert, zu den Waldstücken am Rand von Riga und Minsk, in denen sie erschossen worden waren. Spitzer hatte sich nicht mit Berichten und Todesnachrichten zufriedengegeben, er war ihnen nachgefahren, wie man zu Sterbenden fährt, um ihnen beizustehen. Und auch die Vorfahren der Toten, seine Vorfahren, waren in der Mappe verzeichnet, mit Urkunden und Hinweisen auf ihre Erwähnung in den Geburtsregistern von Böhmen bis hin nach Polen.

Er hat nur wenig davon erzählt, sagte Helene, er war sehr verschlossen. Nur mit seinem Bruder hat er ausführlicher darüber geredet. Er sagte, er wollte uns mit diesen traurigen Geschichten nicht belasten. Aber sein Schweigen war manchmal auch belastend.

Wie sollte jemand, der nicht davon betroffen war, die lebenslängliche Trauer um die Ermordeten verstehen? Aber Max sagte es nicht.

Ich wußte natürlich, sagte Helene, daß er seine Familie verloren hat, seine Eltern, seine Großeltern, die jüngeren Geschwister, aber es waren seine Toten, deren Andenken er eifersüchtig für sich behielt, so daß sie mir fremd geblieben sind.

Er tat es sicherlich in bester Absicht, versicherte ihr Max, er war ein sehr rücksichtsvoller Mensch.

Aber wen wollte er eigentlich beschützen, überlegte Max, während er schweigend Helenes Gesicht betrachtete, seine Frau und seine Tochter vor zuviel schmerzlichem Wissen oder seine Toten und Flora, die an den Folgen des Konzentrationslagers gestorben war? Worin lag sein Geheimnis, und hatte er überhaupt eines? Wer sollte hier vor wem in Schutz genommen werden?

Von den verstorbenen Verwandten auf unserem Friedhof, dem katholischen, sagte sie, gab es Fotos und Erinnerungen. Meine Mutter hat oft von ihnen erzählt. Meine Großmutter starb sehr jung, mit fünfunddreißig, und ein im Zweiten Weltkrieg gefallener Onkel meiner Mutter war nicht viel älter, als ich jetzt bin. Wir sind oft auf den Friedhof gegangen.

Helenes Mutter kam aus einer großen Familie, Handwerker aus der näheren Umgebung von H., eine Familie, die zusammenhielt, Familienfeste feierte und Traditionen in Ehren hielt. Da seien Zugehörigkeiten entstanden, und ihr Vater habe nicht dazugehört, deshalb habe er sich von der Familie ferngehalten und sei seine eigenen Wege gegangen.

Warum hat er Ihre Mutter und Sie vor uns versteckt, fragte Max.

Ich glaube, es war von Anfang an ausgemacht, daß ich katholisch aufwachse. Er hat den Willen meiner Mutter respektiert. Und sie hat es respektiert, daß er soviel in der Gemeinde war. Es gab nie Diskussionen darüber, aber ich denke jetzt, daß es ihm Freude gemacht hätte, wenn ich mehr Interesse an seiner Welt gezeigt hätte. Ich habe früher zu wenig darüber nachgedacht.

Er hat auf seinen Anteil an Ihrer Erziehung verzichtet, sagte Max, wohl weil er es so für besser hielt.

Und so hat Spitzer ihr das Kind überlassen, dachte Max, damit es in *ihrer* Stadt, *ihrer* Religion heimisch werde, damit es ihre Wurzeln besäße. Und wenn er betete: Es seien diese Worte, die ich dir heute befehle, in deinem Herzen, schärfe sie deinen Kindern ein und sprich von ihnen – was hatte er dann gefühlt?

Es war nicht immer leicht für uns, sagte Helene, daß er ein zweites Leben hatte, eines, von dem wir nichts wußten.

Es muß eine ganz besondere Beziehung gewesen sein, die das ausgehalten hat, mutmaßte Max.

Sie nickte. Sie haben einander vertraut. Ich hatte eine gute Kindheit.

An Freitagabenden hatte Spitzer oft jene, die keine Familien hatten, überredet, mit ihm ins Kaffeehaus zu gehen, auf einen Sprung, wie er zu sagen pflegte. An Feiertagen hatte er das Nachhausegehen hinausgeschoben, weil dort der Alltag auf ihn wartete. Aber er hatte nie ein Wort darüber verloren. Er lebte täglich den Konflikt zwischen den Religionen in seiner Ehe, seinem Beruf, in seiner Menschenliebe aus, ohne je rechthaberisch oder ungerecht zu werden. Vielleicht gelang ihm das nur, indem er schwieg und sich zurücknahm.

Haben Sie seine erste Frau gekannt, fragte Helene vorsichtig.

Max schüttelte den Kopf.

Sie muß sehr schön gewesen sein. Ich habe ein Foto von ihr gesehen. Aber er hat auch über sie nie geredet. Trotzdem ist Mutter immer eifersüchtig gewesen auf diese Flora. Bis heute glaubt sie, daß er die erste Frau mehr geliebt hat, daß sie ihm näher war und daß sie mehr gemeinsam hatten. Und jetzt liegt er, wie er es sich gewünscht hat, neben ihr. Und wir werden später im Grab der Familie meiner Mutter liegen, auf der katholischen Seite desselben Friedhofs.

Das sind Dinge, sagte Max, auf die nur er die Antwort gewußt hätte. Aber vielleicht hätte es gar keine eindeutigen Antworten gegeben. Das war sein Geheimnis, man muß es respektieren.

Meine Mutter, fuhr Helene fort, war über das karge Begräbnis meines Vaters entsetzt, keine Blumen, der armselige Sarg, ohne Musik und Ansprachen. Eine Schande, hat sie gemeint. So sei ihm das sicherlich auch nicht recht gewesen, wo er doch auf Schönheit großen Wert gelegt hat – auf einen hübsch gedeckten Tisch, auf gute Manieren.

Er ist als Jude begraben worden, erklärte Max.

Nach einer Weile sagte sie ruhig, sie müsse nun gehen. Er begleitete sie zur Tür. Noch einmal fiel das Licht der bunten Glasfenster auf dem Treppenabsatz in ihr Haar. Er könne ein Stück mit ihr gehen, schlug er vor, aber sie sagte, nein, sie müsse sich beeilen, aber sie werde wiederkommen, sie habe viele Fragen.

So oft Sie wollen, rief er ihr nach.

Er ging ins Haus zurück und fand lange keine Ruhe. Eine glückliche Unrast trieb ihn in den Garten, unter die Bäume, deren Blätter, lose und welk, bereit zu fallen, im Herbstwind schaukelten. Nichts war zu Ende, unvermutet fing etwas Neues an.

Es gab Tage, die vom frühen Morgen an in ihre eigene Festlichkeit gehüllt waren. Auch der Neujahrstag am Beginn des Herbstes hatte für Max nie ganz diesen Glanz aus frühen Kindheitstagen eingebüßt. Selbst in den Jahren, in denen er ihn nicht beging, hatte er seine fordernde Anwesenheit und zugleich einen Verlust gespürt.

Von den Verandafenstern aus, die am Morgen oberhalb der Nebelgrenze lagen, sah der Himmel gläsern und hoch aus, während sich unten über dem Fluß und der Stadt eine weiße Nebeldecke ausdehnte. Die matte Sonne stocherte im Nebel. Bevor es Mittag war, würde sie ihn durchlöchert haben. Sie hatte sich bereits der Kirchtürme bemächtigt und funkelte auf ihren Spitzen, als Max in seinem besten Anzug die stets stille Straße hinunterging. In den Buchenhecken, die die Straße säumten, bewegte der leise Wind die trockenen Blätter. Ein Hund und ein Mann im Trainingsanzug und mit struppigem Haar kamen ihm entgegen. Der Hund schaute Max fragend an, aber sein Besitzer hatte ihn schon gesehen und den Blick abgewandt. Längst wußte Max, daß man die Menschen in dieser Gegend nicht grüßte, sie schienen das bedrohlich zu finden.

In der Stadt war ein gewöhnlicher Wochentag im Gang: Menschen, die zur Arbeit gingen, zum Einkaufen eilten, während er, nur durch seinen dunklen Feiertagsanzug herausgehoben, zum Bethaus schritt. Er fühlte sich, wie früher in der Kindheit, wenn sie an einem Samstagnachmittag fein herausgeputzt von Brooklyn in die Bronx zurückkehrten, befangen und zugleich privilegiert.

Im Betsaal waren sie bereits versammelt: Malka, geschäftig wie eine Gastgeberin, mit Daniel, der frisch gewaschen und geschniegelt aussah, Gisela Mandel, kurzatmig und voll Neuigkeiten über alle, die nicht kommen konnten, Chaim Alter, der kürzlich einen Schlaganfall erlitten hatte, Lily Leaf, die im fernen Kalifornien mit einem Oberschenkelhalsbruch im Spital liege. Herr Baron stand mit seiner sanften Frau ein Stückchen abseits, und beide lächelten Max traurig an. Frau Vaysburg sprach mit Nadja und erschien neben ihr noch kleiner und zerbrechlicher als sonst. Auch Thomas war da. Er eilte erleichtert und erfreut auf Max zu, um ihm von einer Fülle neuer Pläne zu berichten. Aber Max konnte sich nicht auf ihn konzentrieren. Diana war nicht gekommen, und warum warf Nadja ihm nur einen kurzen Blick und ein flüchtiges Lächeln zu? Und Helene? Warum hatte er unsinnigerweise gehofft, daß Helene kommen würde?

Dafür waren Menschen da, die er noch nie gesehen hatte oder die so selten erschienen, daß er sich nur dunkel an sie erinnerte. Das beunruhigte ihn ohne ersichtlichen Grund, es schien ihm, als habe sich der Festglanz des Tages ein wenig verdunkelt. Eran, der junge Vorbeter, erschien in weißem Gebetskittel und Tallis mit den auswärtigen Minjan-Männern, Flüchtlingen auf der Durchreise, Auswanderern, die auf ein Visum warteten. Sie standen herum und warteten, mischten sich nicht unter die Einheimischen, und nur ihre Frauen erzählten mitunter von ihrem früheren Leben im Irak, im Iran, zeigten den anderen Frauen Fotos, mutmaßten, was sie in Amerika, wohin sie alle wollten, erwarten würde. Die Männer beteten und lasen die Tora mit einer Sicherheit, die erkennen ließ, daß sie es von klein auf gesehen und geübt hatten. Sie waren die Akteure, die anderen waren Zuschauer.

Eran stammte aus einer unwirtlichen Gegend auf kurdischem Gebiet. Das hatte er Malka erzählt, die sich gleich seiner angenommen hatte. Und Malka gab seine Geschichte weiter und verwechselte all die exotischen Details, die er ihr in einem verworrenen Sprachgemisch berichtet hatte: In welcher Armut er aufgewachsen sei, mitten unter den Wilden eines Mongolen- oder Ossetenstammes, in einem Holzhaus auf Stelzen, unter dem sein Vater, ein Pferdehändler, seine Pferde hielt. Daß er als Kind in den Wäldern umhergestreift sei und Vogellaute nachgeahmt habe und daß es bei ihm zu Hause nur Holzbesteck gegeben habe. Mit zwölf sei er mit Eltern und Geschwistern nach Israel ausgewandert und habe in einer Jeschiwa studiert. Aber in Malkas Augen war er immer noch ein verwildertes, einsames Kind aus dem Kaukasus.

Über Erans Frömmigkeit herrschten Zweifel. Es gab Gerüchte, daß er häufig bei McDonald's oder an Imbißbuden aß, auch Würstel habe man ihn essen sehen. Aber Malka verteidigte ihn. Er sei ein lebenslustiger Mensch, kindlich, auf seine Weise fromm, man müsse ihn mögen, und es bestand kein Zweifel, Eran liebte sie. Sein erster Blick galt Malka, wenn er den Betraum betrat, und er benutzte jeden Vorwand, sich nach ihr umzudrehen. Er stellte ihr seit Wochen nach, warf andächtige Blicke in ihr Schlafzimmer, wenn sie ihn nach einer Schabbatmahlzeit zur Tür brachte, und überredete sie zu Wanderungen in die Umgebung, wo jeder Vogelruf und jeder bemooste Stein ihn begeisterten und er ihr Kosenamen zurief, ohne auf die erstaunten Blicke der übrigen Wanderer zu achten. Er hatte ein großes Wissen und ein ungeheures Bedürfnis, sich mitzuteilen, aber nur selten konnte man seinen Sätzen zusammenhängenden Sinn entnehmen, weil er zu viele Sprachen unterschiedslos und gleichzeitig verwendete.

Max saß zwischen Herrn Baron und einem unzugänglich schweigenden jungen Mann, der sich ganz in seinen Tallis gehüllt hatte. Baron erzählte Max, daß er und seine Frau mit ihren Kindern in eine andere Stadt ziehen würden, wo man als Jude leben könne, mit einem Minjan im Tempel und koscheren Geschäften. Jetzt, wo er längst in Pension und Spitzer tot sei – was hielte sie da noch hier? Spitzer war die Seele, sagte Baron. Jetzt löst sich alles auf, Sie werden sehen.

Max nickte: Ja, dann sind das wohl unsere letzten Hohen Feiertage zusammen.

Bei der Toralesung blieben seine Gedanken bei dem Satz hängen: *Und ihre Seele war voll Bitterkeit.* Er las nicht weiter. Er kannte ja die Geschichte. Er wußte, daß Gott auf Channas Tauschangebot eingehen und ihr das erflehte Kind, Schmuel, geben würde. Aber Max verweilte bei ihrer Bitterkeit. Wenn es niemanden gab, den man bestürmen oder verwünschen konnte für etwas, das man nicht bekommen hatte, was dann?

War es vierzig, fünfundvierzig Jahre her? Max sah Dana in ihrem grüngelb gemusterten Sommerkleid vor sich, so deutlich, als sei keine Zeit darüber vergangen, er sah ihren schmalen Rücken und wie sie mit beiden Händen die Tischplatte so fest umklammert hielt, daß ihre Fingerknöchel weiß wurden, während er sagte: Es geht nicht ums Heiraten. Ich will nicht, daß dieses Kind jemals existiert. Wie sie sich an diesem Tag getrennt hatten, daran erinnerte er sich nicht, aber das Muster des Sommerkleids und die weißen Knöchel sah er deutlich vor sich. Wie halten die anderen das aus, fragte er sich. Jeder, der so alt geworden ist wie ich, hat etwas, das ihn fast wahnsinnig machen muß, weil er den Augenblick nicht mehr zurückhaben kann, um sich ein zweitesmal zu entscheiden. Wie kommen die anderen durch ihre schlaflosen Nächte? Wenn sich keine Gründe mehr angeben lassen, die Zusammenhänge nicht mehr zwingend erscheinen und die Augenblicke, in einem unerbittlichen Gedächtnis festgefroren, nicht die kleinste Veränderung oder Linderung mehr erlauben? Und wen konnte man nach so langer Zeit um Vergebung bitten? Wenn fast ein ganzes Leben seither vergangen war, die vielen nicht mehr gutzumachenden Jahre, und jene Liebe von einst sich längst in Haß oder Gleichgültigkeit verwandelt hatte?

Der erste Schofarton, klagend und archaisch, riß Max aus seinen Gedanken. Einen Moment lang, kürzer als ein Gedanke, fühlte er sich angehört. Als habe er sich beklagt, daß das Leben eine Täuschung sei, bei der man betrogen wurde und betrog, und jemand, der dafür verantwortlich war, habe einfach gesagt: Ja, ich weiß.

Am Taxistand in der Nähe nahm Max ein Taxi und empfand ein mißmutiges Schuldbewußtsein wegen seiner Bequemlichkeit, als habe er den Feiertag eigenmächtig und vorzeitig beendet. Als ob er sich je an religiöse Gebote gehalten hätte.

Er kam gerade rechtzeitig, um Helene an seiner Haustür vorzufinden. Sie drückte mit ganzer Körperkraft auf die Klingel. Sie hatte ihm ein Gastgeschenk mitgebracht: eine Schachtel Mazze vom letzten Pessach, weil doch ein jüdischer Feiertag sei, sagte sie.

Er lachte. Sie sind rührend, sagte er.

Er richtete ihnen Brötchen mit Käse, wusch Weintrauben, fragte sie, was sie trinken wolle. Sie aßen am Küchentisch. Es war ein Gleichklang zwischen ihnen, eine Harmonie, die er mit keinem Wort vertreiben wollte.

Ich habe nächsten Montag Geburtstag, sagte sie. Ich bin an einem Schabbat Schuva geboren, hat mir mein Vater erzählt, das ist anscheinend etwas Besonderes.

Es ist der Samstag zwischen dem Neujahr und dem Versöhnungstag, der Schabbat der Umkehr, erklärte Max. Spitzer ist ein Mystiker gewesen. Vielleicht hat er gehofft, dachte er für sich, daß seine Tochter durch ihre Geburtsstunde einmal in seiner Welt ankommen würde.

Was hat es damit auf sich, wollte sie wissen.

Man kann es nicht erklären, sagte Max. Es hat etwas mit religiöser Zuversicht zu tun. Übrigens habe ich eine Geschichte für Sie. Ich habe die Mappe studiert und eine Geschichte für die Chronik aufgeschrieben. Aber gehen wir zuerst in mein Zimmer.

Max sprach von seiner Veranda immer als von seinem Zimmer, als wäre er in den anderen Räumen nur ein Gast. Der Ausschnitt der Natur, den er von dort oben wahrnahm, erschien ihm wie ein gültiger Ausschnitt der Welt. An ihm maß er das Fortschreiten der Jahreszeiten – an einem einzelnen wilden Kirschbaum am Hang. Als er im Vorfrühling angekommen war, hatten die schwarzen feuchten Linien der Äste ihn an eine Tuschzeichnung erinnert; nun waren die Blätter, eben erst ein hellgrünes Flirren in der Frühlingssonne, schon wieder braun. Und er war mittendrin im Leben mit dieser Achtzehnjährigen, der er den Vater erklären mußte. Das war jetzt seine Aufgabe: ihr jene Seite des Vaters zu enthüllen, die dieser ihr nie zugewandt hatte. Sonst blieb sie ihr ganzes Leben an ihre nachgetragene Liebe gefesselt.

Mütterlicherseits, las Max vor, *kam Spitzers Familie aus Susice in Westböhmen. Irgendwann gab es in der gleichmäßigen Generationenfolge von Händlern, Kaufleuten und Dorfgehern ein schwarzes Schaf. Er taucht nur kurz mit seiner Schandtat auf und wurde dann mitsamt seinen Nachkommen aus dem Gedächtnis der Familie getilgt. Er hieß Samson und war ein Dieb. Aber der Zufall wollte es, daß dieser Samson in der Stadtchronik von H. mit einer Eintragung gewürdigt wurde. Er hatte sich der Diebesbande des Juden Hirschel angeschlossen, die adligen Gutsbesitzern Pferde stahl, sie ein paar Städte weiter trieb und dort verkaufte. Auch Christen gehörten der Bande an, sogar eine Frau, Mariam Sommer, deren Religion nicht angegeben wird. Samson war ein vom Pech verfolgter Mann. Er hatte in allen möglichen Berufszweigen sein Glück versucht, mit Bettfedern gehandelt, sich bei Fuhrleuten verdingt, bevor er zu Hirschel stieß. Und kaum hatte er sich seiner Bande angeschlossen, flog sie auch schon auf. Die drei christlichen Pferdediebe kamen mit Stockhieben, Geldstrafen und Ausweisung aus dem Landkreis davon. Die Juden wurden gefoltert und zum Strang verurteilt. Hirschel wurde gehenkt. Samson ließ sich taufen. Ob er heiratete und Kinder hatte, womit er seinen Lebensunterhalt verdiente, läßt sich nicht sagen. Er blieb in der Stadt und wurde nicht ausgewiesen. Das war die Belohnung für den Glaubenswechsel. Aber von nun an gehörte er zu den von Juden und Christen gleichermaßen gemiedenen Überläufern, von beiden Seiten verachtet, besonders von den Christen. »Getaufter Jude« wird bei jeder amtlichen Er-*

wähnung angeführt, man sollte nie vergessen, daß er verdächtig war. Damals gab es eine kleine Zahl getaufter Juden in der Stadt, in der man jüdischen Händlern sonst nur mit Passierschein und Konzession an Markttagen das Handelsrecht einräumte.

Hundert und etliche Jahre später wurde wieder eine Judengemeinde in H. gegründet. Die Gründerväter, die ersten, die gegen den Widerstand des Klerus und eingesessener Bürger Konzessionen erwarben und ein Bethaus einrichteten, später eine Mikwe und eine koschere Garküche, blieben unter sich, wohnten in zwei, drei aneinandergrenzenden Straßen rund um das neue Bethaus, weitab von der ersten Synagoge aus dem Mittelalter, von der sie vielleicht nichts mehr wußten. In diesem Viertel hatten die meisten auch ihre Kontore, ihre Geschäfte. Jahre später verkaufte ihnen die Stadt ein paar Hektar Land außerhalb der Stadtgrenze für einen Friedhof, damit sie ihre Toten nicht mehr bei Schnee und Wind und Sommerhitze mit Pferden hundert Kilometer weit zum nächstgelegenen Friedhof karren mußten.

In den späten achtziger Jahren des 19. Jahrhunderts heiratete ein Samuel Spitzer eine gewisse Marianne Samson aus gutem bürgerlichen, aber christlichen Haus. Es war vermutlich keine gern gesehene Liaison. Sie muß Jüdin geworden und vom Rabbiner unter der Chuppa getraut worden sein, denn ihre Kinder waren Juden. Von ihr ist nichts bekannt. Aber ihr Sohn gehörte zu den Gründern der neuen Synagoge. Er muß wohlhabend gewesen sein, denn er stiftete den Toravorhang, ein goldbesticktes Prunkstück aus blauem Samt. Andere stifteten zehn Torarollen mit silbernen Kronen und bestickten Mänteln.

Dein Vater zog die Überreste der letzten Torarolle aus dem Sperrmüll, erzählte Max, und als Mariannes Enkel in die Schule gingen, saßen die Mörder schon mit ihnen auf der Schulbank und bereiteten sich auf den Ernst des Le-

bens vor. Ihr zweiter Sohn Menachem gründete den Ge-
sangsverein, er muß musikalisch gewesen sein, so wie Ihre
Cousine Ofra. So verschlungen sind die Wege.

Eine spannende Geschichte, sagte Helene, aber was
wollen Sie mir damit sagen? Daß ich übertreten soll wie
Marianne Samson?

Ich weiß nicht, erwiderte Max erschrocken. Nein, ich
glaube nicht.

Diese ganzen Zuordnungen deprimieren mich, sagte
Helene. Einmal hatten wir Besuch, ich weiß nicht, wer die
Leute waren, Amerikaner, Freunde meines Vaters. Die
Frau wartete, bis niemand außer ihr und mir im Zimmer
war, nur um mir zu sagen, daß sie nicht verstehe, wie mein
Vater so etwas habe tun können: zurückzukommen und
mit einer von *ihnen* auch noch ein Kind zu haben. Das
mußte sie *mir* sagen. Warum?

Max schwieg. Er legte seine Manuskriptblätter auf den
Tisch und schaute in den sommerlich heißen Nachmittag
über der herbstlichen Landschaft. Anderswo, zum Beispiel in Brooklyn, überall auf der Welt, wo Juden Neujahr
feierten, gingen sie jetzt, vor Sonnenuntergang, an einen
Fluß, um die Sünden des vergangenen Jahres ins Wasser zu
werfen. In seiner Kindheit waren sie an den East River gegangen, und die Möwen hatten die Brotkrümel, die ihre
Sünden symbolisieren sollten, im Flug aufgefangen. Auch
damals, dort in Brooklyn, waren Neujahrstage immer heiße Spätsommertage gewesen. Die warme Brise vom Meer
her hatte die Brotkrümel weit über das Wasser getragen.
Das Kreischen der Seevögel hatte etwas Barbarisches, Be-
ängstigendes gehabt. Er hatte sich am Morgen vorgenom-
men, gegen Abend zum Fluß hinunterzugehen und Brotkrümel ins Wasser zu streuen.

Jetzt war die Gelegenheit verstrichen.

Ich möchte nur, daß Sie Ihren Vater besser verstehen
lernen, sagte er müde, sonst nichts.

Ich weiß, daß er sich gefreut hätte, wenn ich manchmal in das Bethaus mitgekommen wäre, gestand sie. Aber als Kind wußte ich nicht, worum es ging, und später wollte ich bloß in Ruhe gelassen werden. All diese Themen, um die von Zeit zu Zeit unausgesprochene Spannungen aufkamen, Religion, Feiertage, Zugehörigkeit – da wollte ich mich lieber heraushalten.

Und jetzt tut es Ihnen leid, fragte er.

Sie nickte: Ein wenig. Seinetwegen.

Max war plötzlich müde, unendlich müde. Wie sollte das junge Mädchen das verstehen, das ihm interessiert zusah, wie er gegen diese Müdigkeit ankämpfte, das diffuse Unwohlsein, das über ihn hinwegrollte, dann abebbte und einen neuen Anlauf nahm. Aber er wollte sie nicht beunruhigen, er wollte mit seinem Körper allein sein. Wie weit alles andere wegrückte, wenn der Körper sich bemerkbar machte.

Er begleitete sie nicht zur Tür. Sie sollte die Haustür einfach offenlassen.

Am Jom Kippur holte Nadja ihn am späten Nachmittag ab, in einem hellen Kostüm, frisch und munter. Sie sah ihn forschend an: Du hast abgenommen. Fühlst du dich nicht wohl?

Doch, sagte er geduldig. Ich werde eben alt.

Schon im Stiegenaufgang des Gemeindehauses hörten sie das ungewöhnliche Stimmengewirr, ein Geschnatter wie im Theaterfoyer, nichts von der ein wenig bedrückten, feierlichen Stille eines Jom Kippur. Männer und Frauen drängten sich im Betraum, lachten, begrüßten sich, kannten einander offenbar. Es waren, wie Malka in Erfahrung gebracht hatte, Mitglieder jener ursprünglich aus Amerika kommenden christlichen Sekte, die sich *Freunde Gottes* nannten und öfter schon erschienen waren, noch nie jedoch in so großer Zahl. Sie beteuerten, wie sehr die Juden ihnen am Herzen lägen, unterhielten sich miteinander und waren guter Dinge. Diana saß in ihrer Mitte, und zwei Frauen redeten auf sie ein – es war ihr sichtlich unangenehm. Sie schaute zu Max hinüber, ignorierte ihre Nachbarinnen, suchte beharrlich Frau Vaysburgs und Malkas Aufmerksamkeit durch freundliches Nicken zu erregen. Offenkundig saß sie wieder einmal zwischen allen Stühlen.

Die alten Gemeindemitglieder hielten verwirrt nach bekannten Gesichtern Ausschau. Die fremden Gäste warteten gespannt und neugierig wie im Theater, steckten die Köpfe zusammen, flüsterten und nickten sachverständig. Eine angespannte Unruhe erfüllte den Raum, eine Zerstreutheit, die Erans Stimme, auch als er das *Kol nidre* anstimmte, nicht sammeln konnte.

Keine Spur von zerknirschter Scheu, nichts vom heiligen Schrecken des Gerichts, unmöglich, auch nur für einen Augenblick die Gedanken von der beunruhigenden Banalität loszureißen: Hier saßen am höchsten Feiertag des Jahres Mitglieder einer christlichen Sekte, die gekommen waren, um den Juden einer sterbenden Gemeinde beim Beten zuzusehen. Es lag eine makabre Lüsternheit in dieser Neugier.

Bring mich bitte nach Hause, sagte Max zu Nadja, ich will weg von hier.

In den nächsten Tagen brach unvermittelt die Kälte ein, der Wind fegte über den Hang und über das ledrig gewordene, verbrauchte Grün der Wiesen. Es waren Tage, an denen es kaum hell wurde, so tief und regenschwer hingen die Wolken. Als es nach einer Woche aufklärte, schien die Kraft der Sonne gebrochen, und dünne Wolkenschlieren zogen wie Rauchschwaden über ihre fahle Scheibe.

Jeden Morgen begann Max seine Arbeit voll neuer Energie, die jedoch gegen Mittag bereits wieder verflogen war. Er schrieb fieberhaft an seinem Manuskript, jetzt wo

er für seine Geschichten ein Gegenüber hatte: Helene.
Wenn er schrieb, war es, als redete er mit ihr, als fände er
Antworten auf ihre Einwände, zerstreute ihre Zweifel.
Jetzt, wo ich alt bin, dachte er, und noch ein wenig Wissen, vielleicht sogar Weisheit weitergeben könnte, fehlt
mir die Kraft und Ausdauer.

*Die Vorfahren der Spitzers und der Walchs, schrieb er,
kamen aus dem Nordwesten Böhmens. Sie legten viele
Wegstunden mit ihren Rössern und Leiterwagen zu den
Wochenmärkten der umliegenden Städte zurück, vermutlich durch die Wälder auf Schmugglerpfaden, denn auf den
Hauptstraßen mußten sie so hohe Mautgebühren entrichten, daß ihre Reise unrentabel geworden wäre. Levi
Walch, ein Vorfahre mütterlicherseits, erhielt im Jahr 1573
einen Paßbrief, im Erzherzogtum Handel zu treiben, allerdings mit der Anweisung, zu allen Zeiten den gelben
Fleck sichtbar auf seiner Kleidung zu tragen. Wer ihn zu
verbergen suchte, dem wurde die Ware abgenommen, und
nach zweimaliger Verwarnung wurde er beim drittenmal
ausgewiesen. Sein Enkel Jakob Walch mietete zusammen
mit anderen fahrenden Juden Warenlager außerhalb der
Städte. Das Judengewölbe in H. wurde während der Karwoche im Jahr 1677 von Seminaristen, angehenden Theologen, geplündert und zerstört, angeblich aus Rache für
den Gottesmord.*

Die Walchs, entnahm Max den Dokumenten in Spitzers
Mappe, waren alle fahrende Händler gewesen. *Stets der
Witterung und der Willkür ausgesetzt, schrieb Max, abhängig von der Gunst der Zöllner, der Unaufmerksamkeit
der Wegelagerer und davon, daß die Hohlwege, die sie benutzten, sich im Frühjahr nicht in reißende Bäche verwandelten und ihre Ware fortspülten. Selbst wenn die Stadt,
für deren Wochenmarkt sie eine Lizenz vorweisen mußten, bereits in Sicht war, bedeutete dies keineswegs, daß sie
ihre Ware und ihre Freiheit nicht doch noch verlieren*

konnten, vielleicht sogar ihr Leben. Sie hafteten füreinander, ein Jude war der Stadtverwaltung so gut wie der andere. So konnte die Flucht eines Juden, jedes geringfügige Delikt jeden beliebigen anderen die Freiheit kosten. War einer zahlungsunfähig, wurde die Ware eines anderen konfisziert. Es bedurfte auch keiner Verfehlungen, um gefoltert zu werden. Auf Empfehlung der Landgerichtsordnung durften Juden »nach vernünftigem Ermessen«, wie es in der Verordnung hieß, gefoltert werden. Das brachte beträchtliche Summen von Bestechungsgeldern ein. Auch wer das Pech hatte, nach Beendigung des Wochenmarktes in der Stadt aufgegriffen zu werden, wurde gefoltert. Daran änderte sich in zweihundert Jahren wenig. Es waren jedoch die böhmischen Städte, in denen sie sichtbare Spuren hinterließen, schrieb er.

Vielleicht fahre ich im nächsten Frühling mit ihr dorthin, dachte Max unternehmungslustig. Er überlegte nicht, wie sie in diese Dörfer und Kleinstädte gelangen sollten, er stellte sich nur vor, wie sie durch eine sanft hügelige Landschaft fahren würden, zwischen Löwenzahnfeldern und an flachen Seen vorbei, auf Landstraßen, die in Ortschaften mit barocken Kirchen hineinführten und sich zu Dorfplätzen verbreiterten. Er war nie in Böhmen gewesen, auch nicht in Prag, aber Mira war in Südböhmen geboren und hatte ihre Kindheit dort verbracht, und bei einem Verwandtenbesuch hatte sie Saul zum erstenmal gesehen, dort hatten sie sich kennengelernt, nicht in Wien, sondern im Schatten eines Baumes in einem Dorf, das seit dem Krieg von einem Stausee überschwemmt war. Max hatte immer eine sehr deutliche, ein wenig märchenhafte Vorstellung von dieser Szene gehabt. Sie stand so unverrückbar in seinem Bewußtsein, als habe er ein Foto davon gesehen. Und seine mütterlichen Vorfahren waren auf dem Friedhof einer slowakischen Kleinstadt begraben.

Er würde Helene vorschlagen, im Frühsommer, bevor es heiß wurde, dorthin zu fahren. Denn das hatte Max inzwischen begriffen, er mußte sie zu jenen Orten führen, die ihr zeigten, wie sie im abgewandten Leben ihres Vaters einen Platz finden konnte, an dem sie seine Liebe spürte.

3

Wenn Nadja kam, lag jetzt manchmal Bedrücktheit über ihrem Zusammensein, flüchtig und ungreifbar wie die Melancholie des Älterwerdens, die Max mitunter ohne Anlaß überfiel. Nie sprachen sie über die Vergangenheit und auch nicht über konkrete Zukunftspläne. Manchmal ertappte er sie dabei, wie sie ihn nachdenklich ansah, als wolle sie etwas über ihn erfahren, wonach sie nicht fragte. Die einzige Vertraulichkeit zwischen ihnen war, daß sich ihre Hände öfter scheinbar zufällig berührten und sie ihm dann zulächelte, als wolle sie die Berührung bestätigen.

Nadja kam oft, fast jeden Tag, drei Wochen lang, aber jeder Tag konnte der letzte sein. Wenn Max fragte, wann sie wegmüsse, sagte sie: Bald, ich bin schon viel zu lange hier. Aber sie legte sich nicht fest.

Ofra war wieder abgereist, und die anderen Mitglieder der Gemeinde standen ihr nicht nah genug, daß sie ihretwegen länger geblieben wäre.

Du schiebst meinetwegen deine Abreise hinaus, sagte Max, und die Genugtuung war seiner Stimme anzuhören.

Sie schwieg, blickte abwesend aus dem Fenster, sagte etwas Belangloses über seinen Garten.

Bleib, bat er, meinetwegen.

Sie drehte sich abrupt zu ihm um, Erstaunen im Gesicht: Brauchst du mich?

Einen Augenblick lang hoffte er, sie würde die wenigen Schritte auf ihn zukommen und ihn umarmen. Ihre Arme hoben sich leicht, und ihre Augen leuchteten auf, doch nur für den Bruchteil einer Sekunde. Dann lächelte sie, doch so, als hinge sie einer Erinnerung oder einem Gedanken nach, ihr Lächeln war zu fern, als daß er die wenigen Schritte, die sie trennten, zu machen gewagt hätte. Als er sie zum Auto begleitete, blieb sie bei den zwei Lärchen vor dem Haus stehen, deren feine gelbe Nadeln ein Spinnennetz verband, und sah ihn an, als wolle sie noch etwas sagen, aber dann wandte sie sich zum Gehen.

Nun hing es von ihr ab, wieviel Nähe es zwischen ihnen gab. Zufällig mußten die Berührungen sein, damit Nadja sie zuließ. Wenn er die Hand nach ihr ausstreckte, wandte sie sich ab. Dann sah sie manchmal aus, als würde sie gleich zu weinen anfangen. Ihre Zurückhaltung lähmte Max.

Mitunter brachte sie Besuch mit, Malka, die seine Attacken von Erschöpfung als larvierte Depression bezeichnete.

Auch Thomas kam, von dem er wußte, daß er Nadja nicht besonders mochte, denn Nadja wollte in die Gespräche einbezogen werden, und Thomas war in ihrer Gegenwart gar nicht gesprächig. Er hatte eine Gesellschaft gegen Rassismus und Ausländerfeindlichkeit gegründet und mußte nun Nadjas Kritik ertragen, die ihm erklärte, daß sie sich von den Zielen einer solchen Gesellschaft nicht mitgemeint fühle. Wenn sie es wolle, werde er einen anderen Namen finden, beschwichtigte er sie gereizt, aber in seiner Miene war deutlich zu lesen, daß er ihr jedes Recht auf ihre Meinung absprach.

Die Freitagabende an Max' Tisch wurden nicht zur Gewohnheit, auch wenn die Gäste beim Abschied jedesmal beteuerten, daß man sich bald wieder treffen sollte. Wenn Nadja abreiste, vermutete er, würde es wieder still werden in seinem Haus. Nadja bemühte sich, Ordnung und Abwechslung in sein Leben zu bringen, sie sorgte für Geselligkeit, gemeinsame Schabbatmahlzeiten mit Menschen, die zum Gespräch zusammenkamen und einander mochten.

Wenn er am Abend oder spätnachts allein zurückblieb, fragte er sich, ob sie ihn liebte. Er war sich fast sicher – und war am nächsten Tag, beim nächsten Zusammensein, von neuem mutlos. Dieses Nachgrübeln über Nuancen ihres Verhaltens, über verborgene Bedeutungen ihrer Sätze, und daß er es nicht wagte nachzufragen, machte ihn abhängig. Liebte *er* sie denn? Oder war Liebe nicht das Wort für die wehmütige Freundschaft, die sie verband? Wenn sie fort war, fiel die Spannung von ihm ab, die er in ihrer Gegenwart spürte, und er konnte unbefangener über sie nachdenken, ihre Sätze und Gesten richtiger deuten. Es kam häufig vor, daß er sich ganz grundlos bei irgendeiner banalen Tätigkeit an sie erinnerte und an ihrem Bild, an einem Gespräch mit ihr hängenblieb. In der Erinnerung an sie fühlte er sich glücklich und lebendig.

Es war Oktober, und der Fluß, der bewaldete Hang auf der anderen Seite, die Stadt im äußersten Blickwinkel am Rand des Gartens schienen in den blassen Herbstfarben sehr weit entfernt. Nadja kam wie fast jeden Abend über die Wiesen vom Fluß herauf.

Max hatte die Freude ihrer langsamen Annäherung, die gespielte Überraschung, mit der er ihr übermütig zuwinkte, dieses täglich erneuerte Ritual immer genossen. Nun stand ihre Abreise bevor. Er hörte, wie sie die Terrassentür öffnete. Dann kamen ihre Schritte, und er war schon in der Diele, sie zu empfangen.

Er hatte für sie gekocht und in der Küche bereits

gedeckt: Kartoffelpuffer mit Apfelmus, die sie gern aß. Genauso, wie Mira sie zu Chanukka gebraten hatte. Er schaute ihr zufrieden beim Essen zu, während er Tee trank. Er selber hatte in letzter Zeit keine Lust zu essen. Ich bin alt, wehrte er ihre Frage ab, ich brauche nur eine Mahlzeit am Tag, ich habe zu Mittag gegessen.

Es war so still, wie es nur an einem Herbstabend still sein konnte, als wäre alles gesagt und getan.

Dieser Herbst sollte nicht aufhören, sagte Nadja.

Max schwieg.

Das Gefühl, als sei alles, was man tut, ein letztes Mal, kennst du das, fragte sie.

Er nickte, lächelte. Du bist für solche Ahnungen zu jung, erwiderte er.

Aber sie schüttelte den Kopf.

Vielleicht die ersten Vorboten des Alters, meinte er, so fängt es an. Später schwindet dieses Endzeitgefühl. Es wird gleichgültig, wie oft man etwas noch tun wird. Das Ende hört auf, etwas Neues zu sein.

Sie gingen in die Veranda hinauf, wo sich der glasklare Himmel in einer offenen Fensterscheibe spiegelte. Bevor sie sich setzen konnte, hielt Max Nadjas Hand fest.

Ich habe nachgedacht, sagte er. Es wäre schade um uns, wenn wir einfach so auseinandergingen.

Sie standen sich gegenüber, sehr nah, er glaubte Zustimmung und Erleichterung in ihrem Gesicht zu erkennen.

Es wird nicht einfach sein, sagte Nadja.

Die Annäherung ihrer Hände, ihrer Körper schien anfangs wie ein vorsichtiges Zurückgleiten in eine ferne, verlorengegangene Intimität. Aber die Befangenheit blieb bestehen, wurde auch durch die behutsamen Zärtlichkeiten nicht aufgehoben. Er spürte sein Versagen und wollte nicht darüber nachdenken, woran es lag. Bei aller Enttäuschung war er auch ein wenig erleichtert. Nichts blieb also von der Zeit unberührt, und der Körper speicherte kei-

288

ne Erinnerungen und behielt sie frisch. Die Frau in seinem Bett war eine Vierzigjährige mit einem schönen, vom Altern noch kaum berührten Körper, der ihm eine fast unpersönliche Bereitschaft zur Lust entgegenbrachte.

Es tut mir leid, sagte er.

Sie lächelte, zog die gezackte Narbe auf seinem Brustbein nach. Da hat dich der Tod berührt, sagte sie leise.

Es gäbe auch andere Möglichkeiten dich zu befriedigen, lenkte er ab.

Sie schüttelte den Kopf: Darum geht es nicht.

Worum geht es denn, fragte er müde.

Um die Zeit dazwischen, die läßt sich ja doch nicht auslöschen.

Er sah sie fragend an.

Jetzt ist es zu spät, Max, sagte sie sanft, in der Zeit dazwischen ist viel passiert.

Ich bin ein alter Mann, ich weiß, sagte er bitter.

So einfach ist das nicht. Wir würden doch ständig an damals denken, aber das läßt sich nicht wiederholen, das ist vorbei.

Vielleicht wären wir jetzt reifer für eine Liebe, gab er ihr zu bedenken.

Sie schwieg, und er hatte den Verdacht, daß sie schwieg, um nichts Verletzendes zu sagen.

Hast du einen Liebhaber, fragte er und spürte einen Stich von Eifersucht.

Sie lachte auf. Selbst wenn es so wäre, sagte sie, das stünde auf einem anderen Blatt.

Sie blieben noch eine Weile nebeneinander liegen, hingen beide ihren Gedanken nach. Später zogen sie sich schnell, leicht voneinander abgewandt, an.

Max begleitete sie zur Haustür. Kommst du wieder, fragte er.

Natürlich, sagte sie. Ich ruf dich an, wenn ich in London bin.

Max konnte lange keinen Schlaf finden. Nadjas Duft, den er immer gemocht hatte, war auf seinem Kissen zurückgeblieben. Irgendwann später ging er ins Badezimmer, stand vor dem Spiegel und betrachtete seinen Körper: Die Narbe, ein dunkelroter, ausgefranster Blitz, der über sein Brustbein lief, das weiße Brusthaar, die gelblich weiße Haut, die leicht nach vorn gesunkenen Schultern, der Oberkörper ein schlaffes Fragezeichen, wenn er ihn seiner gewohnten Haltung überließ, die Hautfalten eines wieder zurückgegangenen Bauchansatzes. Er hatte stets einen guten, verläßlichen Körper gehabt, breitschultrig, athletisch. Sogar die Ärzte hatten ihn anerkennend gefragt, welche Sportart er betreibe. Keine, hatte er geantwortet, ich habe in meinem Beruf genug Bewegung.

So sehen wir Alten unter den Kleidern eben aus, sagte er zu seinem Spiegelbild. Gar nicht so schlecht, wenn man bedenkt, was wir alles mitgemacht haben.

Er hatte schon lange sein Spiegelbild keiner so ausführlichen Betrachtung unterworfen, und er wollte sich jetzt nicht an früher erinnern.

Die Nacht war windstill, die Blätter, die den ganzen Sommer unablässig geraschelt hatten, lagen auf der Erde. Es war so still, als habe draußen alles zu existieren aufgehört. Max horchte beklommen in diese Stille hinein, als könne sie bei jeder jähen Bewegung, jedem lauten Geräusch, das er verursachte, über ihm zusammenstürzen und alles unter sich begraben.

Nach langer Abwesenheit tauchte Diana wieder auf, unangekündigt und unerwartet wie früher. Der Garten müsse winterfest gemacht werden, erklärte sie, als sei seit ihrem letzten Besuch nicht mehr als eine Woche vergangen, und ging unverzüglich daran, die Rosen zu schneiden, deren Blühen sie nie gesehen hatte. Sie gab sich so geschäftig, daß Max sich fragte, warum sie gekommen sei, wenn sie die Absicht hatte, ihm auszuweichen.

Die Sonnenblumen sind ohne dich verblüht, rief Max. So lange warst du weg, seit Ende Juli.

Das sei notwendig gewesen, erklärte sie ernsthaft, sie habe Zeit gebraucht, um wieder zu sich zu kommen.

Und jetzt, fragte er, bist du bei dir?

Ich bin noch immer in Therapie, sagte sie und sah ihn bedeutungsvoll an.

Warum in Therapie. Wozu?

Diese Beziehung, diese beginnende Beziehung mit dir hat alles ausgelöst.

Wir hatten keine Beziehung, sagte er und fand seine Stimme unnötig hart.

Was immer es war, entgegnete sie schnell, es war mir zuviel.

Sie luden das welke Laub auf den Schubkarren, er schichtete es unter ihrer Anleitung zu einem Komposthaufen auf. Jetzt war Max froh, daß er etwas mit seinen Händen tun konnte, während er vergeblich versuchte, einen Blick von ihr zu erhaschen und zu deuten. Aber sie vermied es, ihm in die Augen zu sehen.

Warum bist du gekommen, fragte Max.

Weil es wichtig für mich ist, das sagt meine Therapeutin. Diana gab diese Erklärung völlig unbefangen.

Aha, rief er, der Besuch ist Teil der Therapie!

Ich muß lernen, mich anzunehmen, erklärte sie, ich muß mich meinen Schatten stellen.

Das ist nicht deine Sprache, sagte Max ärgerlich. Ich will dich hören, nicht deine Therapeutin.

Sie erzählte von Phobien, die sie gehabt habe, und daß ein alter Konflikt durch ihn wieder aufgebrochen sei.

Welcher alte Konflikt, wollte Max wissen.

Eine Übertragungsneurose, sagte sie fast stolz.

Er schüttelte den Kopf. Ich kenne den Jargon, winkte er

ab. Max sah sie an, wie sie mit einer Schulter an der Säule auf der Terrasse lehnte. Dasselbe gekräuselte Haar über der runden Stirn, die bernsteinfarbenen Augen, zum Greifen nah und zugleich gepanzert mit fremden Worten, mit einem herausfordernden und dabei leeren Blick und einer Selbstbeherrschung, unter der sie wie eine gespannte Saite nervös zu vibrieren schien.

Bist du wenigstens glücklich, fragte Max und erinnerte sich daran, daß er ihr diese Frage schon einmal gestellt hatte und daß sie sich seither duzten.

Sie sah ihn verständnislos an und schwieg.

Mein Mann weiß von meinem Besuch, sagte sie statt einer Antwort. Er hat dich damals bei dem Podiumsgespräch gesehen.

Ich erinnere mich, erwiderte Max.

Meine Schwiegermutter kennt dich auch, fuhr sie fort.

Die ganze Familie hat also mitgeholfen, dir den Kopf zurechtzusetzen. Sie müssen dich sehr lieben, meinte Max sarkastisch.

Sie reagierte nicht.

Ich werde dich jetzt regelmäßig besuchen, erklärte sie, wenn es dir recht ist.

Mit Vergnügen, sooft du willst, rief Max.

Nur einmal in der Woche, sagte sie bestimmt.

Dabei blieb es. Sie fuhr von nun an fast jeden Dienstagnachmittag mit ihrem roten Toyota vor und begrüßte ihn mit einem aufmunternden: Wie geht's? Manchmal hatte Max den Verdacht, daß sie zu ihm kam, wie man die Kranken im Altersheim besucht, um deren Einsamkeit zu lindern. In Dianas Liebenswürdigkeit spürte Max deutlich den Hochmut junger Frauen, die glaubten, ihre Gegenwart sei ein Privileg, mit dem sie jene beschenken konnten, denen das Alter nur mehr Erinnerungen und hilflose Sehnsucht nach Jugend übriggelassen hatte. Der routinierte Plauderton, mit dem sie ihn ermüdete, und ihre kühle Freundlichkeit erschienen ihm herablassend. Sie saß ihm in ihren maßgeschneiderten Kostümen elegant gekleidet gegenüber, nippte an ihrer Tasse Tee, nichts, was sie tat, wirkte natürlich. Man hatte ihr verboten, die zu sein, die er gekannt hatte, getrieben, auf der Suche, und es war ihr nicht gelungen, sich neu zu erfinden. Sie schlug die Beine übereinander, beobachtete ihn, ihr gekünsteltes Verhalten war irritierend. Wollte sie ihm gefallen oder wies sie jedes Begehren als unpassende Verirrung von sich? Es war etwas Kränkendes an diesen Inszenierungen. Sie ließ kein ernsthaftes Gespräch und keine Nähe zu, und wenn sie ging, fühlte Max sich mutlos, als hätte er versagt.

Das erste Schneetreiben kam unerwartet früh in diesem Jahr, und mit dem Schnee stoben die letzten Herbstblätter durch die schneidende Luft. Max war nicht vorbereitet auf diesen Winter. Die Gartenstühle standen noch auf der Terrasse, Schnee sammelte sich auf ihren Flächen. Nur im harten, gläsernen Licht klarer Abende und in einigen frostigen Nächten hatte man den nahenden Winter ahnen können. Der Wind fuhr wie mit Messern in die Ritzen und Fugen des alten Hauses. Es war zugig und ungemütlich geworden in seiner Veranda.

Manchmal ging Max am Vormittag ins Kaffeehaus, manchmal besuchte er Thomas im Archiv, aber es gab viele Tage, an denen die Abwesenheit Spitzers im Büro in der Färbergasse ihn so bedrängte, daß er die Stadt mied.

Eines Abends war er so krank, daß er am nächsten Morgen Malka anrief. Malka lief vor ihm her, die Holztreppe zur Veranda hinauf, schlug vor, daß er ihr den Haustürschlüssel aushändige für weitere Visiten, und erklärte, er habe eine Grippe. Kein Grund zur Besorgnis. Max war nicht besorgt, er war nur erschöpft, und Malkas

Ermahnung, er solle das Haus nicht verlassen, war über-
flüssig. Nach einer Woche stellte sie eine Lungenentzün-
dung fest.

Thomas saß öfter an seinem Bett, Malka umsorgte ihn,
Helene kam auf Besuch. Aber Max sehnte sich nach Nadja, wünschte sich, daß sie an seinem Bett säße, wenn er auf-
wachte, und nicht mehr fortginge.

Als er wieder zu Kräften kam, wollte er an der Chronik
weiterschreiben. Man weiß nie, sagte er zu Thomas, wieviel Zeit einem noch bleibt. Statt dessen schrieb er an Nadja, fast jeden Tag, so wie man in ein Tagebuch schreibt,
Briefe, die er nicht abschickte. Sie rief oft an, aber am Telefon redeten sie über Alltägliches, und danach war er unzufrieden, als hätten sie kostbare Zeit mit Überflüssigem
vertan. Nachdem er den Hörer aufgelegt hatte, schrieb er
ihr dann einen langen Brief, weil er doch wieder nichts von
dem gesagt hatte, was ihn wirklich beschäftigte.

Malka schalt ihn, daß er sich gehenließe, Bewegung
würde ihm guttun. Er mochte diese Müdigkeit, die ihm
manchmal die Tage zu einem einzigen, unendlich langen
Tag verschmelzen ließ. Zweifellos würde er eines Tages
wieder auftauchen aus dem Nebel, aber etwas, das spürte
er, veränderte sich in seinem Körper, und er ließ es mit
banger Neugier zu. Kündigte sich so eine letzte schwere
Krankheit an? Er saß in seinem Korbstuhl auf der Veranda, im dämmrigen Zwielicht, die Natur hatte sich zurückgezogen, die Bäume rund ums Haus hatten sich auf ihr
kleinstes Volumen, ihr nacktes Gerippe reduziert. War er
hier am richtigen Ort?

Die vergangene Zeit türmte sich vor ihm auf und nahm
ihm die Sicht. Alles war seit so langer Zeit vergangen, dreißig, vierzig, fünfzig Jahre, Ben war seit vierzehn Jahren
tot, Mira seit mehr als zwanzig Jahren, alle waren tot, Elizabeth, Victor, Spitzer. Manchmal fühlte er sich wie einer,
der dem Todesengel entwischt ist. Das munterte ihn auf

und erinnerte ihn daran, daß er das Leben immer geliebt hatte, sogar in schlechten Zeiten. Es gab noch zuviel zu erledigen: die Chronik, die er noch um seine eigene Familiengeschichte erweitern wollte, die Reise mit Helene, und auch Nadja war ein unerledigtes Kapitel in seinem Leben. Er sehnte sich nach Nadja. Jetzt, da er keine Macht mehr über sie hatte, fragte er sich oft, was sie wohl gerade tat und ob sie an ihn dachte.

Malkas Besuche riefen ganz neue Sehnsüchte in ihm wach. Sie brachte ihm meist eine gekochte Mahlzeit mit, wärmte sie für ihn auf, hantierte eine Weile in der Küche, leichtfüßigen Schrittes lief sie die Treppe hinauf, stellte das Tablett in der Veranda vor ihn hin, saß bei ihm, während er aß, und schüttelte die Kissen auf. Ich komme Sie auch besuchen, wenn Sie nicht mehr krank sind, neckte sie ihn. Später wusch sie das Geschirr ab, rief ihm einen Gute-Nacht-Gruß zu. Dann fiel die Haustür ins Schloß, und er hörte den Motor ihres Autos anspringen. Es war das erste Mal in seinem Leben, daß er das Alleinsein als ein Verlassenwerden empfand. Er hatte es immer abgelehnt, mit einer Frau zusammenzuleben, die Ehe war ihm als Einschränkung erschienen, ein Zwang, der die Liebe und die Lebensfreude in der Eintönigkeit erstickte. Und nun sehnte er sich sogar nach Nadjas Gegenwart.

Fast einen Monat lang hatte Max das Haus nicht verlassen. Für ihn lag auch etwas Beruhigendes in seiner Bewegungslosigkeit, während das Tageslicht und die vertrauten Menschen mit ihren Geräuschen kamen und gingen: Thomas' gewissenhaftes Scharren auf dem Fußabstreifer und seine vorsichtigen Schritte, Malkas ruckartiges Bremsen, ihr energischer Schritt, ihr überfallartiges Öffnen der Haustür, als erwarte sie eine grausige Überraschung im Flur vorzufinden, der es mit mutiger Entschlossenheit entgegenzutreten galt, ihr ebenso abruptes Abfahren nach einem Besuch, und jedesmal wieder Stille, als seien die Geräusche nur ein Vorwand, um die Stille zu vertiefen.

Nur Helene beeindruckte er noch mit seiner hinausgezögerten Bettlägrigkeit, gegen die Malka längst Spaziergänge und Stadtbummel verordnet hatte. Helenes blaugraue Augen schauten ihn so verstört an, daß er sie trösten mußte: Keine Sorge, es geht mir gut, es ist nur eine Müdigkeit, die der Winter mit sich bringt, Malka behauptet sogar, ich simuliere.

Wenn sich auf Helenes Gesicht Besorgnis zeigte, sah sie ihrem Vater am ähnlichsten.

Sie sprachen über Spitzer. Das machte beide glücklich.

Ich habe ihm kein einziges Mal gesagt, wie gern ich ihn gehabt habe, gestand sie bedrückt.

Er hat es gewußt, tröstete er sie.

Sie erzählte ihm, wie sie ihrem Vater als Kind Gedichte von Heine aufsagen mußte, andächtig habe er zugehört.

Sie trug einen Davidstern an einem dünnen Lederband um den Hals.

Woher haben Sie den Stern, fragte Max.

Sie errötete. Den habe ich schon lange. Ofra hat ihn mir geschenkt.

Aber Sie tragen ihn erst jetzt.

Sie nickte, schaute zum Fenster hinaus. Jetzt ist es leichter, sagte sie, es stellt niemand mehr Fragen.

Im Frühjahr fahren wir zusammen nach Böhmen, wo Ihre Vorfahren herkommen, versprach er ihr, und er bemerkte erstaunt, daß er sich plötzlich gar nicht mehr müde fühlte, daß er sich selbst ganz vergessen hatte in seinem Eifer, Wege zu finden, daß ihre Trauer sich eines Tages in Glück verwandelte.

Als sie gegangen war, schaute er lange noch in den blauen Nachmittag hinaus, in die langsame Dämmerung im Schneelicht. Es war so still, als hätte die Welt die Stimme oder er das Gehör verloren. Er öffnete das Fenster. Die kalte Luft schmeckte wie bitteres Metall. Bevor die Farben sich vor der Nacht zurückzogen, breitete sich ein rötlicher Schimmer über die verschneiten Wiesen und den Himmel, ein lichtdurchlässiger Schleier, auf dessen Grund das Abendlicht wie ein Versprechen lag.

Jijeh tov, war eine Redensart von Spitzer gewesen: Es wird gut werden. Vielleicht.

4

Ende April kam Nadja auf einen kurzen Besuch. Sie bereitete eine Reise nach Osteuropa vor, in die Slowakei, nach Polen und in die Ukraine. Sie war angespannt und von ihren Recherchen in Anspruch genommen. Es war der erste große Auftrag, seit sie für die Londoner Fotoagentur arbeitete.

Als sie Max nach seiner Genesung zum erstenmal sah, erschreckten sie das fahle Weiß seiner Wangen und die tiefen, blauschwarzen Schatten unter seinen Augen. In London hatte sie mit dem Gedanken gespielt, ihn einzuladen, mit ihr zu kommen. Aber nun war sie erleichtert, daß sie den Gedanken wieder verworfen hatte. Der Grund, daß sie es sich anders überlegt hatte, war Bogdan gewesen. Sie würde sich mit ihm in Krakau treffen, und zusammen würden sie nach Ostpolen und in die Ukraine fahren, das Land, in dem er seine Kindheit verbracht hatte. Undenkbar, daß Max und Bogdan zusammenträfen. Mit Bogdan hatte sie jene Art von Beziehung gehabt, vor der Max sie damals, vor vielen Jahren, gewarnt hatte – der hastigen Sucht nach Befriedigung. Er hatte sich geirrt, auch die kurzen, heftigen Begegnungen hinterließen Spuren, wenn auch ihre Verletzungen oberflächlichere waren, Schürfwunden, deren Narben nicht fürs ganze Leben blieben.

Sie traf Max zum Ausgehen gekleidet an, in einem Anzug, der lose um seinen Körper hing, und er schien sehr glücklich, sie zu sehen, er führte sie ins Haus, als habe er nur auf sie gewartet.

Ich hatte gehofft, du würdest länger bleiben, sagte er.

Wie lange, fragte sie und lächelte.

Wenn du möchtest überhaupt, für immer.

Sie sah ihn erstaunt an.

Ich richte dir ein Zimmer ein, schlug er vor, damit du nicht mehr im Dienstbotenzimmer deines Vaters wohnen mußt.

Laß mich darüber nachdenken, sagte sie vorsichtig, vielleicht können wir darüber reden, wenn ich wiederkomme.

Wann immer es dir recht ist, sagte er.

Sie hatte ihm zwei Fotos mitgebracht. Das eine, das sie ohne sein Wissen vor dem Waldorf Astoria aufgenommen hatte, und einen Schnappschuß, auf dem sein Gesicht kaum erkennbar war, nur der dunkelblaue Dufflecoat mit der Kapuze und den Hornverschlüssen, den er damals getragen hatte. Sie erinnerte sich an den sonnigen Wintertag, an dem sie zum erstenmal mit der neuen Leica in den Park gegangen waren, so deutlich, daß sie sich die beißende Kälte und das Knirschen des Schnees vergegenwärtigen konnte, daß sie den weißen Atemhauch vor ihren Mündern sah und den wolligen warmen Stoff seines Mantels gegen ihre Wange zu fühlen glaubte. Sie mußte nur das Foto ansehen.

Wann war das, fragte er.

Irgendwann im Winter, im Central Park. Sie tat, als erinnere sie sich nicht genau.

Und das? Er betrachtete das Foto, auf dem er in der rechten Hand seine schmale Brille hielt und die Finger seiner Linken müde, fast wie leidend, gegen die Nasenwurzel drückte.

Ein gutes Foto, sagte er anerkennend. Habe ich da gewußt, daß du mich fotografierst?

Nein, sagte sie, das war zwei Jahre später.

Ich bin sehr stolz auf dich. Er hob die Arme und ließ sie dann wieder sinken. Sie stand zu weit entfernt für eine Umarmung, und sie trat keinen Schritt auf ihn zu.

Du hast mir übrigens ein paar Fotos gestohlen, sagte Max schelmisch, glaub nicht, daß ich es nicht bemerkt habe.

Die Frau mit den vier Gesichtern, fragte Nadja.

Er lachte. Nennst du sie so?

Ihr Gesicht verschloß sich, und sie schlug die Augen nieder, damit das Glitzern zurückgehaltener Tränen sie nicht verrate.

Er legte einen Arm um ihre Schulter: Vergiß sie bitte, ich habe seit vielen Jahren nichts mehr von ihr gehört.

Sie wußte, wenn sie ihn jetzt fragte, ob er sie liebe, würde er ja sagen. Aber sie fragte nicht.

Am letzten Nachmittag vor ihrer Abreise kam Nadja wie schon im Herbst vom Fluß herauf über die Wiesen, die ihre Schuhe durchweichten, um dieser glücklichen Augenblicke des Näherkommens willen. Sie saßen lange auf der Terrasse. Max erzählte von Spitzers Mappe, er nannte ihr die Namen von Orten, in denen dessen Vorfahren gelebt hatten und wo sie vielleicht begraben waren.

Bring Fotos mit, wenn du in diese Gegenden kommst, ermahnte er Nadja. Vielleicht findest du auch Spuren meiner Familie. Kommst du nach Przemyśl?

Das habe sie vor, sagte Nadja, sie wolle dort jemanden besuchen.

Geh auf den Friedhof, such die Gräber der Bermans,

es muß eine große Familie gewesen sein, Berman und Schammestik haben sie geheißen.

Der Urgroßvater, erzählte Max, sei ein Findelkind gewesen, angeblich von sephardischen Eltern, die in einem Zug im Grenzgebiet zwischen der Türkei und Rußland ermordet worden seien. Die Großmutter stammte aus Przemyśl, dort habe sich der Großvater, der in Lemberg aufgewachsen sei, niedergelassen. Es war eine Liebesheirat, etwas ganz Unerhörtes zu jener Zeit der arrangierten Ehen. Max hatte diese Großeltern und die in Polen gebliebenen Geschwister seines Vaters nie kennengelernt, nicht einmal Fotos habe er gesehen. Die älteste Schwester des Vaters war als Jugendliche nach Amerika ausgewandert, eine zweite war ihr gefolgt. Sie hatten sich beide in Chicago niedergelassen, in seiner Kindheit habe ein loser Kontakt bestanden, aber der sei nach der Scheidung der Eltern unterbrochen worden. Die anderen, sagte Max, die geblieben sind, wurden wohl ermordet. Die Briefe haben nach 1941 aufgehört. Mach bitte Fotos von den Gräbern, schärfte er ihr ein.

Dann hing jeder seinen Gedanken nach. Es war kein angespanntes Schweigen, eher wie der auspendelnde Rhythmus von Gespräch und Stille.

Nadja betrachtete sein Gesicht, als müsse sie es sich für später einprägen. Seine schmalen, abgemagerten Züge gaben ihm eine asketische Entrücktheit, die nicht zu ihm paßte. So saß er lange, der Sonne zugewandt, mit geschlossenen Augen. Sie hätte nicht sagen können, ob er schlief, aber am liebsten hätte sie ihn berührt, um sich zu vergewissern, daß er warm und lebendig war. Sie dachte, daß sich so vielleicht der Tod ankündigte, indem er sich probeweise auf einem schlafenden Gesicht niederließ und es verwandelte.

Als er die Augen öffnete, sah er ihren erschrockenen Blick und lachte: Noch bin ich am Leben.

Aber sie hatte auch gespürt, daß er wußte, was sie gese-

hen hatte, und es abwehren mußte, weil ihm Fürsorglich-
keit immer Unbehagen bereitet hatte, und daß ihn gleichzeitig ihre stumme Sorge auch beglückte.

Später, als es kühl geworden war, saßen sie eine Weile
in den Korbstühlen unter dem Dach aus Glasziegeln. Die
Wolken, fast direkt über ihnen, erinnerten sie an Sanddünen, so fließend und weich. Ganz ausgeliefert kam sie
sich vor, unter dem weiten Himmel, wie angespült von
der Zeit, und das Bedürfnis, in eine zeitlose Unendlichkeit hinausgetragen zu werden, war überwältigend. Sie
waren einander so nahe, wie sie sich kommen konnten,
aber das Verlangen in ihr war nicht gestillt. Es war nicht
mehr Liebe, die sie von ihm wollte, die war er ja zu geben
bereit. Es hatte mit früher zu tun, aber es hätte nicht aus-
gereicht, wenn er sie um Verzeihung gebeten hätte. Die
Liebe, die er ihr jetzt anbot, kam um neunzehn Jahre zu
spät, und die Verweigerung von damals wog noch immer
schwerer als seine Abhängigkeit im Alter, die etwas Mit-
leiderregendes für sie hatte. Hätte er sie gefragt, was
sie von ihm erwartete, dann hätte sie sagen müssen:
Daß du die Zeit zurückdrehst bis zu jenem Nachmittag
im April nach dem Schneesturm und daß von da an alles
so geworden wäre, wie wir es uns erst jetzt vorstellen
könnten.

Im Flur an der Haustür küßten sie sich, und unvermittelt, für einen Augenblick, war die Vergangenheit gegenwärtig, alle Nuancen der sinnlichen Empfindung, die seine Küsse damals hervorgerufen hatten.

Willst du nicht doch bleiben, wenigstens für eine
Nacht, fragte er.

Nein. Nadja schüttelte den Kopf. Ich muß morgen
schon sehr früh auf.

Am nächsten Morgen fuhr Nadja bereits durch Dörfer, die Max ihr genannt hatte, durch Marktflecken mit verfallenen Bürgerhäusern, deren barocke Fassaden früheren Wohlstand vermuten ließen.

Sie fotografierte einen Fries über dem Eingang zur Diskothek *Calypso*, auf dem zwischen zwei auf ihren Hinterbeinen aufgerichteten Löwen im Halbrelief in hebräischen Buchstaben die Inschrift *Beit tefila l'jehudim*, Bethaus der Juden, zu lesen war. Später, wenn der Film entwickelt war, würde sie die Ortschaften, die sie jetzt nur in ihr Notizbuch eintrug, den Fotos zuordnen.

Die Ortschaften lagen oft am Ende mächtiger Alleen, erfüllten aber selten die von der Pracht der Bäume geschürten Erwartungen. Manchmal war die Straße zwischen sumpfigen Böschungen schmal wie ein Steg, Weidenstrünke lehnten sich ihr in den Weg, und in der Ferne versanken Dörfer in den Feldern.

In der Umgebung einer slowakischen Ortschaft fand sie den Friedhof, auf dem Max' Vorfahren mütterlicherseits begraben waren. Er lag mitten in einem lichten Laubwald. Ein alter Mann entstieg seiner Behausung wie einer Gruft. Wortlos entfernte er das Vorhangschloß von den rostigen Flügeln eines schmiedeeisernen Tores und schlurfte in seine Hütte zurück. Waldmeister und junge fette Farnbüschel wuchsen auf den Wegen. In die Inschriften auf den Steinen hatten sich graue Flechten und Moos gefressen, sie waren nicht mehr zu entziffern. Hier waren seit vielen Jahrzehnten keine Toten mehr begraben worden. Junge Buchenschößlinge versperrten die Wege zu den abgelegeneren Gräbern, der Wald war im Begriff, den Friedhof zu überwuchern, die Steine aus ihren Fundamenten zu heben und zu Fall zu bringen. Es war ein von den Lebenden vergessener Friedhof.

In einem abschüssigen Waldstück mit scharfen Kehren stand ein Lastauto, dessen Fahrerkabine tief in einen zersplitterten Baumstamm gerammt war. Ein abgebrochener Ast ragte in die leere Kabine. Ein Polizeiauto bewachte den Ort. Zwei oder drei Kilometer weiter lag ein Dorf in der Sonne. Männer gingen über den Dorfplatz, in Arbeitskleidung, unrasiert und ausgemergelt, struppig sahen sie aus und müde, der Unfall im Wald war so weit weg, als wäre er nicht geschehen, und wüßten sie davon, was könnten sie anderes tun, als in ihrem Dorf ihrer Arbeit nachgehen?

Nach der polnischen Grenze wurde die Landschaft flacher, zwischen den Feldern lagen Kiefernwälder mit hohem hellem Gras zwischen den Stämmen. Die Flüsse schnitten sich tief zwischen Ufergebüsch in die Landschaft ein.

Bogdan erwartete sie an der östlichen Ausfallstraße von Krakau. Als sie ihn an der Abzweigung zu Nova Huta stehen sah, in engen Jeans und Cowboystiefeln, auf seine Art anziehend, und er ihr von weitem zuwinkte, wäre sie am liebsten an ihm vorbeigefahren. Er lehnte sich mit aufgestütztem Unterarm in ihr Fenster. Sein Lachen hatte früher stets wie eine Herausforderung auf sie gewirkt, der dunkle Haarschopf, der ihm tief in die Stirn fiel, und seine starken weißen Zähne, seine Unbekümmertheit, ja Gleichgültigkeit waren ihr wie eine Einladung zu einem Abenteuer ohne kalkulierbaren Ausgang erschienen. Reden hielt er für Zeitverschwendung. Vor ihren Freunden hatte sie ihn verleugnet, sie fürchtete, es wäre für alle zu offenkundig, daß nichts als eine starke körperliche Anziehung sie verband. Deshalb war sie grundlos kühl, fast schroff, als er sie aufforderte, auf den Beifahrersitz zu rücken, sie sei sicher müde und er wolle fahren.

Ich fahre, bestimmte sie und kurbelte das Fenster hoch.

Er zuckte die Achseln, warf seinen Seesack auf den Rücksitz, setzte sich neben Nadja und zündete sich eine Zigarette an.

Wir fahren heute bis Lwow, erklärte er. Sein Englisch bewahrte auch nach zehn Jahren in London noch einen starken russischen Akzent.

Nein, sagte Nadja ruhig, wir fahren bis Przemyśl.

Dann schwiegen sie lange, es war ein gereiztes, verdrossenes Schweigen.

In Polen übernachte ich nicht, begann er nach einer Weile von neuem, aber Nadja antwortete nicht.

Er rauchte schweigend seine filterlosen Zigaretten. Einmal, als es ihr nicht gleich gelang, einen Traktor zu überholen, sagte er: So laß doch mich fahren. In seiner Stimme lag unterdrückte Wut.

Sie fuhren an Tarnow vorbei. Es lag wie ein Gürtel heller Wohnblöcke auf den Hügeln. Sie fuhren geradewegs nach Osten, es war, als nähme man einen Anlauf über den Rand der Welt. Die weiten Felder der Ebene begrenzten den farblosen Himmel. In den Dörfern blühte der Flieder und gab den windschiefen Katen einen Anflug von Romantik. Obstbäume umstanden die Dörfer, als müßten sie die menschlichen Behausungen vor der Weite schützen.

Die Holzhäuser mit der Breitseite zur Straße erinnerten sie an alte Fotos jüdischer Häuser vor dem Krieg. Auch die Bürgerhäuser der Kleinstädte, durch die sie fuhren, riefen mit ihren schmiedeeisernen Balkonen, den ebenerdigen Türen vage Erinnerungen an etwas wach, das sie schon irgendwann auf Bildern gesehen oder in Erzählungen gehört, vielleicht auch nur gelesen hatte. Die Namen auf den Wegweisern, Jaroslaw, Lublin, Belzec, bezeichneten Orte der Vernichtung.

Nadja hielt von Zeit zu Zeit an, fotografierte: Brunnen, blühende Kastanien mit breiten Kronen, Balkone, geschnitzte Fensterrahmen, tiefe Türrahmen aus dunklem Holz, in denen sie später beim Entwickeln und Vergrößern nach den schwachen Abdrücken von Mezuzot suchen würde. Sie fotografierte die Melancholie dieser einsamen Straßen am späten Nachmittag und hoffte, sie würde auf den Bildern sichtbar werden.

Ich weiß nicht, was es da zu fotografieren gibt, schimpfte Bogdan und blieb rauchend im Auto sitzen. Auf diese Art kommen wir heute nie bis Lwow.

Sie schwieg und beachtete ihn nicht.

Deutlicher als die Plattenbauten moderner Vorstädte, sichtbarer als die vereinzelten Rinder und Pferde auf blühenden Wiesen standen ihr die deutschen Panzer vor Augen und die Kolonnen der aus dem Alltag Gerissenen auf dem Weg in den Tod.

Gegen Abend zog eine Gewitterwand auf, verbarg die Sonne, die ihr letztes grelles Licht auf die Häuserwände strahlte und die Wiesen in ein unnatürlich giftiges Grün tauchte, bevor die Schwärze sie verschlang. Dann saßen sie im Prasseln und Toben des niedergehenden Wolkenbruchs.

Fahr schneller, forderte Bogdan grob.

Sie kannte diese rücksichtslose Seite an ihm, so wie sie seine Fähigkeit zu großer Zärtlichkeit kannte, und sie wußte, daß alles, was er tat, einen Zweck verfolgte, auch wenn es manchmal aussah, als sei er bloß Launen unterworfen.

Die Hinweisschilder nach Przemyśl tauchten auf.

Bogdan saß weit in seinen Sitz zurückgelehnt. Es sind jetzt nur noch eineinhalb Stunden bis Lwow, sagte er.

Nadja schwieg und bog zum Stadtzentrum ab.

Du wirst es bereuen, drohte er.

Sie blieb stehen, hielt Passanten die Adresse der Frau, die sie besuchen wollte, hin, verstand an den wortreichen Erklärungen nur *proste*, geradeaus, verfuhr sich, folgte mit verwirrtem Blick gestikulierenden Händen, die in alle Richtungen zugleich zu weisen schienen. Bogdan sprach polnisch, das war ein Grund gewesen, daß sie ihn mitgenommen hatte, aber er half ihr nicht. Er saß stumm neben ihr.

Es war schon dunkel, als Nadja schließlich das Haus in einer unbeleuchteten Sackgasse fand. Sie bot Bogdan Geld an, damit er sich ein Quartier suche, nannte ihm die Zeit, wann sie ihn am nächsten Morgen beim Auto treffen wollte. Wortlos, ohne sie anzusehen, ging er davon.

Irina war die Verwandte einer langjährigen Freundin Nadjas. Sie wußte von Nadjas Kommen und hatte, wie sie sagte, seit Stunden auf sie gewartet. Irina war eine untersetzte Frau mit einer Fülle dunklen Haars, das ihr ungebändigt vom Kopf abstand. Was jedoch als erstes an ihr auffiel, war ihre Gesichtsbehaarung und daß sie sich ihrer quälend bewußt zu sein schien.

Wo ist Ihr Begleiter, fragte sie Nadja.

Ich habe ihn weggeschickt. Er haßt mich.

Irina kochte Pirogi, und sie saßen bis spät in die Nacht und schauten Familienfotos an: Frauen in schwarzen Umhangtüchern mit langen Fransen, Frauen in Pelzjacken vor Hauseingängen, stolze Frauen mit geraden Rücken und schmalen Taillen auf Hochzeitsfotos, Frauen in weiten Röcken, auf denen kleine rüschengeschmückte Kinder saßen. Seltener ein Mann, stehend, ein wenig abseits, den Blick in die Ferne gerichtet, neben Frau und Kindern. Hochzeitsgesellschaften. Ein Bräutigam, hoch aufgeschossen mit hängenden Schultern und Schnurrbart neben der Braut, einem Ballen aus weißem Stoff, aus dem ein kleines, erschrecktes Gesicht blickte.

Meine Freundin hat mir erzählt, daß ein Teil Ihrer Familie Juden wären, sagte Nadja.

Meine Urgroßmutter war Jüdin, berichtigte Irina sie, die Mutter meiner Großmutter mütterlicherseits.

Dann sind Sie auch Jüdin, stellte Nadja fest.

Irina lachte auf. Ich bin Polin. Ich weiß nichts vom Judentum. Schon meine Großmutter wurde katholisch erzogen.

Gibt es noch Juden in Przemyśl, fragte Nadja.

Irina schüttelte den Kopf: Ich würde es wissen. Es gibt welche, die von Juden abstammen, aber man redet nicht davon. Man weiß es, weil man die Eltern gekannt hat, die Großeltern, aber sie selber machen nichts davon her. Es ist einfach kein Thema. Auch von uns weiß es niemand, ich bin erstaunt, daß meine Cousine es erwähnt hat.

Was geschah mit Ihren jüdischen Verwandten während des Krieges, fragte Nadja.

Irina sagte, sie wisse es nicht, sie sei erst nach dem Krieg geboren worden.

Ich bin Polin, wiederholte sie.

An der katholischen Universität in Lublin hatte sie studiert, dann war sie nach Przemyśl zurückgekehrt, um am Gymnasium zu unterrichten.

Der Vater eines Freundes von mir ist hier geboren, erzählte Nadja. Berman, Schammestik, sagen Ihnen die Namen was?

Irina schüttelte den Kopf.

Vielleicht finden wir die Namen auf dem jüdischen Friedhof, wir können morgen hingehen, bevor Sie weiterfahren.

Als sie am Morgen aus dem Haus traten, wartete Bogdan schon beim Auto. Er war mürrisch und erwiderte den Gruß der beiden Frauen nicht. Widerwillig kletterte er auf den Rücksitz. Irinas Haus stand in einem alten, heruntergekommenen Stadtteil mit engen Gassen und hohen dunklen Häusern, Balkonen, auf denen Wäsche trocknete.

Es war ein kleiner Friedhof, von einer verfallenen Steinmauer umzäunt, viel hohes Gras und wilde Sträucher. Dazwischen halbversunkene Steine, rohe Betonbuckel wie gehäutete Rücken von Tieren, unbeschriftete, entblößte Fundamente ohne jedes eingeritzte Zeichen. Die wenigen

Steine aus schwarzem Marmor trugen das Todesjahr 1942, ohne Ausnahme.

Nadja ging durch das hohe, vom Frühtau feuchte Gras und fotografierte. Dann nahm sie den Film aus ihrer Kamera, suchte in ihrer Fototasche nach weiteren Filmrollen und gab sie Irina. Bei Ihnen sind sie sicherer, sagte sie, ich hole sie mir auf der Rückreise.

Sie wünschten einander Glück. Irina wünschte eine gute Reise. Nadja warf einen Blick zurück aufs Auto, wo Bogdan saß und rauchte. Ich wäre ihn viel lieber los, sagte sie, er ist ein Klotz am Bein.

Behalten Sie ihn, riet ihr Irina, es ist gefährlich auf der anderen Seite der Grenze. Man hört immer wieder von Überfällen. Irina wollte nicht nach Hause gebracht werden, sie ließ sich am Stadtrand absetzen. Sie winkte Nadja nach, bis das Auto am Ende der Pappelallee verschwand.

Irina war die letzte Zeugin vor Nadjas Verschwinden. Die Zöllner an der Grenze erinnerten sich an das Auto, an die Papiere, nicht an die Frau, an ihr Gesicht und welche Kleidung sie getragen habe, ob sie etwas gesagt, etwas gefragt habe.

Diesseits und jenseits der Grenze lag die Ebene mit gelb blühendem Brachland, braunen Äckern, Pappelreihen, die wie Karawanen am Horizont vorüberzogen.

5

In einer schwülen Nacht eine Woche nach Nadjas Abreise hatte Max einen Alptraum. Er sah sie mit dem Gesicht nach oben in einer Wasserlache liegen, und das klare Wasser kräuselte sich über ihren weit geöffneten Augen. Ihr Haar lag breit gefächert auf dem Grund wie auf einem Kissen. Als er aus dem Traum hochschreckte, wußte er für einen bewußtlosen Augenblick, daß sie tot sei, aber bei seiner Rückkehr ins langsame Erwachen erlosch das Wissen, und was ihm blieb, war dieses Bild.

Dennoch lebte er in den nächsten Tagen in einer Rastlosigkeit, einer Anspannung, die er sich nicht erklären konnte. Erst als Nadjas Vater anrief, um ihn von ihrem Tod zu benachrichtigen, wußte Max, daß er gegen seinen Willen auf diesen Anruf gewartet hatte, und noch während er wie betäubt den Telefonhörer in der Hand hielt, stieg das Traumbild wieder in ihm auf.

Nadja sei in der Ukraine verunglückt. Ein Autounfall, heißt es. In der Stimme ihres Vaters glaubte er Skepsis zu hören.

Max suchte ihn in dem Haus auf, das er vor zwanzig Jahren das erste Mal von außen gesehen hatte. Er betrat das Wohnzimmer, in dem die Gegenwart der Frau noch spürbar war, Nadjas Stiefmutter, die schon seit vielen Jahren tot war. Der niedrige Raum war mit billigen Nippsachen überladen, alle Oberflächen von Obstschalen, Stofftieren und selbstgehäkelten Schonbezügen bedeckt, und mitten in all dem Kitsch saß ein kleiner kahlköpfiger alter Mann, dessen fast vornehme Schlichtheit so gar nicht zu der Umgebung paßte, in der er sich wohl zu fühlen schien. Er bot Max Kaffee und Kekse an, als sei er mühelos in die Rolle der Hausfrau geschlüpft.

Sie waren ein Freund meiner Tochter, fragte er und betrachtete ihn mit einem Blick, der nicht erkennen ließ, wieviel er wußte.

Max nickte.

Es war etwas Unwirkliches daran, wie der Vater sagte: *Meine Tochter*, und *war*. Als sei es Max noch nie wirklich zu Bewußtsein gekommen, daß auch sie jemandes Tochter war, geliebt, selbst wenn sie es nicht hatte wahrhaben wollen. Und daß sie es *gewesen* war, unwiderruflich. In diesem *war* sprang Max zum erstenmal die Endgültigkeit von Nadjas Tod an, die ihn in den nächsten Wochen quälen würde, bis er glaubte, es nicht mehr zu ertragen.

Sie haben sich schon lange gekannt, fragte ihr Vater.

Wir kannten uns seit 1974, sagte Max und war selber erstaunt über die verflossene Zeit, Nadjas ganzes erwachsenes Leben.

Verzeihen Sie, begann der Vater vorsichtig, ich will nicht indiskret sein ... sind Sie sich nahegestanden, ich meine ... ? Er suchte nach den richtigen Worten und fand sie nicht, verstummte.

Ob ich sie geliebt habe, ob sie mich geliebt hat, vollendete Max die Frage seines Gegenübers in Gedanken. Das war nun nicht mehr wichtig, und gerade deshalb begriff er in diesem Augenblick mit einer Klarheit, die keinen Zweifel zuließ, daß sie nie aufgehört hatte, ihn zu lieben, und daß sie ihr ganzes Leben nach seinen Erwartungen geformt hatte, ihren Beruf, ihre Suche nach einer dauerhaften Erfüllung. Er blieb zurück mit dem überwältigenden Gefühl, versagt zu haben, und sein Versagen war unwiderruflich.

Man könnte es eine Art Liebesbeziehung nennen, sagte Max, obwohl wir uns für lange Zeit aus den Augen verloren hatten.

In den braunen Augen des alten Mannes leuchtete Dankbarkeit auf und eine Wärme, die Max nicht erwartet hatte.

Dann machte er sich an den gehäkelten Rüschen des

Teewärmers zu schaffen, um seine Tränen verstohlen weg-
zuwischen.

Später erzählte er, daß er lange nicht habe glauben können, daß seine Tochter verunglückt sei, und immer wieder
gesagt habe, nein, so was passiert meiner Tochter nicht. Sie
sei doch immer unterwegs gewesen und nie sei ihr etwas
zugestoßen. Man habe sie neben der Straße gefunden, in
einem Maisfeld, dort müsse sie mehrere Tage gelegen sein,
und nur durch das Adreßbuch in ihrer Hosentasche sei
es gelungen, sie zu identifizieren, Fotoausrüstung, Paß,
Geld, alles sei weg gewesen. Das kann doch kein Unfall
gewesen sein, meinte ihr Vater.

Was hat man denn bei ihr gefunden, fragte Max.

Ihr Vater holte die Jeans hervor, die man ihm übergeben
hatte, sie war fleckig und steif vom Blut. Die zerrissene
Bluse und die ausgetretenen Schuhe kannte Max. In diesen Schuhen war sie am letzten Tag über die nassen Wiesen gekommen. Sie hatte sie zum Trocknen in die Sonne
gestellt, während sie barfuß durchs Haus lief.

Was werden Sie unternehmen, fragte er.

Nadjas Vater sah ihn fragend an.

Wir sollten doch der wahren Todesursache auf den
Grund gehen, meinen Sie nicht?

Schädeltrauma, steht im Obduktionsbericht, sagte ihr
Vater gedankenverloren, die Polizei dort geht von einem
Autounfall aus.

Ohne Zeugen, ohne Auto, einfach eine Tote am Straßenrand? fragte Max kopfschüttelnd.

Was macht es denn jetzt noch für einen Unterschied,
fragte der alte Mann sachlich. Auch wenn wir beweisen
könnten, daß es ein Mord war, ändert es nichts daran, daß
sie tot ist.

Beim Abschied nahm er Max' Hand in seine beiden
Hände. Wissen Sie, sagte er leise, wir standen uns nicht
sehr nahe. Sie hat mir meine zweite Heirat nie verziehen.

Am selben Abend rief er noch einmal an, um zu fragen, ob Max wisse, wie Nadja habe begraben werden wollen.

Jüdisch natürlich, sagte Max.

Aber es gab keine Dokumente und es blieb keine Zeit, jemanden zu beauftragen, in ihrer Londoner Wohnung nach Beweisen zu suchen, daß sie tatsächlich Jüdin gewesen sei. Sie hatte nie erwähnt, welcher Gemeinde sie angehört habe, und niemand wußte, welcher Rabbiner ihren Übertritt hätte beglaubigen können.

So kam es, daß Nadja auf dem katholischen Friedhof begraben wurde. Ohne Priester, das hatte Max sich ausbedungen. Die Mitglieder der jüdischen Gemeinde waren gekommen, Eran las die Totengebete, Max sagte Kaddisch, inmitten von Kreuzen und Gräbern, die kleinen Blumengärten glichen, und ohne Minjan.

Sie fuhren zu Max' Haus, wuschen sich die Hände, aßen, was Malka mitgebracht hatte. Viele behandelten Max, als sei er Witwer geworden. Die älteren Gemeindemitglieder redeten über Nadja, erinnerten sich, wie sie als Dreizehnjährige zum erstenmal im Bethaus aufgetaucht sei, wie unbeirrbar sie immer wieder gekommen war; sie lobten ihre Treue über all die Jahre ihrer Abwesenheit, denn fast jedes Jahr habe sie die Hohen Feiertage mit ihnen verbracht. Sie bedauerten, daß Nadja kein Glück gefunden habe.

Später, als sie fort waren, ging Max die Wiese unterhalb seines Hauses hinunter bis zum Fluß. In der langen Dämmerung des Frühsommers schwamm der Mond bleich und zerbrechlich zwischen weißen Wolken. Die Wiese war taufeucht, sie netzte seine Knöchel wie kühles Wasser. Er bückte sich und tauchte die Hände in das Gras, der kühle Windhauch ließ ihn frösteln. Am Flußufer wandte er sich um und schaute zum Haus hinauf, das so fern und fremd auf der Anhöhe stand, als habe es nichts mit ihm zu tun. Sein ganzes Leben erschien ihm plötzlich so unpersönlich und weit weg wie dieses Haus. Nadja und Spitzer waren tot. Was suchte er noch hier?

Der Aufstieg, steiler als er vermutet hatte, strengte ihn an. Aber jedesmal, wenn er stehenblieb, um Atem zu holen und auszuruhen, spiegelte die breite Glaswand der Veranda den weiten Himmel und das Licht der untergegangenen Sonne. Wäre jemand hinter den Fensterscheiben gestanden und hätte aufgeregt gewunken, er wäre unsichtbar geblieben. Aber Nadja hatte doch gelacht und immer zurückgewunken? Hatte sie ihn gesehen oder ihm bloß auf gut Glück eine Freude machen wollen?

Nadjas Vater schickte ihm Irinas Brief und die Filmrollen, die Nadja ihr übergeben hatte. Der Brief berichtete von Nadjas letztem Abend, von Bogdan, den Irina als *verschlagen* bezeichnete, und daß Nadja eine Vorahnung gehabt habe. Sie habe erwähnt, daß sie lieber ohne ihren Begleiter weitergefahren wäre. Auch Irina glaubte nicht, daß es ein Unfall gewesen sei, aber sie schien den Fatalismus von Nadjas Vater zu teilen. Nun sei es wohl für Nachforschungen zu spät, schrieb sie.

Die Fotos zeigten Stadtplätze mit barocken Häusern. Ihre beschädigten Mauern strahlten eine reizvolle, verblaßte Schönheit aus. Die grüne Patina von Zwiebeltürmen schimmerte hinter weit ausladenden Platanen. Es war eine verträumte Welt, die sich da vor ihm auftat, sie hatte etwas Entrücktes. Er glaubte Nadjas Stimmung zu spüren, ihre Sehnsucht, als er die Bilder betrachtete – diese einsamen, geraden Landstraßen, die zwischen Pappelalleen unausweichlich auf einen Punkt jenseits des Horizonts zustrebten, und diese melancholische grüne Ebene ohne den geringsten Anhaltspunkt für das Auge, deren einzige Aussage die Leere zu sein schien: die Leere des lastenden Himmels, die Abwesenheit von Menschen, gähnende Leere, die Beklemmung hervorrief. Es waren Bilder von unerträglicher Verlassenheit. Die letzten Fotos mußte sie auf dem Friedhof von Przemyśl aufgenommen haben – das mußten die Gräber seiner Verwandten sein, diese rohen, verstümmelten Überreste des alten Friedhofs. Jetzt erst erinnerte er sich, daß er gelesen hatte, die Grabsteine der jüdischen Friedhöfe in Ostpolen seien zum Straßenbau für Nachschubwege der Wehrmacht benutzt worden.

An diesem Nachmittag beschloß Max, nach New York zurückzukehren, solange er die Kraft besaß, sich gegen die Lähmung und den Schmerz der Verluste zur Wehr zu setzen. Die Leere, die der Tod von Spitzer und nun von Nadja zurückgelassen hatte, würde sich nicht füllen, nicht wenn er hierblieb. Er mußte sich vor dieser Stadt und diesem Haus retten, wenn er leben wollte.

Als er seinen Flug gebucht hatte, war er erleichtert. Jetzt konnte er auch wieder an die Chronik denken, die seit Wochen unberührt auf seinem Schreibtisch lag. Er würde in New York an ihr weiterschreiben.

In diesen Wochen war das Gerüst vor der alten Synagoge verschwunden, ihr Verputz war so frisch, als müsse er noch feucht sein: ein schöner, klassizistischer Tempel mit hohen schmalen Rundbogenfenstern und mit einem breiten betonierten Vorplatz, den auf der einen Seite das baufällige Gemeindehaus begrenzte.

Bei der Eröffnung saß Max als Ehrengast zwischen Frau Vaysburg und Malkas Daniel in der ersten Reihe. Es war ein heller, strenger Raum, die schmalen Säulen mit anmutigen Bögen stützten die Empore, der leere Toraschrein war von einem blauen gestickten Vorhang verhüllt, davor stand auf einer breiten Bühne das Rednerpult.

Thomas achtete darauf, daß Max allen Würdenträgern der Stadt vorgestellt wurde. Der Tempel war bis auf den letzten Platz besetzt, und hinten an der Tür drängten sich Neugierige, aber die Mitglieder der Gemeinde fanden in der ersten Reihe Platz. In ihrem Rücken füllte sich der Raum immer noch mit Gästen, es war ein gedämpftes Summen wie vor einem Konzert. Die Anwesenden kannten sich, sie schüttelten sich die Hände, winkten einander zu und ließen sich nieder.

Ein Kammerorchester spielte Mendelssohn, dann traten alle, die in der Stadt etwas zu sagen hatten, in der Reihenfolge ihrer Bedeutung ans Rednerpult. Sie zitierten Sätze berühmter toter Juden und forderten zum Dialog auf und zur Toleranz gegenüber allem Fremden. Ein katholischer Würdenträger rief bewegt, es sei an der Zeit, einem machtvollen Dennoch Bahn zu brechen. Dann sang ein Schülerchor Schalom Aleichem.

In diesem Raum, dachte Max, waren seine Eltern unter dem Traubaldachin gestanden, und Spitzer war ein halbes Jahr vor seiner Flucht zu seiner ersten Toralesung aufgerufen worden. Es würde hier Konzerte geben, Kulturveranstaltungen. Bei Stadtführungen würde man hier verweilen und vorsichtig über die Geschichte reden und über die Eigenart jüdischer Sakralbauten. Und die Gemeinde würde wohl am Freitagabend im Betraum zusammenkommen, wie sie es gewohnt waren, das war praktischer.

Niemand wunderte sich, daß Max für längere Zeit wegfuhr, als hätte jeder von Anfang an mit diesem Abschied gerechnet.

Besuchen Sie uns zu den Hohen Feiertagen? fragte Frau Vaysburg.

Max schüttelte den Kopf: Das ist zu früh, vielleicht zu Pessach.

Also dann bis Pessach, riefen sie ihm fröhlich nach.

Der Bürgermeister gibt ein Festessen, sagte Thomas, wir sind eingeladen.

Nein, sagte Max, ich möchte nach Hause.

Thomas fuhr ihn zu seinem Haus, und Max lud ihn ein,

noch eine Weile zu bleiben. Auch in der Mittagshitze kam vom Fluß herauf eine kaum merkliche kühle Brise, in der die Blätter sich träge bewegten. Das helle Grün der Glyzinien mit ihren symmetrischen Rispen klammerte sich an das Holzgitter zwischen den weißen Säulen. Sie hatten noch nicht geblüht, sie würden erst in ein paar Jahren blühen. Mücken tanzten im zitternden Licht zwischen dem vielen Grün.

Das alles wollen Sie verlassen, fragte Thomas, jetzt im Sommer, wo es am schönsten ist?

Ich komme wieder, sagte Max.

Und warum brechen Sie auf einmal so rasch auf, wollte Thomas wissen.

Seit Nadjas Tod weiß ich nicht mehr so recht, was ich hier eigentlich mache, sagte Max mehr zu sich.

Wir suchen Verlorenes immer am falschen Ort, sagte Thomas schließlich.

Später, als er gegangen war, kam Helene und erzählte munter von ihren Plänen. Sie wolle ihre Cousine in Tel Aviv besuchen, sie habe den Flug bereits gebucht.

Vielleicht lernen Sie in Tel Aviv einen jungen Mann kennen und kommen gar nicht wieder, neckte sie Max.

Sie wurde rot. Ich werde Ihnen davon berichten, sagte sie, wenn ich wiederkomme.

Dann bin ich schon in New York, aber Sie können mich dort besuchen, jederzeit.

Das würde sie bestimmt tun, versprach Helene. Sie war in Aufbruchsstimmung und voll des hektischen Tatendrangs, der bei jungen Menschen auf die Trauer folgt, dachte Max.

Ich schicke Ihnen die Chronik, sobald sie fertig ist, sagte er beim Abschied.

Sie müssen alles hineinschreiben, was Sie mir nicht erzählt haben.

Wenn er ihr gegenüberstand, konnte er nicht umhin,

nach den flüchtigen Spuren von Spitzers Zügen in ihrem Gesicht zu forschen.

Sie werden mir am meisten fehlen, sagte Max.

Helene umarmte ihn schnell. Er spürte erstaunt, wie schmal und fest ihr Körper war.

Max sah die Stadt und die umliegenden Hügel ohne Bedauern unter sich kleiner werden, bevor das Flugzeug durch eine geschlossene Wolkendecke stieß. Er hatte der Gegend und dem Ort, mit denen ihn frühe Erinnerungen verbanden, einen langen Besuch abgestattet, und wie es seine Absicht gewesen war, hatte er jede Jahreszeit zumindest einmal dort erlebt.

Nun flog er nach New York. Nichts Unbekanntes erwartete ihn da. Seine langjährige Freundin Eva würde ihn abholen. Sie würde sich in seine Arme werfen und rufen, *welcome home*. Sie hatte seine Liebe zu Europa nie verstanden.

Er würde das Meer wiedersehen, er hatte sich oft danach gesehnt, nach seiner besänftigenden Weite und dem regelmäßigen Geräusch der Brandung. Von Coney Island Beach würde er wie als Kind über der Wasserfläche den Horizont absuchen und ohne Sehnsucht wissen, dort drüben stand sein Haus und wartete auf ihn. Schon morgen wollte er seinen Spaziergang durch den Central Park machen, am Abend, wenn es kühler war.

Er mußte gleich nach seiner Ankunft seinen Geschäftspartner Mel anrufen und eine ganze Liste von Freunden und Bekannten, bis er des Redens müde war. Der Besitzer des Delicatessen an der Ecke Broadway würde ihn sicher überschwenglich begrüßen und fragen, wo er so lang geblieben sei, und auch der wortkarge alte Grieche, der in Max' Gebäude nach dem Rechten sah und Reparaturen machte, würde auf seine Weise Freude zeigen.

Im *Paola's*, seinem Stammlokal, bekam er sicher einen Tisch, auch wenn alle Tische längst reserviert waren. Er nahm sich vor, jeden Tag ins Theater zu gehen, ins Lincoln Center und ins Village, bis es in ganz Manhattan nichts Neues mehr zu sehen gäbe. Dort, in New York, hieß er Max, einfach nur Max, und nicht Herr Berman. Er spürte eine Woge von Wärme in sich aufsteigen, die stärker wurde, je näher er New York kam.